Cousin Cousin

MännerschwarmSkript

Walter Foelske

Cousin Cousin

Roman

MännerschwarmSkript

Walter Foelske
Cousin Cousin
Roman

Umschlaggestaltung: Carsten Kudlik, Bremen
Satz: H & G Herstellung, Hamburg
Druck: Fuldaer Verlagsanstalt, Fulda
1. Auflage 1997
ISBN 3 928983-49-0

MännerschwarmSkript Bartholomae & Co.
Neuer Pferdemarkt 32 · 20359 Hamburg

SAMSTAG

1

Rudolf hatte sich das eine Zeitlang angeschaut. Natürlich war ihm von vornherein klar gewesen, daß es ihn nerven würde. Die Einweihung eines Hauses ist nun mal ein Spektakel, bei dem es hoch hergeht. Tante Lies und Onkel Franz sind Leute, die leben und leben lassen, das hatte er rasch begriffen. Er kannte sie kaum. Man sollte nicht glauben, daß diese Lies eine Schwester seiner Mutter ist. Er hatte beide beobachtet, als sie beim Buffet gestanden und sich gegenseitig Häppchen in den Mund geschoben hatten. Seine Mutter mit spitzen Fingern und einem Gesicht, das sie immer dann aufsetzt, wenn sie drolligen Vögeln oder Menschen einen Brocken hinwirft. Tante Lies hatte mit Schaufelhänden gearbeitet. «Wie sie Mutter die Trüffel in den Rachen schiebt und den halben Arm nachstößt!» hatte er zu seiner Braut gesagt, und Anna hatte sich bei ihm eingehängt, ihre Blicke über die Köpfe der Leute hinwegwandern lassen und gemeint: «Wenn *wir* erst so weit sind, bald, wird es Musik geben, eine Band oder so, und einen Hammel am Spieß, und Rasen draußen wie drinnen, nämlich einen künstlichen über die Terrasse hinweg bis in den Salon hinein.» – «Salon?» hatte Rudolf gefragt, dann hatte er Annas Arm fallen lassen und nach dem Jungen Ausschau gehalten.

Er war nicht mehr dagewesen. Lange hatte er, dünn und schlaksig, neben Lies, seiner Mutter, gestanden und sich mit Gudrun, seiner Schwester, unterhalten. Nicht eigentlich unterhalten. Die beiden hatten sich angeschaut, stumm, lächelnd, reglos, ein wenig wie Wachspuppen, von denen man immer hofft, sie atmen endlich einmal durch oder geben einen Rülpser von sich. Rudolf hatte Anna stehenlassen und, indem er sie leicht beim Ellenbogen berührt hatte, seine Tante Lies im Vorübergehen gefragt: «*Wie* heißt dein Sohn, mein holder Cousin, der mir heute zum ersten Mal unter die Augen kommt, der liebe Kerl?» Und Lies hatte «Konrad», zweimal «Konrad» gejapst, und seine Mutter hatte gesagt: «Jeden türkischen Müllkutscher kennt er beim Vor- und Kosenamen, doch sein eigen Fleisch und Blut ist ihm Froschlaich.» Rudolf hatte seiner Mutter den Mund mit einem Kuß gestopft und ihr einen Stoß mit dem Knie gegen den Schenkel versetzt. Dann war er durch die weit offene Verandatür hinaus in den Garten getreten und im Garten hin und her gelaufen.

Schließlich hatte er Konrad gesehen. Er saß auf einer Bank und schaute in seine Richtung. Die Bank stand neben einem Fliederstrauch. Die Dolden waren schon braun, nicht alle, doch es ging mit ihnen zu Ende.

«Es geht mit ihnen zu Ende», sagte Rudolf, brach eine Blüte und warf sie Konrad in den Schoß. «Ich bin Rudolf, dein großer Cousin, ich küsse dich.» Und indem er sich setzte, berührte er mit den Lippen das Haar des Jungen, und Konrad drehte den Kopf und schaute ihn an. Er hatte Augen so braun wie Blätter, die eben schlüpfen.

«Ist das so Ihre Art?» fragte er.

«Was soll meine Art sein?»

«Jeden zu küssen, der Ihnen über den Weg läuft?»

«Ich küsse nie, niemanden», sagte Rudolf, «es sei denn ...»

«Es sei denn?»

«Mein Vater, dein Onkel, wußte ein Lied: Unter einem Fliederbaum / ja da sitzt sich's schön / unter einem Fliederbaum / süße Düfte wehn ...»

«Na köstlich», sagte Konrad und verdrehte die Augen.

«Schatz, mein Schatz, was wünschst du dir / sag's zu dieser Stund ...»

«Und was wünscht sich der Schatz?»

«Keine Ahnung. Den Endreim hatte mein Vater vergessen. Was zum Beispiel würdest *du* dir unter einem Fliederbaum wünschen?»

«Noch einen Kuß, zum Beispiel.»

«Und wenn man uns ertappt?» fragte Rudolf und rückte von Konrad ab.

«Sie mögen solche Liedchen?» fragte der.

Rudolf hatte nicht aufgehört, dem Jungen ins Gesicht zu schauen, und der tat nichts, sein Gesicht zu verstecken. Er möge solche Liedchen nur ausnahmsweise, sagte Rudolf, dann nämlich, wenn klar sei, daß er sie nicht ihrer trostlosen Melodie und ihrer noch trostloseren Worte wegen zitiere beziehungsweise rezitiere, sondern weil sie eine aktuelle Situation, eine Stimmung, ein Gefühl umschrieben, dem man seiner Heikligkeit wegen nicht so ohne weiteres Ausdruck verleihen könne, das man deshalb mit einem solchen Lied ummäntele, das in seiner Abgeschmacktheit zudem *den* Vorteil biete, daß man die ganze Sache, die man darin kleide, im Zweifelsfall als Parodie, als Persiflage, als schlechten Witz abtun könne, weil solche schwachsinnigen Liedchen eh nicht dazu taugten, *echte* Gefühle auszudrücken beziehungsweise sie einer geliebten Person anzutragen.

«Er ummäntelt seine Gefühle mit schwachsinnigen Liedchen», sagte Konrad zu seiner Schwester, die, Rudolf wußte nicht, aus welchem Busch oder Baum, plötzlich aufgetaucht war und sich, ohne ihn auch nur eines Blickes zu würdigen, neben ihren Bruder auf die Bank gesetzt hatte. Sie war schön. Wie Konrad trug sie ihr Haar, goldblond wie das seine, als Helm dicht am Kopf, wie Konrad war sie schmal und zart. Nur daß sie Brüste hat, dachte Rudolf, nur daß ihre Wimpern ...

«Nur daß deine Wimpern», sagte er laut, «anders als die deines Bruders ...»

«Seidig», sagte das Mädchen, «seidige Wimpern über grünen Augen, Brüste wie junge Salatköppe, sagt die Lasker-Schüler, Beine von unten nach oben bis zu den Schultern hoch. Was ist das für ein Spinner?» fragte sie ihren Bruder, legte ihren

Kopf in seinen Schoß, streckte sich aus und ließ die Beine wippen.

Sonne war auch da. Vögel schrien. Braune Augen, grüne Augen, dachte Rudolf. Dann sah er, wie Konrads Hand vom Scheitel des Mädchens über Gesicht und Hals zu ihren Brüsten wanderte, dort nicht verweilte, tiefer glitt, ihren Bauch, ihren Schoß streifte, dann hochstieß und in der Luft stand. Rudolf folgte mit den Augen ihrem Schwung. «Wie ein Fisch an der Angel», sagte Konrad und ließ die Hand fallen. Dann kicherten Bruder und Schwester.

«Sieh da, sieh da!» rief Franz, der, mit Anna am Arm, vom Haus her auf sie zukam. Er trug eine Art Abendanzug, Lackschuhe und im Knopfloch eine Seidenblüte. Er hatte abstehende Ohren.

«Vati, du störst», sagte Gudrun, «du bringst uns um das Vergnügen, unseren Herrn Cousin auf Herz und Nieren und nach Strich und Faden ...»

«Abzuhäuten, auszuweiden», sagte Konrad, dann schob er Gudruns Kopf beiseite, stand auf, zelebrierte vor seinem Vater und Anna eine tiefe Verbeugung und fing an, die beiden zu umhüpfen und von allen Seiten zu betrachten.

«Mama hat Sie mir gezeigt. Sie sollen seine Braut sein. Seine ihm von Kind an verlobte und verbumfiedelte.»

«Konrad!» rief der Vater und legte den Arm um Annas Schulter. Anna lachte und warf Konrad Kußhände zu.

«Ich beneide Sie, mein Fräulein», sagte der und trat dicht an sie heran, «ein schöner Mann, ein kluger Mann, von so etwas träumt jede von uns Haremstöchtern», und er zeigte auf Gudrun, dann auf seinen Vater und zuletzt auf sich selbst. Schließlich schob er den Kopf vor, berührte mit den Lippen die Lippen von Anna und verharrte in dieser Pose so lange, bis seine Zuschauer klatschten, dann trat er zurück, verbeugte sich erneut vor Anna, wandte den Kopf nach Rudolf, nahm die Haltung jenes Jüngers an, der mit übertrieben langem Zeigefinger auf seinen Herrn deutet, legte Anna ihren Bräutigam mit dieser Geste gleichsam ans Herz, drehte sich um und ging beiseite und weg.

schattete die Augen mit der linken Hand, betrachtete das weißgetünchte Haus, auf dessen Terrasse es hoch herging, packte mit der Rechten Gudruns Arm und quetschte ihn.

«Sie tun mir weh», sagte das Mädchen.

«Magst du mich, oder magst du mich nicht?»

Statt einer Antwort trat sie an ihn heran, stellte sich auf die Zehen, drückte ihren Mund auf seinen Mund, dann biß sie ihn in die Lippen. Er packte sie fester. «Na los», sagte er, «Blut.»

Sie biß noch einmal zu, dann schrie sie. Die Leute auf der Terrasse schauten her. Er erkannte Tante Lies, Gudruns Mutter, an diesem hellblauen Flatterkleidchen, das aus ihr ein altes Mädchen machte. Er sah, wie sie sich reckte und ihnen zuwinkte.

«Deine Mutter dreht durch», sagte er, ließ Gudruns Arm los und versetzte ihr einen Stoß. Sie schwankte übertrieben heftig, ließ sich zu Boden fallen, schrie noch immer. Plötzlich biß sie den Schrei ab, und er ließ sie hocken und ging rasch aufs Haus zu. Tante Lies lief ihm entgegen.

«Wo ist Konrad?» fragte er.

«Dieses schreckliche Mädchen», sagte Lies und hängte sich bei ihm ein, «so treibt sie's mit jedem.»

«Ein Vergewaltiger», sagte Gudrun, die plötzlich an Rudolfs Seite war, «ein Schläger.»

«Wenn man ihr Glauben schenken wollte, hat jeder Mann nichts anderes im Kopf, als sie aufs Kreuz zu legen», sagte die Mutter und tätschelte Rudolfs Arm. «Ist er nicht ein hübscher Bursche?» fragte sie ihre Tochter.

«Zum Anbeißen hübsch», sagte das Mädchen und nahm Rudolfs anderen Arm.

«Die Heidelbeertorte ist auf den Boden geklatscht und in Trümmern!» rief Franz und wischte sich irgendwelchen Matsch von der Hose.

«Und wo ist Konrad?» rief Rudolf und schüttelte die beiden Frauen ab.

«Die Einweihung eines Hauses wie dieses Hauses hier», sagte Lies und griff wieder nach Rudolfs Arm, «eines Hauses, das man nicht selbst gebaut, sondern alt und abgewrackt gekauft und renoviert und doch nicht so recht in Schuß gebracht hat, weil es ein Murks ist und bleibt, die Einweihung eines solchen Hauses ist – was wollte ich sagen, Gudrun, Schatz?»

«Ein Beschiß», sagte Gudrun.

«Beschiß?» fragte die Mutter und schaute Rudolf mit großen Augen an.

«Und wo hat sich dein Sohn Konrad versteckt?» fragte der und hielt sich beide Frauen mit ausgestrecktem Arm vom Leib.

«Auch deine Mutter, meine liebe Schwester Ruth, ist plötzlich verschwunden», sagte Lies, «wie schon als Kind, immer war sie auf Abwegen, deine liebe Mutter ist ein kleines süßes Biest – wußtest du das?»

«Ach, küßt mich», sagte Rudolf, ließ die Frauen stehen und stieg die Terrassenstufen hoch. Mutter und Tochter nickten sich zu, und die Tochter sagte: «Schön wär's.»

Rudolf lief zwischen den Leuten auf der Terrasse hin und her. Schließlich packte er einen alten Mann beim Arm und fragte ihn: «Hat er eigentlich auch so abstehende Ohren wie sein Vater?»

«Wer soll abstehende Ohren haben?» wollte der Mann wissen.

«Der Sohn des Hauses, mein Herr, Sie sind doch der Patenonkel, wenn ich mich recht entsinne.»

«Sie verwechseln mich, mein Herr, ich bin beziehungsweise war Leiter der Buchhaltung, jahrzehntelang, Prokura mit allem, was daranhängt; die abstehenden Ohren unseres Herrn Lamberti waren nie Gegenstand irgendwelcher Erörterungen oder Witzeleien, das hätte ich nicht geduldet, und der Herr Sohn hat normale Ohren, dafür aber, wie ich mich damals, am Tag seiner Taufe, selbst überzeugen konnte, dieses Muttermal, hier ...»

«Wo?» wollte Rudolf wissen.

«Hier», sagte der Alte und fuhr mit der rechten Hand über Brust und Bauch.

«Also wo genau?» fragte Rudolf und packte den Mann bei

den Schultern. «Und was für eins? Groß? Klein? Braun? Schwarz?»

«Mein Herr», sagte der Alte und nahm einen Schluck aus seinem Schnapsglas, «ich geriet damals, zufällig, in das Zimmer, in dem der Kleine auf dem Wickeltisch lag, nackt ...»

«Nackt?» rief Rudolf.

«Nackt, mein Herr. Und die Mutter, meine liebe Lies, nahm meine Hand und führte den Zeigefinger, diesen hier, quer über den Leib des Knäbchens bis zu dem Punkt, wo, blaßblau, so schien es mir damals, diese winzige Muschel zu tasten war, winzig, mein Herr, die aber, wie der Arzt den Eltern gesagt hatte, wachsen würde, mitwachsen mit allem, was bei einem Kind so wächst und sich ründet.»

Rudolf schnappte nach der Hand des Alten, führte sie zum Mund, küßte besagten Zeigefinger und ließ den Entgeisterten stehen. Auf der Schwelle zum Terrassenzimmer drehte er sich noch einmal um und rief: «Mehr oben oder weiter unten?», und er führte seine Hand vom Hals bis zum Hosenbund.

«Unten», rief der Alte und stand mit offenem Mund.

«Unten», sagte Rudolf zu Anna, die, in Begleitung von Onkel Franz, aus dem Haus trat. «Hast du Konrad gesehen, oder meine Mutter, oder sonst wen, der eine Ahnung hat?»

«Eine Ahnung wovon, mein Schatz?» Anna fuhr mit der Hand durch diese Lockenpracht und hielt ihm ihren Mund hin.

«Ich küsse dich», sagte Rudolf, schob sie beiseite, tippte Onkel Franz mit dem Zeigefinger gegen die Brust und verschwand im Haus.

«*Welche* Art zweites Studium absolviert er seit wann?» wollte Onkel Franz wissen, packte Annas Kopf und gab ihr den Kuß, von dem Rudolf nur gequasselt hatte.

«Onkel, Onkel», lachte Anna und winkte Lies, die zurückwinkte. «Die Zeit ist reif.»

«Für was?» wollte der Onkel wissen.

«Die Axt, das Haus, der Zimmermann», sagte Anna und lief auf Gudrun zu, die ihre Arme ausbreitete. Im letzten Augenblick aber trat sie beiseite, und Anna stieß gegen die Kante des

Tisches, auf dem das Kaffeegeschirr sich türmte, das jetzt, bei ihrem Aufprall, leise klirrte und schwirrte.

2

Ruth hatte nach ihrem Sohn Ausschau gehalten, auch nach Anna – vergebens. Dann hatte sie ihre Schwester Lies beobachtet, wie sie beim Tisch gestanden und Kaffee ausgeschenkt hatte. Alles wie immer, hatte sie denken müssen: Sie ist in ihrem Element, wenn sie die Kanne schwenken und Kuchenstücke auf Teller türmen darf. Auch Franz, ihren Schwager, hatte sie inmitten der hin und her wogenden Festgemeinde nicht entdekken können. Also war sie von der Terrasse ins Terrassenzimmer und von dort immer tiefer ins Innere des Hauses gegangen, stand jetzt im Treppenhaus und überlegte, ob sie auch noch die oberen Räume anschauen sollte.

«Ich bin die Schwester der Hausfrau», sagte sie zu einem Mädchen mit weißer Schürze, das ein Tablett mit Tassen und Gläsern balancierte.

«Und ich vom studentischen Jobdienst», sagte das Mädchen.

«Ich darf mich hier also umschauen.»

«Ist mir doch schnuppe.»

«Was studieren Sie denn?» rief Ruth ihr nach.

«Was geht Sie das an?»

«Einen Dreck», lachte Ruth und stieg die Treppe hoch.

Im ersten Stock standen alle Türen offen. *Elternschlafzimmer, Kleiderkammer, Bügelzimmer, Fitneßraum, Schreibkabinett* las sie auf Porzellanschildern, die den Türen aufgeschraubt waren. Jetzt ist die gute Lies völlig übergeschnappt, dachte sie: Beschriftet alle Türen, als sei das hier ein Hotel oder wenigstens ein Puff. – Sie hatte keine Lust, sich die Zimmer anzuschauen. Schreibkabinett, dachte sie, Lies kann doch kaum schreiben.

Im zweiten Stock las sie: *Tochterzimmer, Sohneszimmer, Dienstbotenkammer, Badezimmer.* Sie wollte wissen, wie man Dienstboten in diesem Haus unterbringt. Das Zimmer war aber leer, mit einer gelbgetünchten Rauhfasertapete und einer schlappen Gardine wie aus Kreppapier.

Sie setzte die Brille auf, die ihr an einer Kette am Hals hing und las das Wort dreimal hintereinander: Sohneszimmer. Wer mochte Lies auf *Sohneszimmer* gebracht haben? Sie kramte den Lippenstift aus der Jackentasche, färbte das e und das s ein, las *Sohnzimmer,* fand Sohnzimmer noch idiotischer als Sohneszimmer, färbte alle Buchstaben rot und schrieb unter den Porzelanbuckel aufs nackte Holz den Namen ihres eigenen Sohnes: Rudolf.

Dann drückte sie die Klinke.

Drinnen, an einer der Wände, hing das Plakat mit der Monroe. Ruth schaute es an, spürte die Luftfontäne an ihren Beinen hochsprudeln, ließ sich vornüber fallen und hielt die wehenden Röcke mit beiden Händen knapp. Dann wachte sie auf und wischte sich die Handflächen an den Schultern trocken.

Ein ödes Zimmer, dachte sie, alles in Reih und Glied, kein Strumpf kein Buch kein Schweiß, Rudolf hat in diesem Alter wenigstens gestunken. Sie trat ans Fenster und sah Konrad aufs Haus zusprinten. Der kann ja rennen, dachte sie und trat vom Fenster weg. *Rudolf* auf die Tür zu malen, was für eine Schnapsidee! Sie setzte sich aufs Bett mit der hellblauen Abdecke, kramte eine Zigarette heraus und steckte sie an. «Konrad, sprach die Frau Mama / ich geh weg, und du bleibst da», summte sie, dann flog die Tür auf.

«Rudolf!» rief Konrad. «Ach, Tante Ruth – wieso aber steht Rudolf hier auf der Tür?»

Ruth stellte sich dumm. Sie habe sich das Haus angeschaut, sei zufällig in dieses Zimmer geraten und habe es sich auf eine Zigarettenlänge hier bequem gemacht. «Du erlaubst doch, daß ich rauche?»

«Aber da ist Rudolf aufs Holz gemalt.» Konrad ließ nicht locker. «Wer soll das überhaupt sein?»

«Du weißt nicht, wer Rudolf ist?» fragte Ruth. «Wo lebst du, mein Junge?», und sie zog ihn ins Zimmer, drückte die Tür zu und drehte sich einmal um sich selbst.

«Und auch das Porzellanschild ist vollgeschmiert!» rief Konrad und klinkte die Tür wieder auf.

Ruth packte ihn beim Kragen. «Deine Tante Ruth und du als mein lieber Neffe, zum ersten Mal im Leben reden wir miteinander, und was wälzt du durch deinen Kopf: Rudolf! Meinen törichten Sohn Rudolf! Komm, gib deiner Tante einen Kuß.»

Konrad gab ihr den Kuß. «Ach ja», sagte er, «Rudolf heißt dieser Mensch, der dein Sohn sein will, dabei hat *er* schwarze Locken und *du* gelbe, und seine Braut, oder was das sein soll, hat rote, und das alles beißt sich. Aber Gudruns Haar und meines, goldblond, das paßt zu Rudolfs schwarzen Locken, denn goldblond und schwarz sind *die* beiden Farben, die aufeinander fliegen, das wird dir jeder Coiffeur beziehungsweise Psychologe bestätigen. Ich liebe Schwarz.»

Ruth setzte sich aufs Bett und strich ihm über das schweißnasse Gesicht.

«Macht sie dir schwer zu schaffen?»

«Was?»

«Pubertät. Früher nannte man das so. Doch jedem Ding sein neu Gekling, heutzutage.»

«Pubertät ist schon okay», sagte Konrad und setzte sich auf den Teppich. «Lies meint, ich sollte öfter.»

«Was?» fragte Ruth.

«Wichsen», sagte ihr Neffe, «das kühlt das Blut, vertreibt die Wut, tut Kopf und Zehen gut.»

«Wieso den Zehen?»

«Mit vierzehn jückt es dich sogar in den Zehen. Hat es Rudolf mit vierzehn auch in den Zehen gejückt?»

«Deine Schwester Gudrun, das süße Ding, schläft nebenan?»

«Heimtücke, meine Dame», rief Konrad, «Gudrun und ich, wir sind brave Kinder, keine Siegmunds und Sieglindes!», und er riß das Fenster auf und holte tief Luft. Von der Terrasse dröhnten die *Capri-Fischer* hoch; jemand sang laut und gefühlvoll mit.

Konrad schob sich weit aus dem Fenster, balancierte sich aus, spreizte Arme und Beine und schien abheben zu wollen. Ruth packte ihn bei den Fußknöcheln, zerrte ihn ins Zimmer und schlörte ihn über den Teppich. «Rudolf hört Ligeti», sagte sie übergangslos.

«Ach ja?» fragte Konrad.

«Er kauft sich Ligeti-CDs und nimmt Ligeti aus dem Radio auf Band und geht in jedes Konzert mit Ligeti und besucht Streitgespräche, die Ligeti und Kagel oder Ligeti und Stockhausen oder Ligeti und Henze hier in Köln bei Tag und Nacht führen, wenn man ihm glauben darf.»

«Ligeti», sagte Konrad, «ist das Rap?»

«Rap?» fragte Ruth.

«Oder Soul oder Techno oder was?»

«Ligeti», und Ruth holte tief Luft, «ist Salzburg.»

«Ach, Mozart?» fragte Konrad.

«Seitdem der alte Bock, der Karajan, den Bach runter ist, bringt man im Mozarteum auch Ligeti und wie die alle heißen.»

«Und Rudolf hört sich das an? In Salzburg? Im Mozarteum?»

«Es soll ein Klavierkonzert von diesem Ligeti geben, da will dein Cousin im langsamen Satz zum ersten Mal erlebt haben, was das heißt: abheben und durch die Luft schweben.»

«Was für ein Cousin?» fragte Konrad. «Ach der, der Schöne.»

«Du findest ihn schön, meinen Sohn?»

«Und seine Anna», wollte Konrad wissen, «hört die auch Ligeti und all den Scheiß?»

«Du bist so blöd wie deine Mutter», sagte Ruth und kramte nach ihren Zigaretten.

«Ich weiß, daß ich blöd bin», sagte Konrad, riß ein Blatt aus einem Schreibheft, schrieb *Ligeti* und steckte den Zettel in seine Hosentasche. Als er aufstand und ans Fenster trat, sah er draußen im Park Rudolf, wie er Gudrun bei den Armen packte und zu Boden stieß. Er hörte Gudrun schreien, dann riß der Schrei ab. «Dein Sohn», sagte er, «schlägt kleine Mädchen.» Als seine Tante neben ihn trat, zerrte er sie zu Boden, riß das Bein hoch und stieß das Fenster mit dem Fuß zu.

Er ließ Ruth nicht aus den Händen. Das Fenster mußte geschlossen bleiben. Von Anfang an habe er einen Store gewollt, im Schutz eines Stores könne man beobachten, ohne beobachtet zu werden, sie solle Abstand halten, sie solle sich seine Mutter anschauen, wie sie sich Rudolf an den Hals werfe; und auch seine Schwester: Erst lasse sie sich von diesem Macho zusammenschlagen, dann hänge sie an ihm wie eine Süchtige. «Schmachtfetzen alle miteinander. Wie sie sich von ihm hops nehmen lassen!»

«Aber», rief seine Tante, «du haßt ihn ja, deinen Cousin!»

Da lenkte er ab und zeigte in eine Zimmerecke, in der es flimmerte. Jeden Nachmittag liege er auf seinem Bett und schaue sich das an. Irgendeine Glasscherbe werde bei diesem Sonnenstand von einem Strahl getroffen und blitze ihm ihr Signal ins Hirn. Wenn er die Augen offenhalte, wenn ihm das Tränenwasser die Augen verbrenne, dann fühle er sich wie in einen Kristall gegossen, wie von Kugelblitzen geschlitzt bis tief in die Eingeweide, dann ahne er sekundenweise, wie das Schrille und Grelle und Schlohweiße um ihn herum *die* Sphäre sei, in der er verzischen möchte wie eine Sternschnuppe: Klappe zu, Affe tot.

Ruth kniete sich bei ihm hin, sah das blasse Gesicht zucken und glaubte es darauf zischeln zu hören, als flitzten die Tränen über Konrads Wangen wie Wassertropfen über eine heiße Herdplatte. Sie nahm ihn in den Arm und wiegte ihn. «Alalu», summte sie, «alalu malabu.» Trotz des geschlossenen Fensters war das Grölen der Sänger wie Kesselpfeifen in ihrem Kopf. Plötzlich warf er die Arme um ihren Hals und küßte sie ab.

«Himmel!» rief Rudolf und drückte die Tür wieder zu.

«Dein schöner Cousin», sagte Ruth, und Konrad rieb sich die Augen.

Rudolf hatte die Tür aufgeklinkt und wieder zugedrückt und stand jetzt im dämmrigen Flur wie einer, der einen jähen Blick in ein klaffendes Loch getan hat und nicht weiß, wacht oder träumt er. Ehe er sie wieder aufstieß, legte er das Ohr an die Tür und horchte. «Wie heißt dieser Mensch, der eure Buchhaltung jahrelang mit eiserner Faust regiert hat, so ein Winzling?» fragte er, als er sich ins Zimmer schob.

«Ach der», sagte Konrad, «Onkel Till, klein, aber oho.»

Rudolf riß sich am Haar und schnitt seiner Mutter Fratzen. Die warf den Kopf, und die gelben Locken fegten um Konrads Gesicht, das sie noch immer nah an das ihre hielt.

«Warum hast du *Rudolf* auf die Tür gemalt?» fragte er seine Mutter. «Das *ist* doch deine Schrift.»

«Die Schrift», sagte Ruth, «wie das Haar oder die Körpergröße oder die Gesichtszüge, wird weitergegeben innerhalb der Großfamilie. Lies ist meine Schwester, Konrad ihr Sohn. Lies mag anders schreiben als ich, Konrad nimmt den Faden wieder auf und schreibt wie die meisten in unserem Clan. Auch du schreibst ähnlich wie Konrad und ich.»

Konrad befreite sich aus Ruths Umarmung, stand auf und klopfte seine Hose ab.

«*Du* hast das also auf die Tür gemalt?» fragte Rudolf seinen Cousin.

«Wenn deine Mutter das behauptet», sagte der.

«Und warum?»

«Weil du mir im Kopf hockst», sagte Konrad, ging zur Tür, lächelte Rudolf an, sagte: «Ligili» und verschwand.

Sie fanden ihn nebenan in der Dienstbotenkammer, deren Tür er offengelassen hatte. Er hatte den Store zur Seite geschoben, saß dem Fenster gegenüber in einer Zimmerecke auf dem Fußboden und war vom Maienlicht gelb übergossen.

«Der Wein im Becher / die frohen Zecher / sie harren mein», sagte Ruth. «Kommt ihr mit?»

«Wir kommen gleich», sagte Rudolf, schob sie aus dem Zimmer und schloß die Tür hinter ihr. Dann setzte er sich, seinem Cousin schräg gegenüber, in die Fensterecke, und die Leere des Zimmers schien den Raum, der sie trennte, zu verdoppeln.

Keiner sagte ein Wort. Die gelbe Tapete, das gelbe Licht, das gelbe Geschrei und der gelbe Duft von Terrasse und Garten hoch: Alles war wie fetter Rahm, den sie mit Augen und Ohren und Nase schlürften. Beide, obwohl ihre Blicke knapp über dem Kopf des anderen die Wand trafen, hatten ihr Gegenüber fest im Visier. Nicht im Auge, aber ums Auge herum als schöne strahlende Erscheinung. Das war mehr als nacktes Starren ins nackte Gesicht. Das war Wiege und Woge und Welt.

«Heinzelmann liebt Heinzelmännchen», sagte Rudolf plötzlich ins Gelbe hinein, und Konrad schaute ihn an. «Das trippelt und kippelt und wippelt. Zartes Gelichter hinter den Bergen.»

«Den sieben», sagte Konrad.

«Ja», sagte Rudolf, «auch weiter weg im Amerikanischen.»

«Im Asiatischen auch?» wollte Konrad wissen.

«Asien», sagte Rudolf, «Afrika, das ferne Australien, alles, überall, grenzenlos, verstehst du das?»

«Und hoch in den Himmel hinein?» fragte Konrad.

«Ja. Und ins Erdinnere», sagte Rudolf, «in den heißen Kern, ins Erzengelgetümmel.»

«Ich denke, die sitzen zur Rechten und Linken Gottes», sagte Konrad.

«Er denkt», sagte Rudolf zu Anna, die im Türrahmen stand und ihre Augen mit der Hand beschattete, «er denkt, Erzengel sitzen zur Rechten und Linken Gottes und fächeln ihm Kühlung zu.»

«Gott», sagte Anna, «muß nicht befächelt werden, Gott ist es weder heiß noch kalt, Gott hat genau *die* Temperatur, die sein muß, damit er sich wohl fühlt.»

Sie trat in die Mitte des Raumes, breitete die Arme aus, legte den Kopf in den Nacken und drehte sich langsam, dann schnell und immer schneller im Rhythmus der von der Terrasse hochjaulenden Musik. Konrad hob die Hände vors Gesicht und klatschte. Sie ignorierte den Takt, den er vorgab, wurde, je schneller die Hände gegeneinander schlugen, immer langsamer, kreiselte auf Rudolf zu und ließ sich in seine ausgestreckten Arme fallen. Konrad gab nicht auf. Je näher er sie beieinander sah, um so mehr steigerte er das Tempo. Als sie anfingen, sich abzuküssen, stand er, in der Haltung jener spanischen Tänzer, die sich, mit nach hinten gebogenem Leib, durch Klatschen und Stampfen selbst anfeuern, erst vor, dann über ihnen und ließ seine Hände wirbeln. Zuletzt packte Anna seinen Gürtel und riß ihn zu Boden. Keuchend saßen sie da und starrten sich ins Gesicht.

«Raus hier», sagte Konrad und stand wieder über ihnen. Er ging zur Tür, klinkte sie auf und wartete.

«Verpiß dich», sagte Rudolf; er spielte mit Annas Haar.

«Das ist kein Puff hier», sagte Konrad, und seine Stimme war kalt vor Wut.

«Komm her», sagte Anna, «na los, setz dich zu uns, sei kein Frosch, sei lieb.»

«Lieb zu wem?»

«Zu mir», sagte Anna, «zu deinem Cousin, schau seine Locken, da wühlt sich jeder gern rein, damit kriegt er alle rum», und sie nahm dies Haar und breitete es über ihr Gesicht.

Konrad löste sich von der Tür, kniete sich bei ihnen hin und tastete nach Rudolfs Haar in Annas Gesicht. Fallstricke, dachte er, Schlinggewächse.

«It's a long way to Tipperary», sagte er, stand auf und klopfte seine Hose ab. Dann ging er zum Fenster, stieß es auf und lehnte sich weit hinaus. «It's a long way to Tipperary», sang er, «to the sweetest boy I know.» Er sang laut und schmetternd. Draußen wurde es still, dann johlte und klatschte die Meute. Über Rudolf und Anna hinweg stürmte er aus dem Zimmer.

3

Anna hatte, am Arm von Franz Lamberti, den parkartigen Garten durchquert; vieles hatte er ihr gezeigt und erläutert: den verwahrlosten Tennisplatz, den er schnellstens in Schuß bringen wollte; die zerbrochene Brunnenanlage, um die sich schon ab Montag Handwerker kümmern würden; das kleine Birkengehölz, das er ausroden und den Boden dann mit Heidelbeerstauden bepflanzen lassen würde, denn Heidelbeeren seien sein Leib- und Magenobst, und selbstgepflückte schmeckten ihm am besten. Auf der Terrasse angelangt, hatte sie sich bereit erklärt, ihm beim Zerteilen der Heidelbeertorte zu helfen, hatte das Malheur kommen sehen, als die Tortenplatte unter seinen ruppigen Messerhieben zu rutschen begonnen hatte, und war im letzten Moment beiseite gesprungen, als der Kladderadatsch vom Tisch gekippt war und Lambertis Hose eingesaut hatte. Kurz entschlossen hatte sie den Fluchenden bei den Revers gepackt, hatte draußen im Garten ihren Verlobten Rudolf mit Gudrun ringen sehen und die Schreie des lieben Kindes sogleich als Theaterschreie entlarvt, hatte Lamberti ins Bad im Parterre geführt – es gab drei Bäder im Haus, wie er ihr stolz erklärte – und hatte seine Hose einer gründlichen Reinigung unterzogen, dabei seine atemlosen Schreie mit ähnlich atemlosen beantwortet, und war auch dann noch friedlich geblieben, als er sie am Hinterkopf zu kraulen begonnen und schließlich einen nassen Kuß auf ihren Nacken gedrückt hatte. Das Serviermädchen war in der Tür aufgetaucht, hatte: «Ein widerlicher Bonzenbetrieb!» gesagt, hatte auf Franz Lambertis Frage, was sie damit meine, geantwortet, wenn sie sich dieses Getümmel hier anschaue, komme sie sich vor wie in einem Panoptikum, das eine zum Glück längst abgewrackte Clique mit all ihren Makken und Scheußlichkeiten ausstelle, hatte den Zwanzig-Mark-Schein, den Lamberti aus seiner Rocktasche gezogen und mit dem er ihr gewunken hatte, aus seinen Fingern gezerrt und in die Tasche ihrer Servierschürze gesteckt, und dann war Anna mit dem Herrn des Hauses zurück zur Terrasse, hatte die Frage Rudolfs nach seiner Mutter und Konrad statt mit einer Antwort mit einer Art Kußmaul bedacht, hatte Rudolfs: «Ich küsse dich» als Ersatzlösung akzeptiert und Franz Lambertis Ersatzkuß um so mehr genossen, hatte seine Frage, was Rudolf seit neuestem studiere, vorerst ohne Antwort gelassen und stand jetzt, mit verschränkten Armen, beim Gläsertisch und betrachtete diese Art von anachronistischem Festgetümmel, das *ihr* aber gefiel.

«Philosophie», sagte sie, «Germanistik, was weiß ich, irgendein Mittelalter oder eine Antike, er braucht das Gefühl, etwas Sinnvolles zu tun, so sinnlos das alles in Wahrheit auch ist.»

«Und du hast keine Angst, daß er sich verzettelt, daß er nach einem ersten einen zweiten und nach einem zweiten womöglich einen dritten Anlauf nimmt und dabei nie zu Potte kommt? Darf man wissen, wie alt Monsieur ist?»

«Fünfundzwanzig», sagte Anna und sah, wie das Serviermädchen der Hausherrin das Tablett in die Hand drückte, sich die Schürze abriß, sie Lies vor die Füße warf und ins Haus stürmte. – Nein, ließ Anna Lamberti wissen, sie habe keine Angst; an langer Leine sei Rudolf am sichersten dorthin zu führen, wohin sie ihn haben wolle; zum Glück hätten sie beide ein Polster, auf dem sich eine Zeitlang gut traumtanzen lasse; zwar drängten ihre Eltern, wie Eltern ja immer, auf eine rasche Lösung, natürlich wolle auch sie bald, sehr bald sogar, unter die Haube und in den eigenen Stall, doch die Weichen seien bereits gestellt, der Kauf eines Hauses so gut wie beschlossene Sache, sie habe die Ehre, ihn, Onkel Franz, zu dem in Kürze anstehenden Polterabend mit diesem Kuß herzlich einzuladen, und sie packte ihn bei den Ohren und küßte ihn auf den Mund.

«Aber ja!» rief das Serviermädchen, das, seine Jacke über dem Kopf schwenkend, aus dem Haus zurück auf die Terrasse gestürmt war: Sie bestehe auf prompter und restloser Auszahlung des vereinbarten Honorars, das, wie sie hier endlich einmal Tacheles reden müsse, mickrig genug sei – und Lies lachte schallend, und die Festgemeinde klatschte Beifall, wem, war nicht auszumachen. – Es sei, so das Mädchen, von Servierdiensten die Rede gewesen, nicht von Galeerenfron; sie jage seit Stunden, rief sie und packte nach Gudrun, und Gudrun tätschelte ihr die Wange und drohte ihrer Mutter mit der Faust: Sie jage seit Stunden treppauf, treppab, Terrasse raus, Terrasse rein, beladen mit Tabletts voll der unsinnigsten teuersten überflüssigsten Getränke und Delikateßhappen, sie breche unter dem Gewicht dieser Klöpse förmlich ins Knie, sie hetze sich die Zunge aus dem Hals und renne sich Krampfadern in ihre preisgekrönten Beine – und sie schmiß diese Beine, und Franz klatschte begeistert Beifall –, und da erlaube sich die Hausfrau, dieses Madämchen, ihr ins Gesicht zu sagen, sie solle einen Zahn zulegen, sie fresse und saufe sich in der Küche wohl immer erst die Wampe voll, ehe sie, wie eine lahme Klosettfliege, hier wieder auftauche und dabei mit dem Arsch wackle wie eine aus der Kleinen Brinkgasse – «Die gibt es leider nicht mehr!» rief einer, diesmal nicht Franz –, und deshalb schmeiße sie den Kram der Hausfrau vor die Füße und zücke ihre zitternde Hand, damit diese Dame die vereinbarte Knete rüberwachsen lasse, von der sie kaum eine Woche lang ihren Mensafraß bezahlen könne, so mickrig werde sie von diesem Kapitalistenpack hier abgefüttert – und Gudrun schrie: «Kapitalistenpack!» und packte die Hand der geschundenen Kreatur und stieß sie ihrer Mutter gegen die Brust.

Viele klatschten. Einer legte die *Capri-Fischer* auf, und mehrere sangen erschrocken mit. Lies gab ihrer Tochter eine Ohrfeige, und Gudrun packte die Hand, die sie geschlagen hatte, schlenkerte sie durch die Luft und küßte sie schließlich schmatzend ab, und Onkel Franz nahm seine Frau bei den Schultern und das Servierkind beim Arm und schwenkte beide zum Gesülze von Gerhard Wendland hin und her, dann zückte er sein Portemonnaie und schob dem gemarterten Kind zwei Blaue in die zuschnappende Hand, und Lies drückte es in einen Korbsessel, fütterte es mit Biskuit und bat es, ab sofort statt als Serviermaid als Ehrengast der Fete beizuwohnen, und beide Frauen drückten sich gegenseitig einen Kuß auf die Wange. Anna stand noch beim Gläsertisch und kam aus dem Staunen nicht heraus, dann sah sie Ruth, ihre Schwiegermutter in spe, aus dem Haus auf die Terrasse auf sich zueilen.

«Und Rudolf?» fragte Anna. – «Ach der», sagte Ruth, «wie alle Kinder, denen du ein neues Spielzeug in die Hand drückst.» – «Er hat ein neues Spielzeug?» – «Na, diesen Konrad. Beäugt ihn, wie er alles beäugt, was exotisch aufgeputzt daherkommt.» – «Exotisch aufgeputzt? Konrad?» – «Familie», sagte Ruth, «Verwandtschaft. Der gleiche Stall. Fleisch von seinem Fleisch. Und doch sind die Leute ihm fremder als Hekuba.»

Sie winkte ihrem Schwager. Der kam heran, umschulterte beide Frauen und führte sie in den Garten.

«Endlich», sagte Ruth, «haben wir euch beim Wickel: dich, lieber Schwager, meine liebe Schwester Lies, eure entzückenden hinreißenden aufregenden Kinder. Jahrzehntelang in alle Winde verstreut. Ihr in Hamburg, wir in diesem langweiligen Köln. Wie habe ich mich, ewig, nach meiner Lies gesehnt, der dummen exaltierten Pute. Hättest du deine Klitsche nicht schon längst nach Köln verlegen können?»

«Klitsche!» rief Franz und küßte seiner Schwägerin die Hand. «Ein Millionending», sagte er zu Anna, «Swimmingpools, Saunen, Luxusbadezimmer! Alles Luxus, meine Liebe. Wenn ihr, du und Rudolf, euer Nest bauen werdet, dann wird Onkel Franz euch, als kleines Hochzeitsangebinde, drei Badezimmer installieren lassen, und im Keller eine Schwimm- und Saunaanlage der Extraklasse», und er küßte abwechselnd beide Frauen, und dann stand der Schwarze im grünen und gelben Maienlicht.

«Hallo», sagte er.

«Hallo», sagten die drei wie aus einem Munde.

«Schön, Sie zu sehen», sagte Franz, «ich bin der Boß hier.»

«Und ich bin Tom», sagte der Schwarze, «Lotte hat mir die Adresse gesagt.»

«Ach, Lotte!» rief Franz. «Wer ist Lotte?»

«Die serviert bei Ihnen», sagte Tom, «wenn sie nicht zufällig durchdreht und alles hinschmeißt.»

«Ach die!» riefen Anna und Franz. «Genau so einen wie Sie hab ich ihr zugetraut», sagte der Hausherr.

«Einen wie mich?» fragte Tom.

«Schwarz», sagte Franz, ließ die Frauen stehen, hakte Tom unter und führte ihn aufs Haus zu, «schwarz und groß und schön. Lippen wie Seidenkissen. Und ein Body», rief er und hielt Tom beim ausgestreckten Arm und zeigte ihn den Frauen, «ein Body, meine liebe Anna, da kannst du deinen Rudolf als Pansen durch den Fleischwolf drehen!»

«Soll ich mich frei machen?» fragte Tom und fing an, sein Hemd aufzuknöpfen.

«Wir veranstalten», rief Franz, «morgen, nein, nächste Woche, Donnerstag, eine Saunaparty, Ihnen zu Ehren, mein junger schöner schwarzer Freund, und alle, die für solche Lenden», und er packte Tom um die Hüfte, «was übrig haben, sind eingeladen, sie zu bewundern.»

«Fleischbeschau», sagte Tom und lachte nicht. «Wo ist Lotte?»

«Lotte!» rief Franz, hakte Tom wieder unter und schob ihn auf die Terrasse. «Wein und Schnaps und Bier; mein Schädel brummt; ich schäme mich, daß ich, ekelhaft wie das ganze weiße Pack, einen Mann wie Sie noch immer als Schauobjekt, als Exoten, als Zirkusnummer verkaufe. Dafür, zum Beweis meiner Hochachtung, lege ich Sie meiner Tochter in den Arm und ans Herz», und er nahm Gudrun bei der Hand und schob ihr Tom in die Arme.

Alle möglichen Leute klatschten und grölten.

«Und wo *finde* ich Rudolf?» fragte Anna ihre Schwiegermutter.

«Im zweiten Stock. In der von Lies so genannten Dienstbotenkammer», und sie bahnte sich einen Weg zu ihrer Schwester, und die beiden Frauen fielen sich um den Hals. Auch Anna wühlte sich durch. Sie tätschelte Gudrun bei der Schulter, berührte Toms Lippen mit den Fingerspitzen, «Seidenkissen», sagte sie fröhlich, dann lehnte sie Gudruns weißes Gesicht gegen das schwarze, und Gudrun quiekte.

Kurz darauf, oben im Dienstbotenzimmer, tanzte sie vor Konrad und Rudolf. Ihr weißes Gesicht in seinen schwarzen Locken. Die Finger von Konrad wie Gewürm. «It's a long way to Tipperary» sang er aus heiserer Kehle. Dann stolperte er aus dem Zimmer.

Konrad stolperte durch die Tür durchs Treppenhaus ins Schreibkabinett seiner Mutter. Das Telefon auf dem Fensterbrett. Er tippte die Nummer, vertippte sich, tippte und tippte.

«Achim!» rief er, «kann ich Achim sprechen, hier ist Lamberti aus Köln.»

In Hamburg rumorte es. Er glaubte den Wind zu hören und das Meer.

«Du», sagte er, «mir war, in meinem Kopf, als ob ich, mit dir, draußen, in Cuxhaven, im Sturm, im Watt, auf geriffeltem Sand mit geriffeltem Hirn hin und her renne; was heißt ‹geriffelt›, gibt es das Wort ‹geriffelt›, oder gibt es ‹geriffelt› nur in meinem Kopf, alles in mir ist geriffelt, alles Ligili, nein Ligeti, kennst du Ligeti, das soll einer sein zum Schweben, da hat's ein Klavierkonzert mit einer Schwebe drin; hör das Gebrüll, mit Gebrüll werden hier Haus und Garten eingeweiht; geriffelt, warum geht mir ‹geriffelt› nicht aus dem Kopf; daß meine Mutter so eine Gans ist; und mein Vater ein Idiot, Badewannen Bidets Kloschüsseln, daß ich zwischen Bidets und Kloschüsseln habe großwerden müssen; hast du ein Lexikon zur Hand, such Ligili, nein Ligeti; daß ich nichts als eine doofe Schwester und keinen Bruder und keinen Hans-Arsch habe, der mir was von Ligeti erzählt; alle Welt schwärmt von dem: meine Tante Ruth, der ihr Sohn, dem seine Tussi; diese Ruth hat von ihrem verstorbenen Mann eine Schellenfabrik, eine Summer- und Glockenklitsche geerbt und gleich verscherbelt; jetzt macht sie sich mit ihrem Sohn, so Lokken rund um die Birne, einen lauen Lenz; Ligeti, ja Ligeti, da gibt's keinen Ligeti?, was hast du für idiotische Lexika; ja, Lokken rund um die Birne, schwarz, und seine Tussi rot, rot fickt gut, Anna heißt die Kanaille; sogar die Netzhaut, sogar die Pupillen, sogar die Wände die Möbel die Fensterscheiben, sogar die Luft, die ich atme, alles geriffelt, manchmal lieg ich im Bett, und so ein Wort, zum Beispiel ‹geriffelt›, steckt mir im Kopf, und die Nacht ist im Arsch, geriffelt geriffelt geriffelt; okay, my dear, so long, wenn du bei deinen Alten im CD-Turm Ligeti findest, egal, wie spät, ruf mich an, spiel's mir durch, würg's mir rein. Ende.»

Im Treppenhaus lief er dem Brautpaar in die Arme.

«Wir haben uns dein Zimmer angeschaut», sagte Anna und hakte ihn unter, «deine Bücher, deine Bilder, deine Platten, deine Videos. Rudolf meint ...»

«Ja?» sagte Konrad, blieb stehen und schaute Rudolf an. «Was meint Rudolf?»

Der grinste. Im Treppenhaus war es schummrig. Die Lampen waren noch nicht eingeschaltet. Das Licht von draußen fiel durch enge Luken auf Wände, die mit hellem Holz verkleidet waren, und auf eine Treppenkonstruktion, die wie mit Ketchup übergossen schien, so rot und roh wirkte sie bei dieser Beleuchtung.

«Und Rudolf meint *was*?» fragte Konrad zum zweiten Mal.

«Elvis und Karl May / ach du dickes Ei», sagte der und grinste Anna an, die abwinkte.

«Hat Monsieur, als er ein Hosenscheißer war, nicht auch Karl May gelesen und Elvis gehört?» fragte Konrad.

«Ach, du bist ein Hosenscheißer», lachte Rudolf und machte Anstalten, seinen Cousin zu umschultern. Der aber schlug seinen Arm weg, kämpfte erfolglos gegen einen Schluckauf und rannte, ohne sich weiter um die beiden zu kümmern, die Treppe hinunter auf die Terrasse.

«War das *deine* Idee, die Treppe hier mit Ketchup zu überschütten?» rief Rudolf ihm nach, und Anna sagte: «Warum bist du so eklig zu ihm?», und Rudolf meinte: «Ein kleiner verdrehter Karl-Arsch.»

In Konrad stach es hinein: das Licht, der Lärm, die Musik, die Hitze. Er bedeckte die Augen mit der linken Hand und grub mit der rechten nach einem Taschentuch, fand aber keins. Meine Augen, dachte er, mein Kopf, mein verdammter Hohlkopf, und er schlug sich mit der Faust gegen die Stirn, als wolle er die Antwort, die er Rudolf schuldig geblieben war, nachträglich aus sich herausklopfen. Dann hielt er Ausschau nach Onkel Till, fand ihn aber erst, nachdem er die Terrasse zweimal durchkämmt und alle möglichen Leute abgeschüttelt hatte, die ihm alles mögliche stecken wollten. Onkel Till stand seitlich neben der Leihpalmen-Dekoration, wegen der seine Mutter tagelang herumtelefoniert hatte, die erst am heutigen Vormittag installiert worden war und von der Konrad nicht wußte, war sie echt, war sie Attrappe. Er schlug Onkel Till das Schnapsglas aus der Hand, fing es wieder auf, stopfte es ihm in die Brusttasche, packte ihn beim Arm und zerrte ihn, ohne Rücksicht auf sein Zappeln und Zetern, über die Terrasse an Rudolf und Anna vorbei ins Terrassenzimmer vor den Flügel.

«Onkel Till», rief er, «du wirst jetzt, wie wir das schon oft gemacht haben, zu dem Gedicht, das ich aufsagen werde, auf dem Flügel so toll improvisieren, wie allein du das kannst. ‹An den Mistral› heißt das Stück, und ‹Ein Tanzlied› hat Nietzsche es im Untertitel genannt, und es geht so!» Er brüllte die ersten beiden Strophen dem alten Mann in die Ohren, brüllte dessen Protest nieder, klappte den Flügel auf, drückte Till auf den Hocker, nahm den Gong von der Wand, ließ den Klöppel wirbeln, sah unter den Herbeiströmenden Rudolf und Anna, die direkt neben dem Flügel zum Stehen kamen, riß Onkel Tills Arme hoch, stieß sie auf die Tasten und begann, von dem Alten anfangs stockend, dann immer flüssiger begleitet, mit seinem Vortrag:

Mistralwind, du Wolken-Jäger,
Trübsal-Mörder, Himmels-Feger,
brausender, wie lieb' ich dich!
Sind wir zwei nicht eines Schoßes
Erstlingsgabe, eines Loses
Vorbestimmte ewiglich?

Hier auf glatten Felsenwegen
lauf ich tanzend dir entgegen,
tanzend, wie du pfeifst und singst:
der du ohne Schiff und Ruder
als der Freiheit frei'ster Bruder
über wilde Meere springst ...

Ohne zu stocken und scheinbar ohne Luft zu holen raste er das Gedicht aus sich heraus, und Onkel Till, obwohl sie vorher nicht hatten proben und tüfteln können, gab auf dem Flügel sein Bestes.

Jagen wir die Himmels-Trüber,
Welten-Schwärzer, Wolken-Schieber,
Hellen wir das Himmelreich!
Brausen wir ... oh aller freien
Geister Geist, mit dir zu zweien
braust mein Glück dem Sturme gleich.

Konrad wogte auf Zehen, und nicht viel hätte gefehlt, und er wäre aus dem Gleichgewicht und Rudolf in die Arme gekippt.

Und daß ewig das Gedächtnis
solchen Glücks, nimm sein Vermächtnis,
nimm den Kranz hier mit hinauf!
Wirf ihn höher, ferner, weiter,
stürm empor die Himmelsleiter,
häng ihn – an den Sternen auf!

Konrad riß die Arme hoch, als wolle er sich in die Luft schleudern, und Onkel Till erfand aus dem Stegreif einen Schlußakkord, der es in sich hatte. «Bravo!» erscholl es aus vierzig Kehlen; Tom hob Gudrun auf seine Schulter; Franz rief: «Sehet! Das ist mein Sohn, an dem ich mein Wohlgefallen habe!», und als zwanzig Arme Konrad packten und stemmten und einander zuwarfen, ließ der seinen Cousin nicht aus den Augen, und Rudolf hielt dem Blick stand, hob zuletzt die Hände über den Kopf und klatschte dem Gefeierten Beifall, der sich endlich gehenließ und lachte, lachte! «Jetzt hat er's dir aber gezeigt», sagte Anna und winkte Lies, die herbeikam.

«Wie konnte etwas so Kluges wachsen in meinem dummen Bauch», rief sie, packte ihren Sohn, führte seine Hand über diesen Bauch und schob den Jungen dann Rudolf in die Arme.

«Pardon», sagte der und gab ihn an Lies zurück, «ich hab noch Karl May gelesen und Elvis gehört, da war ich schon sechzehn», und Konrad grinste.

Ein Dutzend Leute hatte sich um Onkel Till geschart und feierte ihn.

«Nein!» rief der und kippte einen Schnaps nach dem anderen. «Nicht ich, aber der Bub ist das Genie! Sein Vortrag, sein Feuer reißen mich mit wie sonst nichts! Kaum stellt er sich hin und ballt die Fäuste und wirft den Kopf in den Nacken, schon quillt es unter meinen Fingern, Gichtfingern, hervor wie Ambrosia!»

Und als Rudolf ihm ein volles Glas in die Hand drückte, ihn beiseite führte und fragte, ob er solche Spektakel oft mit Konrad veranstaltet habe, kam der Alte in Fahrt. Den Jungen interessiere ja nichts anderes, als Gedichte in seinen Kopf zu schaufeln und sie seinem Onkel Till vorzutragen und ihn anzufeuern, sie in Musik zu setzen, sozusagen. Doch da wurden sie unterbrochen. Lotte war schon seit einiger Zeit mit einem Sektkübel zwischen den Gästen hin und her gelaufen und hatte, ihr Anliegen laut aus sich herausrufend, für Sarajevo gesammelt. «Wir, hier, an diesem Maienabend, in dieser Luxusvilla, unter Palmen aus Pappe und Pleurosen, schlagen uns die Bäuche voll und sagen Gedichtchen auf und schnulzen die *Capri-Fischer* in die Mondnacht, als wäre die Welt ein Freudenhaus!», und indem sie von Blut und Tränen, zerfetzten Kinderleibern und vergewaltigten Moslemfrauen tönte, packte sie in die Handtaschen der Frauen und in die Gesäßtaschen der Männer, hatte sich jetzt auch auf Rudolf und Onkel Till gestürzt und plünderte, unter deren lachendem Protest, ungeniert die Geldtaschen.

Plötzlich stand Tom groß und schwarz mittendrin. «Los!» rief er. «Mir nach!», und er packte Gudrun beim Handgelenk und zerrte sie die Terrassenstufen hinab in den Garten.

«Wohin?» schrie Konrad und rannte ihm nach.

«Ins DING!» rief Tom. «Zur Saturday-Night-Party!» Und Rudolf packte nach Anna und stürmte hinter Konrad her, und Lotte, mit dem Geldkübel im Arm, rannte als letzte.

An der Gartenpforte war Toms Wagen geparkt. Keuchend quetschten die sechs sich hinein, dann heulte der Motor auf, und sie hoben ab.

4

Vor dem DING war was los. In Gruppen und Grüppchen drängte es hinein. Gesichtskontrolle wie immer. Studenten, nichts als Studenten. «Ekelhaft», sagte Tom, «ich hab erlebt, wie sie Leute, nette Leute, rausgeprügelt haben, nur weil sie nicht zur Zunft gehörten.» – «Und weshalb unterstützen wir so was?» fragte Anna. «Gibt es nichts anderes?» – «Ja», sagte Tom, «nein», und er schob Gudrun in Annas Arme, «du wirst sehen, drinnen ist die Hölle los.» – «Toller Schuppen», rief Lotte und schwenkte den Sektkübel über ihrem Kopf, «affengeil!»

«Moment mal», sagte der Typ am Eingang und packte Gudrun beim Arm und Konrad bei der Schulter, «Kindergarten is nich.» – Tom redete mit Engelszungen. Das sei Besuch von Lotte. Familie und so. Kämen aus der finstersten Provinz. Wollten das nur mal kurz sehen. Er, Tom, lege seine Hand ins Feuer: In einer halben Stunde seien sie wieder draußen. – «Nix da!» rief der Typ und drängte Konrad und Gudrun beiseite. «Verpißt euch, Mann!» – Lotte packte in den Kübel, knüllte ein paar Scheine in die Faust und hielt sie dem Typ unter die Nase. Der nahm die Faust, stieß sie Tom ins Gesicht und fegte Lotte und Tom und die beiden Kids auf den Gehsteig. Rudolf fing auf, was er zu packen bekam. Anna saß auf dem Pflaster und rieb sich das Knie.

«Was nu?» fragte Lotte und wühlte im Kübel.

«Ich hab ne Idee!» rief Tom und rannte los.

Die Idee war nicht schlecht. Sie hatten den Mauritiuswall Richtung Rudolfplatz passiert und standen jetzt vor dem PARK. «Halt das mal», sagte Lotte zu Gudrun und schob ihr den Kübel unter die Achsel, «Tom und ich tun uns was auf.»

Drinnen war schon Betrieb. Philipp zapfte Kölsch, es kam aber nur Schaum. Er fluchte, goß die Brühe in den Abfluß und spülte mit Wasser nach. Lotte nahm ihn beim Kopf, zog ihn über die Theke und gab ihm einen Kuß. Tom packte sich Robert, den zweiten Thekenmann, und schob ihn zu Lotte und Philipp. Dann verhandelten sie.

Okay, meinte Tom, das Mädchen sei erst dreizehn und der Junge vierzehn. Sie wollten mit denen auch nicht die Nacht hier verbringen. «Ne schnelle Cola, 'n bißchen was fürs Auge, dann kratzen wir die Kurve.»

«Und wenn die Bullen auftauchen?» fragte Philipp. Seitdem so Typen ihnen neulich die Scheiben eingeschlagen hätten, kämen die alle naselang vorbei, er, Philipp, habe sie selbst darum gebeten.

«Ach Schitt», sagte Tom, «doch heute nicht», und er nahm Philipp beim Kopf, stieß sein schwarzes Gesicht in das weiße, und Philipp biß in diese Lippen, in die auch Robert gern gebissen hätte, der Lotte anschaute, die Tom und dem beißenden Philipp zuschaute.

«Okay», sagte Tom und hockte sich draußen zu den vieren auf den Fenstersims, «wir können rein, kurz, auf 'n schnelles Kölsch, aber du und dein Bruder», und er nahm Gudrun beim Genick und massierte die Wirbel beim Hals, «ihr haltet euch bedeckt.»

«Was is'n das für 'n Schuppen?» fragte Gudrun und wand sich unter Toms Händen. «Wissen Sie, eigentlich will ich nicht, daß Sie dauernd an mir rumfingern.»

«Pardon», sagte Tom und ließ sie los.

«Mein Kübel!» rief Lotte. «Wo habt ihr meinen Kübel?»

Sie hätten, erklärte Konrad, das Geld sortiert, gezählt, gebündelt und hier in seiner Tasche verwahrt, und er schlug sich auf die Brust, wo der Hemdenstoff spannte. – Das sei doch die Höhe, rief Lotte, sie allein habe den Kies organisiert, und ihr allein stehe er zu. «Wieviel ist es denn?»

«Dreihundertvierzig», sagte Rudolf, «die halbe Miete.»

Was er damit meine, wollte Tom wissen.

«Na was wohl!» rief Rudolf, er wolle ihm doch nicht weismachen, Lotte habe vor, das Geld für Sarajevo zu spenden; er finde es ja okay, daß sie die Typen geschröpft habe, ihm wäre aber wohler dabei gewesen, wenn sie egal was für ein Märchen erzählt hätte, nur nicht diesen Scheiß.

«Amen», sagte Lotte und setzte sich in den Rinnstein.

«*Gib* mir das Geld», sagte Tom und hielt die Hand auf, und als Konrad es ihm gegeben hatte, kniete er hin, stopfte es in den Kanalschlitz beim Rinnstein, stieß mit den Fingern nach und sagte: «Plop!»

Lotte stand auf, packte Rudolf beim Kinn, drückte ihren Mund auf seinen und ließ nicht locker. Rudolf jaulte.

«Hilf ihm!» sagte Anna zu Konrad und schob ihn an die beiden heran. Konrad pflückte Rudolf von Lottes Lippen, fuhr ihm mit dem nackten Unterarm übers Gesicht und sagte: «Heinzelmann liebt Heinzelmännchen.» Dann, lachend, schoben die sechs sich ins PARK.

Anfangs war Konrad wie blind. Tom hatte ihn bei der Schulter gepackt und an zig Gestalten vorbei in die hinterste Ecke geschoben. Warum, hatte er denken müssen, warum ins letzte Loch, in den dunkelsten Winkel? Dann hatte er Rudolf neben sich gefühlt, nicht gesehen, noch sah er nichts, alles war gelb durchflackert, auch die Stimmen und die Musik total schräg. Wenn er die Augen aufriß, stach es in sie hinein, Rauch, mußte er denken, Zigarettenqualm, doch das mußten Zigaretten sein, die nur hier geraucht wurden, nirgendwo sonst, auch in seine Nase biß es, und plötzlich wußte er, daß jemand sein Gesicht gegen irgend etwas stieß oder drückte, und dann war es Toms Brust, an der er sich wiederfand, er atmete Tom, er leckte an Tom, etwas hatte ihn dazu gebracht, an dem zu lecken, woran er sich atmend lehnte.

«Das hätte ich nicht sagen sollen», hörte er seine Schwester an seinem Ohr flüstern, «jetzt denkt er womöglich, weil er schwarz ist, will ich nicht, daß er an mir rummacht, es soll aber *keiner* an mir rummachen, ich hasse das.»

Konrad fühlte, wie sie seine Hand nahm und gegen ihre Brust stieß, und er nahm ihre rosenkohlgroße Brust zwischen Daumen und Zeigefinger – wieso eigentlich Rosenkohl? mußte er denken – und ließ sie gleich wieder los, weil er bei der Schulter gepackt und von Tom weggedreht wurde, und Rudolf, den er jetzt sah und nicht mehr nur fühlte, drückte ihm ein Glas in die Hand, und indem er es an den Mund hob, sah er die beiden Männer.

Er schloß die Augen und machte sie wieder auf. Zu und auf. Noch mal zu und auf. Doch er hatte richtig gesehen. Es waren zwei Männer. Nicht ein Mann und eine Frau. Es waren zwei Männer, die Gesicht an Gesicht standen und sich küßten, wild küßten, und er riß den Kopf zur Seite und hoch, doch Rudolf stand nicht mehr da, wo er gestanden hatte, und er sagte zu Tom: «Da küssen sich zwei Männer», und Tom sagte: «Na und?», und dann sagte er noch: «Wir sind hier in einer Schwulenkneipe – okay?», und Konrad sagte: «Okay» und hob das Glas zum Mund und warf den Kopf in den Nacken, doch das Glas war leer, und ihm war, als schütte er Luft in sich hinein.

Dann sah er sich um. Was er suchte, waren Frauen. Oder doch Mädchen. Oder, wenn es schon keine *jungen* Frauen hier gab, vielleicht alte, irgendwelche Muttis oder Omis oder fette Tanten oder Köchinnen in irgendwelchen Küchen hier, oder Putzfrauen, oder Klofrauen, überall gab es wenigstens Klofrauen.

«Vielleicht gibt es ja wenigstens eine Klofrau hier», sagte er zu Lotte, und Lotte fragte: «Klofrau?», und Konrad sagte: «Klofrau, ja, es muß doch Klofrauen hier geben», und Lotte sagte zu Tom, Konrad meine, wenigstens Klofrauen müßten hier rummachen, und Tom wollte wissen, warum er ausgerechnet hier und jetzt an Klofrauen denke, aber Klofrauen, sagte Konrad, seien schließlich überall, Klofrau sei, wie ja schon der Name sage, ein Frauenberuf, er wolle ihm doch wohl nicht einreden, hier seien sogar die Klofrauen Männer. Aber, fragte Tom, warum er denn so scharf auf Klofrauen sei, ob, wenn es schon sonst keine Frauen hier gebe, der Gedanke, wenigstens auf dem Klo gebe es welche, zu seiner Beruhigung beitrage? Ja, meinte Konrad, ohne Frauen sei alles so anders, fremd, aber schön, beides.

«Was hältst denn du davon», fragte Tom Gudrun, «daß hier Männer Männer küssen?»

Gudrun packte nach ihrem Bruder, und Konrad packte nach

Gudrun, und sie hingen eines am anderen wie Affenkinder, und Gudrun sagte: «Na, endlich mal was anderes als immer nur Knäbchen küßt Mädchen; mein Bruder und ich», wandte sie sich an Rudolf, der Konrad ein frisches Glas Kölsch in die Hand drückte, «immer wenn es einen Schwulenfilm im Kasten gibt, hocken wir beieinander und flippen aus.» Ob er, Rudolf, auch ausflippe, wenn er einen Schwulenfilm im Kasten sehe.

Rudolf packte nach Anna, und Anna meinte, sie und Rudolf sähen nie gemeinsam fern, sie hörten Musik. – «Ligeti?» fragte Konrad. – «Beethoven», sagte Anna, sie sei für Beethoven und Tschaikowsky und wie die alle hießen. – «Wieso Ligeti?» wollte Rudolf von Konrad wissen. – Schwules, so Anna, habe sie bis heute nur per Musik und Literatur getankt, Rudolf lese ihr manchmal diesen langwierigen Proust vor, vor allem erläutere er ihr die Hintergründe und Abgründe in seinem Roman, wer ihm zum Beispiel für diese Albertine Modell gestanden habe, also wie, wann und wo Reynaldo-Hahn im Buch in welcher Verkleidung auftauche, und er, Rudolf, sammle und höre Musik von diesem Hahn, ziehe sie aus dem Rundfunk, weil sie anderswo ja nicht zu hören und zu haben sei, und vertrödle ganze Nachmittage mit der Frage, bei welcher Modulation in welchem Abschnitt welchen Werkes das Schwule besonders deutlich zu hören sei.

«Wie heißt der Mann?» wollte Konrad von Rudolf wissen.

«Reynaldo-Hahn», sagte Rudolf und zerrte an Anna, die aber nicht aufhörte, von Rudolfs Proust- und Reynaldo Hahn-Verfallenheit zu reden. «Heute», rief sie, «bin ich zum ersten Mal ins *wahre* Schwulenleben gemengt», und sie prostete einem Typ beim Musikautomaten zu, der ihr eine Kußhand zuwarf, die sie winkend zurückgab, und das wahre Schwulenleben finde sie sehr viel amüsanter und interessanter als das Proustsche Schwulenleben. «Findest du, Schatz», fragte sie Rudolf und küßte ihn auf den Mund, «das wahre und leibhaftige Schwulenleben nicht auch amüsanter und interessanter als das Schwulenleben per Literatur und Musik?»

Rudolf fragte Konrad, indem er Anna umarmte und Lotte

küßte, wie denn *er* das wahre und leibhaftige Schwulenleben finde, und Konrad schob Gudrun beiseite und hob sich auf die Zehen und küßte Tom auf den Mund und meinte, wenn alle Schwulen Lippen wie Tom hätten, fände er das wahre und leibhaftige Schwulenleben enorm, denn er finde Toms Lippen enorm, enormer als alle Lippen landauf, landab, und Rudolf machte Schnullerlippen, und Tom leckte sich die Lippen und küßte Lotte und bestellte eine Runde – «Ja!» rief er, «Kölsch auch für unsere Kids!» –, und Philipp drohte mit erhobenem Zeigefinger, zapfte aber sechs Kölsch und reichte sie rüber, und dann machte der Typ vom Musikautomaten vor Anna einen Diener, und Anna legte sich in seinen Arm und tat so, als schwebe sie mit ihm in welchen Himmel auch immer, und Rudolf sagte zu Konrad: «Sie tanzt», und Konrad sagte zu Rudolf: «Tanz auch», und Rudolf fragte: «Mit wem?», und Konrad sagte: «Nicht mit mir», und Rudolf sagte zu Tom: «Mit *mir* will er nicht tanzen», und Tom verbeugte sich vor Konrad und nahm ihn in den Arm und sagte zu Rudolf: «Aber mit *mir*», und Anna tanzte mit dem Typ und Konrad mit Tom und Lotte plötzlich mit Gudrun, und Rudolf nahm Konrad das noch halbvolle Kölschglas aus der Hand, führte es an den Mund, drehte es so, daß er mit seinen Lippen eine mit Schaum benetzte Stelle am Glasrand traf, und dabei schaute er Konrad an, der *ihn* anschaute, sich dann aber reckte und seinen Mund auf Toms Mund drückte, und Tom bog den Kopf zurück, und Konrads gespitzte Lippen pickten ins Leere, bis Tom sich anders besann und Konrad beim Hinterkopf packte und Konrads Gesicht in seine Lippen hineindrückte, und Rudolf schrie: «Eine Lokalrunde!»

«Eine Lokalrunde», hatte Rudolf geschrien, und viele um ihn herum klatschten, und Philipp und Robert fingen an, wie verrückt Kölsch zu zapfen, und Konrad wand sich aus Toms Arm, suchte mit den Augen nach einem Stuhl oder Hocker, fand aber nichts als an der Wand die Metallraupe der Zentralheizung, stemmte sich hoch, stand erst schwankend, dann mit durchgedrückten Knien und ausbalanciertem Körper hoch über den Köpfen aller und überschaute das Treiben im Lokal.

Die Männer interessierten ihn, nicht als einzelne, nicht einer mehr als ein anderer, aber als Gruppe. Rudolf unterhielt sich mit Gudrun. Neben Rudolf hatten Anna, Tom und Lotte alle Hände voll zu tun, die über die Theke gereichten Kölschgläser in Empfang zu nehmen und weiterzugeben. Rudolf als Spender kümmerte sich einen Dreck darum. Er stand, das Gesicht in Konrads Richtung gedreht, den rechten Arm locker um Gudruns Schulter gelegt, in so günstiger Entfernung vor ihm, daß ihm war, als ramme sich dieses Gesicht, wie eine Großaufnahme von einer Kinoleinwand, tief in seine Augen und seinen Kopf. Nicht ein einziges Mal schaute er hoch. Auch andere Gesichter waren dicht bei Konrad, doch keines kam ihm wirklich nah. Dann ließ er die Augen schweifen. Männer und Männer und Männer. Einmal war ihm, als streife sein Blick ein Gesicht, das er besser kannte als alle, und indem er das jäh wieder weggetauchte suchte, fiel ihm ein, daß er sich selbst im Kreis dieser Männer gesehen hatte – einen Doppelgänger? oder tatsächlich sich selbst als Vision von etwas, das auf ihn zukam? Ihn schwindelte. Er suchte nach etwas Festem, an das er sich hätte klammern können, doch alles: die Köpfe die Leiber die Lichter die Wände die Decke die Theke zerschwamm in seinem Kopf zu wäßrigem Dunst, ich falle, dachte er, dann stürzte er sich mit den Augen auf das blonde und schwarze Zwillingspaar zu seinen Füßen, auf Rudolf und Gudrun, und stand wieder sicher und fest.

«Da, nimm», sagte Rudolf und hielt ihm ein Kölschglas vors Gesicht.

«So geht das aber nicht», meinte Philipp, der plötzlich neben Rudolf stand und auf Konrad zeigte: Der Junge falle auf, im Lokal frage man schon nach ihm, Strichjungen seien hier nicht gefragt, nur ausnahmsweise und unter besonderen Auflagen lasse er manchmal den einen oder anderen zu, nie aber einen in diesem jugendlichen beziehungsweise kindlichen Alter.

Ob er, fragte Rudolf, damit sagen wolle, Konrad sei ein Stricher?

Er wisse, sagte Philipp, daß Konrad, oder wie der Junge heißen möge, kein Stricher sei, das sehe schließlich ein Blinder, doch in seinem Lokal verkehrten nun mal Leute, die mit Jungen im Alter dieses hier auf seiner Heizung turnenden und die Heizung möglicherweise ruinierenden Konrad nichts anfangen könnten.

«Dem möchte ich mit allem Nachdruck widersprechen», sagte ein Mann mittleren Alters, der an die Heizung herangetreten war, Konrad die Hand gereicht hatte und ihm jetzt, als sei ein glatter Sprung von oben nach unten zu gefährlich für ihn, umständlich herunterhalf, was Konrad zu genießen schien, denn er ging ins Knie, setzte sich dann auf die Heizraupe und ließ sich in die ausgebreiteten Arme des Mannes hineinrutschen, der ihn mit einer knappen Verbeugung und einem Lächeln, das Rudolf sehr mißfiel, auf den Boden stellte. «Ich bin», sagte der Mann zu Rudolf, «durchaus Ihrer Meinung, obwohl ich Sie diese Meinung nicht ausdrücklich habe äußern hören, daß ein Junge, und im besonderen einer wie dieser hier, jedem Lokal, also auch dem PARK, zur Zierde gereicht und durchaus ein Lichtblick in diesem öden Schuppen ist», und er machte mit dem rechten Arm eine die gesamte Kneipe umfassende weit ausholende Bewegung. «Sie sind der väterliche Freund dieses charmanten jungen Knaben?»

«Bin ich, charmanter junger Knabe», fragte Rudolf seinen Cousin, «dein väterlicher Freund?»

«Aber nein», sagte Gudrun zu dem Mann und strahlte ihn an, «dieser jugendliche Knabe ist, wovon seine Ähnlichkeit mit mir Sie überzeugen wird, mein jugendlicher Bruder und dieses väterlichen Mannes jugendlicher Cousin und dieser jungen Dame», und sie zeigte auf Anna, «dermaleinstiger Schwippschwager oder wie das dann heißen mag, denn wir alle hier», und sie breitete die Arme aus, «sind eine ganz normale und *gewöhnliche* Clique, mein Herr, und in dieses *ungewöhnliche* Lokal nur per Zufall geraten und gehören leider kein bißchen dazu.»

«Woher will sie das wissen», sagte Konrad und lächelte den Mann mittleren Alters an, «sie ist dreizehn, also eine dumme Pute.»

«Für ihre dreizehn ist sie aber ganz schön auf dem Quivive», sagte der Mann zu Philipp, der um die Erlaubnis bat, sich zurückziehen zu dürfen, in der Hoffnung, man befolge jetzt seine Anweisungen.

«Leo Kataster», sagte der Mann mittleren Alters, zog eine Visitenkarte aus seiner Brusttasche und überreichte sie Konrad. «Darf ich die Damen und Herren zu einem Drink einladen?»

«Nein», sagte Rudolf, nahm Konrad die Visitenkarte ab und gab sie dem Mann zurück, «wir sind im Begriff, uns zu trollen.»

«Aber wieso das?» fragte Konrad, nahm die Visitenkarte, steckte sie in seine Hosentasche und strahlte Kataster an. «*Ich* möchte einen Gin Tonic.»

«Einen Gin Tonic!» rief Kataster und fragte Konrad, ob er damit rechnen dürfe, daß er ihn bald, möglichst morgen schon, anrufe?

Hier werde von einem vierzehnjährigen Jungen weder Gin Tonic getrunken noch eine Bekanntschaft geschlossen beziehungsweise eine Verabredung getroffen. Solange er, Rudolf, seinem jungen Cousin als Begleiter und Beschützer zur Seite stehe, habe niemand, auch ein Leo Kataster nicht – und er verbeugte sich vor dem Mann –, die geringste Chance, sich des Jungen widerrechtlich zu bemächtigen.

«Aber nun mach mal einen Punkt!» rief Tom, packte Konrad und schob ihn Kataster in die Arme. «Der Herr ist doch nicht der schwarze Mann!»

«Der bist ja *du*», sagte Rudolf mit einer Schärfe, die Lotte, Anna und Gudrun aufmerken ließ, und alle umstanden jetzt die Streitenden.

Philipp reichte den Gin Tonic über die Theke, Konrad packte nach dem Glas, und Rudolf schlug es ihm aus der Hand. «Verpiß dich», sagte er zu Kataster.

«Pardon», sagte der, «ich wußte nicht, daß der Junge Ihr Betthase ist.»

«Der Junge ist nicht mein Betthase», sagte Rudolf sehr ruhig.

«Dann wird es höchste Zeit, daß Sie ihn dazu machen. Sie sind ja schon ganz fickrig.»

Rudolf lächelte, dann drehte er sich um, bahnte sich einen Weg durch die Leute und ging weg.

«He! Die Lokalrunde!» rief Philipp und wollte hinter Rudolf her.

«*Ich* erledige das», sagte Anna und lachte so herzlich, daß alle in ihr Lachen einfielen, «mach uns noch sechs Kölsch, ja, sechs!» rief sie und hakte Kataster unter. «Du gibst mir doch keinen Korb?»

«Einer schönen Frau nie», sagte Kataster und küßte sie auf die Wange. Konrad ließ er links liegen.

Später baten sie Philipp, zwei Taxis zu rufen, eines für Anna, das andere für Konrad und Gudrun. Kataster hatte sein Auto vor dem Lokal geparkt.

«Scheiße», sagte Konrad beim Einsteigen, und, als der Wagen anfuhr, zu Gudrun noch einmal: «Scheiße.» Kataster startete gleichzeitig.

Lotte und Tom schauten den Wagen hinterher, dann kniete Tom beim Rinnstein nieder und pulte etwas aus dem Kanalloch.

«Du Schatz!» rief Lotte, zerrte ihm die Banknoten aus der Hand und tanzte vor Tom her die Straße hinunter.

SONNTAG

5

Rudolf hatte gleich früh bei den Lambertis angerufen und Konrad sprechen wollen, aber nur Gudrun erreicht.

Zur gleichen Zeit hatte Konrad die Hamburger Nummer gewählt, sein Freund Achim war aber außer Haus.

Anna hatte Rudolf angeläutet, statt seiner aber Ruth an den Apparat bekommen und mit ihr eine halbe Stunde verquatscht.

Franz Lamberti war nach seinem Morgenlauf in einer öffentlichen Telefonzelle gelandet, hatte Anna angerufen und sie für kommenden Mittwoch zu einem gemeinsamen Mittagessen im Brauhaus Päffgen überredet, um mit ihr, wie er sich ausgedrückt hatte, per Prospekt in Traumbädern und Luxussaunen zu schwelgen.

Lotte hatte, nach einem turbulenten Sonntagmorgenfrühstück mit Tom, bei den Lambertis angeklingelt und sich von Lies die Nummern von Anna und Rudolf geben lassen. Überall fiepten und schnurrten und schrillten die Telefonglocken. Der Himmel über Köln war blitzblau.

Konrad, hatte Rudolf von Gudrun erfahren, telefoniere mit Hamburg; was er, Rudolf, denn von ihm wolle, und warum er so verhetzt klinge; ja, sie seien gut heimgekommen, und zwar unter dem Patronat von Leo Kataster, der sie bis vors Haus verfolgt habe; Patronat sei zur Zeit ihr Lieblingswort, und sie sei sehr wohl der Meinung, daß es hierhin passe; nein, sie hätten mit Kataster nicht mehr gesprochen: als sie an seinen Wagen herangetreten seien, habe er, winkend, die Kurve gekratzt;

Konrad habe während der Heimfahrt die Absicht geäußert, sein Haar so lang wachsen zu lassen, wie sein schöner Cousin es trage; ja, *schöner Cousin* sei Originalton Konrad; ob er wisse, daß ihr Vater für kommenden Donnerstag eine Saunaparty plane?

Rudolf hatte mittendrin aufgelegt und sich auf den Weg zu den Lambertis gemacht. Im Garten sah er Gudrun irgend etwas hin und her schleppen. «Hey!» rief er, indem er auf sie zurannte. «Wo ist dein Bruder?» – «Hilf mir», sagte sie und drückte ihm eine Bambusmatte in die Hand, die er gleich wieder fallen ließ. – «Ist er im Haus? Sieht er uns?» – «Alles, was Augen hat / sieht uns mit Lust», sang sie nach Mendelssohn. – «In Deckung!» sagte Rudolf und zerrte sie ins Gebüsch. – «Und was jetzt?» fragte Gudrun, und Rudolf ließ sich zu Boden fallen.

Oben in seinem Zimmer saß Konrad, den Telefonapparat im Schoß, vor dem aufgeklappten Spiegel und schaute sich an. Spieglein, Spieglein an der Wand. Ach, wie gut, daß niemand weiß. Er tippte die Nummer, es war besetzt, er tippte und tippte, immerzu war besetzt, dann nahm wer ab, und er hielt die Luft an. «Tante Ruth», sagte er, «ist Rudolf zu sprechen? Nein? Dann bis später», und er legte auf. Er fühlte die Blutwelle in seinen Kopf schwappen. «Scheiße!» schrie er. «Warum melde ich mich mit Namen!» Dann sah er sein Gesicht im Spiegel. «Nur nicht aus Liebe weinen», sagte er mit dieser Altstimme, die er aus dem Effeff beherrschte, dann packte er in sein Haar und tat so, als zerre er ein Büschel nach dem anderen lang und länger. «Mist», schrie er, «das dauert!», und er warf sich aufs Bett. Rudolf im Kopf, knöpfte er sich auf.

«Ich muß los», sagte Rudolf, sprang hoch und zerrte seine Cousine vom Boden.

«Soll ich Konrad rufen?» fragte sie und schmiegte sich in Rudolfs Arm.

«Pssst!» machte der, stand mit über die Schulter gedrehtem Gesicht und legte die Finger auf die Lippen, und Gudrun, mit einem tiefen Knicks und erhobener Schwurhand, gelobte Schweigen.

Als der Wagen auf- und wegheulte, hörte sie vom Haus her Konrads: «Wer war das?»

«Na wer wohl», schrie sie, «die Lerche, nicht die Nachtigall!», dann biß sie sich, wie sie es bei ihrer Tante Ruth gesehen hatte, kreuz und quer in die Finger.

Leo Katasters Stimme scheuchte sie aus ihren Gedanken. «Gut geschlafen?» rief er von der Straße her.

«In meines Bruders Armen», sagte sie und lief zu ihm hin.

«Also Lamberti», las er und polierte das Namensschild, «Franz Lamberti – wie ist der so?»

«Fragen Sie ihn selbst, da kommt er», und sie öffnete ihrem Vater das Gatter, zeigte auf den Fremden und nannte seinen Namen.

«Freut mich», sagte Franz, reichte dem Mann die Hand und zerrte mit der anderen an seiner Jogginghose, «fein, Sie zu sehen.»

«Gestern», sagte Gudrun, «in einer schwulen Pinte, da hat er sich in Konrad verknallt.»

«Ein hübscher Bengel», sagte Lamberti, «warum kommen Sie nicht rein. Gudrun, ruf deinen Bruder!»

«Soll er ihn doch selber rufen», sagte Gudrun, hängte sich bei den Männern ein und führte sie ins Haus.

Dort kamen sie rasch auf den Punkt. «Ach, Bauunternehmer», sagte Lamberti, «na klar, Kataster, war mir doch gleich ein Begriff – was machen Sie so?»

Kataster sagte es ihm, und Lamberti war Feuer und Flamme: Sozialer Wohnungsbau, da habe er schon lange ein Auge drauf, er brauche ein zweites Standbein; sein Betrieb in Hamburg sei leider das Feinste vom Feinen; keiner traue ihm zu, daß er auch die mittlere Schiene fahren könne; hier in Köln sei er angetreten mit dem Ziel, nicht nur den Rahm abzuschöpfen; ob er, Kataster, ihm da nicht unter die Arme greifen könne; eine Hand wasche natürlich die andere; auch er habe seine Hintermänner; auch er könne mit Sachen aufwarten, auf die er, Kataster, scharf sei.

«Konrad!» rief Gudrun und lachte hellauf. Kataster war ans Fenster getreten und schaute in den Garten. Franz Lamberti nahm seine Tochter auf den Arm, drehte sich mit ihr durchs Terrassenzimmer und setzte sie neben Kataster ab. Der griff nach ihr, hielt sie sich wie einen Panzer vor den Leib und rückte mit ihr Lamberti auf die Pelle: Aber natürlich könne er ihm unter die Arme greifen, ganze Häuserblocks seien mit Bädern nachzurüsten; er habe den besten Draht zur Gemeinnützigen AG für Wohnungsbau, die hier in Köln sechzig Prozent aller Sozialwohnungen aus dem Boden hebe; er, Lamberti, brauche sich nur an ihn, Leo Kataster, zu halten, und schon sei alles im Fluß. Und beide Männer lachten wie nach einem gelungenen Coup, schlugen einander auf die Schultern und tätschelten Gudrun, die sich steif machte in Katasters Arm und etwas anschaute, nach dem die Männer sich umdrehen mußten, um es ebenfalls zu sehen.

Konrad, ganz in Weiß, den Kopf auf die linke Schulter gelegt, die Lippen geplatzt, die Augen zu Schlitzen verengt, stand in der Tür wie ein helles Gespenst. Gudrun klatschte. Der Junge trat vor Kataster hin, hob sich auf die Zehen und tat so, als streife er mit den Lippen den Mund des Mannes. Auch Franz Lamberti bewegte die Hände, wie um Beifall zu spenden, besann sich aber eines anderen, als er Lies in der Tür stehen sah, die dem kleinen Dramolett mit den Augen folgte wie einem Spuk, der sich jeden Moment in Luft auflösen kann.

«In einer schwulen Pinte?» fragte sie, nachdem man ihr Bescheid getan hatte. «Sie sind ein Schwuler?»

«Ich bin ein Schwuler», sagte Kataster schlicht.

«Wie schön für uns», sagte Lies und reichte ihm die Hand. «Immerzu hört man von Leuten wie Ihnen, überall mischen sie angeblich mit, doch niemals bekommt unsereins sie zu Gesicht. Sie haben sich in meinen Sohn verguckt?»

«Ich habe mich in Ihren Sohn verguckt», sagte Kataster mit einem Lächeln und einer halben Verbeugung.

«Wie schmeichelhaft für dich», sagte Lies zu Konrad und fuhr ihm durchs Haar, «und wie kompliziert. Jetzt hast du Gelegenheit, dich in einer heiklen Situation zu bewähren. Ich bin gespannt, wie du da herausfindest, ohne allzu viel Porzellan zu zerschlagen.»

«Vielleicht will er gar nicht da herausfinden», gab Kataster zu bedenken.

«Sie glauben, auch er ist ein Schwuler?» fragte Lies, packte Gudrun, setzte sich mit ihr auf die Couch und streichelte sie.

«Am besten, Sie fragen ihn selbst», schlug Kataster vor.

«Bist du», wandte Lies sich an Konrad, «von den Nachstellungen dieses Herrn eher angetan oder eher gelangweilt?»

«Der Herr ist nicht mein Typ», sagte Konrad.

«Gibt es Herren, die mehr dein Typ sind als Herr Kalaster?»

«Kataster», verbesserte Leo.

«Es gibt», antwortete Konrad, «wie für jeden, so auch für mich, Damen und Herren, auf die ich fliege, und es gibt andere, vor denen ich davonfliegen möchte.»

«Und Herr Kataster gehört zur zweiten Kategorie?»

«Nicht direkt. Er ist mir egal.»

«Dann bitte ich Sie», wandte Lies sich an Kataster, «unser Mittagsgast zu sein. Ich werde ein fünftes Gedeck auflegen lassen. Eine unmittelbare Gefahr», sagte sie zu ihrem Mann, «besteht nicht. Unserem Sohn ist Herr Kataster egal», und sie stand auf, hakte sich bei Gudrun unter und ging mit ihr aus dem Zimmer.

«Ihre Frau ist ein Original?» fragte Kataster den lächelnden Franz Lamberti.

«Meine Frau gilt», antwortete der, «im allgemeinen als eine dumme Person. Ich bin hier», wandte er sich an Konrad, «überflüssig? Ihr braucht ein Gespräch unter vier Augen?»

«Das brauchen wir tatsächlich», sagte Kataster rasch.

«Du fühlst dich wohl in deiner Haut, wenn ich dich mit ihm allein lasse?» fragte Lamberti im Abgehen seinen Sohn.

«Er wird mich nicht fressen», sagte Konrad, als sein Vater schon auf der Terrasse war.

Konrad setzte sich auf den Platz, auf dem bis vor kurzem seine Mutter gesessen hatte, und schaute Kataster an. Der stand bei der Tür zur Terrasse und zog mit der Fußspitze das Muster im Teppich nach. Zuletzt gab er sich einen Ruck und begann, mit hinter dem Rücken verschränkten Armen, vor der Fensterwand auf und ab zu gehen. Irgendwo im Haus schlug eine Uhr und hörte nicht auf zu schlagen. Jenseits der Glaswand war es grün und blau. Eine Katze zeigte sich in der Terrassentür, und Konrad klatschte sie weg. Auf dem schmalen Tisch vor der Couchgarnitur stand eine Vase mit Tulpen. Die Tulpenkelche waren weit offen. Kelchblätter lagen rund um die Vase verstreut auf dem Tisch. Eine Fliege flog summend um die Vase herum, und Konrad verfolgte sie mit den Augen. Der Flügel schräg vor der Fensterwand war aufgeklappt, und Notenblätter stapelten sich auf dem Teppich. Kataster berührte den Stapel mit der Fußspitze, dann warf er ihn durcheinander. In einem der Nebenzimmer klang Musik auf und verstummte augenblicklich. Dann, süß und giftig, quoll die Tosselli-Serenade durchs Haus. Kataster war darauf gefaßt, jeden Augenblick Gudruns Gesicht in der Tür oder im Fenster auftauchen zu sehen. Ein Duft nach Braten wehte herein. Eine Klingel ging, ein Schrei war zu hören, dann gab es ein Flüstern, das rasch verstummte. Franz Lamberti war im Garten zu sehen, er kehrte dem Haus den Rücken, stand lange Zeit unbeweglich, dann trat er zur Seite und war weg. Die Tosselli-Serenade brach ab. Gudrun erschien in der Tür, machte sich pfeifend bemerkbar, henkelte ihre Arme, und beide, Kataster und Konrad, liefen zu ihr hin und hakten sich bei ihr ein. Sie führte die Männer durch den Flur ins Eßzimmer. Am Tisch saß Rudolf und schaute ihnen entgegen. Konrad stand still, und mit ihm Gudrun und Kataster.

«Mein schöner Cousin», sagte Konrad und nahm Rudolf gegenüber am Tisch Platz.

«Herr Kataster hat sich in Konrad verguckt», erklärte Lies, die mit einer Terrine an den Tisch trat und Suppe auszuteilen begann, «doch unglücklicherweise beißt er auf Granit.»

«Mein Unglück, gnädige Frau, scheint, wenn ich das recht

sehe, Ihr Glück zu sein», sagte Kataster und setzte sich neben Konrad.

Lies stellte die Terrine ab und wischte sich mit einem Tüchlein, das sie aus einer Falte ihres Kleides zog, das Gesicht. «Ich weiß nicht», sagte sie, indem sie weiter schöpfte, «ich weiß nicht, was ich davon halten soll: Kaum läßt man den Kindern freie Hand», wandte sie sich an ihren Mann, der soeben das Zimmer betrat, «schon landen sie in einem nicht eben üblichen Lokal und ziehen anderntags nicht eben übliche Liebhaber, Entflammte!, ins Haus und an den Mittagstisch. Sie sind mir», wandte sie sich an Kataster, «herzlich willkommen, erlauben aber, daß ich, eine alte dumme Frau mit wenig Erfahrung in Sachen Leben und Weben auf fremden Planeten, meine Schwierigkeiten eingestehe, wenn es darum geht, einen Exoten wie Sie seinen Qualitäten entsprechend zu würdigen», und sie ließ sich auf einen Stuhl fallen.

«Was *mich* interessiert», wandte Konrad sich an Rudolf und schnitt damit Kataster das Wort ab, der zu einer Erwiderung angesetzt hatte, «was mich tatsächlich brennend interessiert, mein schöner Cousin, ist die Frage, ob auch Sie, wie meine liebe Mutter, ratlos vor einem Phänomen stehen, das uns in Gestalt des Herrn Leo Kataster entgegentritt und das, unter anderem, dessen Vernarrtheit in mich, den Knaben Konrad Lamberti, zum Gegenstand hat. Wäre es denkbar auch für Sie, sich in einen wie mich zu vergucken?»

«Ihr alle redet so gestelzt», sagte Gudrun, «das zeigt mir, wie verklemmt ihr seid, wenn es um Kataster und Konsorten geht», und sie prostete Leo mit einem Wasserglas zu.

«Kusch!» rief Konrad und wischte ihr eine. «Wir alle, atemlos, warten auf meines schönen Cousins Erklärung.»

«Ich bin verlobt», sagte Rudolf und reichte dem Mädchen, das die Teller einsammelte, Messer und Gabel und nahm sie ihm gleich wieder ab. «Ich bin», sagte er und stand auf und machte ein paar Schritte am Tisch entlang und setzte sich zurück auf seinen Platz, «ich bin *tatsächlich* verklemmt, wenn es um einen wie Kataster geht, auch um das gestrige Lokal, auch um die Praktiken dort, die Küsserei und Tanzerei zum Beispiel», wandte er sich an Lies, «Mann küßt Mann und Mann tanzt mit Mann, und du», sagte er zu Konrad, «tanzt mit Tom, einem Schwarzen. Ich, mit Anna im Kopf, sehe meinen jungen weißen Cousin mit einem jungen Schwarzen tanzen. Das stelle sich einer vor: Sogar daß Tom schwarz ist, irritiert mich. Nicht nur, daß Männer mit Männern tanzen, auch, daß mein weißer Cousin in den Armen eines Schwarzen liegt. Was bin ich doch für ein Spießer! Und was mir den Rest gegeben hat: Kataster beschuldigt *mich*, den Bräutigam Annas, der absurdesten Gelüste!»

«Welcher?» fragte Franz Lamberti und biß in ein rosiges Stück Fleisch.

«Egal», sagte Kataster und prostete Rudolf zu, «Sie haben sich hier auf das glaubwürdigste verteidigt und reingewaschen», und er sah die Schweißtropfen auf Rudolfs Stirn.

«So daß also geklärt und bewiesen wäre», sagte Konrad zu seiner Mutter, «daß Herr Ridder, der da!», und er zeigte auf Rudolf, «mit dir in einem Boot sitzt. Auch er empfindet uns Schwule», und er umfing mit einem weiten Schwung seines rechten Armes alle am Tisch Sitzenden, «als einen Skandal.»

«Skandal», sagte Rudolf und schaute seinem Cousin ins Gesicht. Dem stand Schweiß auf der Stirn.

Dann tauchten Tom und Lotte auf. Sie seien auf dem Weg zu Anna, die sie zum Kaffee gebeten habe. Sie hätten hier nicht vorbeigekonnt, ohne hereinzuschauen und sich nachträglich für den gestrigen Abend beziehungsweise die großzügige Entlohnung für eine Leistung zu bedanken, die sie, Lotte, nur zum Teil erbracht habe.

«Da war doch was!» rief Rudolf. «Und zwar», wandte er sich an Kataster, «ist gestern hier für Sarajevo gesammelt worden», und er wischte Toms Zwischenruf mit einem Armschlenker weg. «Morgen wird Lotte den Betrag einzahlen, und es wäre großzügig von Ihnen, wenn Sie die Summe jetzt, hier, auf der Stelle, mit ein paar Scheinen aus Ihrer Brieftasche anreicherten», und er hielt die Hand auf und schaute Kataster an. Der entnahm seiner Börse einen Hunderter, dann, als Rudolf mit den Fingern schnippte, einen zweiten, reichte die Scheine Lotte, die sie stumm, aber mit einem Knicks, entgegennahm. Rudolf drehte sich nach Konrad um, zog das untere Lid seines rechten Auges mit dem Zeigefinger der rechten Hand nach unten und grinste nicht.

Gudrun stieß eine Art langgezogenen Indianerschrei aus, schlug sich mit der Hand auf den Mund und verhunzte den Schrei zum Triller. Dann, plötzlich, stand sie auf dem Kopf, schwankte erst, kam dann zur Ruhe, murmelte in einer Sprache, die sie im Sprechen zu erfinden schien, eine Art dunklen Fluch, den Konrad mit einem ähnlichen Kauderwelsch beantwortete, kam, von ihm unterstützt, wieder auf die Beine, schlug über die Köpfe der Versammelten hinweg mit gespreizter Hand ein monströses Zeichen, und die Geschwister, Arm in Arm, stelzten zur Tür und aus dem Zimmer. Rudolf, nach kurzer Zeit, folgte ihnen.

Die Terrasse war leer, die überschaubaren Parkwege auch. Nirgends ein Mensch. Zurück im Haus, stieg er die Treppe zum ersten Stock hoch, dann die zum zweiten, stand still und lauschte. *Sohneszimmer* las er unter dem roten Schmier, dann *Dienstbotenkammer.* Hart drückte er die Klinke und trat ein. Da saßen sie, nackt und mager, Gudrun in der einen, Konrad in der anderen Ecke, und schauten sich an. Rudolf, wie gestern Anna, beschattete die Augen mit der Hand. Keines regte sich, keines blickte hoch; ihm war, als summe es gelb; der Gardinenfetzen wehte hoch und hing wieder schlaff; eine Spinne seilte sich von der Decke ab und pendelte schwarz.

Er zog die Tür hinter sich zu und stand im Flur. *Sohneszimmer* las er erneut, darunter seinen eigenen Namen. Er ging hinein und sah es mit einem Blick: Die Karl-May-Bände, die Platten, die Videos waren weg, die Regale leer. Quer über die Wand war mit Kreide ein Name gemalt: *Ligeti.* Es pochte hell. Das war sein Herz in der Brust.

«Wir fahren jetzt», rief Tom, als Rudolf das Speisezimmer betrat, «zu deiner Anna – kommst du mit?»

«Und Sie?» wandte Rudolf sich an Kataster. «Fahren auch Sie mit zu meiner Anna?»

«Wo ist Konrad?» wollte Leo wissen.

«Auch Konrad fährt mit zu meiner Anna, im Augenblick allerdings ist er beschäftigt.»

«Womit?»

«Mit seiner Schwester.»

«Und wo?»

«Oben in der Dienstbotenkammer.»

«Mach dir nichts draus», mischte Franz Lamberti sich ein, «*wir* haben nichts dagegen.»

«Wogegen habt ihr nichts?» fragte Rudolf.

«Daß sie sich anschauen, erkunden. In der Sauna sehen sie sich eh, wie der liebe Gott sie geschaffen hat.»

«Sie erkunden sich?» fragte Kataster.

«Nackt», sagte Lies und nahm einen Schluck Wein.

«Sie haben sie nackt gesehen», wandte Kataster sich an Rudolf, «beide?»

«Ach du lieber Gott», sagte Lies und nahm einen Schluck, «was für ein Geschrei um ein bißchen nackte Haut.»

«Donnerwetter», sagte Tom, «endlich mal Eltern ohne Scheuklappen.»

«Kann man sich das anschauen?» fragte Kataster, stand auf und setzte sich wieder.

«Sie meinen», fragte Rudolf, «ich oder Lies oder Onkel Franz soll Sie nach oben führen, Ihnen die Tür aufklinken, Sie ins Zimmer schubsen, die Vorhänge beiseite schieben und Ihnen einen Sessel zurechtrücken?»

«Ich meine nichts dergleichen», sagte Kataster. «Warum sind Sie so sauer auf mich?»

«Kommen Sie», sagte Rudolf, «ich zeig Ihnen das Haus – darf ich?» wandte er sich an Franz und Lies.

«Immer frisch von der Leber weg!» rief Lamberti. «Ich werde Ihnen», sagte er zu Kataster, «Löcher in den Bauch fragen, wenn Sie auch für mich, irgendwann, heute oder morgen, ein wenig Zeit haben werden.»

«Alle Zeit der Welt», sagte Kataster und stand, zusammen mit Rudolf, schon in der Tür.

«In spätestens fünfzehn Minuten fahren wir los!» rief Tom, und Lotte zog die Geldscheine aus der Tasche, strich sie glatt und schwenkte sie gegen Rudolf.

Im Haus war es still. Rudolf tat so, als sei er hier zu Hause, stieß Türen auf, sagte: «Schreibkabinett. Rumpelkammer. Elternschlafzimmer», sah das alles selbst zum ersten Mal, dachte, so lebt Konrad hier, sagte laut: «So also lebt Ihr Konrad hier», hörte Kataster fragen: «*Mein* Konrad?», dann führte Rudolf ihn zurück ins Treppenhaus vor die Stufen zum zweiten Stock. – «Meiner?» hakte Kataster nach und packte Rudolf beim Arm. «Oder deiner?» Rudolf sah ihm ins Gesicht, dann, mit einem Winseln, stieß er seinen Kopf gegen die Brust des Mannes. In der gleichen Sekunde riß er sich herum, stürmte die Stufen hoch und erwartete Leo auf dem Treppenabsatz.

«Dort», sagte er und zeigte auf die Tür.

Kataster trat näher heran, legte die Hand auf die Klinke und stand still. Rudolf, noch bei der Treppe, beobachtete ihn. Dann lehnte er sich gegen die Wand und schaute Kataster zu. Der war von der Tür zurückgetreten, hob jetzt die Arme, krümmte den linken so, als halte er damit eine Gitarre, begann mit der rechten Hand imaginäre Saiten zu zupfen, pfiff und schnalzte die Melodie, und Rudolf erkannte die Einleitung der Kanzonette, die Don Giovanni zum Fenster von Elviras Kammerzofe emporsingt. Und tatsächlich begann Kataster jetzt mit seinem Ständchen:

Horch auf den Klang der Zither,
mach auf das Gitter,
o lindre meine Pein
und laß mich zu dir ein!

Es gelang ihm, gleichzeitig mit zärtlicher Stimme zu singen und mit Schnalzen und Klopfen den Gitarrenklang anzudeuten.

Rudolf war langsam an ihn herangetreten, und als Kataster jetzt zur zweiten Strophe ansetzte, fiel er, eine Oktave tiefer, in den Gesang mit ein:

Läßt du mich trostlos flehn,
so macht ein rascher Tod,
du Falscher sollst es sehn,
ein Ende meiner Not.

Die plötzliche Stille nach diesem Spektakel dröhnte. Fast gleichzeitig packten sie nach der Klinke und stolperten, mit dem Geschrei von Schulknaben, in ein Zimmer, in dem nichts war als Sonne und Staub. – «Da!» sagte Rudolf und zeigte in eine Ecke. «Da saß er, und dort, ihm gegenüber, das Mädchen», und er trat ans Fenster, raffte die Gardine zur Seite und verriet, was er draußen sah, durch ein überraschtes: «Ah!» Kataster trat neben ihn, und beide schauten den Geschwistern zu, wie sie langsam, eines im Arm des anderen, soeben vom Parkweg abbogen und seitlich im Wäldchen verschwanden.

Franz und Lies, zusammen mit Tom und Lotte, standen bereits im Vorgarten. «Anna wartet seit einer Stunde!» rief Tom und lief zu seinem Wagen.

«Ich fahre hinter euch her!» rief Kataster und lief zu seinem.

«Sind Sie sicher, Anna will Sie bei sich sehen?» rief Rudolf.

«Wollen *Sie* mich bei ihr sehen?» fragte Kataster.

«Nein!» schrie Rudolf, dann rannte er zurück ins Haus, über die Terrasse, die Parkwege hoch, ins Wäldchen.

Sie saßen, gegen den Stamm einer Birke gelehnt, Rücken an Rücken. Rudolf lief auf sie zu, lief in sie hinein, prallte laufend vom Stamm zurück, konnte nicht aufhören, die Beine zu bewegen, lief in mal engen, mal weiten Bögen immer und immer um den Stamm und die Geschwister beim Stamm im Kreis, warf den Kopf in den Nacken, sog das Grün und Blau von Blättern und Himmel per Auge in seinen Kopf, stolperte, stürzte, lag keuchend im Moos.

«Ligeti», sagte Konrad und legte sein Gesicht neben Rudolfs Gesicht, «schwebt sich das so, oder so, oder wie?»

6

Anna war, nachdem sie mit Ruth telefoniert und von ihr erfahren hatte, daß Rudolf Hals über Kopf aus dem Haus sei, gleich beim Telefon sitzengeblieben und hatte so lange die Nummer von Beckmanns getippt, bis sie Cosima erreicht und mit ihr für kommenden Dienstag einen Termin für die Hausbesichtigung abgesprochen hatte.

Dann war sie mit Onkel Franz ins Quatschen gekommen, der nicht eher lockergelassen hatte, als bis er ihr eine Zusage für ein gemeinsames Essen Mittwoch mittag bei Päffgen abgeschmeichelt hatte.

Danach war sie von Lotte aufgehalten worden, der es wichtig gewesen war, die gestrige Sammelaktion für Sarajevo in ein besseres Licht zu rücken, und die sie, zusammen mit Tom, für den Nachmittag zu einer Tasse Kaffee gebeten hatte.

Dann endlich hatte sie Luft gehabt, war auf dem Weg vom ersten Stock ins Parterre mit ihrem Vater zusammengestoßen und hatte ihm den Wind aus den Segeln genommen, indem sie die Hausbesichtigung bei Beckmanns ins Spiel gebracht und ihm versichert hatte, daß auch Rudolf mit von der Partie sein und das Haus mit Sicherheit mögen, also zustimmen werde, daß sie es kauften.

Dann war ihre Mutter vom Kirchgang zurückgekehrt, und jetzt saß Anna mit ihr, die Hut und Schleier nicht abgelegt, beides sogar fester und glatter auf dem Kopf beziehungsweise vor dem Gesicht zurechtgezerrt hatte, auf dem Balkon und horchte, ohne allzu viel von dem, was sie sagte, zu verstehen, auf das monotone Geräusch ihrer Stimme.

Natürlich seien alle wieder enttäuscht gewesen, Anna und Rudolf auch beim heutigen Gottesdienst nicht zu sehen. Natürlich sei sie wieder mit Fragen überhäuft worden und habe sich nicht anders retten können als mit der Versicherung, alles sei im Fluß, das Haus so gut wie gekauft, das Aufgebot zwar noch nicht bestellt, doch für den Spätsommer fest terminiert, vor allem aber Rudolf endlich entschlossen, sein Studium diesmal zügig anzugehen und, sobald er freie Bahn habe, als Verlagslektor bei seinem Onkel Konstantin einzusteigen, der ihn schon heute bei allen möglichen Zweifeln und Problemen konsultiere und auf sein gesundes Urteil in allen Fragen guter, also christlicher Literatur wie auf einen Felsen baue. – «Mama, du übertreibst!» rief Anna und stöhnte mehr, als sie lachte. «Du redest vor Gott und der Welt über unsere Zukunft, von der du genau weißt, daß sie so, wie du sie vor deinen Freundinnen ausbreitest, niemals aussehen wird.»

«Rudolf», rief Annas Mutter, als ihr Schwiegersohn in spe plötzlich in der Balkontür auftauchte, «wirst du, wie versprochen, in Onkel Konstantins Verlag einsteigen, oder wirst du nicht?»

«Ich werde», sagte Rudolf, warf sich in einen Korbsessel und sprang gleich wieder auf die Füße, «ich werde, nun, da die Lambertis und mit den Lambertis Konrad, mein kleiner Cousin, sich hier in Köln niedergelassen haben, ich werde, um Konrad, wie sein Vater mich angefleht hat, Vorbild und Halt zu sein, ich werde ab sofort alles tun, sogar in Onkel Konstantins pissigen Verlag eintreten und darin schuften wie ein Sklave, wenn nur mein kleiner Schutzbefohlener Kraft und Mut und Zuversicht aus meinen Handlungen zieht, der liebe süße Kerl», und er küßte Mama Christinchen die Hand.

Anna schaute ihre Mutter an und die Mutter Anna.

«Dein Vokabular», sagte das Mädchen, «wäre Konrad eine schöne junge Frau oder wenigstens deine Cousine Gudrun, dein Vokabular verriete dich auf der Stelle. So aber, hoffe ich, dein Wahnsinn erklärt sich aus deiner Erschöpfung. Er hat nämlich», wandte sie sich an ihre Mutter, «den schwulen Schuppen, nachdem man ihm unterstellt hatte, selbst ein Schwuler zu sein, fluchtartig verlassen und sich die Nacht Gott weiß wo um die Ohren geschlagen und dabei sein bißchen Hirn möglicherweise total versoffen», und sie stand auf, umarmte Rudolf und gab ihm einen Kuß auf die Stirn.

«*Was* für einen Schuppen», fragte die Mutter, «und *wie* zu sein hat man ihn bezichtigt?»

«Vergiß es», sagte Anna, hakte ihren Verlobten unter und führte ihn auf dem Balkon hin und her. «Du ißt mit uns? Und erzählst mir, wo du versackt bist heute nacht? Und versprichst mir, den Besichtigungstermin bei Cosima, den ich für Dienstag festgemacht habe, nicht wieder zu sabotieren?»

«Ich sabotiere», rief Rudolf und ließ Annas Arm fallen und tanzte auf den Zehen, «nichts und niemanden! Jetzt aber, ihr verzeiht», und er stand schon in der Tür, «bin ich bei den Lambertis und packe den Wolf bei den Hammelbeinen!», und er zerrte Anna in den Flur und bedeckte ihren Hals mit Küssen. «Komm», flüsterte er, «ins Gartenhaus, ich will dich, jetzt, jetzt gleich, so komm!»

«Jetzt nicht», lachte Anna und drängte ihn aus der Tür. «Tom und Lotte», rief sie ihm nach, «kommen zum Kaffee, beide, gegen drei!», und die Mutter fragte, wer Tom und Lotte seien. «Mama Christinchen», rief Anna und küßte die Mutter auf den vom Schleier versperrten Mund und lief schon ins Haus, «ein Schwarzer, ein herrlicher, ein Bild von einem Mann, und seine weiße wilde wonnige Freundin!»

«Ein Neger?» rief Mama Christinchen und schüttelte sich, dann schlug sie sich auf den Mund.

Im Schlepptau der beiden Geladenen bewegte Kataster sich wie einer, der entschlossen ist, beim ersten Anzeichen von Irritation oder Unmut die Flucht zu ergreifen, doch Anna begrüßte ihn mit der gleichen Herzlichkeit wie Tom und Lotte, im Gegenteil, sie hakte sich bei ihm unter und führte ihn im Parterre hierhin und dorthin, zeigte ihm den Garten und das Gartenhäuschen, das Rudolf bewohne, wenn er sich im Hause Rosellen – noch sei sie eine Rosellen, doch nicht mehr lange! – für ein oder zwei Tage einniste, und auf Katasters Vorschlag führte sie ihn zum Häuschen hin und löste den Riegel und ließ ihn eintreten und zeigte ihm das mit Proust- und Reynaldo-Hahn-Porträts und Ansichten von Illiers, dem romanesken Combray, geschmückte kleine Zimmer, und als sie gerade dabei waren, das berühmte Foto des zwölfjährigen Marcel zu betrachten, das ihn vor einer schwülstigen Dekoration in Samtanzug und Spitzenhemd mit üppiger Krawattenschleife zeigt, stürmten Rudolf und Konrad über die Schwelle, und Kataster trat näher an den kleinen blassen, von einem öden Haarpony entstellten Proust heran und fragte Rudolf, ob er Knaben von solch einer geisterhaften Blässe und Ausgeblasenheit nicht auch unerotisch finde, und Rudolf behauptete, er finde alle Knaben, ob blaß oder rot, unerotisch, und Konrad fragte Anna, ob dies hier ein von ihr und Rudolf betriebenes Liebeshäuschen sei, und Rudolf verwahrte sich gegen diese Bezeichnung: Seine Schwiegereltern duldeten auf ihrem Grundstück nicht nur kein sogenanntes Liebeshäuschen, sie gäben sogar der Liebe an sich, in welcher Art oder Abart auch immer, bevor nicht der Priester seinen Segen über sie gesprochen, in ihren vier Wänden einschließlich Garten und Gartenhäuschen nicht die geringste Chance, und Konrad fragte Anna, wo, um Gottes Willen, sie es dann aber trieben. «Was treiben?» fragte Anna und lachte, und Konrad hängte sich bei Kataster ein und grinste so dreist, daß Anna ihm mit dem Finger drohte und Rudolf sich auf die Lippen biß, und als jetzt Gudrun den Kopf ins Häuschen schob und verkündete, die wehe Dame mit dem lohfarbenen Haar lasse melden, die Kaffeetafel sei gerichtet, und hinzufügte, Tom und Lotte säßen bereits bei Tisch, und zwar wie auf Nadeln und stumm, machte die Gesellschaft sich lachend auf den Weg, und tatsächlich war es im blauen Salon und um die Kaffeetafel herum kühl und still wie in einer Gruft.

Anfangs blieb es so. Anna, von ihrer Mutter darum gebeten, nannte die Namen der Anwesenden, von denen die meisten, auch Gudrun und Konrad, zum ersten Mal hier zu Gast waren, und Mama Christinchen befahl den Kindern, sie ab sofort in ihre Abendgebete mit einzuschließen. Tom, von dem sie den Blick nicht wenden konnte, und Lotte, die ihr in ihrer gewagten Kostümierung mit aus Hanf geflochtenem Stirnband und Indianerblouson besonders zu mißfallen schien, ließ sie die meiste Zeit links liegen, nur Kataster schien sie zu mögen, weshalb sie ihn auch mit den dicksten Tortenstücken und den ausgesuchtesten Pralinen bediente. Als jetzt die Tür aufging und ihr Mann, Oskar Rosellen, pensionierter Oberstaatsanwalt und passionierter Asienreisender, den blauen Salon betrat und von Kataster erst mit einem freudigen «Ach, sieh einer an!» begrüßt, dann, als der alte Herr ihn mit einer herrischen Geste niedermachte, nur noch lächelnd aus den Augenwinkeln beobachtet wurde, ging die Vorstellerei und höfliche Anmache von neuem los, und als Gudrun endlich vom Tisch aufstand, ihren Bruder vom Stuhl zerrte, ihn der Länge nach in Rückenlage auf den Teppich drückte, seine Unterarme hochstellte und, auf seine offenen Handteller gestützt, einen Handstand zelebrierte, der ihr ohne Wackeln gelang, sprangen die meisten auf, umrundeten die Artisten, klatschten Beifall, streichelten Gudrun, und Oskar Rosellen hatte Gelegenheit, seinen Komplizen Kataster dringend zu bitten, sich still zu verhalten und die Katze nicht aus dem Sack zu lassen. «Wie, um Gottes Willen, kommst du in dieses Haus?» fragte er durch die Zähne, und Kataster sprach von Gottes Mühlen, die langsam mahlen, aber sicher.

Dann stand Ruth in der Tür, und hinter ihr tauchte Pieter auf, und Mama Christinchen zeigte auf Pieter und sagte zu Rudolf: «Sie kann es nicht lassen!», und Rudolf rief seiner Mutter zu, Christinchen sei, wie auch er, verärgert, daß sie den Typ doch wieder mitbringe, und Ruth umfaßte die soeben von Konrads Armen herabgekippte Gudrun und stellte ihr Pieter vor und bezeichnete ihn als das schwarze Schaf der Familie, das sogar ihr ansonsten so liberal gesinnter Sohn hier nicht dulden wolle, und Gudrun gab Pieter die Hand und fragte ihn, was, um Gottes Willen, er auf dem Kerbholz habe, und Pieter, der ein

Typ von Mitte zwanzig war und die mütterliche Ruth bei der Hand hielt, bezeichnete sich als Knasti mit einer allerdings abgebrochenen und für immer in die Ecke gestellten Karriere als Lude, und Gudrun fragte ihren Bruder, der soeben vorbeiging, was ein Lude sei, doch Konrad hatte das Wort noch nie gehört, und Ruth, indem sie sich von Pieter befreite, umschulterte beide Kinder und erklärte es ihnen, und Gudrun fragte Pieter: «Sie haben kleine Mädchen auf den Strich geschickt? Hätten Sie auch mich, wenn ich Ihnen zur Hand gewesen wäre, verhökert?», und Pieter grinste und meinte: «Warum nicht?», und Ruth gab ihm einen Klaps auf den Mund, und Mama Christinchen rief: «Gudrun! Du kommst auf der Stelle zu mir!», und Rudolf packte Konrad beim Arm, doch Konrad stellte die beiden Männer, indem er sie bei den Schultern nahm, Auge in Auge, packte sie beim Hinterkopf, drückte ihre Gesichter gegeneinander, trat beiseite und sagte zu seiner Tante Ruth: «Dein Sohn ist alles andere als ein Spießer; sieh selbst: Er küßt deinen Lover!», und Rudolf, jetzt freiwillig, trat an Pieter heran und küßte ihn tatsächlich auf den Mund.

Dann nahm er seine Mutter beiseite und ließ sich von ihr die Sache mit Ligeti erklären.

Sie habe, so Ruth, nichts anderes getan, als den Namen des Musikers vor Konrad zu erwähnen, sein Klavierkonzert zu beschreiben und wahrheitsgemäß zu berichten, daß er, Rudolf, den Komponisten bewundere und besagtes Konzert liebe.

«Du malst», flüsterte Rudolf und stieß sein Gesicht gegen das seiner Mutter, «du malst meinen Namen auf seine Tür, du verrätst ihm meine Vorlieben für dies und das, du analysierst meine Handschrift, als stehe ein psychologisches Gutachten an, du gibst ihm Einblicke in meine intimsten seelischen Abgründe – warum das alles?»

«Intimste seelische Abgründe», sagte Ruth zu Konrad, der soeben vorbeiging, «er ist verrückt», doch als sie in Rudolfs Gesicht sah und begriff, er dreht durch, wenn sie weiterplappert, schrie sie, weil ihr nichts anderes einfiel, so laut auf, daß alle sich nach ihr umdrehten, und plötzlich herrschte Stille.

«Ich habe», rief Ruth, «aber laßt euch nicht stören, ich habe mit meinem Sohn über Ligeti, einen rumänischen Komponisten, gestritten, weil er nicht wahrhaben will, daß in dessen Oper, Le Grand Macabre, eine Person, ich weiß nicht mehr welche, bevor sie abtritt, genau diese Note», und sie wiederholte den Schrei, «aus sich heraussingt und Sekunden später, nachdem sie wieder aufgetreten ist, die gleiche Note, nur eine Oktave tiefer», und sie schrie ihren Schrei in der tieferen Lage, «erneut zum besten gibt, also erst so», und sie schrie, «und dann so!», und sie schrie mit dunklerer Stimme.

«Interessant», sagte Konrad zu Rudolf und zerrte ihn ein Stück von seiner Mutter weg, «Sie haben bei sich zu Hause einen Ligeti-Pool?»

«Einen was», fragte Rudolf, zerrte nun seinerseits an dem Jungen und bugsierte ihn in eine Fensternische, wo sie ungestört waren, «einen Ligeti-Pool?»

«Pool», sagte Konrad ohne zu wissen, wie er das unsinnige Wort erklären sollte, «Pool ist ein Loch, ein Bassin, ein Abladeplatz für alles, was man sammelt, und ein Ligeti-Pool ist ein Loch, in das man alles von Ligeti, Bücher über und von ihm, Kritiken und Analysen seiner Musik, alte und neue Schallplatten, und natürlich CDs, CDs vor allem, hineinschmeißt und umrührt, und fertig ist der Ligeti-Pool, mein schöner Cousin.»

«Wenn ich nicht wüßte, wer du bist», sagte Rudolf, «würde ich denken, du bist ein anderer. Sag mir, mit wem in Hamburg du heute früh, als ich dich sprechen wollte, telefoniert hast.»

«Mit meinem lieben Freund Achim», sagte Konrad, legte den Kopf schräg, wölbte die Lippen, nannte eine Nummer, wiederholte sie wieder und wieder, und Rudolf konnte den Zahlenfluß nicht anders bremsen, als indem er sich vorbeugte und die Lippen, aus denen er hervortrat, küßte.

«Ihr küßt euch?» fragte Anna, die plötzlich neben ihnen stand und ihnen lächelnd zuschaute.

«Wir küssen uns», sagte Rudolf zu seiner Schwiegermutter in spe, die auch hinzugetreten war, «wir küssen uns, weil wir gestern, frag Anna, in einer schwulen Pinte Zeuge waren, wie

Männer sich ungeniert küßten, so!», und er küßte Konrad auf den Mund, «und wissen wollten, wie ein Kuß von Mann zu Mann, hier von Cousin zu Cousin, schmeckt, ob er, wie ein Kuß von Mann zu Frau, eine Art Himmel auf Erden ist, oder ob Männerküsse von vornherein leere, taube, tote Küsse sind – was glaubst du, Mama Christinchen?»

Mama Christinchen wandte sich an ihren Mann, der zusammen mit Kataster soeben an ihnen vorbeiging, und Oskar Rosellen ließ sich erläutern, wieso eine solche Frage beziehungsweise ein solches Problem im blauen Salon seiner Frau überhaupt zum Gegenstand einer Diskussion hatte werden können; dann vertrat er die Meinung, daß Küssen, und schon gar in der Öffentlichkeit, ein Privileg zwiegeschlechtlicher Paare – er entschuldige sich für die holprige Formulierung – sei, daß es dem Normalbürger nicht zuzumuten sei, mit anzuschauen, wie – und er schlug Katasters Hand weg, der, zum Erstaunen aller, den Oberstaatsanwalt beim Ohr gepackt hatte und an diesem Ohr zupfte –, wie also der Mund eines Mannes den Mund eines anderen Mannes mit Zunge und Zähnen spalte und mit Zunge und Zähnen darin herumwirtschafte, was schon bei normalen Paaren mitanzuschauen eine Zumutung sei.

«Ich bin schwul», sagte Kataster einfach so in den Raum.

«Sie sind was?» tat Oskar Rosellen erstaunt und trat einen Schritt von ihm weg.

«Es soll», sagte Kataster zu Mama Christinchen, «Personen geben, Männer, die neben ihrem öffentlichen Leben, zum Beispiel als Bauunternehmer oder Oberstaatsanwalt oder Ehemann, ein verstecktes, zum Beispiel als Schwuler beziehungsweise Liebhaber von jungen Männern und Knaben, führen, und die, in einer öffentlichen Diskussion wie der hier geführten darauf angesprochen, die Stirn haben, uns Schwule zu schmähen, schwule Küsse als ekelhaft zu diskriminieren, andererseits aber selbst darauf brennen, junge Männer beziehungsweise Knaben wie diesen hier», und er packte Konrad und schob ihn Oskar Rosellen vor die Brust, «zu küssen, breitmäulig, mit belegter Zunge und schrundigen Alterslippen wie den Ihren, mein Herr, mit einem Atem zudem, der, wenn man ihn einem Hund in die Nase bliese, sogar den auf der Stelle von seinen vier Beinen hauen würde, und so einer, gnädige Frau, mit einem Hirn doch immerhin wie bei einem ausgewachsenen Ochsenfrosch, also durchaus fähig, das Unlautere seiner öffentlichen Attacken gegen Schwule zu erkennen, so einer, obwohl selbst bis in die Eingeweide beziehungsweise den Geschlechtsapparat auf junge Männer und Knaben fixiert ...»

«Mein Herr!» rief Oskar Rosellen, nahm Mama Christinchen unter seine Fittiche und zerrte an seinem Hemdkragen. Er verbitte es sich, vor seiner Frau und diesem Kind hier – und er umschulterte Konrad mit dem anderen Arm – in diese Schmutz- und Schundgeschichten weiterhin auch nur als hypothetische Figur verwickelt zu werden, er sei sogar versucht, den Schwätzer, von dem er nicht einmal wisse, wie er in sein Haus gekommen sei, aufzufordern, auf der Stelle zu verschwinden, wenn er sich nicht augenblicklich eines anderen Tons beziehungsweise eines weniger anrüchigen Gesprächsthemas bediene.

«Anrüchig?» fragte Pieter, der mit Ruth hinzugetreten war, mit diesem Kick in der Stimme. «Um was geht es?»

«Es geht», sagte Gudrun, «um die Frage, ob Onkel Oskar als, wenn auch nur hypothetische, Figur in einer Schwulengeschichte taugt oder nicht.»

«Mein Kind», rief Mama Christinchen, «du versündigst dich!»

«Wer ist schwul?» fragte Pieter die mütterliche Ruth.

«Mein Freund Leo Kataster», sagte Konrad und berührte den am Arm.

«Freut mich», sagte Pieter und reichte Kataster die Hand. «Als ich noch ein junger Knabe und noch längst keiner von denen hier gewesen bin», und er zwinkerte Gudrun zu und machte einen auf Stenz, «hab ich mich, wenn ich blank war, und ich war meistens blank, an Typen wie den da gehängt», und er zeigte auf Kataster, «und ihnen Gutes getan.»

«Leider sind wir uns nie über den Weg gelaufen», sagte der, und Pieter grinste.

«Und Sie schämen sich nicht, mein Herr?» rief Mama Christinchen.

«Schämen, gnädige Frau?» fragte Pieter. Er sei weit davon entfernt, sich einer Sache zu schämen, die ihm und anderen Spaß gemacht und sich außerdem als Goldgrube erwiesen habe, denn er sei, das könne er ohne Übertreibung von sich sagen, ein flotter Fick gewesen.

«Schluß!» rief Oskar Rosellen und kühlte sich mit einem Stück Eis, das er aus dem Sektkübel gefischt hatte, das Gesicht. «Wir sind hier, Ruth, in Mama Christinchens blauem Salon und nicht in einer seiner Kaschemmen! Sag das deinem Freund!», und Ruth, lachend, gab Pieter pantomimisch eins aufs Maul. «Ich darf Sie», wandte Rosellen sich an Kataster, «für einen Augenblick in mein Büro bitten», und er nahm Leo beim Arm und zerrte ihn zur Tür.

Anna erwischte ihren Vater beim Jackett und hängte sich in seinen Arm. «Du wirst mir», rief sie und küßte ihn auf die Stirn, «meinen lieben Freund Leo nicht zu was weiß ich verdonnern!»

«Dein lieber Freund Leo!» rief Oskar und schob sie beiseite. «Zeig mir deine Freunde, und ich sage dir, wer du bist!»

«Ein verrückter alter Herr», sagte Gudrun zu Mama Christinchen, «macht er immer so hysterisch auf Saubermann?»

«Verrückt und hysterisch», rief Mama Christinchen ihrer Tochter entgegen, «so schimpft dieses Kind deinen Vater!»

«Kindermund tut Wahrheit kund», sagte Anna und umarmte Gudrun, die sich von ihr freimachte, zu ihrem Bruder lief und ihn von Rudolfs Seite wegdrängte.

«Immerzu», rief sie und zeigte auf Konrad, «hängt er an seinem Cousin, der auch mein Cousin ist, den auch ich, wie er, und hoffentlich mit mehr Aussicht auf Gegenliebe als dieser Halbschwule, liebe!», und sie stellte sich auf die Zehen und küßte Rudolf auf den Mund. Der hob sie zu seiner Größe empor und küßte sie auch. Da riß Konrad seine Schwester von Rudolfs Lippen, stieß sie der Länge nach auf den Teppich und stürzte sich über sie her. Alle, lachend, umstanden die Ringenden, die, je länger sie sich balgten, immer brutaler aufeinander eindroschen. Zuletzt kniete Konrad über Gudrun und schlug ihr mit der flachen Hand ins Gesicht.

Anna gab Rudolf einen Stoß, und als der sich nicht rührte, schlug sie ihn mit Fäusten. «Immer», rief sie, «prügeln sich alle um ihn, weil er immer, alle, so lange reizt, bis alle, immer, sich um ihn prügeln!», und sie hieb auf Rudolf ein, ließ sich dann fallen und schluchzte am Boden.

Rudolf, mit schnellen Augen, überflog das Schlachtfeld. Dann packte er nach Tom, zerrte ihn hinter sich her zur Tür und dann aus dem Haus.

7

«Ich darf Sie», hatte Oskar Rosellen zu Kataster gesagt, «für einen Augenblick in mein Büro bitten», und Kataster wurde von Oskar beim Arm gepackt und aus dem blauen Salon in dessen Zimmer geführt. Dort standen sie Auge in Auge.

«Mein lieber Oskar Rosellen, Oberstaatsanwalt Rosellen», lachte Kataster und warf sich in einen der Ledersessel, «die Sonne bringt es an den Tag!» Von Anfang an, seit ihrem ersten Gespräch im CAROUSSEL, habe er, Kataster, die Karten auf den Tisch gelegt, von sich und seinen Umständen frei von der Leber weg erzählt, aus Name, Beruf und Adresse nie ein Geheimnis gemacht, ihm, Rosellen, mit tausend Tips alle Wege geebnet und tausend Türen geöffnet, ihm sogar Jungs, und zwar tolle Jungs, zugeschanzt, ihm die Absteigen gewiesen und für ihn die Gespräche mit Zimmervermieterinnen und Hotelportiers geführt und als Dank was geerntet? Nichts als Lügen und Mißtrauen. «Doch Schwamm drüber», rief er, sprang auf und schlug dem Mann auf die Schulter, «dem Zufall sei Dank, daß zwei Füchse wie wir endlich ohne Geschluck und Geschläu zu Potte kommen! – Wie gefällt dir der Knabe Konrad?»

Rosellen holte Luft. Der Knabe Konrad gehöre ab jetzt zur Familie und habe ihm deshalb egal zu sein, leider. «Außerdem ist er kein Stricher, also für Typen wie dich und mich allemal tabu.» – Kataster schaute ihn lächelnd an. Dann setzte er sich in den Sessel und rückte, als sei *er* hier der Herr im Hause, Rosellen einen zweiten zurecht.

Rudolf hatte Tom gepackt und hinter sich her aus dem Haus gezerrt. «Weg!» rief er. «Nein, kein Wagen, zu Fuß, hier entlang, beweg dich!»

In einem Gartenlokal schöpften sie Luft. Seine Mutter, begann Tom nach dem zweiten Bier auf Rudolfs Frage, seine Mutter sei mit achtzehn nach New York, mit Freunden, für drei Wochen, sei mit ihm im Leib zurück nach Deutschland und habe von da an im Unglück gehockt. Rudolf prostete ihm zu. Tom strich über das blau-weiß karierte Tischtuch.

Das sei vor einundzwanzig Jahren gewesen, ja, er sei jetzt zwanzig, seine Mutter neununddreißig; die Sache mit Lotte gehe nun schon in den siebten Monat, zum ersten Mal lebe er mit einer Frau länger als ein paar Wochen zusammen; ja, er habe eine eigene Wohnung, die bezahle seine Mutter, jede Mark, die er ausgebe, komme von ihr, ja, er habe einen guten Draht zu ihr, er sehe sie jede Woche, manchmal öfter, oft jeden Tag.

«Und wieso bist du so schwarz?» fragte Rudolf und prostete Tom zu. «Deine Mutter eine Weiße, dein Vater wahrscheinlich ein Schwarzer, du, nach allen Mendelschen Gesetzen, ein Farbiger; tatsächlich aber bist du schwarz wie die Nacht.» – Tom schwieg. Er winkte dem Kellner und bestellte zwei neue Weizen.

«Und was treibst du an der Uni?»

«Medizin», sagte Tom, «irgendwas muß schließlich sein, Medizin ist mir nur halb so egal wie Jus oder all der andere Quark; und meine Mutter profitiert davon.»

«Wovon?» fragte Rudolf.

«Ich weiß schon dies und das. Die Leber, die Venen, die Nerven, das Herz. Wenn du mal schlecht drauf bist, oder deine Anna, wie ist deine Anna so drauf?»

«Meine Anna ist immer», sagte Rudolf und nahm einen Schluck, «gut drauf, außer sie tickt falsch, wie heute.»

«Ja, ja», sagte Tom. Dann schwiegen sie.

Später, wieder in einem anderen Biergarten, erzählte er weiter. Die Mutter habe sich toll um ihn gekümmert, nichts habe ihm gefehlt, von Anfang an sei alles vom Besten und Feinsten gewesen, keine Stunde habe sie ihn aus den Augen gelassen, kein Kindergarten und später kein Hort sei ihr gut genug gewesen, immer habe er das größte und bequemste Zimmer in den immer wechselnden Wohnungen bewohnt, die Männer seien meistens nett zu ihr gewesen, seine Mutter habe nur nette Männer gekannt, noch heute finde er an den Männern seiner Mutter nichts auszusetzen, oft lasse sie über Wochen und Wochen keinen Kerl an sich heran, sie habe eine zweite Wohnung irgendwo am Rande, von der niemand außer ihm etwas wisse, dort lebe sie völlig zurückgezogen, wenn ihr danach sei. «Jetzt muß ich pissen, und dann rüber ins SEVEN UP!»

Im SEVEN UP war es voll. Vorne die Bar, hinten die Disco.

«Der hier ist Rudolf», sagte Tom zum Barkeeper, «und der da», wandte er sich an Rudolf, «ist Connie.»

«Was trinkt ihr?» fragte Connie, und es zuckte in seinem Gesicht.

«Langsam», sagte Tom, «immer mit der Ruhe. Du solltest Urlaub machen.»

«Was», sagte Connie, packte eine Flasche Cointreau und drehte sie in den Händen, «was, verdammt noch mal, wenn ihr schon hier rumhockt, trinkt ihr?»

Da, plötzlich, warf Rudolf den Kopf in den Nacken, schrie zur Decke hoch, und Connie fiel die Flasche aus der Hand und zerbrach. Rudolf schrie noch immer.

«Ist dir», fragte Tom, «die Flasche aus der Hand gefallen,

weil der da schreit, oder fallen dir Flaschen einfach so aus der Hand?»

«Einfach so», sagte Connie, «haut ab.»

«Aber, Junge», sagte Tom, beugte sich über die Theke und packte Connie beim Nacken, «Lili wird dich, dafür sorge ich, für vier Wochen ans Meer, ins Salz, in die Dünen schicken.»

«Haut ab!» sagte Connie, bückte sich, brachte einen Knüppel zum Vorschein und legte ihn auf die Theke.

«Aber hör zu», sagte Tom und packte nach dem Knüppel, «keiner will dir was.»

Da riß Connie ihm den Knüppel aus der Hand, schwang ihn über seinem Kopf und stand da mit zuckendem Gesicht.

«Okay», sagte Tom, «wir hauen ab, was kostet die zerbrochene Flasche?»

«Raus», sagte Connie, «verpißt euch!»

Da riß sich Rudolf vom Hocker, riß sich über die Theke Connie gegen den Leib, riß ihn zu Boden, und sie prügelten aufeinander ein. Dann flog ein Messer hoch, Tom sah es aufschnappen, sah Rudolf das Messer Connie aus der Hand winden und zustechen, sah Blut fließen, riß sich ebenfalls über die Theke, riß und trat Rudolf zur Tür hinaus auf die Straße, riß und trat ihn um eine Ecke in eine offenstehende Haustür und drückte sie zu.

Keuchend saßen sie auf den Fliesen und horchten nach draußen. Schritte und Schreie und Pfiffe erst von weither, dann nahebei, dann wurde es still.

«Los», sagte Tom, «raus hier, weg!», und sie drückten sich durch den Türspalt.

«Du glaubst, den hat's erwischt?» fragte Rudolf. «Die kennen dich. Die schnappen uns so oder so.»

«Ich will hier keine Schlägerei», sagte Tom, «wir nehmen ein Taxi.»

«Was geht der mit dem Knüppel auf uns los, für nichts, für ein bißchen Schreien!?»

«Das wundert dich?» fragte Tom. «Mich wundert, daß nicht mehr Typen durchknallen, überall, an jeder Straßenecke, in all dem Horror», und er schob Rudolf in ein herbeigewinktes Taxi, nannte eine Straße, und sie fuhren los.

«Im SEVEN UP also habt ihr die Sau rausgelassen», sagte Toms Mutter und trank von ihrem Kamillentee, nach dem die ganze Wohnung roch. «Warum», wandte sie sich an ihren Sohn, «führst du einen wie den», und sie zeigte auf Rudolf, «ins SEVEN UP?»

«Wir haben im SEVEN UP nicht die Sau rausgelassen», sagte Tom. «Rudolf, aus Jux, macht sich Luft mit einem Schrei, so!», und Tom führte den Schrei vor, «da dreht Connie durch.»

«In meinem Lokal», sagte Toms Mutter zu Rudolf, «schreit man nicht. Man trinkt und tanzt und zahlt. Haben Sie gezahlt?»

«Nein», sagte Rudolf, «an Messerstecher zahl ich nichts.»

«Connie ist kein Messerstecher», sagte die Frau. «Sag ihm», wandte sie sich an Tom, «wer und was Connie ist.»

«Ein Wrack», sagte Tom. «Trude, seine Mutter, und deren zweiter Mann, beides Altlinke, 68er, große Sprüche, nichts dahinter. Warum», wollte er von seiner Mutter wissen, «schmeißt du sie nicht endlich raus?»

«Das SEVEN UP», fragte Rudolf, «gehört Ihnen?»

«Mir», sagte Toms Mutter und trank von ihrem Kamillentee, «und Trude und ihr Mann und Connie arbeiten für mich. Mit der Mao-Bibel schlagen sie auf den Jungen ein, und der Junge schlägt zurück mit seinem Stirner. Kennen Sie Stirner?»

«Max?» fragte Rudolf. «Nein, nur dem Namen nach. Also Mao gegen Stirner. Und Connie dreht durch.»

«Connie dreht durch, wenn einer reinkommt und schreit. Warum schreien Sie?»

«Egal», sagte Rudolf.

«Nicht, wenn Ihnen plötzlich ein Messer zwischen den Rippen steckt», sagte Toms Mutter, kniete beim Telefon und wählte eine Nummer. «Trude, gib mir den Connie!» rief sie. «Der Connie ist wo? Im HEILIG GEIST? In der Ambulanz?» Dann legte sie auf und wandte sich an die beiden Männer. «Wollt ihr einen Tee? Die Trude hat eingehängt.»

«Der Kopf ist also noch dran?» fragte Tom.

«Sie stechen einfach so mit dem Messer um sich?» wandte die Frau sich an Rudolf.

«Haben Sie ein Bier?» fragte der, und Tom ging aus dem Zimmer. Rudolf und die Frau taxierten sich mit Blicken.

«Ich bin eine Nutte», sagte sie in das Schweigen hinein, und Rudolf schaute ihr ins Gesicht. «Eine Edelnutte», sagte sie, «was halten Sie von einer wie mir?»

«Nichts», sagte Rudolf und schaute zur Tür, in der Tom wieder auftauchen mußte.

«Hat er Ihnen meine Geschichte erzählt?»

«Ja, doch sie überzeugt mich nicht. Es gibt Tausende Frauen, die ein Baby haben und keinen Mann, und die meisten sind Sekretärinnen oder Fließbandarbeiterinnen oder Verkäuferinnen; Nutte ist eine Extravaganz.»

«Nutte ist eine Extravaganz», sagte die Frau zu Tom, der mit Bier in der Tür stand. «Dein Freund mag Extravaganzen nicht, und ich mag deinen Freund nicht.»

«Nimm ihn dir doch», sagte Tom, stellte die Bierdosen auf den Tisch und kümmerte sich um Gläser.

«Haben Sie gehört, was mein Sohn gesagt hat?» fragte die Frau und trank von ihrem Tee. «Stört es Sie, daß er mein Sohn ist?»

«Mich stört manches hier», sagte Rudolf, griff nach einer Bierdose, riß sie auf und setzte sie an den Mund.

«Dein Freund», sagte die Frau und zog Tom beim Hemd zu sich herunter, «dein Freund ist einer von denen, die ich auf offener Straße, wenn ich ein Maschinengewehr hätte und wüßte, ich komm heil aus der Sache heraus, abknallen würde.»

«Nimm ihn dir doch», sagte Tom, packte seine Mutter beim Kopf und küßte sie auf den Mund. Rudolf trank aus der Dose und schaute ihnen zu. «Der Witz ist der», sagte Tom, ließ von seiner Mutter ab, riß drei Dosen auf und füllte drei Gläser, «der Witz ist der, wir sind total brav auf unseren Hockern gesessen und haben nichts getan, was Connie hätte aufregen können. Der Schuppen war voll, und alles schrie, und als Rudolf *seinen*

Schrei abließ, war es, als hätte eine Maus gebrüllt, so total ging der Schrei in den anderen Schreien unter, und doch ist Connie bei *seinem* Schrei durchgedreht.»

«Was sagen Sie dazu», fragte die Frau in Richtung Rudolf, «daß ich, auf offener Straße, am hellichten Tag, mit einer Maschinengewehrsalve, Typen wie Sie niedermachen möchte? *Warum* haben Sie im SEVEN UP gebrüllt?»

«Ich dachte an meinen kleinen Cousin», sagte Rudolf und trank aus der Dose.

«Was ist das für ein kleiner Cousin?» fragte die Frau ihren Sohn.

«Warum also ist er bei Rudolfs Schrei ausgeklinkt?» fragte der seine Mutter.

«Connie ist auf Dope», sagte die Frau, und an Rudolf gewandt: «Was ist los mit einem Cousin, um den Sie, mitten unter Hunderten Menschen, plötzlich losschreien?»

«Daß er auf Dope ist, ist nicht der wahre Grund», sagte Tom und kippte sein Bier, «auf Dope sein und ein Messer ziehen ist das eine, clean sein und auf Dope kommen ist das andere. Der Grund, warum er das Messer gezogen hat, liegt da, wo der Grund liegt, warum er, als er noch clean war, plötzlich auf Dope gekommen ist.»

«Der Grund», sagte die Frau zu Rudolf, «warum Sie mitten unter Hunderten Menschen an Ihren Cousin gedacht und um ihn geschrien haben, liegt wo?»

«Ich kenne meinen Cousin erst seit gestern», sagte Rudolf, stellte die leere Dose weg, griff nach dem Glas und leerte es in einem Zug.

«Wer ist dieser Cousin?» fragte die Frau ihren Sohn zum zweiten Mal, schob die Teetasse beiseite und griff nach dem Bierglas.

«Wenn ein Mann», sagte Tom, «wie beispielsweise neulich in Euskirchen in einem Gerichtssaal, bei der Verkündung eines Urteils ein Maschinengewehr unter seinem Trenchcoat hervorzieht und seine Freundin und die Richter und einen Teil der Zuschauer abballert und zuletzt sich selbst mit einer Bombe in die Luft sprengt, ist dann die Verkündung des Urteils der wahre Grund für sein Blackout, oder *was* ist der Grund?»

«Gab es schon *vor* Ihrem Cousin Jungen, um die Sie mitten in einer Disco geschrien haben?» fragte die Frau und machte ihrem Sohn Platz, der sich zu ihr in den Sessel setzte und anfing, sie am Kopf zu streicheln.

Tom streichelte seine Mutter am Kopf. Die Frau lehnte sich in den Sessel zurück, schloß die Augen und ließ ihn machen. «Nimm ihn dir», sagte Tom, und seine Mutter hob die Arme, legte sie um Toms Nacken, stieß sein Gesicht in das ihre und küßte es von der Stirn bis zum Kinn und von Ohr zu Ohr. Rudolf stand auf und trat näher heran. Tom nahm Rudolfs Hand und legte sie auf die Brust der Frau. Rudolf machte sich steif, sein Arm wurde schwer, seine Hand zum Stein. Tom drückte sie in das weiche Fleisch. Rudolf kniete hin und schaute die Hand auf der Brust an. Toms Lippen bedeckten den Hals, die Schultern, das Brustbein der Frau mit Küssen, dann trafen sie auf die Hand, und Rudolf spürte die Lippenpolster seine Finger bekriechen. Er ballte die Hand zur Faust, und Tom biß in sie hinein. Dann begann er, das Kleid seiner Mutter oben beim Hals mit den Zähnen zu traktieren. Druckknöpfe platzten, Knöpfe rissen ab, und ein Fleisch, gelb wie Rahm, quoll aus Toms schwarzer Hand.

Dann sah Rudolf, wie Toms Gesicht ihm winkte. Die Lippen, die Augen, die Stirn, die Wangenknochen, das Kinn, die Zähne zerrten ihn an den Leib der Frau heran, doch er rührte sich nicht vom Fleck. Erst als Tom mit einem einzigen Riß das Kleid vom Bauch bis zu den Beinen schlitzte und das gelbe Fleisch unter der schwarzen Hand zu schlingern begann, ließ Rudolf sich mit dem Gesicht zwischen die geöffneten Schenkel fallen und atmete die Frau. Doch er atmete nur und rührte sich nicht. Dann spürte er Hände über sich gleiten, an seinen Knöpfen und Schnallen fingern und ihn aus den Kleidern pellen, und als er den Kopf drehte, sah er den nackten Leib von Tom, wie er sich schwarz und schmal über und neben ihm wand. Dann fühlte er sich von ihm bei den Hüften gepackt und der Frau in den Schoß gelegt. Er lag in der Wiege der Schenkel und rührte sich nicht. Erst als Toms Hände ihn packten und ihn in seine Mutter hineinfingerten und die Frau zu schreien begann, spürte er diesen Riß durch die Wirbelsäule, schnappte nach Tom, biß kreuz und quer in das schwarze Fleisch, ließ die Frau alle Arbeit tun und kam, mit Tom im Schlund und mit ihr im Schenkelschluß, zuletzt in Fluß.

«Im Taufregister steht Lieselotte», sagte Toms Mutter auf Rudolfs Frage, «Liesel hat man mich als Kind gerufen, Lili ruft mich meine Kundschaft.»

«Ich mag deine Kundschaft nicht», sagte Rudolf und streichelte Toms schwarze Haut, wo sie am zartesten war. Lili nahm die Tasse mit Kamillentee, und Tom, nachdem sie getrunken hatte, setzte ihr die Bierdose an die Lippen, und sie spülte nach.

Der Teppich, auf dem sie lagen, war weich und warm und mit Noppen. Lili bog sich aus Rudolfs Arm, biß in eine der Noppen, riß mit den Zähnen daran und riß sie aus. Dann nahm sie die nächste, kaute und riß und spuckte. Rudolf packte sie beim Arm.

«Laß sie», sagte Tom, «das macht sie oft stundenlang.» Rudolf überflog den Teppich mit Blicken und sah ihn an vielen Stellen kahl. Das Reißen und Spucken nervte ihn. Er packte die Frau bei den Hüften und zerrte an ihr. Sie hielt sich mit Zähnen und Händen am Teppich fest, da riß er sie hoch und in seine Arme. Mit einem Schrei wand sie sich frei, schlug und trat ihn zur Tür in den Korridor, warf sich auf Tom, stieß auch ihn aus dem Zimmer, trat nach den Kleidern, verfing sich in ihnen, stürzte zu Boden, schleuderte sie in den Flur, drückte die Tür ins Schloß und sperrte sie zu.

Auf der Straße trennten sie sich. «Nein», sagte Rudolf, «nicht jetzt, du mußt mir nichts erklären, ruf an, wir treffen uns, wir reden, aber nicht jetzt.»

Er lief durch die Nacht; der Mond war mit einem Schleier; auf einem verwahrlosten Grundstück pinkelte er ins Gebüsch;

durch ein Brennesselfeld stapfte er zurück aufs Trottoir; von dort kehrte er um und packte in die Nesseln; wie Feuer biß es in sein Fleisch; in Fetzen glaubte er die Haut von seinen Händen reißen zu müssen; die Versuchung, sich aus den Kleidern zu schütteln und in den Nesseln zu wälzen, war groß, doch er widerstand.

Der Wagen vor dem Haus seiner Schwiegereltern war falsch geparkt. Er erinnerte sich nicht, von woher er in die Straße eingebogen war. Der Alkohol tobte in seinem Kopf, der Nesselschmerz in seinen Händen. Er startete durch und fuhr los. Als das Haus der Lambertis im Scheinwerferlicht auftauchte, gab er Gas und flog daran vorbei; gleich danach an der Villa Rosellen, dann wieder am Haus mit Konrad oben im Dachgeschoß, dann wieder an Annas Fenster. Zuletzt, wie ein vom Zügel zurückgerissener Mustang, stand der Wagen und bockte. Er warf die Tür hinter sich zu, und Tränen stürzten ihm aus den Augen. Die Hände, dachte er, das Gesicht, alles in Fetzen. Gleich mit dem ersten Stein traf er die Fensterscheibe, und als Annas Kopf auftauchte, hob er den Arm. An Anna vorbei stürmte er durch den Flur in den Garten ins Gartenhäuschen und drückte die Tür ins Schloß. Als Annas Schritte näherkamen, schob er den Riegel vor und biß sich ins Handgelenk, da, wo der Puls schlägt.

MONTAG

8

Schon gegen halb neun stand er vor SATURN und wartete auf den Mann mit dem Schlüssel. Die Türen gingen aber, von einem Schaltpult im Inneren bedient, wie von selbst auf, und als erster an diesem Morgen betrat er die Eingangshalle und kurz darauf die Abteilung mit den Klassik-CDs. «Ligeti», sagte er zu einem Mann, der vorbeiging. – «Dort», sagte der und zeigte auf einen Ständer.

Unter Ligeti fand er Streichquartette und Klavierstücke, Orchesterwerke und Le Grand Macabre, von dem seine Tante Ruth gestern erzählt und gesungen hatte, nicht aber das Klavierkonzert, das er in der vergangenen Nacht per Traum als blauen Rausch erlebt hatte.

«Kitsch», sagte Konrad zu dem gleichen Mann, den er nach Ligeti gefragt hatte. «Sein Klavierkonzert gibt es hier nicht.»

«Was soll Kitsch sein?» wollte der Mann wissen und ordnete Platten ein.

«Wenn man», sagte Konrad, «von einer Musik, die man noch nie gehört hat, von der aber alle wie von einem blauen Wunder reden, eines Nachts träumt, wird sie im Kopf des Träumenden zu einem blöden blauen Bluff und Ligeti zu einer Kitschkuh.»

«Bulle», sagte der Verkäufer.

«Was, Bulle?» wollte Konrad wissen.

«Wenn schon», sagte der Verkäufer im Weggehen, «Ligeti in Ihrem Traum sich in ein Geschöpf aus der Familie der Rinder verwandelt, dann nicht in eine Kuh, wenn ich bitten darf, sondern in einen Bullen, denn Herr Ligeti ist ein sehr respektabler Herr mit allen Anzeichen beziehungsweise Merkmalen eines solchen, und Sie sollten ihn, auch in Ihren Träumen, in diesem Ehrenstand belassen. Alles, was wir von ihm führen, finden Sie dort in der EDV-Liste», und Konrad, grinsend, begann in dieser Liste zu blättern.

«Alles ist da», sagte er kurze Zeit später zu dem Mann, «nur nicht das, was ich suche. Wie viele Klavierkonzerte hat der Typ wohl gemacht?»

«Ich weiß nicht, ob er überhaupt eines gemacht hat», sagte der Mann, «ich weiß nur, was in unseren Katalogen und EDV-Listen steht. Wieso interessiert sich ein so junger Mensch wie Sie für die Musik von Ligeti?»

«Mein Cousin», sagte Konrad. «Haben Sie ein Foto von ihm?»

«Was ist mit Ihrem Cousin?» wollte der Mann wissen. «Hier ist ein Foto», und er reichte ihm einen bebilderten Katalog.

«Mein Cousin», sagte Konrad und betrachtete das Foto von Ligeti, «mein Cousin ist ein Ligeti-Fan, und weil ich im Juni mit ihm zu den Ligeti-Festspielen nach Salzburg fahre, brauche ich ein paar Tips, um nicht ganz wie ein Depp dazustehn.»

«In Salzburg gibt es Ligeti-Festspiele?» fragte der Verkäufer. «Das ist das erste, was ich höre.»

«Seitdem der senile Bock, dieser Karajan, den Bach runter ist, spielt man in Salzburg nicht mehr nur die Musik von den alten Böcken, Mozart und so, sondern auch die von Ligeti, und in dessen Klavierkonzert ist eine Schwebe eingebaut, bei der man total durchdreht, wenn man sie hört.»

«Eine Schwebe?» fragte der Verkäufer und ordnete Platten ein. «Was soll das sein?»

«Eine Schwebe», sagte Konrad, «ist eine Musik, bei der man vor Glück in die Luft geht. Mein Cousin hat mir die Schwebe vorgetanzt, und dabei ist er tatsächlich vom Boden abgehoben und sekundenlang unter der Zimmerdecke geschwebt – falls Sie mir das glauben.»

«Ich glaube Ihnen alles», sagte der Mann. «Warum gehen

Sie nicht zu Ihrem Cousin und lassen sich das Klavierkonzert vorspielen?»

«Wegen seiner Mutter, meiner Tante Ruth», sagte Konrad. Die nämlich, mit einem Knasti als Ficker und einer Klingel- und Trafofabrik im Rücken, sei total durchgedreht. Seitdem er, Konrad, ihren Sohn am Gängelband habe, sehe die Alte, die aber noch nicht wirklich alt sei, die sogar *ihm* schöne Augen mache und ihn, wie er vermute, aufs Kreuz legen wolle, total rot. In ihrer Eifersucht behaupte sie, er sei in ihren Sohn verknallt und mache ihn ihr abspenstig.

«*Sind* Sie in Ihren Cousin verknallt?» fragte der Verkäufer und riß einen Pappkarton in Stücke.

Sein Cousin, so Konrad, sei ein total irrer Typ mit schwarzen Locken bis auf die Schultern und einer Taille wie ein Mannequin und Lippen kirschrot wie Schneewittchen; verknallt seien alle in den, sogar seine Schwester Gudrun; sogar der Knasti von seiner Tante Ruth küsse ihn vor aller Augen mitten auf den Mund; es gebe so Typen, die total was Geiles hätten, für Frauen *und* Männer; ob er solche Typen kenne.

«Jeder kennt solche Typen», sagte der Mann. «Ihre Tante Ruth ist also scharf auf alles, was Hosen trägt?»

«Total», sagte Konrad und schluckte.

«Warum geben Sie mir nicht ihre Nummer, und ich tröste sie ein bißchen», schlug der Mann vor.

«Fünf zwei, drei drei, acht sechs fünf», sagte Konrad, und der Mann notierte sich die Zahlen, dann ließ er den Jungen stehen, und der lief ins Souterrain und durch die Sperren und Drehtüren hinaus auf die Straße.

Danach trödelte er durch die Komödienstraße auf Dom und Hauptbahnhof zu. Vögel umkreisten die Domtürme. Er blieb stehen und schaute ihnen zu. Sie jagten einander, tauchten auf und wieder weg, dann blieben sie verschwunden. «Mein Cousin», sagte er zu einer Frau, die vorbeiging, «mein Cousin behauptet, sie umkreisen, wie die Raben den Kaiser Barbarossa im Kyffhäuser, die Domtürme nicht wirklich.»

«Der Kyffhäuser», sagte die Frau im Weitergehen, «kann nicht von Raben umkreist werden. Der Kyffhäuser ist ein ganzes Gebirge, ein Waldgebirge, und ganze Gebirge werden weder von Raben noch von sonstigen Vögeln umkreist, sie würden tot vom Himmel fallen, so ginge denen die Puste aus. Wenn da was von Raben umkreist wird, dann die Kyffhäuserhöhle, nicht der ganze Kyffhäuser. *Was* behauptet Ihr Herr Cousin?»

«Mein Cousin», sagte Konrad und lief neben der Frau her, «immer wenn ich mit ihm die Domtürme betrachte, und Vögel umkreisen sie, immer wenn er dann den Ligeti summt, das Klavierkonzert mit der Schwebe drin, behauptet er, so, wie das Klavierkonzert von Ligeti nicht von vornherein existiert, sondern erst dann zu existieren beginnt, wenn er es beim Betrachten der die Domtürme umkreisenden Raben summt, so existieren auch die die Domtürme oder die Kyffhäuserhöhle umkreisenden Raben nicht von vornherein. Erst im Auge des Betrachters beziehungsweise in der Kehle dessen, der es summt, nehmen die die Domtürme und die Kyffhäuserhöhle umkreisenden Raben beziehungsweise die aus unseren Kehlen hervorbrechenden Töne des Ligetischen Klavierkonzerts Gestalt beziehungsweise Volumen an. Vorher sind sie ein Nebel, ein Nichts, eine Phantasie ohne Gräten und Knochen. Mein Cousin ist Prof hier an der Uni, Philosophie und so weiter.»

«Grüßen Sie Ihren Herrn Cousin», sagte die Frau, winkte einem Taxi, stieg ein und winkte Konrad zu. Der stand wie berauscht und winkte begeistert zurück.

Alle Telefonzellen in der Bahnhofshalle waren besetzt. Als er endlich an der Reihe war, kramte er die Visitenkarte aus der Brusttasche und tippte die Nummer. «Hallo», rief er, «ich melde mich nur, weil ich wissen will, ob Sie das Klavierkonzert von Ligeti, das mit der Schwebe drin, kennen oder haben. Nein, ich bin hier im Hauptbahnhof, ich jage dem Ligeti hinterher. Nein, ich werde hier nicht auf Sie warten. Bevor ich den Ligeti nicht im Kasten habe, will ich weder essen noch trinken, mit Ihnen schon gar nicht. Wenn Sie mir den Ligeti aber besorgen oder mir sagen, bei wem ich ihn anhören kann, esse ich mit Ihnen, sagen wir Mittwoch im Brauhaus Päffgen, eine Schweinshaxe, obwohl ich Schweinshaxen hasse. Ja, ich rufe wieder an. Falls Sie mir das Konzert liefern, sitzt sogar ein Kuß für Sie drin!»

Obwohl die Wartenden murrten und ein junger Typ die Hand ausstreckte, um ihn unter der Telefonhaube hervorzuzerren, ließ er nicht locker. «Tante Ruth», rief er in die Muschel, «ich bin für heute vom Unterricht freigestellt, um den Ligeti, das Klavierkonzert, das mit der Schwebe drin, für den Musiklehrer zu organisieren. Ja, jeder aus der Klasse darf sich ein Stück wünschen, und *ich* hab mir den Ligeti gewünscht, und jetzt renne ich rum und finde es nicht. Nein, nicht dem Rudolf; kein Wort zu dem; du mußt mir versprechen, schwören, daß er nichts davon erfährt!» – Und als sie ihm durchrief, sie sehe ihn gerade in seinen Wagen steigen und losfahren, überschlug er sich mit der Ankündigung, er nehme sofort ein Taxi und sei in zehn Minuten bei ihr.

Der Taxifahrer hatte einen Schnauz und einen Bauch und ließ Karnevalslieder laufen. «Mein lieber Mann», sagte Konrad, «was Sie da hören, geht mir auf den Wecker; ich bin aus Hamburg und andere Kost gewöhnt.»

«Freddy», sagte der Mann und kaute auf seinem Schnauz.

«Freddy sowieso», sagte Konrad, beugte sich vor und besah sich die Wampe. «Was in Hamburg aber alle Rekorde bricht, mehr noch als Freddy, ist das Klavierkonzert von Ligeti, das mit der Schwebe drin; kennen Sie das?»

«Enä», sagte der Taxifahrer und kaute.

«Stellen Sie den Scheiß da ab, und ich sing es Ihnen vor. Mein Cousin ist Chef hier beim Gürzenich-Orchester und hat es für eine Singstimme gesetzt; wollen Sie es hören?»

«Enä», sagte der Taxifahrer, «de Höhner bleiben an.»

«Aber wenn de Höhner anbleiben», rief Konrad, «hören Sie nix von mir, und das Klavierkonzert von Ligeti ist noch wahnsinniger als das vom Gershwin; kennen Sie das vom Gershwin?»

«Enä», sagte der Taxifahrer, drehte die Kassette um und ließ die Rückseite von de Höhner laufen.

«Also passen Sie auf», sagte Konrad und holte tief Luft. Dann ließ er einen Summton ab, der zwischen hoch und tief, tonal und atonal schwankte, dann ein Stakkato mit Schnalzern und Grunzern, das er erst abbrach, als seine Lungen flatterten.

«Enä», sagte der Taxifahrer und drehte de Höhner lauter, dann zeigte er auf das gelbe Schild, nach dem es verboten ist, während der Fahrt mit dem Fahrer zu reden. Konrad warf sich in die Polster und schloß die Augen.

Das Haus seiner Tante schien ihm größer, heller und luftiger als alles. Von Bäumen halb verdeckt, schimmerte es weiß durch die Blätter: Wie eine Pagode, mußte er denken und sagte es auch, noch in der Tür, zu Ruth, obwohl er nicht so recht wisse, was eine Pagode sei. – «Ein asiatischer Reliquienschrein», klärte sie ihn auf, und *ihm* schien die Erklärung zu gefallen, umschlössen diese Mauern doch – und er drehte sich lachend im Kreis – ein Heiligtum ganz besonderer Art. – «Und zwar?» wollte sie wissen. – «Dich!» rief er, fiel ihr um den Hals und küßte sie ab.

«Und hinter dieser Tür», sagte Ruth, nachdem sie ihm das halbe Haus gezeigt hatte, «liegt Rudolfs Reich!»

«O nein», rief Konrad und lief ins Treppenhaus, «nicht auch das noch. Das auf gar keinen Fall!» Sie aber legte den Arm um seine Schultern, führte ihn vor die Tür, drückte die Klinke und drängte ihn einzutreten. Er stand wie versteint.

«Ich weiß nicht», sagte sie, indem sie ihn ins Zimmer hineinschob, «ich weiß nicht, was euch über die Leber gelaufen ist. Kaum rede ich vor Rudolf von dir, kaum lasse ich dich sein Zimmer sehen, schon dreht ihr durch. Er verbietet mir, deinen Namen auch nur im Mund zu führen, und du willst dir nicht einmal anschauen, wie er wohnt. Was ist schiefgegangen am Samstag, als ihr euch zum ersten Mal beschnuppert habt?»

Konrad gab keine Antwort. Er tat ein paar Schritte bis in die Mitte des Zimmers, blieb stehen, legte den Kopf in den Nacken und schaute zur Decke empor. Ruth stand gegen die Tür gelehnt und sah ihm zu.

Dieser Ligeti, begann er wie aus heiterem Himmel, verfolge

ihn, seitdem er den Namen von ihr zum ersten Mal gehört habe, wie ein Ton im Ohr oder Kopf, den er nicht mehr abstellen könne. Es gebe ja Leute, die, obwohl sie in Wahrheit *nichts* hörten, in ihrem Ohr oder Kopf dennoch einen Ton oder eine Melodie oder einen Namen hörten, der sie Tag und Nacht quäle. So ergehe es ihm mit Ligeti. Allein schon die beiden i in dem Namen stächen ihn wie Nadeln ins Gehirn. Und noch nie habe ein Gesicht ihn derart verfolgt wie das Ligetische, und nicht erst seitdem der Schallplattenmensch ihm das Foto geschenkt habe, sei es in seinem Kopf wie festgerammt. Noch bevor er es auf dem Foto gesehen habe, habe das Gesicht, in dem sie, wenn sie genau hinschaue, das Altersgesicht ihres Sohnes Rudolf erkennen könne, in ihm rumort, denn genau wie Ligeti heute aussehe, werde ihr Sohn, sein Cousin, in vierzig Jahren aussehen: heute schwarz; später weiß; heute glatt, in einem knappen halben Jahrhundert von diesen feinen Falten gekerbt, die schon jetzt in Rudolfs Gesicht angerissen seien und die ihn im Alter zu einem ebenso schönen Mann machen würden, wie heute dieser Ligeti einer sei. Und dann das Klavierkonzert mit der Schwebe drin! Seitdem er die Worte Ligeti und Salzburg und Klavierkonzert und Schwebe aus ihrem Mund gehört habe, sei in seinem Kopf nichts anderes mehr als der Viererklang aus diesen vier Worten. Die von ihr angedeutete Schwebe bewirke zudem, daß er *tatsächlich* schwebe. Er gehe, wenn er das so sprichwörtlich sagen dürfe, seitdem er von dieser Schwebe beziehungsweise diesem Kopf, der die Schwebe erfunden und ins Klavierkonzert hineinkomponiert habe, wisse, wie auf Wolken. «Auf den Flügeln des Gesanges!» rief er, breitete die Arme aus und schien erneut vom Boden abheben zu wollen. Ruth, verblüfft, sah sich das an.

«Wenn du ein wenig Geduld hast», sagte sie, «schaue ich seine Kassetten durch, die leider ungeordnet überall hier herumliegen, und wir hören uns das Klavierkonzert an.» – Konrad wehrte ab: Auf gar keinen Fall wolle er ohne Wissen und Erlaubnis Rudolfs seine geheimen Musiken anzapfen; wenn schon Ligeti mit der Schwebe drin, dann nur unter Rudolfs

Patronat, wie Gudrun sich ausdrücken würde, und gebettet an seine Hüfte, sozusagen.

Ruth musterte ihn von Kopf bis Fuß, dann ging sie langsam um ihn herum und besah ihn sich von allen Seiten. Sie fühlte sich auf die Schippe genommen. Er macht sich einen Jux mit mir, dachte sie, er redet blühenden Blödsinn. Und doch ist da etwas, das an ihm zerrt. – Und plötzlich wußte sie es: Der Junge ist verliebt, wahrscheinlich zum ersten Mal in seinem Leben, aber in wen? «Aber in wen?» fragte sie und packte ihn unter den Armen, weil ihr schien, er kippe um. Dann, als sie ihn eben zum Bett schleifen wollte, stand Rudolf in der Tür, und mit einem Schrei, wie sie ihn ähnlich von Senta gehört hatte, wenn sie den Holländer zum ersten Mal in der Tür zur Spinnstube stehen sah, schien Konrad ihr aus den Armen auf den Teppich fallen zu wollen, bis er sich plötzlich einen Ruck gab, sie beiseite schob und Rudolf die Stirn bot.

«Was», fragte der und sprach langsam und seltsam behindert, «was hext ihr hier zusammen?», und keiner gab Antwort. Dann trat er an Konrad heran, hob die Arme, ließ sie gleich wieder fallen und sagte zu seiner Mutter: «Ich suche ihn, seit es dämmert.»

«Seit es dämmert?» fragte Ruth.

«Weil ich», fuhr Rudolf fort und schaute, obwohl er weiter zu seiner Mutter sprach, Konrad an, «weil ich, seit es dämmert, nichts anderes denken kann als das, was Onkel Frannz gesagt hat.»

«Und was hat er gesagt?» fragte Ruth.

«Daß ich mich um den Jungen, den hier», und er legte eine Hand auf Konrads Schulter, «kümmern soll, weil er sonst wie Kokel zerfällt.»

«Wie Kokel?» fragte Ruth.

«Ritze ratze voller Tücke in die Brücke eine Lücke», sagte Rudolf noch, dann war er aus der Tür.

«Rudolf!» rief seine Mutter und wollte ihm nach.

«Laß ihn!» sagte Konrad, fing sie ab und hielt sie im Arm. So standen sie und hörten, wie die Tür schlug und der Wagen wegzog.

Im gleichen Moment trat Pieter ins Zimmer. Bekleidet mit Jeans und einem geknöpften weißen Unterhemd, das seine durchmuskelte Brust wie eine Ware ausstellte, die, weil besonders kostbar, in einer besonders attraktiven Verpackung steckt, schien er zu der Sorte von Männern zu gehören, die nichts als ihren Körper im Kopf, folglich *keinen* Kopf haben. Konrad staunte ihn an. «Donnerwetter», sagte er zu Ruth und grinste, «gratuliere.»

«Zu was?» wollte sie wissen und wich seinen Augen aus.

«Wenn du», sagte er zu Pieter, «so gut fickst, wie du aussiehst, solltest du in diesen Filmen mitmachen, du weißt schon in welchen.»

Ruth drehte sich um und langte ihm eine, lachend, doch rot im Gesicht. Pieter packte ihn bei den Schultern und beim Schwanz. «Jüngelchen», sagte er, «du mußt erst mal lernen, was Ficken ist, ehe du Witze darüber reißt.» Dann zirpte das Telefon, und Pieter nahm den Hörer. Gleichzeitig schaltete er den Lautsprecher ein.

«Ist dort Ruth?» fragte eine Stimme, die Konrad sofort erkannte.

«Wer spricht?» fragte Pieter.

«Ich will Ruth», sagte der Mann.

«Und was wollen Sie von ihr?»

«Einen Fick», sagte der Mann.

Pieter drehte sich zu Ruth um und hielt ihr den Hörer hin, doch Konrad nahm ihn und holte Luft. «Ligeti», sagte er, «Sie Schwein.»

«Ach, du bist das», sagte der Mann, «na los, hol sie her, deine Tante Ruth. Erst ich, dann du, dann wir beide zusammen», und Konrad, kreidebleich, legte auf.

Pieter stand mit geballten Fäusten, dann ging er auf Konrad los. Die Muskeln unter dem knappen Hemd spielten wie Schlangen. «Pieter!» rief Ruth und packte ihn beim Gürtel. Konrad war bis zum Fenster zurückgewichen. Als Ruth den Mann aus dem Zimmer schob und die Tür hinter ihm zuklinkte, warf er sich in einen Sessel, bedeckte die Augen mit den Händen und wimmerte. Ruth hob den Arm und ließ ihn wieder fallen. «Winseln hilft nicht», sagte sie. «Wer war der Mann? Und was für Schauergeschichten erzählst du fremden Leuten von mir?» – Konrad wimmerte lauter. Er wand sich im Sessel und bohrte die Fäuste in die Augenhöhlen. Ruth stand beim Fenster und schaute ihm zu. Dann kehrte sie ihm den Rükken und sah dicht beim Haus die Fliederblüten braun von den Dolden krümeln.

«Ligeti», sagte Konrad unter Wimmern, «er hat mich in der EDV-Liste blättern lassen und mir das Foto vom Ligeti geschenkt und mich nach Salzburg eingeladen, und er hat mir die CD mit dem Grand Macabre aufgelegt, obwohl CDs auflegen bei SATURN verboten ist. Dabei ist mir deine Telefonnummer rausgerutscht, weil er wissen wollte, wer mich für Ligeti begeistert hat, und er wollte dich anrufen, weil er selbst ein Ligeti-Fan ist und einen Ligeti-Fan-Club gründen will und Mitglieder sucht.»

«Ich bin kein Ligeti-Fan», sagte Ruth und schaute noch immer in den Garten. «Du hättest ihn auf Rudolf ansetzen müssen.»

«Rudolf!» rief Konrad und wimmerte lauter. Er habe schließlich versucht, den Kerl für Rudolf zu begeistern, doch der Kerl fahre nur auf Weiber ab, er habe ihm Rudolf beschrieben, wie die schwarzen Locken ihm bis auf die Schultern fallen und daß er ein totaler V-Typ sei mit breiten Schultern und Hüften wie ein Ballettänzer, und wie er ihn bewundere und liebe, wenn er Ligeti spiele, doch der Kerl habe nicht angebissen, und deshalb sei sie, Ruth, ins Spiel und dem Kerl in den falschen Hals geraten.

Ruth drehte sich um und sah ihn sich winden. «Du bewunderst und liebst Rudolf», fragte sie, und als die Antwort ausblieb: «Weil er Ligeti spielt?»

«Ja», sagte Konrad.

«Aber er spielt ihn nicht», sagte Ruth, «er kann nicht Klavier spielen, er ist ein Idiot, wenn es darum geht, auch nur eine einzige Note vom Blatt zu lesen und ins Klavier zu hämmern.»

«Ach, wirklich?» fragte Konrad.

«Und du liebst ihn trotzdem?» fragte Ruth, und als sie keine Antwort bekam: «Weil er Ligeti liebt?»

«Ja!» schrie Konrad, sprang auf und warf sich in ihre Arme. Sie streichelte seinen Kopf, und es fiel ihr wie Schuppen von den Augen. Dann zirpte das Telefon, und Ruth nahm ab. Der Lautsprecher war noch eingeschaltet. «Ruth», hörte Konrad Anna sagen, «Ruth, ich bin auf dem Weg zu dir. O Ruth! Dein Sohn Rudolf! Ach du großer Gott!»

Ruth legte auf, nachdem Stille eingetreten war. Dann stellte sie ihre Augen auf Konrad ein. Der aber drehte sich weg und rannte aus dem Haus.

In einer Telefonzelle wählte er, weil dauernd besetzt war, wieder und wieder die Nummer.

«Ja», sagte Kataster, «ich hab den Ligeti, komm vorbei!»

«Was haben Sie? Was genau?»

«Setz dich in ein Taxi und hör es dir an, hier, bei mir», dann knackte es in der Leitung, und Konrad warf auf.

9

Gestern, zurück von Lili, hatte Rudolf sich ins Handgelenk gebissen, da, wo der Puls schlug. Dann hatte Anna gegen die Tür des Gartenhäuschens geklopft, seinen Namen gerufen und ein wenig geweint. Schließlich war sie zurück ins Haus. Da hatte er sich, mit dem Jucken im Gesicht und an den Händen und dem Drehen im Kopf, aufs Bett geworfen und gegen das Fenster gestarrt. Das Mondlicht hinter den Scheiben, blaßblau, hatte ihm eine Unterwasserlandschaft vorgegaukelt. Die Villa Lamberti war auf- und wieder abgetaucht, und das Schnappmesser in Connies Hand hatte diese Schattenwelt durchblitzt wie ein Fisch am Angelhaken, der sich zum letzten Mal mit letzter Kraft aus dem Wasser in die Luft reißt. Dann hatte es erneut geklopft und die Stimme von Oskar Rosellen so gebieterisch Einlaß gefordert, daß Rudolf vom Bett hoch und, nachdem er die Tür entriegelt hatte, seinem Schwiegervater in die Arme getaumelt war.

«Ich habe euch», sagte der, «vom Fenster aus zugeschaut; ich konnte nicht schlafen; wie war das mit Leo Kataster?»

«Setz dich», sagte Rudolf, «brauchst du Licht?»

«Es genügt», sagte Rosellen, «wenn *du* Licht in dieses dunkle Kapitel bringst. Welcher Teufel hat dich geritten, Anna und die Kinder in eine solche Spelunke zu verschleppen?»

«Kennst du sie?» fragte Rudolf und knipste die Tischlampe an, die den Raum nur schwach ausleuchtete und Oskar Rosellen in seinem braunen Bademantel zu einer Art Bär machte.

«Ja», sagte der und setzte sich auf einen Hocker dicht beim Bett, «damals, im Amt, als ich mit Leuten aus solchen Milieus zu tun hatte, bin ich eines Nachts mit ein paar Kollegen durch all die Spelunken, studienhalber.»

«Wieso eigentlich Spelunken?» wollte Rudolf wissen.

«Lasterhöhlen!» rief Rosellen und raffte seinen Mantel zusammen. «Abschaum! Und durch einen solchen Dreck schleifst du einen Jungen, nach dem allen das Maul wässert, so schön, wie er ist!»

«Du findest ihn schön?» fragte Rudolf und warf sich aufs Bett.

«Du nicht?» wollte Rosellen wissen. «Diesem Kataster zittert die Stimme, wenn er nur von ihm schwärmt.»

«Ihr habt», fragte Rudolf, «von ihm geschwärmt? Woher kennst du Kataster?»

«Was geht schief mit meiner Tochter und dir?»

«Da geht nichts schief», sagte Rudolf.

Jeder, widersprach Rosellen, sehe es Anna in letzter Zeit an, daß sie leide. Schon lange habe er ein Hühnchen mit ihm, Rudolf, zu rupfen. Seit Kindertagen scharwenzele er um seine Tochter herum. Ihm habe das von Anfang an nicht in den Kram gepaßt. Mittlerweile aber stecke der Karren so tief im Dreck, daß selbst er ihn nicht wieder flottmachen könne.

«Ich der Dreck», fragte Rudolf, «in dem deine Anna steckt?»

Bis zum Hals, so Rosellen. Um aber zu verhindern, daß sie total vor die Hunde gehe, verlange er von ihm heute und hier die verbindliche Zusage, sie noch in diesem Jahr standesgemäß unter Dach und Fach zu bringen, unter ein Dach allerdings, das er, Rudolf, sich aufgrund der schlampigen Art, seine Studien zu betreiben und seine beruflichen Chancen zu verspielen, nicht leisten könne, das deshalb er, Oskar, und Ruth, seine arme Mutter, finanzieren müßten.

«Anna schließt morgen mit Cosima ab», sagte Rudolf, «und jetzt laß mich schlafen.»

«Anna?» fragte Rosellen. «Wieso Anna? Wieso nicht ihr beide?»

«Anna schafft das allein», erklärte Rudolf und schluckte die hochschwappende Kotze runter, dann packte er Oskar beim Arm und drückte ihn gegen die Tür in den Garten.

«Vater!» rief Anna vom Haus her, und Rosellen lief zu ihr hin.

Tom lag bei Lotte. Das Morgenlicht tauchte die Mansarde in Farben wie Butter und Rahm. Er schlug die Decke zurück und faßte sich an. «Schwarz ragt ins Dottergelbe», grinste er, dann kroch ihm Lotte aufs Fell, und sie fickten.

«Ich denke mir», sagte sie später und blies den Rauch ihrer Zigarette gegen die Zimmerdecke, «ich denke mir, so Leute wie die Lambertis und Rosellens und Ridders – der Rudolf heißt Ridder, wußtest du das? – all diese Leute, Villenbesitzer, Firmeninhaber, nimm noch den Kataster dazu, all diese Millionäre, und dann ein Pärchen wie wir, arm wie die Kirchenmäuse, sogar du, trotz deiner Mutter, arm wie eine Kirchenmaus, wenn all diese Leute solchen wie uns in die Fänge geraten, ließe sich, schlau, wie wir sind, der Rahm abschöpfen wie von einer Zentrifuge, die Butter rührt.»

Tom nahm ihr die Zigarette aus dem Mund und rauchte sie zu Ende. «Rahm abschöpfen von Zentrifugen, die Butter rühren?» fragte er.

«Schleudern», meinte sie, «Zentrifugen schleudern Rahm zu

Butter, doch arme Säcke wie wir schöpfen den Rahm aus den Zentrifugen, ehe er zu Butter gerinnt.»

«Klumpt», sagte Tom, «der Rahm verklumpt zu Butter, was aber ist eine Zentrifuge?»

«Zentrifugen», sagte Lotte und gähnte, «Zentrifugen sind Geräte, die, nachdem die Kühe gemolken und die Milch entrahmt und der Rahm gesammelt ist, diesen Rahm, das Beste von allem, zu Butter kneten; arme Säcke wie wir aber müssen an die Knete ran, ehe sie in der einen Zentrifuge zu Bidets und in der anderen zu hochherrschaftlichen Villen verklumpt.»

«Du willst dir die Knete von Lamberti und Konsorten unter den Nagel reißen?» fragte Tom und spülte sich den Mund mit Cognac.

«Zumindest träumen davon.»

«Was träumen?»

«Du und ich. Wie der Belmondo im DIEB VON NIZZA. Über Dächer in offene Fenster hinein und Tresore knacken und in Gold und Perlen wühlen.»

«Und frühmorgens zwischen weißen Laken ficken wie der Belafonte mit der Bardot, und die Klimaanlage surrt, und die Kinosessel sind mit Eiderdaunen gepolstert, und der goldene Vorhang rauscht vor die leere lappige Leinwand.»

«Warum rufst du nicht irgendwen an?» fragte Lotte und reichte ihm den Apparat.

«Wen soll ich anrufen?» wollte Tom wissen und nahm den Hörer.

«Irgendwen. Ich hab alle Nummern notiert. Fang an bei Anna!» Und sie sagte ihm die Ziffern.

Anna nahm ab. Nein, Rudolf sei nicht bei ihr. Gleich nach dem Kaffeetrinken sei er auf und davon. Wohin, das wisse sie nicht. Schon in der Nacht, und erst recht während des Frühstücks, sei er maulfaul gewesen. Da habe sie gewußt, daß er sich mit ihm, Tom, durch die Nacht gesoffen habe. Bei welchen Nutten sie gelandet seien, wolle sie gar nicht erst fragen. Oh, da bitte sie um Entschuldigung. Daß sie Toms Mutter besucht hätten, sei ja mal eine erfreuliche Variante. Ja, Rudolf gehe zu Nutten, das wisse sie seit Jahren. Nein, sie mache daraus keine Staatsaktion. Von Kind an fickten sie miteinander, und das sei allmählich kein Zuckerschlecken mehr. Ja, auch sie sei satt der süßen Suppen. Nein, bislang habe *sie* aus keinen fremden Töpfen genascht. Natürlich liebten sie sich, was sonst. Doch des Menschen Elend sei es nun mal, aus allen möglichen Töpfen fressen zu müssen. Ja, fressen, sie wisse kein besseres Wort. Natürlich leide sie darunter, ihr Elternhaus sei erzkatholisch, leider, und das Katholische hänge auch ihr nicht nur in den Kleidern. Ja, sie könnten im Laufe des Tages vorbeischauen, am besten wieder zur Kaffeezeit, sie serviere ihnen dann Waffeln mit Kirschen und Sahne.

Rudolf, abgehetzt von der Raserei zwischen der Villa Rosellen und den Lambertis, «als wäre ich», keuchte er, «zu Fuß und im Dauerlauf von dort nach hier», ließ sich auf einen Küchenstuhl fallen, schob die Tasse mit Hafersuppe, die Lies ihm vorgesetzt hatte, beiseite und fragte nach Konrad. Der sei zur Schule, nein, erst zu SATURN, der Musiklehrer habe ihm aufgetragen, eine Beethoven-Sinfonie, keine von den neunen, sondern die sogenannte Jenaer, also die nullte, zu beschaffen. Der Junge sei ohne Frühstück aus dem Haus, am Morgen habe sie ihn in Gudruns Bett gefunden und Gudrun in dem seinen, sie wisse schon längst nicht mehr, ob sie das normal oder abartig finden solle, wahrscheinlich habe er in der Nacht bei ihr kuscheln wollen und Gudrun, genervt von seinem Geheule und Gestammele, habe das Weite gesucht. «Er heult?» fragte Rudolf.

«Seit Samstag oder Sonntag ununterbrochen», sagte sie, «auch ich hab in meiner Pubertät gesteckt wie in einem Sack, doch bin ich nicht wie eine Irre am Gängelband irgendwelcher Idioten heulend und schluchzend hin und her. Was hältst du von Kataster?»

Kataster, so Rudolf, sei sowohl als auch. Ein scharfer Hund *und* fromm wie ein Lamm. Daß der Junge seinetwegen ausflippe, glaube er nicht. Andererseits müsse man darauf achten, daß Kataster nicht allzu viel Einfluß auf ihn nehme.

«Franz ist bei ihm», sagte Lies.

«Welcher Franz?» fragte Rudolf.

«Dein Onkel Franz, mein Mann, ist vor zehn Minuten zu Kataster, der ihn in aller Frühe angerufen und aufgefordert hat, auf der Stelle bei ihm anzutreten.»

«Dein Mann bei Kataster», rief Rudolf und sprang auf die Füße, «dein Sohn bei SATURN, und ich hier bei dir im Muspott!», und er rannte, ohne sich von Lies zu verabschieden, aus dem Haus auf die Straße zu seinem Wagen.

Bei SATURN sah er ihn nicht. «Hat heute», fragte er einen Verkäufer, «ein Junge, blond und schmal und schön wie Apoll, nach Beethovens Jenaer gefragt, und hat er sie gekauft?»

«Das ist nicht *Beethovens* Jenaer», sagte der Verkäufer.

«Ich frage nicht nach Beethovens Jenaer, sondern nach einem Jungen, der möglicherweise nach ihr geforscht hat.»

«Die Jenaer», sagte der Verkäufer, «ist nur insofern *Beethovens* Jenaer, als sie zwar gekonnt, also in Beethovenscher Manier, instrumentiert, mit Sicherheit aber eine Fälschung ist. Apoll hat nach dem Klavierkonzert von Ligeti, nicht nach Beethovens Jenaer geforscht.»

«Ligeti!» rief Rudolf. «Das ist er!»

«Sind Sie der Cousin, in den Apoll verknallt ist, der mit der Klingel- und Trafofabrik im Rücken?»

Rudolf schluckte. «Apoll ist in mich verknallt?» fragte er leise.

«Daß es von Ligeti ein Klavierkonzert mit einer Schwebe gibt, war mir allerdings neu», sagte der Verkäufer. «Apoll war total heiß darauf. Hat Ihre Mutter tatsächlich einen Knasti als Ficker?»

«Aahh!» schrie Rudolf und packte den Verkäufer bei den Revers. «Apoll ist in wen, in mich, in Sie, in den Ficker meiner Mutter verknallt, oder wie, oder was, mein Herr? Sie heißen?»

«Raffmeier», sagte der Mann, suchte nach dem Klingelknopf und fand ihn, und die Alarmglocke gellte, und Männer stürmten von allen Seiten herbei, und Rudolf stieß Raffmeier gegen die Wand und rannte die Treppe hinunter durch die Sperren auf die Straße gegen Gudrun, die gerade hinein wollte. «Komm!» rief er und zerrte sie um die Ecke, die Straße hoch in ein italienisches Eiscafé, dort nahm er sie in die Arme und küßte sie ab.

«Heute nacht hat Konrad mir die Sache mit Ligeti erzählt», sagte Gudrun und löffelte langsam ihr Eis, «wie du ihm die Stelle mit der Schwebe vorgesummt hast, mal in Dur, mal in Moll, und wir haben die ganze Nacht versucht, sie zu finden. Immer hat er mir irgendwelche Einleitungstakte vorgesummt und dann die Stelle mit der Schwebe angepeilt, aber immer hat er sie verfehlt, immer hab ich ihm Vorschläge gemacht, wie sie sich nach meinem Gefühl anhören könnte, doch nie hat er angebissen. Da hab ich ihm erklärt, daß es mir genauso geht mit allem, was *ich* haben oder wissen will. Etwa mit dir. Oder mit Gott. Wie ich mich beispielsweise an Gott, an den Gedanken oder die Vorstellung von Gott herantaste, wie ich mir ausmale, daß ich mich ihm nähere und in sein Leuchten eintauche, und wie das Leuchten immer stärker wird, und wie mir seine Gestalt langsam aus dem Leuchten entgegentritt, und wie ich innerlich zu schweben anfange und mich in Luft, oder, wenn du willst, in Gott aufzulösen beginne, und wie dann, wenn ich fast schon in ihm bin, der Bruch geschieht und ich immer kurz vor der Vereinigung mit ihm aus ihm herausstürze, zurück in meine Verzweiflung.»

«Du bist verzweifelt?» fragte Rudolf und wischte sich den Schweiß von der Stirn.

«Ich bin», sagte Gudrun und kippte den noch halbvollen Eisbecher verkehrt herum auf den Untersatz, «ich bin dreizehn, und alle sagen, mit dreizehn ist man ein dummes Ding, und mein Vater meint, Kinder in meinem Alter gehören vor die Tafel oder die Schulbücher oder die Pfütze mit den Kaulquappen, und Kinder in meinem Alter haben nicht verzweifelt oder sonstwie aufgeregt oder aufmüpfig zu sein, Kinder haben mit Kinderaugen und mit Kindergedanken die Welt zu denken und zu sehen. Ich hab aber keine Kinderaugen und keine Kindergedanken. In Hamburg hatte ich eine Freundin, die hat Selbstmord gemacht. Wenn ich an dich denke und dich aus dem Leuchten auftauchen sehe, bin ich kein Kind mehr.»

«Moment mal», sagte Rudolf, «ich denke, es geht um Gott, nicht um mich.»

«Ich muß mal», sagte sie und stand auf und entfernte sich mit kleinen Schritten von Rudolf, «jetzt muß ich mal Pipi», und er schaute ihr zu, wie sie hinter der Klotür verschwand, dann warf er einen Zwanziger auf den Tisch und rannte aus dem Lokal.

Die Wohnungstür war angelehnt, und er lief durch den Korridor in die Küche. Dort setzte er sich zu Lili an den Tisch und trank aus dem Glas, das sie ihm hinschob.

«Wie geht es deinem kleinen Cousin?» fragte sie.

«Warum beißt du, verdammt noch mal, wie eine Verrückte in Teppiche?»

«Schon als Kind war jeder Teppich für mich das Fell von einem Tier, und *ich* war ein Tier mit dem gleichen Fell, nur kleiner und schwächer, und ich biß und bohrte mich in das Fell hinein, und das Fell wärmte mich. – Wie geht's ihm denn, dem Kleinen?»

«Keine Ahnung», sagte Rudolf. Weshalb er hier auftauche, sei wegen der Saunaparty am Donnerstag bei seinem Onkel Franz, zu der er sie einlade und Donnerstag abend persönlich abhole. Dann brauche er die Adresse von Trude und Connie, denen er seine Karte in den Kasten werfen wolle.

«Warum verpißt du dich nicht?» sagte Lili, setzte den Milchkarton an und nahm einen tiefen Schluck. «Jeder, der jemandem das Fell geritzt hat, verpißt sich, läßt Gras drüber wachsen. Warum *du* nicht?»

«Weil ich ein Spießer bin», sagte Rudolf und riß an der Tischdecke, «weil ich, zum Beispiel, einen kleinen Cousin habe und außer dem kleinen Cousin eine gar nicht mehr so kleine Braut, und weil ich, um die Braut nicht zu vergraulen, den kleinen Cousin gar nicht erst an mich heranlasse, weil ich, wie jeder Spießer, alles: mein Leben, meine Zukunft, meine Ehe, sogar die Messerstecherei mit Connie, sogar dich mit deinem Teppichtick, wieder ins Lot rücken will, weil ich es nicht ertrage, daß etwas schiefläuft, und doch läuft alles schief, bei mir, bei dir, bei allen. Ich liebe meinen kleinen Cousin.»

«Das weiß die Welt», sagte Lili, legte den Arm um seine Schulter und biß ihm in die Lippen.

Konrad wollte den Ligeti hören.

Das Haus war ein Hochhaus mit Marmorentree, goldeloxierter Klingelplatte und hellgelb gepolsterter Aufzugkabine. Kataster wohnte ganz oben, den letzten Absatz mußte er zu Fuß hoch: Ein Witz, dachte er, wie in schlechten Filmen, der Typ bewohnt ein Penthaus, immer in Penthäusern passiert das Tollste.

«Setz dich», sagte Kataster, «nimm die Kopfhörer, ich lege auf.»

Konrad schloß die Augen und hielt den Atem an. Als das Klavier einsetzte, zuckte er zusammen, obwohl er im voraus gewußt hatte, daß er beim ersten Ton zusammenzucken würde, und sich vorgenommen hatte, es nicht zu tun. «Das Orchester», sagte er nach einiger Zeit, «wo bleibt das Orchester?» Kataster bewegte die Lippen, doch Konrad hörte ihn nicht. «Das Orchester», sagte er zum zweiten Mal, nahm den Kopfhörer ab und schaute Kataster an.

«Da gibt es kein Orchester», sagte der, und Konrad griff nach der CD-Hülle.

«Musica Ricertata, elf Stücke für Klavier», las er laut. «Das ist nicht das Klavierkonzert.»

«Natürlich ist das nicht das Klavierkonzert», sagte Kataster und schaute über ihn hinweg durchs Fenster in den wolkenlosen Himmel. Konrad stand auf und ging zur Tür. «Falsch», sagte Kataster, «das ist die falsche Tür, dort geht es raus.» Konrad kehrte um, ging aus dem Zimmer in den Flur, durch die Flurtür ins Treppenhaus und zog die Tür hinter sich ins Schloß. Draußen setzte er sich auf die Treppe, ließ sich zur Seite kippen und lag, mit angezogenen Beinen, wie ein Kind im Brutkasten: dort unter dem riesigen marmornen Kegel, in den das Treppenhaus mündete. So lag er lange.

Als er wieder vor der Wohnung stand, ging die Tür in dem Moment auf, da er die Hand zum Klingelknopf hob. «Ich hab dich beobachtet, was sonst», sagte Kataster und ließ ihn eintreten. «Schau selbst, du hast den totalen Überblick.» Konrad schaute durch den Türspion und hatte tatsächlich den gesamten Aufgang im Auge. «Hiermit», sagte Kataster und zeigte auf die Ketten, Riegel und Steckschlösser, «hiermit sperre ich mich ein und weg», und er schaute in Konrads Gesicht, der aber schüttelte den Kopf, und Kataster ließ die Tür unverwahrt. «Dein Vater», sagte er und goß Konrad ein Mineralwasser ein, «dein Vater hat, noch vor zwei Stunden, genau dort gesessen, wo *du* jetzt sitzt. Ich hab ihn an der Leine.»

«Zu welchem Zweck?» fragte Konrad und trank.

«Er frißt mir aus der Hand, geht für mich durchs Feuer – was hältst du von deinem Vater?»

«Was halten *Sie* von ihm?»

«Würde es dir was ausmachen», fragte Kataster, «den obersten Knopf an deinem Hemd zu öffnen?»

«Der oberste Knopf *ist* offen.»

«Den obersten von denen, die noch nicht offen sind.» Und Konrad tat ihm den Gefallen.

«Dein Vater», und Kataster lehnte sich im Sessel zurück und schaute dorthin, wo das Hemd klaffte, «dein Vater ist ein wonniger Typ. Treibt er's mit Weibern?»

«Mit Frauen», sagte Konrad.

«Mach den anderen Knopf auf.»

«Warum?»

«Bitte. Nur den noch.» Und Konrad packte hin, und der Knopf sprang ab und lag im Teppich.

«Zieh dein Hemd aus.»

«Mir ist nicht heiß», sagte Konrad und wischte sich die Stirn.

«Zieh dein Hemd aus und stell dich dort ans Fenster.»

Konrad stand auf, zog sich das Hemd über den Kopf und blieb beim Sessel stehen.

«Hat dich dein Rudolf so schon mal gesehen?»

«*Mein* Rudolf?» fragte Konrad.

«Möchtest du nicht, daß er *dein* Rudolf ist?»

«Ja.»

«Und Tom?»

«Nein.»

«Wer», fragte Kataster, «würde dir besser schmecken als Fikker? Tom oder Rudolf? Mach den obersten Knopf auf.»

«Rudolf», sagte Konrad. «Welchen?»

«Den obersten Hosenknopf. Aber Tom hat mehr zu bieten als Rudolf. Schwarze haben immer mehr als Weiße.»

«Gucken Sie», sagte Konrad und setzte sich auf den Boden und stand gleich wieder auf, «gucken Sie mich nicht so an. Gukken Sie», sagte er leise, «bitte woanders hin.»

«Hau ab, Junge», sagte Kataster.

«Mir ist schlecht», sagte Konrad.

«Zieh dich an und heul dich bei deinem Rudolf aus.»

«Gucken Sie, wenn ich mich anziehe, woanders hin!»

Kataster stand auf, warf ihm das Hemd zu und ging aus dem Zimmer. Als Konrad im Aufzug nach unten fuhr, war ihm, als stürze der gelbe Kasten wie ein Stein in die Tiefe.

Mit dem gelben Kasten war er wie ein Stein in die Tiefe gestürzt, dann hatte er, bis es anfing, dunkel zu werden, die Stadt, die ihm noch fremd war, in allen Richtungen ziellos durchstreift, hatte, obwohl er hungrig und durstig war, nichts gegessen und nichts getrunken und sich auch, obwohl die Beine ihm wegzubrechen drohten, nirgendwo hingesetzt, und schleppte sich jetzt die Straße hoch auf sein Elternhaus zu, das dunkel dalag. Als er die Diele betrat, hörte er Stimmen. Unter den Stimmen erkannte er die von Rudolf. Als sie in seinem Kopf zu kreiseln begann, mußte er sich setzen, wo er stand, auf den Dielenboden, und noch als er saß, zitterten ihm die Beine, die Hände sowieso.

«Wir dachten schon, du bist auf und davon», sagte Lies, als er, mit festem Schritt und lächelnd, das Zimmer betrat.

«Ich war bei Kataster», sagte er zu Rudolf.

«Ein feiner Mensch», sagte Franz und nahm einen Schluck aus seinem Weinglas. «Am Freitag nimmt er mich mit, zur GAG, und wir essen mit einem Typ, der muß nur den kleinen Finger rühren, und ich hänge drin im dicksten Geschäft.»

«Was wolltest du von dem Mann?» fragte Lies ihren Sohn.

«Er hat gewollt», wandte Konrad sich wieder an Rudolf, «daß ich mich aufknöpfe.»

«Wo?» fragte Lies.

«Das Hemd», sagte Konrad zu Rudolf, «daß ich es ausziehe, und ich *habe* es ausgezogen.»

«Konrad!» rief Lies und schlug sich auf den Mund.

«Was ist dabei, wenn ein Junge sich vor einem Mann das Hemd auszieht», sagte Franz und nahm einen Schluck, «*wir*, im Gegensatz zu euch, haben hier nichts zu verbergen», und er schlug sich auf die Brust.

«Was sagst *du* dazu, Rudolf?» wandte Lies sich an ihren Neffen.

«Schwule sind auch Menschen», sagte der.

«Und als du dich ausgezogen hattest, was dann?» fragte Lies.

«Ihre Bemerkung: Schwule sind auch Menschen, ist eine schwulenfeindliche Bemerkung, ist Ihnen das klar?»

«Nein. Wieso?» fragte Rudolf.

«Sie sind kein Idiot, daß ich Ihnen das erklären müßte.»

«Aber *mir* mußt du es erklären», sagte Lies, «was ist schwulenfeindlich daran?»

«Frag deinen Neffen», sagte Konrad, drehte sich um und ging aus dem Zimmer.

«Indem ich vorgab, klarstellen zu müssen, daß Schwule auch Menschen sind», sagte Rudolf zu Lies, «hab ich angedeutet, daß die Mehrheit unserer Bevölkerung der Meinung ist, daß Schwule *keine* Menschen sind.»

«Sondern?» fragte Lies.

«Schweine», sagte Rudolf und stand auf.

«Na, na», knurrte Franz und drohte mit dem Finger.

«Ich werd versuchen, euren Sohn davon zu überzeugen, daß

sein Cousin kein Schwulenfresser ist», und er ging, wobei er Lies im Vorübergehen streichelte, aus dem Zimmer.

«Kataster und kein Mensch!» rief Franz ihm nach.

«Du verheizt deinen Sohn für ein paar lumpige zehntausend Mark», sagte Lies, als die Tür hinter Rudolf ins Schloß gefallen war, und Franz nahm das Weinglas und winkte ab.

Im obersten Stock war es finster und stickig. Rudolf stand, wie am Vortag mit Kataster, gegen die Wand gelehnt und schaute die Türen an. Nirgendwo Licht, weder bei Gudrun noch bei Konrad, noch im Dienstbotenzimmer. Er hätte sich zu den Schlüssellöchern hinabbeugen und in die Räume hineinspähen mögen. *Heimlich, still und leise,* ging ihm das Lied durch den Kopf, dann, ohne husten zu müssen, hustete er. *Sohneszimmer* las er auf dem Porzellanschild. Sein eigener Name war weggewischt, und indem er die Augen näher an den roten Schmier, der zurückgeblieben war, heranbrachte, hörte er hinter der Tür ein Antworthusten. Er legte die Hand auf die Türklinke und mußte sie augenblicklich um das Metall krampfen, so zitterte sie.

«Das ist deinen Vater teuer zu stehen gekommen», sagte er, indem er ins Zimmer trat und aufs Fenster zuging, «Messingklinken, heutzutage, ein Luxus.»

«Das ist kein Messing», sagte Konrad, «das sieht aus wie Messing, ist aber Talmi.»

«Talmi», sagte Rudolf und stand jetzt am Fenster und schaute in den Garten, «Talmi, das ist eine goldplattierte Kupfer-Zink-Legierung zur Herstellung von goldähnlichen Schmucksachen, nicht von Klinken.»

«Talmi-Schmuck, Talmi-Türklinken, Talmi-Gefühle», sagte Konrad.

«Talmi-Gefühle?» fragte Rudolf. «Herz Schmerz Himmelwärts?»

«Ja», sagte Konrad, «aber das muß nicht *immer* Talmi sein. Mir tut das gut.»

«Gut?» fragte Rudolf.

«Weh», sagte Konrad und lachte.

Rudolf drehte sich um und schaute ihn an. Der Junge saß, mit untergeschlagenen Beinen und nacktem Oberkörper, auf seinem Bett, und in der herrschenden Dämmerung schien es, als sei das Wort LIGETI auf die Wand getuscht mit einer Farbe, die es sonst nirgendwo gibt. «Ich hab mir», sagte Rudolf, «schon oft gedacht, wie es wäre, wenn man, plötzlich, auf eine Farbe stieße, die keiner kennt.»

«Wieso?» fragte Konrad.

«Oder auf einen Ton, auf eine Musik, die noch nie jemand gehört hat.»

«Ach so», sagte Konrad.

«Oder auf einen Geschmack oder Geruch, den es nicht gibt.»

«Man müßte dann aber», sagte Konrad, «schauen und hören und schmecken und riechen und zupacken, nicht reden. Herbeireden kann man das alles nicht.»

«Ach ja?» fragte Rudolf und ging auf den Jungen zu. «Wenn es das alles aber nicht gibt? Nur im Kopf?»

«Das alles gibt es ja», sagte Konrad, «der Kopf weiß nur, was es gibt.»

«Es gibt», sagte Rudolf, «vieles im Kopf, das es außerhalb des Kopfes nicht gibt, das wissen alle.»

«Alles, was es in *meinem* Kopf gibt», sagte Konrad, «gibt es auch außerhalb.»

«Du Glücklicher», sagte Rudolf, setzte sich auf den Boden und sah den Oberkörper des Jungen leuchten.

«Auch was es in *deinem* Kopf gibt», sagte Konrad, «gibt es. Hier. Im Zimmer. Du mußt aber aufhören zu reden. Du mußt es dir nehmen.»

«Ja», sagte Rudolf, «ja», dann stand er auf und ging zur Tür.

«Dann nimm es dir doch», sagte Konrad.

«Ja», sagte Rudolf, «schön wär's», dann ging er hinaus und ließ die Tür hinter sich offen.

DIENSTAG

10

Rudolf war heimgefahren.

Ich hätte ihn, dachte er, und die Räder quietschten in den Kurven, ich hätte ihn sollen. Noch nie war es so einfach wie jetzt. So nah. So schön. Nackt bis zum Gürtel. Die Brust mager und weiß. Dann nimm es dir doch, hat er gesagt. Dann mach mit mir, was du willst. Was will ich denn? Das Muttermal wo? Die Muschel wo? Ich hätt es beim Zipfel packen müssen, das Glück, das Unglück. Ihn bei seinem Zipfel packen und ihn zipfeln. Wenn Anna einen Zipfel hätte. Wenn Anna Konrad wäre. Der Baum,der andere Blätter hat gewollt. Wenn Anna mich mit Konrads braunen Augen hin und her zerrte. Doch Anna zerrt mich nicht. Das Muttermal weiter unten. Unter der Gürtellinie. Unter dem Nabel. Ich hab seinen Nabel unter der Brust über der Gürtelschnalle gesehn. Das Rippengeräusch gehört. Das Rippengeschnatter. Auch Kataster hat ihn nackt gesehn. Nackt bis zum Gürtel. Seine Blume pflücken. Seine bleichen blonden Blüten brechen. Scheiß Gesülze. Scheiß schwules Geschnulze. Ich bin nicht schwul. Ich bin seit Jahren mit Anna. Verliebt, verlobt, verloren, dachte er, und der Wagen schoß durch die Nacht.

Schon früh um sieben tippte Konrad die Nummer von Rosellens, und Anna nahm ab. Er habe gestern mitbekommen, daß sie heute auf Wohnungssuche gehe. Schon immer hätten Hausbesichtigungen ihm Spaß gemacht. Er sei einer, der einem Grundstück schon von der Straße her ansehe, ob es sich gut darauf leben lasse oder nicht. Da Rudolf, wie er gehört habe, nicht mitkomme und sie als Frau möglicherweise überfordert sei, wolle er gern Augen und Ohren für sie offenhalten. Er habe ein Gespür für Proportionen und einen Blick dafür, wie ein jetzt noch kahles und ausgeschlachtetes Haus sich mache, wenn es demnächst tapeziert und möbliert sei. Natürlich müsse sie ihm sagen, welche Art Tapeten und Möbel Rudolf und ihr vorschwebten. Auch in sanitären Fragen könne er sie beraten. Er wundere sich, daß sein Vater noch nicht mit Badezimmern und Saunaanlagen über sie her sei. Das einzige, wovon er nichts verstehe, seien Kinderzimmer. Sie wolle sich doch hoffentlich nicht mit einer Horde schreiender Kinder eindecken lassen. Ob es ihr nicht heiß und kalt werde bei dem Gedanken, daß ein Haus kaufen heiße, sich mit Haut und Haar zu *ver*kaufen. Noch sei sie frei. Noch könne sie tun und lassen, was sie wolle. Rudolf sei, wenn er das richtig sehe, ein halber Macho. Bei dem habe sie, wenn die Falle erst einmal zugeschnappt sei, mit Sicherheit nichts mehr zu lachen. Und ein Haus sei nun mal eine Falle. O fein! Dann hole er sie gegen neun von zu Hause ab. Nein, heute sei kein Unterricht, die Lehrer machten einen Ausflug, das komme auch ihm spanisch vor, aber Schluß jetzt, Lies rufe nach ihm.

Lies hatte tatsächlich gerufen, und Konrad wollte eben Antwort trommeln, als das Telefon ging. «Hallo», sagte Kataster, «ich hoffe, ich hab dich nicht aus dem Schlaf geholt. Geht's gut?»

«Ja», sagte Konrad, «was wollen Sie?»

«Deine Stimme hören. Bist du schon angezogen», und als Konrad verneinte: «Erzähl mir, was du anhast. Hast du überhaupt etwas an?»

«Keinen Fetzen», sagte Konrad, obwohl er im Schlafanzug war. «Ich leg jetzt auf.»

«Moment!» rief Kataster. «Tom hat eben angerufen, am frühen Nachmittag kommt er auf einen Schluck vorbei – machst du mit?»

«Was mitmachen?»

«Ich weiß, du bist scharf auf ihn. Gegen drei ist er hier.»

«Schwein», sagte Konrad, legte auf und hätte doch gerne weiter zugehört.

«Wer ist ein Schwein?» fragte Lies, die in der Tür stand.

«Ich!» rief Konrad, umarmte seine Mutter und rannte an ihr vorbei ins Bad. «Schwarz ist noch schärfer als Weiß!»

Tom, der sich im Schaukelstuhl schaukelte, legte, als er Lotte aus dem Bad kommen sah, den Hörer beiseite und streckte den Arm nach ihr aus. «Rat mal, mit wem ich telefoniert habe.»

«Mit Anna? Mit deiner Mutter? Mit Lies, der züchtigen Hausfrau?»

«Falsch. Mit Kataster!»

«Bravo», sagte Lotte und setzte sich an den Frühstückstisch. «Du nimmst ihn hops?»

«Lotte», sagte Tom, hielt den Schaukelstuhl an, sprang auf und stand groß und schwarz im Morgenlicht, «wir inszenieren hier keinen Krimi!»

«Feigling», sagte Lotte, nahm ein Croissant, tunkte es in den Buttertopf und biß hinein.

«Das war dir ernst?» fragte er. «Gestern, das mit dem Absahnen und Einsacken? Du willst diese Leute ausnehmen?»

«Du nicht?»

«Lotte», rief Tom und schlug sich vor die Stirn, «ich soll, plötzlich, aus heiterem Himmel, Menschen, die mir gut sind, die mir vertrauen, die mich in ihre Häuser, in ihre privatesten Verhältnisse hineinschauen lassen, ich soll diese Leute ausspionieren, unter Druck setzen, abkassieren?»

«Vier Goldgruben», sagte Lotte, «der Kataster, die Lambertis, die Rosellens, die Ridders. Spielen wir Goldgräber. Nur so zum Spaß.»

«Zum Spaß?» fragte Tom.

«Aus eins mach zwei, aus zwei mach vier», sagte Lotte, stand auf, ging zu ihm hin und legte die Arme um seinen Nacken.»

«Aus Spaß wird Ernst», sagte Tom, nahm sie auf den Arm und legte sie wie in Zeitlupe aufs Bett.

«Heute Kataster?» fragte sie und zog ihn, langsam, auf sich hinab. «Wir machen einen Plan? Wir bringen den Stein ins Rollen?»

Konrad hatte mehrmals vergeblich an der Haustür geklingelt, als Oskar Rosellen sie plötzlich aufriß. «Ach du, mein Sohn», sagte der Mann, packte ihn bei den Schultern, bugsierte ihn ins Haus, nahm ihn dann bei der Hand und führte ihn in ein Zimmer ganz aus Leder und Mahagoni. «Hinsetzen», sagte er, drückte ihn in einen Sessel, zog dann einen Stuhl heran, ließ sich auf den Sitz fallen und taxierte den Jungen mit rot entzündeten Augen. «Ich hab mir heut nacht überlegt», fing Oskar plötzlich zu reden an, «wie wir beide, du und ich, zueinander stehen.»

«Ich hoffe gut», sagte Konrad.

«Ich hab mich gefragt, als wen oder was ich dich, angenommen, ich rede vor Fremden von dir und immer vorausgesetzt, es gibt von dir etwas zu reden, bezeichne: Enkel, nein. Neffe, nein. Sohn oder Schwager, nein. Wer *bist* du überhaupt?»

«Ich bin», sagte Konrad, «der Sohn einer Frau, die eine Schwester hat, nämlich Ruth, die wiederum einen Sohn hat, nämlich Rudolf, der seinerseits ein Mädchen liebt, nämlich Anna, die wiederum Ihre und Mama Christinchens Tochter ist, die besagter Rudolf in Kürze leider heiratet.»

«Du bist also *was* zu mir? Und warum leider?»

«Sagen Sie einfach Konrad. Und leider, weil Rudolf für mich dann passé ist.»

«Und du sag einfach Oskar. Wieso passé?»

«Weil», und Konrad setzte sich in seinem Sessel zurecht, «weil er mich mit einem gewissen Ligeti, einem Mann, der Klavierkonzerte mit Schweben drin komponiert und der ein Intimfreund von Rudolf ist, weil er mich mit diesem Mann bekannt machen wollte. Und das fällt nun ins Wasser, weil er Anna am Hals hat.»

«Such im Telefonbuch Ligeti», sagte Oskar zu Anna, die ins Zimmer getreten war, «wir fahren auf der Stelle hin zu dem Kerl!»

«Vater», sagte Anna, «Ligeti ist ein MozartoderBeethoven von heute. Zu dem fährt man nicht einfach so hin. Konrad», sagte sie und rannte aus dem Zimmer, «in zwei Minuten ziehen wir los!»

«Also werde ich Rudolf bitten», sagte Oskar Rosellen, «dir diesen Ligeti hier, in Mama Christinchens blauem Salon, zu präsentieren. Zweitens, mein Sohn, hab ich mich heute nacht gefragt, ob du einen Mann wie mich», und er schlug seinen Bademantel auseinander und präsentierte Konrad seine fette, mit grauen Haaren überwachsene Brust, «ob du so einen alten verfallenen Mann wie mich überhaupt zum väterlichen Freund haben willst, ob du dich meiner, zum Beispiel vor deinen schönen jungen Freunden, nicht schämst, einer solchen Ruine!»

«Aber Oskar», rief Konrad, der, von der wieder herbeigelaufenen Anna bei der Hand gepackt und aus dem Zimmer gezerrt, den Mann, der ihn bei der anderen Hand hielt, nur ungern freigab, «ich schäme mich deiner nicht nur nicht, ich bin stolz und froh, einen reifen Mann wie dich zum Freund zu haben!»

Cosima Beckmann, eine Frau um die fünfzig, erwartete sie an der Gartenpforte. «Wer ist denn der?» fragte sie, zeigte auf Konrad, und Anna klärte sie auf. «Du bist um zwanzig Minuten zu spät», sagte die Frau und schob eine grellblonde Locke aus ihrer Stirn. «Ich bin Cosima», wandte sie sich an Konrad, «es wäre Annas Sache, mich vorzustellen.»

«Wer war Cosima?» fragte Konrad.

«War?» rief Cosima. «Ich *bin*!»

«Cosima», sagte Konrad, «klingt nach Altertum.»

«Konrad», rief Anna, «Cosima ist die Tochter von Franz Liszt!»

«Für so alt hätte ich Sie nun nicht gehalten», sagte Konrad, nahm Cosimas Hand und küßte sie.

«Küssen zieht bei mir nicht», sagte Cosima und ging aufs Haus zu. «Er bleibt draußen, ich will ihn nicht.»

«Sie werden mich wollen müssen», sagte Konrad, «ich vertrete Rudolf.»

«Ja, Rudolf! Wo ist er?» Cosima wandte sich an Anna, schloß auf, ließ sie eintreten und versperrte Konrad den Weg.

«Hier!» sagte der. «Sein Geist in meinem Leib.»

«Er ist verrückt», sagte Cosima und gab die Tür frei. «Anna, Liebes, warum tust du uns das an?»

«Er hat noch eine Schwester», sagte Anna. «Seit ein paar Tagen sind beide, ich weiß nicht wieso, unentwegt mittendrin. Alles dreht sich um ich weiß nicht was. Schwarze, Schwule, Serviermaiden überschwemmen Haus und Garten. Die Welt ist aus den Fugen.»

«Schwule?» fragte Cosima. «Schwarze? Du redest irre, Anna. Was haben Kinder mit Schwarzen und Schwulen zu tun?»

«Meine Schwester und ich *sind* schwarz und schwul – stört Sie das?»

«Im Gegenteil», sagte Cosima, «es kotzt mich an.»

«Und mich kotzt Ihr Haus an», sagte Konrad. «Komm», und er nahm Annas Hand, «wir hauen ab. Rudolf mag den Kasten nicht.»

Sie standen in der Diele. Das Haus war leer bis auf die Gardinen an allen Fenstern und die Teppichböden in allen Zimmern. Eine enge Treppe führte in den obersten Stock. Das ganze Haus schien eng, dunkel und kalt.

«Ich geh voran», sagte Cosima, «du wirst sehen, Anna, Liebes, das Haus hat Pfiff; nicht zu groß, nicht zu klein; hier die Schlafräume, dort das Wohnzimmer; intelligent geschnitten, intelligent mit zwei Fenstern in genau dem richtigen Winkel, intelligent ausgestattet mit einem Erker für zwei Ohrensessel …»

«Und *in* den Ohrensesseln zwei intelligente Leute», nahm Konrad ihr das Wort aus dem Mund, «mit einem intelligenten Buch in der Hand oder einer intelligenten Musik im Ohr, intelligente Worte auf den Lippen und ein intelligentes Glas Whisky Soda seitlich beim Sideboard.»

«Anna, Liebes, dein angeheiratetes Ekeltier stört!»

«Noch nicht», rief Konrad, «noch lange nicht, meine Dame! Noch kann von *an*geheiratet oder gar *ver*heiratet nicht die Rede sein. Noch ist alles in der Schwebe, noch steht der Streiter im

Herrn, stehe *ich*, Fräulein Cosima, Anna rächend zur Seite, rächend die Schmach, die ihr angetan werden soll mit dieser im Nazistil hingeprotzten Scheußlichkeit, die alles, nur kein Heim für unser Heimchen am Herd, unsere liebe Anna, sein kann, sondern allein Ihnen, Cosima bella, gut zu Gesicht steht, das mit dieser abgeschmackten Ruine durchaus konkurrieren kann!»

«Pfui!» rief Anna und schlug nach ihm. «Jetzt kapiere ich, was dein armer Vater meinte, als er dich Kopfficker Klugscheißer Babybube geschimpft hat. Konrad, Liebling», und sie hakte sich bei ihm ein, «wo krall ich mir, zu diesen Konditionen, ein ähnliches Schnäppchen! Gib deiner Anna einen Kuß und halt ihr die Kerze beim Anschaun der oberen Etage!»

Da breitete Konrad die Arme aus, warf den Kopf in den Nakken und flippte total aus. «Die Kerze, Anna, Liebes, will ich dir halten!» rief er. «Du kennst Picassos GUERNICA, auf dem eine Frau mit weit vorgestrecktem Arm eine Lampe hält und mit ihr das Chaos, den Wahnsinn, den Tod ausleuchtet und die Wahrheit grell an den Tag zerrt. Mit dieser Lampe, Liebes, beleuchte ich hier und jetzt deines Verlobten Rudolf zukünftiges Schlachtfeld. Wenn du ihn hier einsperrst, wird ihm der böse Atem, den dieses Haus aushaucht, den Krähenflug um die Domtürme und die Schwebe in den Ligetischen Klavierkonzerten für immer und ewig zerstören, und ihn gleich mit!»

«Uff!» sagte Cosima, stellte sich auf die Zehen und schaute Konrad ins zuckende Gesicht. «Er scheint mir denn doch nicht so ganz ohne.»

«Mein armer kleiner verwirrter Liebling», sagte Anna, «setz dich hin, ruh dich aus, Cosima und ich besorgen den Rest ohne dich», und sie packte die Frau beim Arm und zerrte sie hinter sich her aus dem Zimmer.

Konrad saß auf den Dielen. Die Frauen, aus den Nebenräumen, hörte er schwatzen. Wie ein Hund stieß er seine Nase gegen den Teppichboden und schnüffelte. Auf allen vieren schob er sich in Ecken und Winkel und atmete den Geruch des Hauses. Ich hätte nicht kaspern dürfen, dachte er. Ich hätte Anna in jedem Zimmer von der Scheußlichkeit dieser Gruft überzeugen müssen. Wieder schnüffelte er an den Wänden entlang. Eine Duftmarke setzen, dachte er, Rudolf soll mich atmen, für immer. Er zerrte am Reißverschluß und pißte kurz in die Ecke. Dann riß er sich hoch, rannte zur Tür und aus dem Haus.

Tom lief kreuz und quer durch die Stadt. Noch war es zu früh für Kataster; auf seine Mutter hatte er keinen Bock; Rudolf hatte er nicht erreicht; bei den Lambertis wollte er ohne Grund nicht einfach so auftauchen; die Mensa war erst zum Abend hin wieder in Betrieb.

Die Tür vom SEVEN UP war mit einem Stuhl einen Spaltbreit offengehalten. Drinnen wurde geputzt. «Hallo», sagte Tom, «ist Connie da?» – «Connie schläft», sagte die Frau und wrang den Lappen aus, «Sie können da nicht durch.» – «Ich kann», sagte Tom, «Connie wartet auf mich.» – Er stieg über den Eimer, schob der Frau im Vorbeigehen einen soeben aus dem Papier gepulten Kaugummi zwischen die Zähne, drückte eine Klinke und stand im Hausflur einer Tür gegenüber, auf die, mit Kreide, PRIVAT geschrieben war. Ohne anzuklopfen, stieß er sie auf, und Connie, in zwei Sessel gebettet, den verbundenen Arm auf der Lehne und ein Buch im Schoß, schaute hoch und gleich wieder weg.

Tom sah sich nach einem Stuhl um; das Zimmer war voll mit Gerümpel; auch Stühle waren da, aber ineinander verkeilt und mit Stapeln von Decken und Filzplatten beladen. Nah bei Connie setzte er sich auf den Boden. «Wie geht's deinem Arm?» fragte er.

«Und wo ist dein Kumpel?» fragte Connie, ohne von seinem Buch aufzublicken.

«Der schickt mich. Es tut ihm leid, die Messerstecherei. Er macht sich Sorgen.»

«Um wen?»

«Um dich, du Trottel.»

«Um mich?» fragte Connie, legte den Kopf in den Nacken und lachte. «Sehe ich einen Menschen leiden», rezitierte er, «so leide ich mit, und es läßt mir keine Ruhe, bis ich alles versucht habe, ihn zu trösten und aufzuheitern. Schmerzt ihn sein Zahn, schmerzt mich sein Schmerz. Weil *ich* die kummervolle Falte auf seiner Stirn nicht ertragen kann, darum, um *meinetwillen*, streichle ich sie weg. – Und weil dein Kumpel Angst hat, sein Messerstich in meinen Arm bringt ihn in den Knast, *darum* macht er sich Sorgen. Aber nicht um mich, sondern um sich selbst, und das ist recht so. Aber bleib mir vom Hals mit deinem sentimentalen Geschwätz. Jeder ist sich selbst der Nächste.»

«Das scheint dich zu stören – obwohl's dein Stirner so lehrt?» fragte Tom.

«Verpiß dich.»

«Du kannst nicht, nur weil jemand lacht oder schreit in deiner Pinte, gleich das Messer ziehn.»

«Ich kann», sagte Connie. «In dieser scheiß Pinte kann ich aus allem und jedem mit einem einzigen Stich die Luft rauslassen», und er richtete das Buch auf Tom und lachte.

Tom lachte auch. «Dann hör auf mit dem Job», sagte er.

«Ich kann nicht aufhören mit dem Job. Ohne Job kein Zaster. Und ohne Zaster kein Dope.»

«Dann sprich mit deiner Mutter. Laß dir helfen.»

«Du hast ja keine Ahnung, was sich hier abspielt», sagte Connie und warf Tom das Buch an den Kopf. «Trude und ihr Makker: nichts dazugelernt. Kauen nach wie vor ihre 68er Parolen. Und ich, ihr Ziehkind, in das sie all ihren linken Dreck hineingepflanzt haben, ich plötzlich der Anbeter eines Subjekts, dessen Hauptsatz lautet: *Mir geht nichts über mich!* Die *wollen* mich am Boden, solange ich ihnen nicht aus der Hand fresse.»

«Dann hau ab. Fang woanders neu an.»

«Zu spät.»

«Wieso zu spät? Du bist gerade mal neunzehn.»

«Ich bin gerade mal total kaputt, du Arsch.»

«Und wer hat dich kaputt gemacht, du Arsch? Dein Stirner. Sein Ich-nur-ich-Geschrei, dem du auf den Leim gehst.»

«Verpiß dich!» schrie Connie, warf sich aus dem Sessel auf Tom und trieb ihn gegen die Tür.

«Ruhig, Alter. Ich bin ja schon weg», sagte der und nahm Connie in den Arm. «Am Donnerstag gibt's ne Party, Mann. Bei netten Leuten. Sauna und so. Ich führ dich da ein. Ich hol dich hier raus.»

«Ja», sagte Connie und stieß ihm den umwickelten Arm ins Gesicht, «und frag Lili, ob nicht mal wieder 'n paar Blaue extra drinsitzen.»

Konrad hatte zu Hause Zwischenstation gemacht und war jetzt auf dem Weg zu Kataster. Anfangs hatte er sich eingeredet, Kataster und Tom seien ihm egal, zumindest heute, zumindest nach dieser Pleite mit Anna. An nichts anderes hatte er denken können als an das Haus mit den Fenstern wie Schießscharten und den beiden Erkern wie Wachtürme. «Ein Bunker», hatte er zu Lies gesagt, «ein Liebestöter», und Lies hatte das Glas Limonade vor ihn auf den Küchentisch gestellt und SCHULE gesagt.

«Schule!» hatte Konrad gerufen. «Es gibt Wochen und Monate und Jahre, da geht man zur Schule, und es gibt Tage, da geht man in die Schule des Lebens!»

«Und wie machst du das deinem Vater klar?» hatte Lies noch gefragt, aber Konrad war auf und davon.

«Du bist pünktlich», sagte Kataster, als er ihm die Tür öffnete.

«Ich bin nur gekommen, um Ihnen zu sagen, daß ich *nicht* komme.»

«Schade», sagte Kataster und machte die Tür wieder zu.

«Aufmachen», rief Konrad und schlug gegen das Holz. «Ist Tom schon da?»

«Er stöbert», sagte Kataster und ließ ihn ein, «man muß ihn stöbern lassen.»

«Und *warum* stöberst du?» fragte er Tom, der aus einer Tür trat und ihm zunickte.

«Um zu sehen, wie Leute mit Knete leben, wo sie ihre Millionen versteckt halten und wie man sie, wenn der Augenblick günstig ist, davon erlösen kann.»

«Hat Lotte dir das eingeblasen?» fragte Konrad.

«Ja», sagte Tom. «Du magst sie nicht?»

«Sie sammelt für Sarajevo und macht sich von dem Geld einen guten Tag.»

«Wir werden dir die Spendenquittung vorlegen», sagte Tom. «Und hör zu: Lotte und ich haben andere Sorgen als ein Millionärssöhnchen wie du.»

«Manche Oma mit Sozialhilfe sammelt für Sarajevo und reißt sich die Knete doch nicht unter den Nagel.»

«Du bist ein kleiner Stänkerer.»

«Und du ein großes Arschloch», sagte Konrad, ging in das ihm schon bekannte Zimmer und stellte sich, mit dem Rücken zum Fenster, so hin, wie er gestern gestanden hatte.

«Dann also weiter im Takt», sagte Kataster, der mit Tom ins Zimmer kam und sich in einen Sessel setzte. «T-Shirt!» Und Konrad zerrte es sich vom Leib. «Knopf!» sagte Kataster.

«Da ist kein Knopf», sagte Konrad.

«Reißverschluß!» Und Konrad zog dran.

«Was soll das?» fragte Tom und setzte sich auch.

«Hose», sagte Kataster, und Konrad stieg aus der Hose. «Gefällt er dir?» wandte er sich an Tom.

«Zu mager», sagte der.

«Da, wo es drauf ankommt, scheint er mir nicht zu mager», sagte Kataster und betrachtete Konrad. «Willst du, daß er auch die Unterhose auszieht?»

«Warum nicht», sagte Tom.

«Du hörst, was Tom will.»

«Zug um Zug», sagte Konrad, «erst er, dann ich.»

«Na los», sagte Kataster zu Tom, «zeig's ihm.»

«Wer hier was gezeigt haben will, bist doch wohl du», sagte Tom. «Ich wußte nicht, daß ich zum Striptease geladen bin.»

«Fünfhundert», sagte Kataster, schaute aber nicht Tom an, sondern Konrad.

«Fünfhundert was?» fragte Tom.

«Oder willst du mehr?» fragte Kataster.

«Fünfhundert für jeden», sagte Tom und blinzelte Konrad

zu, der angefangen hatte zu zittern und davon abzulenken versuchte, indem er die Arme vor der Brust verschränkte und die Beine schüttelte.

«Okay», sagte Kataster, «fünfhundert für jeden.» Da streifte Tom sich das T-Shirt vom Leib, stieg aus Hose und Unterhose, nahm Zigaretten und Streichhölzer vom Tisch und steckte sich eine an. «Na bitte», sagte Kataster zu Konrad, den er nicht aus den Augen gelassen hatte, «*du* bist dran.»

«Nein», sagte Konrad, der jetzt stärker zitterte und es nicht mehr verbergen konnte, «bitte nicht.»

Das Licht, durch eine Jalousie gedämpft, hing milchig weiß in dem fast kahlen Raum, und die Geräusche von draußen waren als zartes Bohren im Ohr. Kataster saß mit geplatzten Lippen und rührte sich nicht. Tom hatte die Hand mit der Zigarette fallen lassen und war von dem aufsteigenden Rauch wie von feinem Nebel umweht. Konrad liefen Tränen übers Gesicht.

«Na was denn», sagte Tom, nahm ihn in den Arm und streichelte ihn. «Zieh dich an; er meint's nicht so; er ist halt vernarrt in dich; dann passieren solche Sachen.»

«Also fünfhundert für jeden», sagte Kataster und ging auf das einzige Bild im Raum, einen Matisse, zu, hinter dem, wie in schlechten Filmen, der Tresor saß. Konrad hob abwehrend die Arme, doch Tom drückte sie runter. Als Kataster die Scheine beiden in die Hand zählte, lachten sie alle drei. «Na so was», sagte Tom, und Konrads Hand zitterte. An der Tür zum Treppenhaus hielt Kataster sie noch einmal an.

«Das hier», sagte er und schob Konrad ein Lederetui in die Hand, «ist dein Schlüssel. Komm und geh, wann du willst, Tag und Nacht, immer.»

«Na so was», sagte Tom zum zweiten Mal. Dann ließ Kataster sie hinaus und stand mit erhobenem Arm, bis sie die Biegung nahmen und weg waren.

Sie hatten die Biegung genommen, waren, ein Stockwerk tiefer, in die hellgelb gepolsterte Kabine gestiegen und abwärts gefahren; Konrad hatte mit der einen Hand das Schlüsseletui, mit der anderen die fünf Hunderter gepackt gehalten; unten waren sie vor der in die Marmorwand eingefügten Briefkastenfront stehengeblieben, und Konrad hatte Katasters Namensschild gesucht; schließlich hatte er die Arme gehoben und mit beiden Händen die Briefkastenklappe hochgedrückt, doch Tom hatte ihn von hinten gepackt und von der Wand weg zur Tür und zuletzt aus der Tür auf die Straße gestemmt. Jetzt standen sie unter dem Vordach dicht bei der Tür und rangen miteinander.

«Ich will», rief Konrad und boxte Tom in den Magen, «ich will den Schlüssel, vor allem das Geld, ich will es nicht!»

«Du willst!» rief Tom und nahm ihn in den Schwitzkasten. «Du hast zu wollen! Du wirst das Spiel spielen!»

«Was ist das für ein Spiel, das wir spielen?» keuchte Konrad.

«Erst mal haben wir den Schlüssel», sagte Tom, «na los, gib ihn mir!»

«Schlüssel!» rief Konrad und lief vor Tom her. «Du und Lotte, ihr bescheißt die Ärmsten der Armen! Wie erst Kataster mit seinem Matisse an der Wand und dem großen Geld hinter dem Matisse! Der Schlüssel bleibt, wo er ist!», und er wühlte ihn in die Hosentasche und knüllte das Geld hinterher.

«Du glaubst, der Matisse ist echt?» fragte Tom. «Wir spenden das Geld für Ruanda, für Sarajevo, aber hör auf, mich als Dieb zu sehen!»

«Nein», sagte Konrad, «das Zeug kriegt er zurück, auch deine fünfhundert, ich bring's ihm morgen oder übermorgen.»

«Du willst ihm», rief Tom, «meinen Anteil, mein sauer Verdientes, für das er sich an mir aufgegeilt hat, du willst es ihm zurück in den Rachen stopfen?»

«Er hat sich an dir nicht aufgegeilt», sagte Konrad, «du bist ihm egal, gib her!» Er fuhr Tom mit der Hand in die Tasche und brachte sie, behängt mit Scheinen, wieder hervor.

«Komm auf ne Cola», sagte Tom und sah zu, wie Konrad die Scheine verstaute, «ich lad dich ein, da hinten die Pinte, na los!», und Konrad lief, indem er Schlüsseletui und Geld tiefer in die Hosentasche hineinstopfte, hinter ihm her.

Drei Stunden später, endlich daheim, sah Konrad schon vom

Entree aus: Die ganze Familie war im Terrassenzimmer versammelt. Gudrun lief ihm entgegen, schob ihren Arm, als sie ihn schwanken sah, unter seinen und führte ihn, unter Kratzfüßen und tiefen Verbeugungen, vor Franz und Lies wie vor die Schranken eines hohen Gerichts. «Er lebt, Hochwürden», sagte sie und hielt den Taumelnden beim Genick, «er erwartet, in Zerknirschung, dero hochrichterlichen Spruch.»

Lies lachte und schlug sich auf den Mund. Franz packte seinen Sohn beim Arm und stieß ihn auf den Teppich. «Die Schule schwänzen», rief er, «nach Mitternacht, besoffen, hier antanzen!», und er schlug und trat blindwütend auf ihn ein.

«Hochwürden!» rief Gudrun, fiel ihrem Vater in die Arme und wurde beiseite gewischt, «Räucherkerzen! Dankgebete! Ein Sohn und Bruder ist uns wiedergeboren! So lobet alle Gott und preiset seine Güte!», und sie ließ sich auf die Knie fallen und schlug sich kreischend die Brust.

«Der Satan!» rief Franz, zerrte mit der Linken Lies vom Sessel und zeigte mit der Rechten auf seine beiden Kinder, die sich lachend am Boden balgten und küßten.

«Wie wahr! Wie wahr!» rief Konrad, stemmte sich hoch, packte in seine Hosentaschen, hob die Arme und ließ es Hundert-Mark-Scheine regnen. «Und das hier ist Satans Lohn!»

«Konrad», rief Lies, fiel aufs Knie und sammelte die Scheine ein, «von wem hast du das Schandgeld?»

«Kataster», sagte Konrad in das Gesicht seines Vaters, «und dies ist der Schlüssel zu seiner Hölle», und er wühlte in den Hosentaschen, fand aber nicht, was er suchte. «Er hat ihn mir geklaut», sagte er.

«Wer? Was?» wollte Franz wissen.

«Tom», sagte Konrad und hielt sich am Flügel fest, «den Schlüssel zu Katasters Penthaus.»

«Kataster!» rief Lies und bekreuzigte sich.

«Verachtet mir die Meister nicht», zitierte Konrad, «und ehrt mir ihre Kunst, uns Knaben zu verführen», dichtete er weiter am Text, sprach's, verbeugte sich und ging mit kurzen steifen Schritten aus dem Zimmer.

«Kataster», stöhnte Franz und setzte sich, wo er stand, auf den Teppich.

«Der Hölle Rache tobt in seinem Herzen», trällerte Gudrun und lief ihrem Bruder hinterher.

«Du sperrst ihnen», rief Franz, «das Geld für Opern-CDs! Ich verbitte es mir, alles, was an Tragödien in diesem Hause sich ereignet, veropert zu hören!», und Lies, dumm und schlau, wie sie war, versprach es ihm in die Hand.

Gegen Morgen wurde Gudrun vom Klickern des Telefons aus dem Schlaf geholt. Sie wand sich aus dem Arm ihres Bruders, lief in den Korridor, nahm den Hörer und horchte hinein.

«Wer da?» hörte sie Rudolfs Stimme. «Konrad, ich hör dich atmen, ich bin in der Telefonzelle vor deinem Haus. Komm runter! Ich hab dir was zu sagen.»

Gudrun setzte sich auf den Boden, lehnte sich gegen die Wand und gab keinen Ton.

«Ich kann's dir nur sagen, wenn du hier bei mir bist», hörte sie Rudolfs Stimme. Da würgte es sie im Hals und platzte ihr aus dem Mund. «Konrad», hörte sie Rudolf rufen, «ich warte im Wagen auf dich!», und es klickte in der Leitung. Da sprang sie auf, nahm einen Bademantel vom Haken, rannte die Treppe hinunter aus dem Haus, und Rudolf, die Augen mit der Hand beschattet, sah etwas Helles und Schnelles aus der Gartentür auf sich zurennen.

MITTWOCH

11

Rudolf hatte etwas Helles aus dem Vorgarten auf sich zurennen sehen, und erst im letzten Moment, als er die Wagentür schon aufschnappen ließ, erkannte er Gudrun und stieß sie, als sie sich neben ihn auf den Sitz fallen ließ, mit geballter Faust zurück, um sie im nächsten Moment in seine Arme zu nehmen und sie überall zu küssen. «Du weinst», sagte er. – «Konrad schläft», sagte sie. «Und was wird jetzt mit Anna?» – «Du weinst wegen Anna?» – «Laß uns», sagte sie, «einfach so sitzen und schauen, wie es hell wird.» – «Kommst du aus seinem Bett?» – «Ja», sagte sie, «er stinkt nach Schnaps. Wirst du Anna sagen, daß du ihn liebst?» – «Still», sagte er, «die Hähne!» Da schlug sie nach ihm, und als er sie bei den Armen packte und schüttelte, fiel sie vornüber und weinte an seinem Hals.

Sie könne es nicht mehr aushalten. Alles drehe sich nur noch um Konrad. Sie sei aufs Abstellgleis geschoben. Lies und Franz, Kataster und Tom, Anna und Ruth, egal, wen sie treffe oder anrufe, alle redeten nur von ihm. Anna habe von ihrem Vater den Auftrag erhalten, sich um sie zu kümmern. Er, Rudolf, nehme *seine* Aufgabe, Konrad zu beschatten, zumindest in Ansätzen wahr. Anna aber, anstatt ihr Köln zu zeigen und ihr bei den Hausaufgaben zu helfen, schleife statt dessen *Konrad* von Hinz nach Kunz. Nur weil sie dreizehn sei, halte man sie für ein unreifes Äpfelchen. Er solle aber mal schauen, ob ihre Äpfelchen tatsächlich noch unreif seien. Da staune er, wie? Sie habe aber nicht nur schon Brüste, sie habe auch schon Schmacht, wenn er wisse, was sie meine. Die Welt aber scheine ihr total auf den Kopf gestellt. Ob sie irgendwann mal auf einen Mann treffen werde, der statt für den Bruder für die Schwester schwärme, sei ihr mittlerweile zweifelhaft. Verflucht, er solle die Finger bei sich behalten. Noch am Samstag habe sie davon geträumt, ihn, Rudolf, zu ihrem Entjungferer zu machen, heute aber, vier Tage später, sei dieser Traum ausgeträumt. «Finger weg!» rief sie, beugte sich aber doch noch einmal über sein Gesicht, drückte einen Kuß auf seine Lippen und war dann weg wie der Blitz.

Konrad schlief noch immer. Sie raffte ihre Kleider vom Fußboden, verließ auf Zehenspitzen ihr Zimmer, machte im Bad nicht viel her, triefte noch, als sie in Konrads Zimmer RUDOLF WAS HERE mit Kreide unter sein LIGETI an die Wand malte, schob sich einen Schokoriegel in den Mund, stieg in die Kleider und lief aus dem Haus durch den Vorgarten auf die Straße.

«Ich brauche Anna», sagte sie zu dem Mädchen, das bei Rosellens die Tür einen Spaltbreit öffnete. – «Fräulein Anna schläft noch», sagte das Mädchen und riß die Arme hoch, als Gudrun die Tür aufstemmte und sich kopfüber in die Diele fallen ließ. «Anna hat die ganze Nacht nicht geschlafen und schläft jetzt erst recht nicht!» rief sie, indem sie die Treppe hoch direkt in Annas Zimmer stürmte. – «Fräulein, sie hat mich einfach überrannt!» schrie das Mädchen, das hinter Gudrun ins Zimmer gestürzt war. – «Mein süßes Kind!» rief Anna, breitete die Arme aus und küßte Gudrun hierhin und dorthin. – «Durchgedreht», sagte das Mädchen und zog die Tür hinter sich ins Schloß. Da erst sah Gudrun Lotte, die im Morgenrock beim Fenster stand und sie anstarrte.

«Scheiße», sagte Gudrun zu ihr, «ich hab mit Anna zu reden, allein.»

«Rede, rede, mein Kind», sagte Anna, «Lotte und ich, wir haben die ganze Nacht geredet, und alles, was in Zukunft in diesem Zimmer geredet wird, ist für Lotte ebenso wie für mich geredet, wir haben keine Geheimnisse mehr voreinander, rede frei von der Leber weg, mein Kind, Lotte und ich, wir sind *ein* Ohr!»

«Ihr habt wohl gepichelt heute nacht», sagte Gudrun in Richtung Lotte.

«Rede, rede mein Kind», äffte Lotte Anna nach und steckte sich eine Zigarette an, «wes das Herz, des der Mund – du rauchst?»

«Wie ein Schlot», sagte Gudrun, nahm eine Zigarette und ließ sich von Lotte mit Feuer bedienen, «ich bin hier wegen dieses Michael, meine Lieben, Michael Jackson. Auf unserer Klassenfete in zwei Wochen soll keine Platte von ihm auf den Teller, ich aber und zwei Jungs aus der Parallelklasse, wir lassen die Fete platzen, wenn diese Spießer sich durchsetzen, und sie setzen sich durch, denn Stumpfsinn regiert die Welt. Was aber, und das meine Frage an euch, können wir tun, um doch noch mit Michael in die Startlöcher zu kommen?»

«Das ist der Hammer, den du mit Anna unter vier Augen schwingen wolltest?» fragte Lotte.

«Laß die Finger von Jackson», sagte Anna, «der Kerl gehört hinter Gitter.»

«Pfui!» rief Gudrun. «Der Bengel, den er angeblich vergewaltigt hat, ist dreizehn, also so alt wie ich, also voll geschlechtsreif, und die Eltern, monatelang, schicken ihn in die Höhle des Löwen, obwohl sie wissen, was dem Löwen, der ein harmloser Löwe ist, schmeckt, nämlich Jungs. Und dem Jungen schmeckt, das könnt ihr mir glauben, der Löwe genauso, denn einen Michael Jackson zum Freund zu haben ist für jeden dullen Dreizehnjährigen das Größte, sogar für mich dulle Dreizehnjährige wäre es das Größte. Und dann gehen diese Eltern hin und erpressen mit Hilfe aller scheiß Medien und aller scheiß Gerichte dieser beschissenen Ju-Äs-Ay diesen harmlosen Typ, der nichts als Liebe macht mit den Jungs, und haben mit ihrer Erpressung Erfolg und kriegen zwanzig Millionen in den von ihnen selbst präparierten Arsch ihres dullen Dreizehnjährigen hineingeschoben. Und deshalb, liebe Anna, weil solche Mafiosi die Welt regieren, soll *ich* bei unserer Klassenfete auf Michael verzichten? Deshalb willst *du*, daß der Typ, der allerdings dumm ist, saudumm, weil er sein stolzes schwarzes Fell umfärbt und seine schöne platte Nase in einen häßlichen dünnen Geierschnabel umoperiert, deshalb willst du, daß er hinter Gittern krepiert?»

«Ich bleib dabei», sagte Anna, «so was gehört bestraft.»

«Quatsch», sagte Lotte, «bestraft gehören die Eltern, nicht der Typ.»

«Wer Kinder schändet: Kopf ab!» sagte Anna.

«Nehmen wir einmal an», sagte Gudrun, «dein Rudolf, plötzlich, Hals über Kopf, verliebt sich in einen Jungen.»

«In Konrad», sagte Lotte.

«Ja», rief Gudrun, «stell dir vor, Rudolf und Konrad finden sich geil.»

«Das kann ich mir nicht vorstellen», sagte Anna, «Rudolf tut so was nicht.»

«Was tut Rudolf nicht?»

«Er packt deinem Bruder nicht an den Schwanz.»

«Und wenn du dich irrst? Würdest du dann auch schreien: Kopf ab!»

«Ich will», sagte Anna und lachte, «ich will und kann mir nicht vorstellen, daß Rudolf nach einem Jungen auch nur den Kopf dreht. Ich kenn ihn von Kind an. Mädchen ja, Nutten ja – aber Jungen, Männer, nie nie nie!» und sie schüttelte sich.

«Und so was», rief Gudrun und hatte Tränen in den Augen, «gibt mir mein Vater zur Gouvernante. So was soll mir den Rükken stärken», und sie umarmte Lotte, lief zur Tür und dann die Treppe hinunter aus dem Haus.

«Kindskopf», sagte Anna und horchte ihr nach.

«Was wollte sie *wirklich* von dir?» fragte Lotte. «Michael Jackson war doch nur vorgeschoben.»

«Kindereien», sagte Anna, warf sich aufs Bett und kaute an ihrem Haar.

«Mein liebes Kind», sagte Ruth, nachdem Gudrun es sich bei ihr bequem und ihrem Herzen Luft gemacht hatte, «du schneist hier herein, gibst mir keinen Blick, keinen Kuß, beschimpfst

Rudolf, daß mir die Haare zu Berge stehn, und wenn ich dich um eine Erklärung bitte, sitzt du da am Tisch, stumm, und frißt mir die Haare vom Kopf. Was bringt dich so auf gegen deinen Cousin?»

«Er und Konrad», sagte Gudrun und mampfte, «kannst du dir vorstellen, daß wegen deinem Sohn und meinem Bruder alles: die Ridders, die Lambertis, die Rosellens, aus den Fugen gerät, daß eine winzige Drehung in die falsche Richtung einen ganzen Familienclan aufmischt und am Ende in der Luft zerreißt?»

«Ihr armer Kopf ist ihr verrückt, ihr armer Geist ist ihr zerstückt», sagte Ruth zu Pieter, der plötzlich in der Tür stand und an sich zupfte.

«Sieh da, sieh da», sagte Gudrun mit vollem Mund, «der Zupfer zupft an seinem Zupf / und wirft sich groß in Pose / doch hat er, das sieht jeder Hupf / nur Luft in seiner Hose.»

«Dann hilf mir», sagte Pieter und kam näher heran, «daß sie abzischt, die Luft.»

«Was soll da noch groß abzischen», grinste Gudrun, «da pfeift's doch schon aus dem letzten Loch.»

«Da hast du aber den falschen Pfiff im Ohr», sagte Pieter, packte Gudruns Hand und legte sie in seine Mitte. «Jetzt fühlst du, woher der Wind weht. Komm, ich zeig dir das Haus», und er küßte sie in den Nacken, nahm ihre Hand und zog sie vom Tisch zur Tür.

«Pieter, sie ist das Kind meiner Schwester, laß sie in Frieden», sagte Ruth und setzte sich auf den Stuhl, der noch warm war von Gudruns Hintern.

«Da kommt dein Sohn», sagte Pieter, als ein Wagen draußen bremste. «Laß ihn aus Gudruns Schüsseln schnüsseln, derweil wir uns in den oberen Gemächern küsseln», und er zog sie aus dem Zimmer. Sekunden später, blaß und mager, stand Rudolf in der Tür.

«Wer ist da die Treppe hoch?» fragte er.

«Der Teufel mit der armen Seele», sagte Ruth, stand auf und küßte ihn auf den Mund.

«Pieter», rief Rudolf durch die offene Tür in die Diele, «ich brech dir alle Knochen!», dann ging er zum Tisch, setzte sich auf den Stuhl, auf dem Gudrun gesessen hatte, und kippte eine Schüssel mit Pflaumenkompott über ein Spiegelei mit eingebackenen Würstchen. Dann schaute er seine Mutter an.

Was er mit Konrad angestellt habe, wollte die von ihm wissen.

«Gibt es, nachdem wir uns eine Ewigkeit nicht gesehen haben, nichts Interessanteres zu besprechen als diesen Langweiler?» fragte Rudolf.

«Von wegen Langweiler! Gestern er, heute seine Schwester. Gestern der Junge in Tränen an meinem Hals, heute das Mädchen wie eine Furie über mich her!»

«Ruth!» rief Rudolf. «Entweder du erzählst von Anfang an und der Reihe nach, oder du kochst dir einen Baldriantee und machst dein autogenes Training!»

Von Anfang an und der Reihe nach! Da gebe es keinen Anfang und keine Reihe. Nicht nur liege Lies ihr mit den absurdesten Schauergeschichten in den Ohren, nicht nur weine Anna sich an ihrem Hals die Augen wund, auch Cosima erzähle ihr von Konrad inspirierte Greuelmärchen. Kataster rufe alle drei Stunden an und frage nach ihm, Rudolf; ein fremder Kerl, dessen Stimme ihr im Ohr weh tue, fordere sie, sogar Pieter, mehrmals am Tag und vor allem nachts auf, die Hose fallen zu lassen und dies und das miteinander zu treiben; sogar Mama Christinchen bete ihr stündlich sie wisse nicht welche Litaneien ins Ohr; und Oskar, man höre und staune, rufe fortwährend an und bitte um Auskünfte über wen? Dreimal dürfe Rudolf raten. Franz frage nach Anna, Tom nach Lotte, die nach einem harmlosen Streit Hals über Kopf aus dem Haus und über Nacht verschwunden geblieben sei.

«Mama», rief Rudolf und stopfte sich die mit Pflaumensaft durchtränkten Spiegeleibrocken in den Mund, «du wolltest mir von Konrad erzählen!»

Daß er sich nicht schäme, den Jungen so an der Nase herumzuführen. Ihn mit Ligeti zu ködern und ihm Ligeti dann nicht vorzuspielen. Er rede und träume von nichts anderem als von diesem Kerl. Der allerdings sei nur ein Vorwand, eine Puppe in der Puppe. Ob er als Pubertierender nicht auch zu erwachsenen Männern aufgeschaut habe wie zu Halbgöttern. Konrad vergöttere ihn nun mal. Er sei, wie sie aus ihm habe herauslokken können, wie vom Blitz getroffen gewesen, als er Rudolf, seinen schönen Cousin, am vergangenen Samstag zum ersten Mal gesehen habe. Konrad sei in einem Alter, wo ihn alles, was in seinen pubertären Phantasien Funken schlage, umhaue. Und er, Rudolf, lasse es nun mal, dem Himmel sei's geklagt, bei Konrad funken, auch bei Gudrun, wie natürlich nach wie vor bei Anna, die alle drei, Anna wie Gudrun wie dieser arme Junge, hinter ihm her seien wie der Bär hinterm Honigtopf, und für Konrad, weil der sich am weitesten vorwage, wolle sie hier und jetzt ein Wort einlegen. Er, Rudolf, Weiberheld und Mädchenjäger, solle sich trotzdem einmal in die Lage dieses verzückten Jungen versetzen, der doch nichts anderes wolle, als ein bißchen reden und diskutieren und philosophieren und, möglicherweise, ein wenig raufen und ringen, Schulter an Schulter und Auge in Auge mit seinem Idol. Der Junge sei doch nicht schwul. Nur ein bißchen aufgekratzt von seinem schönen Cousin, der für ihn genau *das* sei, wonach er, Konrad, sich wie verrückt sehne: nämlich endlich ein Mann zu sein und kein Kind mehr. Ob er ihm nicht ein wenig unter die Arme greifen und ihm endlich Ligeti, diesen Hexenmeister, in den Kassettenrekorder schieben wolle?

Ehe Rudolf zu einer Antwort auch nur den Mund aufmachen konnte, flog die Tür auf und Gudrun ins Zimmer. «Dein Pieter!» rief sie, packte Ruth beim Arm und zerrte sie hin und her. «Ich, das Kind, dreizehn Jahre alt, noch Babyspeck auf dem Leib, bitte um Schonung, doch er, doch ihr!» rief sie, indem sie Rudolf beim Kopf packte und küßte, «Männer! Fleischfresser! Alle! O Gott, Tante Ruth, wie herrlich!», und sie nahm Ruth bei den Händen und sprang mit ihr wie aufgedreht durchs Zimmer.

«Pieter», rief Ruth, als der plötzlich im Türrahmen stand, einen Korken knallen und den süßen Schwall aus der Flasche in seinen Hals schäumen ließ, «du befingerst mein Schwesterkind, und du, Feigling», rief sie, indem sie vor Rudolf mit einem Ruck anhielt und ihm das Mädchen in den Arm legte, «brichst ihm nicht alle Knochen im Leib!»

«Prost», sagte Pieter, reichte Rudolf die Flasche, packte Ruth um den Leib und trug sie, indem er sie küßte, die Treppe hoch in den oberen Stock.

«Pieter!» rief Gudrun hinter ihm her. «Morgen! In der Sauna! Ja!»

«Was, ja?» fragte Rudolf, nahm sie beim Kopf und sah in ihren grünen Augen Konrads braune.

«Was du dir heute», sagte sie lächelnd, «nicht läßt besorgen, verschiebst du im Grunde doch nur auf morgen», sprach's, glättete sich mit einem einzigen Hieb ihrer beiden Hände Haar und Kleid und sprang aus dem Haus.

Sie sprang und sprang. Noch auf der Straße war ihr, als spüre sie das Gewicht von Pieters Hand auf ihrer Schulter. Nur dagestanden war er, hatte mit seiner Hand ihre Schulter geknetet und mit den Augen in ihren Augen gestochert. Nicht gestochert, gewühlt. Sie mochte solche Augen nicht. Wenn sie früher solchen Augen begegnet war, hatte sie den Blick weggedreht und war, ohne sich umzublicken, weitergegangen, war einmal sogar vor einem Mann in eine Boutique geflüchtet und hatte so lange den Ständer mit den Seidenschals hin- und hergeschoben, bis sie den Kerl vor der Fensterscheibe nicht mehr gesehen hatte, dann war sie Hals über Kopf ins nächste Taxi. Von solchen Augen träumte sie fast jede Nacht. In den Träumen flog sie Straßen und Straßen hinauf und hinab, in Türen hinein, dunkle Gänge entlang, über Kellertreppen immer in weich gepolsterte Ecken und Kuhlen. Warum sie das alles so panisch aus dem Schlaf riß, wußte sie. Sie wußte, warum solche Augen sie quälten und anmachten, beides. Sie hatte in diese Boutique nicht fliehen wollen, doch erst heute hatte sie solchen Augen standgehalten bis zu *dem* Augenblick, da ihr Gesicht sich zu einer Grimasse verzerrte, die Pieter im nächsten Moment dazu gebracht haben würde, ihr Gewalt anzutun. «Gewalt», sagte sie zu einer Frau, die vorbeiging. Wieso Gewalt, dachte sie. Ist das Gewalt, von dem ich *will*, daß es mir passiert? – «Ich bin noch Jungfrau», sagte sie zu einer Frau in Jeans und Lederjacke. – «Ach wie traurig», sagte die Frau. – Solche Augen haben die wenigsten, dachte sie, nur Männer, die nichts wollen als das eine. – «Männer Männer Männer», sagte sie zu einer Frau auf Stöckelschuhen. – «Wo?» fragte die Frau. – «Da! Überall!» sagte Gudrun und zeigte hierhin und dorthin. – «Na, Gott sei Dank», sagte die Frau. – «Nicht fürs Händchenhalten», sagte Gudrun, «fürs Fikken.» – «Das sowieso», sagte die Frau und haute ihr eine runter. – «Zitze!» schrie Gudrun hinter ihr her und sah sie rennen. Zu Kataster, dachte sie, schnell zu Kataster, und sie rannte auch. Im Taxi schminkte sie sich die Lippen. – «Weshalb färbt sich ein Mädchen», sagte der Fahrer, «so jung und frisch wie du, die Lippen – wozu?» – «Für die Liebe», sagte Gudrun und hielt ihm ihr Gesicht hin, in dem die Pupillen zuckten.

«Wer da?» hörte sie Katasters Stimme aus dem Lautsprecher.

«Gudrun», sagte sie ins Mikrofon, und dann, als es nicht aufhören wollte zu knacken und zu rauschen, schlug sie gegen das goldeloxierte Gitter und brüllte ihren Namen mehrmals hintereinander.

«Und die Schule? Die Schule!» hörte sie die Stimme ihres Vaters.

«Aufmachen!» rief sie und schlug erneut gegen den Kasten.

«Kataster und ich, wir haben Wichtiges zu verhandeln. Warum bist du nicht in der Schule?»

«Wenn ihr mich nicht auf der Stelle reinlaßt», rief sie und trommelte gegen das Blech, «werf ich mich vor ein Auto, daß mein Blut und Hirn hochspritzt bis in eure Kemenate!», und sie rutschte an der Marmorwand hinab und saß auf dem Abscharrgitter wie auf einem Bratenrost.

«Komm rauf!» hörte sie Katasters Stimme, und gleichzeitig ging der Summer. Da ließ sie sich gegen die Tür fallen und kroch durch den Spalt ins Haus.

«Dein Vater», sagte Kataster, packte sie beim Arm und zog sie in die Diele, «seine Pläne, Siedlungspläne, die Duschen und Sitzbadewannen, die Kacheln und Abflußrohre, du störst ihn, er kocht vor Wut.»

«Du kochst», rief Gudrun und stürmte an Kataster vorbei ins Zimmer, wo ihr Vater, über Pläne gebeugt, beim Tisch stand, «du kochst dein Süppchen, und wir, deine Kinder, Konrad und ich, gehn derweil vor die Hunde!», und sie packte ihn beim Kopf und küßte ihm das Gesicht ab.

«Meine Kinder», sagte Franz zu Kataster, bettete Gudrun auf den Teppich, hockte sich bei ihr hin und streichelte ihren Kopf, «meine Kinder, anstatt in der Schule dies und das, laufen hin und her, auf und ab, rein und raus, während ich, ihr Ernährer, mit Gott und der Welt in Kacheln und Seifenbehältern wühle, Leo, du bist mein Zeuge, dieses Kind ist ein Monster, ein Monster ihr Bruder, pubertierendes Kauderwelsch, der Vater die Mutter das Haus und der Herd: alles den Bach runter, Lies ein Nervenbündel, *ich* zahle Schulgeld für was? Fürs Gammeln und Schwänzen! Und das Siedlungsgeschäft am seidenen Faden, und du wie ein Storch im Salat mitten rein», und er schüttelte Gudrun bei den Schultern.

«Konrad ist schwul», sagte Gudrun.

«Na meinetwegen», sagte der Vater. «Konrad ist was?»

«Konrad», sagte Kataster, «Gott steh uns bei, ist weder noch. Weder ich noch du», sagte er zu Gudrun, «oder hat er *dir* schon mal an die Wäsche gewollt? Mir nicht.»

«Mein Sohn Konrad ist was?» fragte der Vater.

«Vergiß es», sagte Gudrun, «*du* kochst deine Siedlungssuppe, und deine minderjährige Tochter, minderjährig und doch schon mit diesem Gelumpe zwischen den Beinen, Camelia Camelia, wird vergewaltigt von dem Luden deiner Schwägerin Ruth.»

«Pfui!» schrie ihr Vater, tätschelte Kataster die Schulter und trocknete sich das Gesicht an seinem Hemd. «Mein liebes Kind», sagte er und hockte sich wieder neben seine Tochter, «ich könnte jetzt, nach allem, was du hier phantasierst, mit einem Beil, oder», wandte er sich an Kataster, «mit einem Messer? einer Pistole? alles auslöschen: dich, deinen Bruder, meine Schwägerin, ihren Luden, deine Mutter, den Knabenschänder Kataster und mich», und er küßte, lachend, seine Tochter auf den Mund, «doch all dieser Killefick, Killefick ist von ihr, nicht von mir», sagte er zu Kataster, «ob nun mein Sohn Konrad heute dies, morgen das, heute seine Schwester, morgen seinen Vetter, liebt oder haßt, ob dieser Pieter, von dem ich nichts anderes weiß, als daß er meine schöne Schwägerin jung und bei Laune hält, auch noch an kleinen Mädchen seine Krallen wetzt: All dieser tumbe Tinnef geht mir hier rein, da raus», und er zupfte an seinen Ohren. «Natürlich», nahm er Gudrun das Wort aus dem Mund, «weil ich, um bei Kataster abzusahnen, meine Kinder verkaufe und verkupple, wie Lies mir unterstellt. Nein», schrie er, sprang auf und fegte die Pläne vom Tisch, «ich liebe meine Kinder! Sie sollen mir aber nicht meine Kreise stören! meinen Freund Kataster verleumden! mein Leben ruinieren!, sie sollen sich, bitte schön, selber ins Knie, wie sagt man?» wandte er sich an Kataster und schlug ihm vor den Bauch, «fikken!» Da klingelte es an der Tür.

«Konrad!» rief Kataster, der die Tür aufgerissen, den Jungen bei der Hand gepackt und hastig umarmt hatte. «Jetzt», sagte er, indem er ihn ins Zimmer und seinem Vater vor die Augen führte, «ist die Familie fast komplett.»

«Hatte ich dich nicht», sagte Franz, «unter Hausarrest gestellt, und auch dich», wandte er sich an Gudrun, «bis ihr gütigerweise mal wieder bei eurer Schule vorbeischaut?»

«*Tom* hat den Schlüssel», sagte Konrad zu Kataster.

«Man sollte euch», rief Franz, packte seine Kinder bei den Hälsen und stieß ihre Köpfe gegeneinander, «ersäufen wie junge Katzen!»

«Du gehst mir», schrie Konrad und schlug seinem Vater vor die Brust, daß er rückwärts gegen einen Sessel stolperte, «auf die Eier! Er soll mich», rief er, umarmte Kataster und schob ihn gleich wieder von sich, «in Ruhe lassen, der Idiot!»

«Hau ab!» schrie Gudrun ihren Vater an, indem sie ihm um

den Hals fiel und ihn abküßte, «klecks nicht in unseren Seelengemälden herum, von denen du nichts kapierst!»

«Freunde», rief Kataster, warf sich ins Handgemenge und parierte die härtesten Schläge, «zu Tisch! Ich lade euch ein, alle, wohin ihr wollt, chinesisch! balkanesisch! italienisch!, nur raus hier!»

«Verflucht», rief Franz, zog seine Krawatte in Form und nahm sein Jackett vom Boden, «ich bin, zu Mittag, bei PÄFFGEN, zum Haxenessen, verabredet, wo hab ich nur meinen Kopf!?», und er stürmte aus dem Zimmer aus der Wohnung aus dem Haus.

«Uff!» sagte Gudrun und ließ sich in einen Sessel fallen.

«Tom hat mir den Schlüssel geklaut», sagte Konrad zu Kataster. «Ich hatte Sie damals, am Telefon, Sie erinnern sich, eingeladen, zum Essen, falls Sie mir diesen Ligeti besorgen, doch scheiß was drauf, auch ohne den Typ sind Sie heute mein Gast.»

«Ich komme mit!» rief Gudrun, nahm ihren Bruder beim Kopf und leckte in seinem Gesicht.

«Du», rief Konrad und stieß sie zurück in den Sessel, «das Weib! die Peitsche! der Nasenring!», und er lief, indem er Kataster vor sich herschob, aus dem Zimmer.

«Zieh die Tür hinter dir ins Schloß!» rief Kataster, und Gudrun, lachend, warf ihm einen Zirkel hinterher. Dann, plötzlich allein, hockte sie sich hin, umschlang ihren Kopf mit beiden Armen und jammerte.

12

Seit Tagen steht die Stadt unter einer Dunstglocke, wie sie in der Regel erst im August, nie aber Mitte Mai über Köln zu beobachten ist, las Anna. Sie ließ die Zeitung sinken, schaute aus dem Fenster und sah die wechselnden Muster, die der Schachtwand aufgemalt waren, auch Kreidezeichnungen und phosphoreszierende Pfeile und Punkte, an sich vorüberfliegen. Sie schlug die Beine übereinander, rückte sich auf dem harten Sitz zurecht und sah, wenn sie die Betonwand ausblendete, ihr weißes Gesicht in der Scheibe nahebei. Eine Dunstglocke, dachte sie und wischte sich den Schweiß vom Gesicht. Sie faltete die Zeitung und ließ sie zu Boden fallen. Dann rollte der Zug in die U-Bahn-Station Friesenplatz, und sie stieg aus. Endlich weiß ich, dachte sie auf der Rolltreppe, warum mir seit Tagen zum Ersticken ist. Auf dem Weg zu PÄFFGEN legte sie mehrmals den Kopf in den Nacken und schaute zum Himmel empor.

Das Lokal war mager besetzt. Sie überflog es mit Blicken und setzte sich dann erst links in eine Ecke, dann rechts an einen freistehenden Tisch, zuletzt suchte sie eine von einem Holzgitter umkleidete Nische auf und rutschte dort in den äußersten Winkel. «Nein», sagte sie zum Köbes, der wartend beim Gitter stand und ihr seinen Bauch entgegenhielt, «kein Bier, ich warte auf wen, lassen Sie mich zu Atem kommen, bitte.»

«Dat is kein Wartesaal hier», sagte der Köbes und rückte seinen Wanst zurecht.

«Für Sie ein Kölsch», sagte Anna, «für mich einen Schluck Luft, hier mufft et.»

«Hier soll et muffen», sagte der Köbes zu einem anderen Köbes, der vorbeiging, und zu Anna: «Die Dame tut sich keinen Jefallen, wenn se behauptet, in Kölschen Brauhäusern tät et muffen. Rausschmeißen», sagte er zu Franz, der an ihm vorbei auf Anna zustürzte, «Lokalverbot, wer die Kölsche Jemütlichkeit bekleckert.»

«Wer bekleckert hier wen?» rief Franz und küßte Anna auf die Stirn. «Was stellen Sie überhaupt dar, mein Herr?»

«Hier sind», sagte der Köbes, «eigentlich nur Kölsche erwünscht und keine, die ne Köbes fragen, wat er darstellen tät. Kölsche Köbesse sind Kölsche Köbesse und sonst nix. Sie wären besser in Ihrem Posemuckel jeblieben und hätten dort die Dame verknuspert.»

«Mein Herr», rief Franz und zerrte Anna beim Arm, und

Anna drängte ihn aus der Nische am Köbes vorbei in den Gang, «wer verknuspert hier wen, und was», fragte er einen Köbes, der vorbeiging, «was heißt verknuspern auf gut deutsch?»

«Knuspermischung», sagte der Gefragte, «dat war ne Pralinensorte, wo et wat zu knabbern und zu knacken jab, so wie man e lecker Mädche, dat mer knacken will, gleichzeitig verknuspern tut.»

«Mein Herr», wandte Franz sich wieder an den anderen und packte ihn bei seiner blauen Montur, «wenn Sie jetzt mit mir vor die Tür auf die Straße von wegen die junge Dame verknuspern, und ich prügel Ihnen die Schamlosigkeit aus dem Leib!»

«Franziskus!» rief Anna und zerrte Franz vom Köbes weg den Gang entlang auf den Ausgang zu. «Köbesse in Kölschen Brauhäusern sind Herrgötter, denen haut kein Sterblicher ungefragt auf die Plauze», und sie streckte den Arm aus, drückte dem Blauen einen Schein in die Hand und stieß Franz aus dem Lokal auf die Straße.

«Franziskus», rief Franz und riß sich von Anna los, «ich predige weder Vögeln noch Fischen, aber gerne», und er nahm sie in den Arm und küßte sie auf den Mund, «so schlanken Gazellen wie dir.»

«Na, na, Papa, na, na», sagte Konrad und schob Kataster an den beiden vorbei ins Lokal, wo der Köbes sie in die Nische führte, aus der Anna und Franz soeben geflohen waren.

«Zwei Kölsch», sagte Kataster.

«Nein», sagte Konrad zum Köbes, «der Herr hat hier nichts zu bestellen, *ich* bin derjenige welcher – kapiert?»

«Kapiert», sagte der Köbes, «der Sohn lädt den Herrn Papa vom ersten Selbstverdienten zum Essen ein.»

«Der Herr ist nicht mein Papa. Der Herr ist einer von denen.»

«Von welchen?» fragte der Köbes.

«Zwei Kölsch», sagte Konrad, «und die Speisekarte.»

«Die liegt vor deiner Nas. Und wat *is* der Herr für einer?»

«Na was glauben Sie denn?» fragte Konrad.

«Ich bin», mischte Kataster sich ein, «einer, der dem Jungen versprochen hat, den Ligeti zu besorgen, den kennen Sie doch.»

«Ach den», sagte der Köbes, «der mit den Atmosphères.»

«Da biste platt», sagte Kataster zu Konrad. «Na hören Sie mal», wandte er sich an den Köbes, «Sie kennen Ligeti?»

«Dem seine überdichte Polyphonie, da sagt man auch Mikropolyphonie für, und dem seine statischen Formabläufe, wie im Continuum für Cembalo – dat is mein Lieblingsstück – da schwärm ich von Anfang an für. Der is bei de Monsters jeboren», wandte er sich an Konrad, «in Siebenbürgen, dat is, wo der Dracula herkömmt – also zwei Kölsch, Jung? – auch dem seine Musik is jespenstig, der hat so ne Technik erfunden, wo alles mit rhythmischen Gittern überlagert wird, da sagt man Moiré-Jebilde für. Moiré heißt jewässert und meint eigentlich Stoffe mit so schillernden Mustern, und so wie die Moiré-Stoffe schillern, schillert dem seine Musik.»

«Aber, guter Mann», rief Kataster, «Sie sind ja ein Phänomen!»

«Guter Mann», sagte der Köbes, «sagen solche wie Sie für Leut, die se n bißchen für bekloppt halten. In so Stücken von dem Gerhart Hauptmann sagen alle Großkotze immer zu so kleine Leut wie mir: Aber, guter Mann! Ich bin nich Ihr guter Mann, merken Sie sich dat», und zu Konrad: «Wat is dat nu für ne Type, der da?»

«Na, was glauben Sie denn», rief Konrad, «einer, der Jungs wie mir den Ligeti beibringt, was kann das für ne Type sein?»

«Ne Schwule», sagte der Köbes.

«Bravo», rief Konrad, «Sie sind der tollste Kellner, den ich kenne.»

«Kellner», sagte der Köbes zu Kataster, «ehe Sie dem den Ligeti beibringen, bringen Se dem erst mal bei, dat ne Köbes keine Kellner is. Zwei Kölsch also», sagte er zu Konrad, «ich hab nix gegen Schwule, wenn se in Ligeti machen. Wenn se Jungs wie dir aber an et Fell wollen, werd ich fies», und er drehte sich weg.

«Ich will aber», rief Konrad ihm nach, «daß Typen wie der hier mir ans Fell wollen!»

«Kinder haben nix zu wollen», sagte der Köbes über die Schulter und zwinkerte Kataster zu, dann lief er auf seinen Plattfüßen wie der junge Chaplin, nur nicht so schnieke.

«Du willst also, daß ich dir ans Fell will?» fragte Kataster.

«Wissen Sie eigentlich, was ich wirklich will?» fragte Konrad.

«Rudolf», sagte Kataster.

«Wenn *Sie* Rudolf wären, was würden Sie jetzt zu mir sagen?»

«Sag mir, was du an mir liebst, und warum.»

«Ich liebe», sagte Konrad, «dein schwarzes Haar, wie es auf deine Schultern fällt. Ich liebe die Geschichte von Samson, den sein Haar stark macht im Bett. Ich liebe, wie du dich von Anna ab- und mir zudrehst, wie du Anna wegschiebst und mich heranziehst, an deine Brust, an deinen Leib, der es mit meinem Leib treiben soll. Ich liebe deine Hände, die mich streicheln, deine Augen, die mich streicheln, die Zunge in deinem Mund, die mich streichelt. Ich liebe deine schöne Gestalt, und bin ich nicht willig, dann brauch doch Gewalt», sagte Konrad und hatte Tränen in den Augen. «Ich liebe alles an dir, was sich nach Männern sehnt, nicht nach Männern, sondern nach *einem* Mann, nach mir. Ich liebe den Gedanken an unsere Zukunft, an unsere Flucht von Köln weg, von Anna weg, von diesem Kataster weg, der mich anekelt, der mir mit seinen perversen Einfällen zuwider ist, der mich ...»

«Küß mich auf den Mund», sagte Kataster, und Konrad stand auf, beugte sich über den Tisch, packte Kataster beim Kopf und küßte ihn auf den Mund.

«Ligeti», sagte der Köbes und schob zwei Platten mit Schweinehaxen, Sauerkraut und Kartoffelpüree auf den Tisch, «wenn du den Ligeti hier singen oder trommeln oder geigen tätst, dat wär mir lieber, als wenn du den Typ da ableckst. Senf?»

«Was soll das?» fragte Konrad und zeigte auf die Haxen.

«Dat is wat für zwischen die Rippen», sagte der Köbes und stellte ein Senfgefäß auf den Tisch. «Wenn du dir dat zwischen de Zäng schiebst und et richtig kleinkaust und mit Kölsch nachspülst, dann haste keine Zeit für so Jedöns von wejen Männer küssen als dat Kind, dat du noch bist.»

«Ich bin», sagte Konrad und schob den Teller mit der Haxe weit von sich, «ich bin, Herr Köbes, mit meinen vierzehn alles, was Sie wollen, nur kein Kind mehr, und will, wenn's ums Ficken geht, von keinem, schon gar nicht von Ihnen, Herr Köbes, als unreifes Früchtchen behandelt werden, denn ich bin, sehen Sie selbst», und er rückte vom Tisch weg und zeigte auf seine Mitte, wo es hoch herging, «ich bin kein gegen meinen Willen verführtes oder vergewaltigtes Kind, lächerlich!, mit vierzehn ist man voll da!», und er stand auf und zeigte sich allen.

«Setz dich», sagte Kataster, «und iß.»

«Sagen Sie das als Kataster oder als Rudolf?» fragte Konrad.

«Sag DU», sagte Kataster, «ich *bin* Rudolf.»

«Du du du», sagte Konrad, nahm das Besteck und begann zu essen, mechanisch, indem er die Gabel auch dann zum Mund führte, wenn nichts darauf steckengeblieben war, und kaute, auch wenn es nichts als Luft zu kauen gab.

«Ich *will* dich», sagte Kataster.

«Ich will dich auch», sagte Konrad und kaute leer.

«Köbes», rief Kataster, «der junge Mann zahlt!»

«Stimmt so», sagte Konrad, legte Geld auf den Tisch, aß weiter und schaute Kataster an.

«Wir gehen», sagte Kataster zum Köbes und stand auf.

«Wohin?» fragte der Köbes, und an Konrad gewandt: «Wieso soll dat stimmen. Dat sind über zwanzig Mark zu viel.»

«In ein Hotel», sagte Kataster zum Köbes, «gibt es hier herum ein Stundenhotel?»

«Gleich drei Häuser weiter», sagte der Köbes, und zu Konrad: «Zwanzig Mark Trinkgeld von enem Jung wie dir, dat will ich nit.»

«Stundenhotel», sagte Konrad, mit den Augen in Katasters Augen, zum Köbes und stand auf, «*wir* gehen in ein Stundenhotel, und *Sie* stecken sich das Trinkgeld sonstwohin.»

«Ligeti», sagte der Köbes zu Kataster und markierte einen Idiotentriller.

«Komm», sagte Kataster zu Konrad, packte ihn beim Arm und führte ihn aus dem Lokal auf die Straße. «Da vorne!» sagte er und stieß ihn auf ein Haus zu, in dem Fremdenzimmer zu haben waren. «Geh rein und frag.»

«Was soll ich fragen?»

«Ob zwei Männer, du und ich, ein Zimmer haben können, für zwei Stunden und länger.»

«Länger», sagte Konrad und ging, ohne Kataster aus den Augen zu lassen, aufs Haus zu und mit einer raschen Kehrtwendung ins Haus hinein. Kataster schaute die Fassade an. Eine junge Frau lag oben im Fenster und lächelte erst, dann winkte sie. «Ja!» rief Konrad von der Tür aus, «es muß aber vorher bezahlt werden.»

«Dann zahl», sagte Kataster und stand jetzt mit Konrad vor dem Mann in der Pförtnerloge.

«*Ich* zahle», sagte Konrad und zog das Portemonnaie.

«Nanu», sagte der Mann und nannte den Preis.

Na, na, Papa, na, na, hatte Konrad zu Franz gesagt, als er Kataster an Anna vorbei ins Lokal geschoben hatte, und Anna hatte sich von Franz losgemacht und Konrad hinterher gewollt, doch Franz hatte sie beim Arm gepackt und nicht wieder freigegeben. – «Was soll», rief Anna, «dein Sohn von uns denken, er macht Lies die Hölle heiß!» – «Man wird einer lieben Verwandten doch noch einen Kuß geben dürfen», sagte Franz, «und Lies weiß Bescheid, sie denkt, wir hocken über Kacheln und Badewannen.» – «Ja, tun wir das nicht?» fragte Anna und strich ihr Kleid glatt, «das Haus, das wir kaufen, ist morsch bis in die Leitungsrohre und Kanalabflüsse.»

«Ich habe aber», rief Franz, hob die Arme und drehte sich im Kreis, «alle Unterlagen, alle Muster und Kataloge und Preislisten vergessen!», und sie lachten beide und machten den Mittagsgästen Platz, die ins Lokal hinein wollten.

«Du hättest», sagte Franz und legte die Serviette beiseite, «du hättest nämlich einen anderen Mann verdient.» Sie saßen in einem französischen Restaurant und hatten ihre Mahlzeit beendet.

«Was für einen Mann?» fragte Anna. «Ich hab den besten der Welt, einen vollendeten ...»

«Was», sagte Franz. «Rudolf ist ein vollendeter was?»

«Wir kennen uns seit dem Sandkasten, und länger.»

«Rudolf ist ein vollendeter was?» fragte Franz und legte seine rechte Hand auf Annas linke.

«Warum tust du das?» fragte Anna und schaute die Hand auf der Hand an.

«Rudolf ist ein vollendeter was?» fragte Franz.

«Du magst ihn nicht», sagte Anna.

«Ich mag nicht, wie er dich behandelt.»

«Er behandelt mich gut.»

«Ich mag nicht, daß deine Hand unter meiner Hand zittert. Warum besichtigst du das Haus nicht mit Rudolf, sondern mit Konrad. Das Haus, wo du Kinder mit ihm haben wirst, wo du ihm das erste Essen kochst, wo du die ersten Katastrophen mit ihm erlebst.»

«Wir erleben die ersten Katastrophen, sogar schon die zweiten und dritten, jeden Tag, nicht erst in unserem Haus», sagte Anna und lachte.

«Ein eiskalter Typ», sagte Franz.

«Das spürt man? Gleich so? Auf Anhieb?»

«Was soll man spüren?» fragt Franz.

«Daß er ein Mann ohne Liebe ist?»

«Er ist ein Mann ohne Liebe?» fragte Franz.

«Er ist ein Mann mit einer anderen Liebe, ich weiß nicht zu was, mit einer Liebe zu Proust vielleicht, zu einer bestimmten Art Musik, zu irgendwelchen Huren, vielleicht noch nicht einmal zu den Huren, sondern zu den Milieus, in denen er sie trifft, zu den Kontakthöfen oder Türnischen oder Hausfluren, in denen er sie abgreift, vielleicht überhaupt nicht zu Menschen, sondern zu den Umständen, unter denen er Menschen trifft und dann manipuliert oder auch nur betrachtet, von außen, wie auf einer Filmleinwand, wo man das Objekt seiner Begierde», und sie lachte, «zwar sieht und hört, doch nicht fühlt, nicht an es herankommt, sich nicht an ihm wärmen kann.»

«Dir ist kalt?» fragte Franz.

«Dir nicht?»

«Lies ist eine Milchkuh», sagte Franz.

«Auch an Milchkühen, mit dem Euter im Mund und der besten und fettesten Milch im Bauch, gehst du kaputt.»

«Ja», sagte Franz, «doch es gibt dich.»

«Mich?» fragte Anna und entzog ihm die Hand, die er wieder gepackt hatte.

«Und mich», sagte Franz, «es gibt manchmal, nicht oft, aber es gibt, in seltenen Augenblicken ...»

«Seltene Augenblicke?» rief Anna und lachte so laut, daß die Gäste an den Nebentischen zu ihr hinschauten und der Kellner angestürzt kam, sich aber gleich wieder verzog. «Es gibt in seltenen Augenblicken was?»

«Ich will mit dir schlafen», sagte Franz, «jetzt, hier.»

«Ich nicht», sagte Anna, «ich mit dir nicht, oder wenn, dann einfach so.»

«Wie?» fragte Franz und griff nach ihrer Hand.

«Rock hoch, Hose runter, auf der Stelle, auf die Schnelle», sagte Anna und lachte nicht mehr.

«So eine bist du», sagte Franz, ließ die Hand los, lehnte sich in seinem Stuhl zurück und betrachtete sie.

«Ja, glaubst du denn», sagte Anna und beugte sich über den Tisch und schaute ihm ins Gesicht, «glaubst du denn, du bist meine große Liebe, du läßt mich *seltene Augenblicke* erleben, machst mir mit deiner Glatze und deinem Wanst den Hengst?»

«Nie», sagte Franz, «hätte ich gedacht, daß du dich so in Worten suhlst.»

«Ich liebe Rudolf», sagte Anna, «ich suhle mich, wenn es nicht um Rudolf geht, in noch ganz etwas anderem als in solchen Worten. Gehn wir.»

«Wohin?» fragte Franz.

«Na, es wird doch hier in der Nähe irgendein Hotel, ein Stundenhotel, geben.»

«Ober», rief Franz, «zahlen!»

«Hast du Gummis dabei?» fragte Anna.

«Ich zieh noch welche», sagte Franz, «oder du, mach schon, unten hängt der Apparat, beeil dich!»

Als Konrad aus dem Zimmer trat und Kataster ihn beim Ärmel packte und zurückzerrte und Konrad sich gegen seine Umarmungen wehrte und endlich freikam und den Gang entlang ins Treppenhaus lief, waren, seitdem sie das Haus betreten hatten, mehr als zwei Stunden vergangen. «Ich hab meine Uhr vergessen», sagte Kataster und packte Konrad beim Schwanz.

«Mein Vater!» flüsterte der, beugte sich über das Geländer und sah im Treppenschacht beide, Franz und Anna, die gewundenen Stufen hinab ins Parterre steigen. «Anna», flüsterte er, «Rudolfs Anna mit meinem Vater.» Er gab Kataster einen Stoß, setzte sich dann auf die Stufen und umfaßte seinen Kopf mit beiden Armen. «Rudolfs Anna mit meinem Vater», wiederholte er, «jeder kriegt, wen er will, nur ich», und er schlug auf Kataster ein, «laß mich von einem wie dir vernaschen», und er heulte an Katasters Schulter.

«Das hier ist nicht das Tal der Tränen», sagte eine Frau in einem gelben Morgenrock und stieg über sie hinweg.

«Nehmen Sie mich mit!» rief Konrad, sprang auf, streckte die Hand nach ihr aus, und sie führte ihn behutsam, als sei er ein zerbrechlicher Greis, die Stufen hinab ins Parterre.

«Warte auf mich!» rief Kataster und rannte zurück in das Zimmer mit seiner Uhr.

Unten angelangt, umarmte Konrad die Frau, küßte sie auf den Mund und stürmte am Pförtner vorbei auf die Straße. Seitlich, vor dem Fenster einer Galerie, sah er seinen Vater mit Anna. Er drehte sich auf dem Absatz um und rannte in die Gegenrichtung, auf den Dom zu, in den U-Bahn-Schacht, heim, nur heim. In Liesens Schreibkabinett wählte er die Hamburger Nummer.

«Alles», rief er, «alles und nichts! Nackt, ja», rief er, «rangenommen hat er mich, ja, doch innen, hier!», und er schlug sich auf die Brust, «innen nichts!»

«Wo?» fragte Achim.

«Wo!» rief Konrad und wechselte den Hörer von der linken Hand zur rechten. «Links!» rief er, «wo das Herz, wo die Seele flattert – nichts!»

«Flattert?» fragte Achim und lachte.

«Ja», rief Konrad, «alles flattert: die Hände, die Augdeckel, sogar die Haut auf der Stirn, die Lippen sowieso, doch wo es vor allem hätte flattern müssen, wo es wie verrückt flattert, wenn ich *ihn*, den anderen, nur sehe, da hat bei Kataster, bei dem Dreck mit Kataster, nichts geflattert, bei all dem verdammten Dreck!»

«Dreck», fragte Achim, «das war Dreck mit Kataster?»

«Ja!» rief Konrad. «Nein! Es war wahnsinnig wahnsinnig. Doch wo das Herz, wo die Seele, wie soll ich das sagen? Wo, wenn ich an Rudolf nur denke, Herz und Seele wie aus allen Kugellagern gerissen ...»

«Kugellagern», fragte Achim, «dein Herz und deine Seele laufen auf Kugellagern?»

«Wo», rief Konrad, «wenn Rudolf nur LIGETI sagt, mein Herz und meine Seele, wie sagt man doch schnell ...?»

«Flattern», schlug Achim vor.

«Richtig», rief Konrad, «da haben sie bei Kataster nicht einmal gepiepst.»

«Dein Herz und deine Seele piepsen bei Rudolf?» fragte Achim und lachte nicht.

«Ja!» rief Konrad. «Wenn er nur schon um die Ecke biegt und mich anschaut, von weitem, schlaucht's mich mehr als bei all dem Scheiß, den Kataster mit mir gemacht hat: von hinten durch die Schenkel nach vorne, wo es leider die ganzen zwei Stunden geklotzt hat bei mir, wo es mich hin und her gezerrt hat in seine Hände, seinen Mund, seinen Zungenclinch hinein. Aber wenn ich mit Rudolf ficke, per Kopf, nachts, in meinem Bett ...»

«Konrad», rief Achim, «komm auf den Teppich!»

«Schluß!» rief der. «Weshalb ich dich anrufe, Achim, du wirst schnurstracks bei mir antanzen, wenn ich dich brauche, und ich werde dich, das spür ich, sehr bald brauchen. O Gott», flüsterte er, «mich packt der Drehwurm», und er warf, indem er sich am Tisch festklammerte, den Hörer auf die Gabel.

Zur gleichen Zeit lief Rudolf durch Köln und dachte und dachte immer im Kreis. Wenn ich mich, dachte er, mit Konrad einlasse, bin ich draußen und drinnen. Aus Anna raus und in Konrad drin. Aus der Frau raus und im Mann drin. Und wenn ich mich tausendmal vor Kreuz und Altar und vor allen Priestern der Welt mit Fingerring und Nasenring an Anna kette, «Sobald ich den Jungen anschaue, bin ich hin», sagte er zu einer Frau, die vorbeiging, dann stürzte er ins SEVEN UP, vor dem er gerade stand.

Das Lokal war voller, als er es um diese Zeit erwartet hatte. Alle Hocker am Tresen waren besetzt, auch neben den Hockern standen Leute. Connie saß, mit in den Schoß gelegten Händen, hinter der Theke und schaute Rudolf an. Eine Frau, möglicherweise seine Mutter, bewegte sich um ihn herum und bediente die Gäste. Connies Blick war flach; Rudolf wußte nicht, ob der Junge ihn wiedererkannte; er nickte ihm zu, doch Connie verzog keine Miene. Dann hörte Rudolf die Frau auf Connie einreden. Sie drückte ihm ein Glas in die Hand und versuchte, ihn vom Hocker herunterzuschieben. Doch Connie ließ das Glas fallen, hakte sich mit den Beinen am Hocker fest und hob den bandagierten Arm vors Gesicht. So saß er, verbarrikadiert wie ein Partisan im feindlichen Lager, und schaute in Rudolfs Richtung. Der lehnte sich über die Theke und bestellte ein Kölsch. Connie rutschte vom Hocker, zertrat die Scherben unter seinen Füßen, zog das Messer hervor und legte es zwischen die Gläser auf den Spültisch. Rudolf entblößte den Hals, bog den Kopf nach hinten und präsentierte Connie seine Kehle. Der bestieg seinen Hocker, drehte sich zur Wand und schaute in den Spiegel zwischen den Flaschen. Rudolf, noch immer in verbogener Haltung, suchte im Spiegel seinen Blick, doch Connie starrte leer. Da packte die Frau Rudolf beim Arm und winkte ihn weg.

Rudolf rutschte vom Hocker, tippte gegen seine Stirn und bewegte sich langsam auf den Ausgang zu. Da schrie wer in seinem Rücken, und Rudolf fuhr herum. Connie stand mit gezücktem Messer und lachte. Da rannte Rudolf los.

Er rannte und rannte. Als ein Taxi neben ihm hielt und eine Frau ausstieg, warf er sich in den Wagen und nannte dem Fahrer die Straße.

«Konrad hat, das behauptet Onkel Till», sagte er zu Oskar Rosellen, der ihm die Tür aufmachte, «ein Muttermal, weiter unten, hier!», und er packte Oskar vorn bei der Hose.

«Hast du sein Muttermal schon kennengelernt?»

«Er fragt», sagte Rudolf zu Anna, die auf der Treppe stand und den beiden zuhörte, «er fragt, ob ich Konrads Muttermal schon kennengelernt habe, so wie man nach einem begnadeten Dichter oder diesem Ligeti fragt. Die Frage nach einem Muttermal aber und ob man es kennengelernt, also mit ihm geredet und ihm die Hand geküßt hat, eine solche Frage hat noch nie ein vernünftiger Mensch einem vernünftigen Menschen gestellt. Ich habe», rief er und riß sich von Oskar los, «weder dem Muttermal noch Konrad die Hand noch sonst was, zum Beispiel den Bauch um das Muttermal herum, geküßt. Ich habe Konrad im blauen Salon von Mama Christinchen auf den Mund geküßt, wie ihr euch erinnern werdet, und jetzt komm», sagte er zu Anna und packte sie bei der Hand und zerrte sie durch den Flur in den Garten, «ich hab mit dir zu reden.»

Im Gartenhaus war es stickig. Rudolf riß beide Fenster auf und schlug sie gleich wieder zu, als er Oskar durch den Garten aufs Gartenhaus zulaufen sah. «Dein Vater redet irre», sagte er zu Anna, die im Schaukelstuhl saß und schaukelte, «er hat einen Narren an Konrad gefressen.»

«Ich hab das Haus gekauft», sagte Anna.

«Welches Haus?» fragte Rudolf und hämmerte gegen die Tür, gegen die von außen Oskar hämmerte. «Ich traue Cosima und ihren Häusern und der Vergangenheit ihrer Häuser nicht, alles an Cosima ist kriminell, wir brauchen überhaupt keine

Häuser, Ruth hat ein Haus, und deine Eltern haben ein Haus, und Franz und Lies haben ein Haus, und oben im Haus von Franz und Lies gibt es Dienstbotenkammern, leer und luftig wie die Prärie. Cosima kriegt einen Tritt in den Allerwertesten, wenn sie mich mit ihren Häusern nervt.»

«Das verklicker ihr morgen auf der Saunaparty», sagte Anna. «Sie bringt den Kaufvertrag mit, sie braucht deine Unterschrift», und sie verließ den Schaukelstuhl, entriegelte die Tür, klinkte sie auf und ließ ihren Vater herein. «Komm», sagte sie zu ihm, hakte ihn unter und streifte mit ihren Lippen hastig Rudolfs Gesicht, «das Haus ist ihm schnuppe, ich bin ihm schnuppe, nur Konrads Muttermal, das hier», und sie packte Rudolf beim Hosenschlitz, «ist ihm nicht schnuppe», und Tränen, Lachtränen, stürzten ihr aus den Augen, und sie legte den Kopf in den Nacken, stampfte auf der Stelle und heulte lachend zur Decke empor. Dann nahm sie ihren Vater bei der Hand und führte ihn, indem sie das Gesicht über die Schulter drehte und Rudolf mit nassen Augen streichelte, aus dem Häuschen in den Garten. «Anna», rief Rudolf ihr nach, «du bist mir nicht schnuppe! Ich liebe dich», flüsterte er, «auch dich, auch dich ...»

Von den Wänden schaute Proust ihn an. Ein verlorener Tag, dachte er. Ich renne und renne und rede und rede und renne immer in die falsche Richtung und rede mit den falschen Leuten. Ich will, dachte er und nahm den Hörer von der Gabel und wählte die Nummer, ich will ab heute näher an den Jungen ran, «mich tiefer», sagte er in die Muschel, «reinknien in das, o entschuldige, Tante Lies, was in meinem Herzen Unheil anrichtet, nein, das Gegenteil von Unheil, wie sagt man doch gleich?»

«Segen», schlug Lies vor.

«Richtig», rief Rudolf, «was meinen Kopf und mein Herz mit Segen düngt. Gib mir den Konrad, bitte.»

«Düngen?» fragte Lies. «Mit Segen ist meines Wissens noch nie ein Kopf oder Herz gedüngt worden. Konrad hat Stubenarrest.»

«Aber doch nicht Telefonarrest, also hop-hop!»

«Husch-husch», sagte Lies, «als kleiner Kerl hat er immer

husch-husch, nie hop-hop gesagt, wenn etwas hop-hop gehen sollte. Husch-husch, die Waldfee, kennst du das?» und sie stellte zu Konrad durch.

«Ich bin», sagte Rudolf, nachdem Konrad sich gemeldet hatte, «ich bin den ganzen Tag allein durch Köln und am Rhein entlang.»

«Ja», sagte Konrad.

«Und», fuhr Rudolf fort, «das Wasser, bei Proust zum Beispiel, im Balbeck-Kapitel, wo der kleine Marcel mit seiner Mutter oder Großmutter in dem mit Spiegeln gespickten Aufenthaltsraum *was* eigentlich gespiegelt sieht? Nicht den Rhein natürlich, nicht zum Beispiel, wie du dich in meinen *Augen* spiegelst, aber schon bei Rilke heißt es: Spiegel, noch nie hat man wissend beschrieben / was ihr in eurem Wesen seid / ihr wie mit lauter Löchern von Sieben / erfüllten Zwischenräume der Zeit. – Kennst du das?»

«Nein», sagte Konrad.

«Dann mußt du es kennenlernen», sagte Rudolf. «Natürlich hat mir heute am Rhein nicht nur der Proust gefehlt, der mich hier von den Wänden anschaut. Ich bin bei Anna, aber eigentlich nicht bei Anna, sondern im Gartenhäuschen in Annas Garten mit Proust an den Wänden, und mit Proust hat Anna nichts zu schaffen, und ich nichts mit Anna, natürlich hat mir am Rhein nicht nur der Proust gefehlt, sondern wer wohl?»

«Anna», sagte Konrad.

«Falsch», sagte Rudolf, «so falsch, als wenn man von einem Mann, der sich in der Wüste verirrt hat, sagt, er hat Hunger, dabei hat er Durst, die Mundschleimhäute hängen ihm in Fetzen vom Gaumen und von den Wangeninnentaschen, mach dir nichts draus, Wangeninnentaschen ist eine Erfindung von mir, mit Wangeninnentaschen meine ich die Innenseiten von den Außenseiten, außen die Außenwangen und innen die Wangeninnentaschen, und von den Wangeninnentaschen hängen die Mundschleimhäute in Fetzen in die Zähne hinein, und mit den Zähnen kaust du auf den Fetzen herum, und all das heißt Durst, nicht Hunger, und Durst ist die Sache mit dir und Hunger die Sache mit Anna; einer, der in der Wüste verdurstet, dem die Mundschleimhäute in die Zähne hängen, hat aber keinen Hunger, er hat Durst.»

«Ja», sagte Konrad.

«Und die Wangeninnentaschen und der Gaumen über der Zunge und sogar die Zunge lösen sich auf in tausend Schleimhautfetzen, und die Fetzen quellen den Mund und die Kehle und den Hals zu, und du reißt den Mund auf und röchelst, nach was wohl?»

«Wasser», sagte Konrad.

«Falsch», sagte Rudolf, «nach Küssen. Heute am Rhein war Wüstenzeit, Ebbe nicht Flut, du nicht Anna, Durst nicht Hunger – was schleimt da bei dir?»

«Bei mir schleimt nichts», sagte Konrad und schleimte. «Red weiter.»

«Jetzt bist *du* dran», sagte Rudolf, «*ich* hab dir von mir erzählt, jetzt erzähl *du* mir von dir.»

«Ja», sagte Konrad, «ich, weil die Schule, weil Gudrun und ich seit Montag die Schule schwänzen, und weil uns die verrücktesten Dinge und Leute begegnen, Gudrun zum Beispiel dieser Pieter, den sie sich reinzieht, weil sie an dich nicht rankommt. Pieter hat einen Griff am Leib wie Kataster: bis in die Eingeweide, als wenn einer oben beim Mund durch den Hals in den Magen langt, und er knüllt den Magen in der Faust bis zum Kotzen. Aber sogar Kotzen macht Spaß. Sogar Pieter und Kataster machen sich einen Spaß mit uns. Soll ich weiterreden?»

«Red», sagte Rudolf, «erzähl von Kataster.»

«Denn dieser Pieter», sagte Konrad, «und was er mit Gudrun tun will, das hat sie sich von *dir* erträumt. Und *wenn* er es dann mit ihr tut, dann schreit es innen in ihr, dann weint es, wie Nachtigallen bei Eichendorff weinen – soll ich weitererzählen?»

«Erzähl», sagte Rudolf, «von Kataster und dir.»

«Und wenn er sie packt», sagte Konrad, «beim Nacken, bei den Brüsten, beim Schwanz, und wenn er sie über die Sesselkante biegt, und wenn er sie oben mit seinem Atem und unten mit seinem Gemächt – Gemächt hab ich irgendwo in Katasters Sudelbüchern gelesen –, wenn er sie unten mit seinem Gemächt niedermacht, dann stillt er ihren Hunger, nicht ihren Durst, den niemand stillt, vor allem Pieter nicht, aber in der Wüste gibt es keinen Hunger, nur Durst, und die Schleimhautfetzen, die ihr den Mund zuquellen, hindern sie am Schreien, nach dir, nach Rudolf, nach meinem schönen Cousin, den ich liebe, liebe», flüsterte er.

«Nein», sagte Rudolf, «ja», sagte er, «ja, ja!»

DONNERSTAG

13

Die Party war noch längst nicht im Fluß. Keiner, am wenigsten Lies und Franz, wußte, was das für Leute waren, die noch kommen würden. «Wir geben», sagte Lies, «eine Saunaparty und haben keine Ahnung, wer uns die halbe Nacht lang den nackten Popo hinhalten wird.»

«Arsch», sagte Franz. «Hast du mit Anna telefoniert? Wird sie kommen?»

«Warum», sagte Lies und schob einen verrutschten Käsespieß zurück auf die Platte, «warum sollte ausgerechnet Anna, die Braut von Rudolf, der dein schöner Cousin ist», wandte sie sich an Konrad, der soeben in die Küche gestürmt war, «wegbleiben?»

«Mein schöner Cousin und deine Anna», sagte Konrad zu seinem Vater, «haben vor zwei Minuten die Schwelle des Hauses überschritten», und er stürmte wieder hinaus.

«Warum nennt er Anna *deine* Anna?» fragte Lies und band sich die Schürze ab.

«Die Schwelle des Hauses überschritten», äffte Franz seinen Sohn nach, packte die Platte mit den Käsespießen und rannte Konrad hinterher.

«Lotte!» rief Lies und winkte das Mädchen in die Küche. «Wer ist die Frau da, die enorme, an Rudolfs linkem Arm?»

«Anna, wer sonst», sagte Lotte und biß in einen Cracker. «Ach, die linke: Das ist Lieselotte, Toms Mutter, die schöne Lili.»

«Donnerwetter», sagte Lies, nahm Lotte den Cracker aus der Hand und steckte ihn sich in den Mund.

Zur gleichen Zeit führte Tom den weißbandagierten Connie in die Diele.

«Mein lieber junger Freund», rief Franz, drückte Tom die Käseplatte in die Hand, packte ihn beim Kopf und küßte ihn auf die Stirn, «meine verehrten Damen und Herren! Als ich, am vergangenen Samstag, bei der Einweihung dieses bescheidenen Häuschens, in meinem noch wüsten und leeren Garten plötzlich diesem jungen Mann gegenüberstand, der wunderbarerweise aus der noch kahlen Erde meines Ur und Eigen emporgewachsen war wie die Palme aus dem Wüstenloch, da, spontan, ohne zu fackeln, beschloß ich, und zwar ohne zu wissen, wen ich, ein noch Fremder in dieser Stadt, dazu einladen würde, diese Saunaparty heute und hier zu veranstalten, um, meine verehrten Damen und Herren, uns Bleichhäutigen von vergleichsweise bescheidener Körperlichkeit einen Mann, einen Menschen, einen menschlichen Körper nicht vorzuführen, nicht, wie in deutschen Zoos zur Jahrhundertwende schändlicherweise üblich, einen sogenannten Exoten unseren lüsterntaxierenden Blicken preiszugeben, nein, um uns Augen und Sinne zu schärfen für das, was der Mensch, der Mensch an sich, der Mensch als Gottes Ebenbild, ausstrahlt, wenn er denn als ein Liebling der Götter diese Erde betritt und somit Kunde gibt vom Urgedanken des Schöpfers: nämlich uns Menschen die prachtvollsten und erlesensten sein zu lassen unter allen Geschöpfen, die die Weiten und Breiten des Erdballs bevölkern. Um uns nun, meine verehrten Damen und Herren, diesen Blick auf das schlechterdings Unvergleichliche zu ermöglichen, also dem Vollkommenen in Gestalt dieses jungen Mannes zu huldigen, sind Sie alle mir und meiner Familie herzlich willkommen in der Hoffnung, daß Sie diese Party, die in den unteren Etagen ihren von Hitze ebenso wie von kalten Duschen und erfrischenden Bädern geprägten Verlauf nehmen wird, am Ende verlassen werden als Eingeweihte, als Wissende um ein

Geheimnis, das Ihnen durch diesen herrlichen Schwarzen, den ich vor Ihren Augen noch einmal küsse und an mein Herz drücke, offenbar werden soll: Wie nämlich wir Menschen ursprünglich waren, *ehe* wir aus dem Paradies vertrieben wurden. Applaus für meinen schönen und stolzen Freund Tom, den ich nur allzu gerne ausführlicher beim Namen nennen möchte, wenn ich seinen vollen Namen denn wüßte!»

«Schulze», sagte Lili mit kleiner Stimme, trat vor und machte einen Knicks.

«Schulze?» fragte Franz und staunte sie an.

«Wie seine Mutter, die Sie in mir», und sie knickste erneut, «erblicken.»

«Mutter?» rief Franz, nahm Lili bei der Hand und schaute von ihr zu Tom zu Anna, die nickte. Da glaubte er das Unglaubliche und küßte dieser Mutter die Hand.

«Ich höre», sagte Konrad in der Küche zu Lotte und *seiner* Mutter, «ich höre, obwohl ich nichts höre, sondern ihm nur zusehe, ich höre ihn leeres Stroh dreschen wie immer, wenn er Leuten Mus ums Maul schmiert. Was haltet ihr von Anna, die an Rudolfs Arm hängt wie ein leerer Sack und Vater anhimmelt wie einen, von dem sie sich wünscht, daß er ihn stopft?»

«Ihn oder sie?» fragte seine Mutter, «den Sack oder Anna?»

«Der Sack *ist* Anna und Anna der Sack. Seht euch das an! Er leckt ihr die Hand und stopft sie mit Käsehappen, und ihr Trottel von Bräutigam steht daneben und begreift nicht, daß die Käsehappen keine Käsehappen sind!», und er stürmte aus der Küche in die Diele gegen Rudolf.

«Du solltest», sagte er zu ihm und drückte seinen Vater zur Seite und riß die Hand von Anna aus Rudolfs Armbeuge und schob sie Franz unter, «du solltest», sagte er zu seinem Cousin und führte ihn ein paar Schritte auf die Küche zu, «ich weiß nicht, was du solltest, zumindest solltest du die Gastgeber des heutigen Abends begrüßen, meine Mutter und Gudrun und mich, und zwar mit einem Kuß hier auf meinen Mund!», und er hielt ihm den Mund hin.

«Bist du besoffen?» fragte Rudolf und schaute den Mund an.

«Wenn der Sekt im Glase sprüht», sang Konrad Lehàr, «und die Zigarette glüht / sagt mein Mund dir Ja / drum küß ihn – da!», und er führte den rechten Zeigefinger zu seinen Lippen und wies Rudolf den Weg.

«Benimm dich», sagte der.

«Benimm dich!» rief Konrad, packte seinen Cousin beim Kopf und setzte einen schmatzenden Kuß auf seine Lippen. «Benimm dich!» rief er zum zweiten Mal. «Wie kannst du, ein Mann so ganz *ohne* Benimm, die Gastgeber des heutigen Abends derart schnöde, als wären sie Luft, als wäre diese deine Tante Lies, die sich den ganzen Freß- und Saufkladderadatsch nur für dich aus den Rippen geschnetzelt hat, wie kannst du sie und mich, der ich ihr stundenlang die Schinkenscheiben und Käsebrocken zugeschnitten habe, wie kannst du uns *nicht* herzen und küssen, wie ich jetzt dich vor aller Augen herze und küsse», und er tat es, und viele klatschten, «und wie du jetzt Lies, meine liebe Mutter, die mich dir geboren hat, herzen und küssen wirst aus Dankbarkeit für dieses Geschenk!», und er packte seine Mutter mit der Linken und Rudolf mit der Rechten, stieß ihre Gesichter gegeneinander und stiftete so einen schiefen und verzerrten Kuß zwischen Tante und Neffen. Gudrun aber nahm ihn bei den Schultern, schob ihn in die Speisekammer und sperrte sie von innen ab.

«Sag nichts», sagte Konrad und brach in ihren Armen zusammen, und sie legte ihn auf den Boden zwischen Gurkentöpfe und Marmeladeneimer, und da lagen sie, eines im Arm des anderen, und atmeten sich gegenseitig in die aufgerissenen Münder.

«Und wie weiter?» fragte Gudrun.

«Immer so weiter», sagte Konrad, «ich werd ihn mir heute packen und einverleiben, so wahr mir Gott helfe.»

«Gott hilft nicht», sagte Gudrun.

«Dann werd ich mir selber helfen.»

«Mit diesem Pomp und Geschrei?»

«Drum schonet mir an diesem Tag / Prospekte nicht und nicht Maschinen!» rief Konrad und sprang auf. «Hilfst du mir?»

«Wenn du *mir* hilfst», sagte Gudrun.

«Und um wen kasperst *du*?»

«Um die Wurst», rief Gudrun, «um die Welt!», und sie küßte ihn auf den Mund und stieß ihn dann in die Küche.

«Es gibt», hörten sie Lili sagen, die sich an Franz Lambertis Arm hierhin und dorthin drehte und dabei Tom mit Püffen traktierte, «es gibt das weltweit bekannte Phänomen, daß schwarze Frauen, die sich mit einem Weißen einlassen, *weiße* Babys gebären, weiß wie Schnee, und es gibt das entgegengesetzte Wunder zu bestaunen, daß eine weißhäutige blondhaarige Frau wie ich, von einem Schwarzen verführt, *rabenschwarze* Kinderchen aus sich herausbröckelt.»

«Lili», rief Tom und packte sie um die Hüften, «du mußt hier keine Gedichte aufsagen!»

«Bröckelt», wiederholte Lili und lächelte Franz an, der hingerissen schien. «Mein liebes Kind», wandte sie sich plötzlich an Anna, «wie kommt es, daß Ihr hochverehrter Herr Papa ...»

«Der Herr ist nicht mein Papa, Gott sei Dank», sagte Anna und wurde rot.

«Wie ist das zu verstehen», ließ Lili nicht locker, «daß Ihr charmanter väterlicher Freund nicht Sie, aber meinen Sohn zum Dreh- und Angelpunkt dieser Party erklärt? Nicht seinen, *Ihren* Körper zu bestaunen sollten die hier anwesenden Damen und Herren aufgerufen sein. Haben Sie», wandte sie sich an Franz, der sich mit ihr auf die Küche zubewegte, «hat er», fragte sie Lies, die ihr entgegengeeilt war und ihr die Hand drückte, «hat er ein Faible für schwarzes Muskelfleisch, macht es ihm Spaß, etwas wie das hier», und sie packte Tom beim Arsch und walkte ihn, «zu walken, um sich danach, mit diesem Arsch im Kopf und diesem Walkgefühl in den Fingerspitzen, beispielsweise auf Sie, mein liebes Kind», und sie wandte sich an Anna, «zu stürzen und Sie nach diesem Adrenalinstoß um so herzhafter zu vögeln?»

«Oh», rief Lies und sank auf einen Stuhl.

«Meine Gattin», stellte Franz die beiden Frauen einander vor, «und Lili, die Mutter unseres lieben Tom.»

«Hocherfreut», rief Lili, beugte sich zu Lies hinunter und küßte sie auf die Stirn, «ich wette, Sie sind die Mutter reizender pfirsichhäutiger Kinderchen am laufenden Band?»

«Ja, dieser dort!» sagte Lies und zeigte auf Konrad und Gudrun, die sich an Kataster, der plötzlich aufgetaucht war, gehängt hatten und, von Rudolf dabei observiert, an ihm herumküßten.

«Bravo», rief Lili und beklatschte Liesens Brut, «das nenne ich einen honigfarbenen Wurf, beide auf ältere Herren fixiert, wie mir scheint – tun sie's für Pinke?»

«Lili!» rief Tom und schlug seiner Mutter pantomimisch aufs Maul.

«Der langen Rede geraffter Sinn», sang Lili ihre Arie zu Ende, «da mein Fleisch und Blut», und sie biß Tom kreuz und quer in die Gurgel, «heute und hier zum King erklärt ist, jagen wir das schwarze schwellende Wild hinab in die Sauna, reißen es aus den Lappen, umtanzen es wie das Goldene Kalb und kommen dann hoffentlich irgendwann zum Schuß!», und sie stieß ihren Sohn vor sich her gegen das ketchuprote Geländer die Treppe hinunter, und die meisten, johlend und jubelnd, folgten ihnen wie die Hunde der blutigen Spur.

«Anna», rief Franz, umschlang sie von hinten, packte ihre Brüste und küßte sie in den Nacken.

«Laßt euch nicht stören», sagte Rudolf und ging vorbei.

«Ich will aber, daß du uns störst», sagte Anna lachend, befreite sich aus Franzens Umarmung und hängte sich bei ihrem Bräutigam ein.

«Rudolf!» rief Cosima Beckmann an der Haustür und eilte, flatternd in Seide und Spitzen, auf Rudolf und Anna zu. «Ich brauche, Lieber», und sie küßte ihn auf den Mund, «dein Ja zum Vertrag, ecco!», und sie zog ihn aus ihrem Ausschnitt.

«Mit dir, liebe Cosima, Verträge abzuschließen», und er biß sie in die Lippen, daß sie schrie, «erfordert ein Heer von

Rechtsgelehrten, die jedes Wort, jedes Komma, jeden weißen Fleck zwischen jedem Buchstaben mit dem grellen Licht ihres Sachverstandes ausleuchten, und erst dann, liebes Ungeheuer, unterschreibe ich ...»

«Er stammelt, Anna, um sein Leben», rief Cosima, küßte sie und schob den Vertrag zurück in den Ausschnitt. «Er will das Haus nicht! Sein Glück nicht! Dich nicht! Was will er?» fragte sie Franz. «Sie sind der Hausherr?»

«Ihr Diener», sagte Franz und küßte ihr die beringte Kralle.

«Sei lieb und mach dein Kreuz», sagte Anna zu Rudolf, zog den Vertrag aus Cosimas Busen, drehte einen Füller zwischen Daumen und Handballen, bückte sich tief, fingerte das Papier auf ihren Rücken und biß Rudolf in die Schenkel. «Mit deinem Blute!» rief sie, zum Schreibpult verkrümmt, und bog sich vor Lachen.

«Nackt», rief es aus Konrads Kopf, der, aufgetaucht aus der Tiefe, wie ohne Rumpf zwischen dem ketchuproten Gestänge des Treppengeländers zu stecken schien, «nackt und schwarz und umjubelt, hört euch das an!», und alle lauschten auf das Getöse von unten.

«Tom!» schrie Rudolf, stieß Anna zu Boden und stürzte dem Kopf hinterher, der wieder weggetaucht war.

Der Kopf war weggetaucht, doch nur zum Schein. Sein Träger, ans Treppengeländer gedrückt, harrte der Dinge, die da zu kommen hatten, und sie kamen. Rudolf, den Nackt-Schrei von Konrad im Ohr, stürzte die Treppenstufen hinunter dem Jungen direkt vor den Leib. So standen sie schief und verzerrt und atmeten sich in die erhitzten Gesichter. Von oben und unten Getöse. Von oben die Stimmen von Cosima, Anna und Franz, von unten die Jubelrufe um einen, der, mit einem Handtuch knapp umwickelt, daraus emporloderte wie eine schwarze Flamme und sich lachend von Hand zu Hand, von Mund zu Mund reichen ließ. Über ihnen, im roten Treppengestänge, der Kopf von Kataster, aus dem die gebleckten Zähne herausgrinsten wie aus einem mit Pergament bespannten Totenschädel.

Sie wissen nicht weiter, dachte er, es stockt, wie es schon immer zwischen ihnen gestockt hat. Und er richtete sein Auge wie eine Lupe auf sie und sah, wie sich dennoch etwas tat, wie das Knie des Mannes die Knie des Jungen rammte, wie die Knie des Jungen auseinandergingen und das Knie des Mannes schräghoch zwischen den Knien und Schenkeln die Mitte des Jungen suchte, wie es plötzlich abrutschte und der Mann jetzt zwischen den Knien des Jungen kniete, wie er seinen lockigen Kopf ins Schenkelloch hineinzwängte, wie er auch den Kopf wieder herausriß wie einer, der Angst hat, die Falle könnte zuschnappen, und wie beide schließlich, als Franz und Anna und Cosima die Treppe hinunterzupoltern begannen, auseinanderfuhren und sich hineinfallen ließen in den Dampf und Nebel, der von unten die Wendeltreppe einwürzte und auch Kataster zwang, sich hustend den Störenfrieden zu stellen.

«Er kniet im Treppengehäuse und atmet die von Vater Lamberti persönlich komponierte Duftsymphonie!» rief Franz und umarmte Kataster stürmisch. «Wie behagt Ihm meine création extraordinaire?»

«Könntest du nicht», rief Lies von oben und erschien per Bein im Treppenschacht, während ihr Oberleib noch im Küchendunst badete, «könntet ihr alle nicht aufhören, in Reimen und Rhythmen zu schwelgen und endlich den Boden unter euren Füßen wieder *festen* Schritts betreten?»

«Mit festem Schritt und Tritt!» stimmte Franz die Nazihymne an, hakte Kataster unter, ließ auch die anderen sich unterhaken und stampfte, indem er Leib und Schwanz der so gebildeten Schlange gleichfalls zum Stampfen aufforderte, die Treppe hinunter. Tom fiel ihnen entgegen. Von Armen und Schultern emporgestemmt, landete er, das Handtuch wie eine Fahne schwenkend, nackt und schwarz auf dem Schlangenleib, der ihn in sich hineinschlang, wie Schlangen Karnickel schlingen.

«Achtung!» rief Tom, riß sich frei, warf sich das Handtuch um die Hüfte, packte nach Konrad und hielt ihn, indem er ihn vor und zurück schwenkte, Rudolf entgegen. «Nicht ich allein will und kann der King des heutigen Abends sein. Zu jedem King gehört eine Queen, und also fällt meine Wahl auf dieses herrliche Exemplar, das mir, in seiner Jugend und Schönheit, das von allen hier anwesenden würdigste zu sein scheint. So überreiche ich den Knaben meinem besten Freund mit dem Befehl», und er schob den Jungen Rudolf unter die Achsel, «ihn wenn nicht zu salben und zu krönen, so doch für dieses Fest herzurichten, ihn vor unser aller Augen auszuziehen, ihn mit einem Lendenschurz zu umkleiden und dann mir, dem King die Queen, in die Arme zu legen!»

Alles klatschte und johlte und starrte das so besungene Paar an. Noch stand es wie betäubt. Da endlich hob Rudolf die Hände zu Konrads Hals, löste den obersten Knopf und dann alle anderen, löste die Schnalle des Hosengürtels, löste den Reißverschluß, schälte die schmalen Schultern, die magere Brust aus dem Hemd, den Unterleib aus der Hose, tastete nach dem Mal in der Leiste und fand es nicht, nahm den Jungen weich in den Arm, streifte den Slip ab, umwickelte ihn mit einem Tuch und legte den weißen Knaben dem schwarzen Mann ans Herz. Der herzte ihn, und wie ein Tusch brach ein Schrei aus zwei Dutzend Kehlen.

Der Schrei aber wurde übertönt von einem anderen Schrei. Pieter, im linken Arm Ruth, im rechten Gudrun, stieß sich mit beiden Frauen in die Mitte des Kreises und verschaffte sich gestikulierend Gehör. «Was ist das», rief er, «für eine Welt, in der ein Mann, stolz und schön und schwarz und gerechterweise zum King dieser Nacht erklärt, sich seine Queen nicht aus dem Reigen schöner und schönster *Frauen* wählt, die sich hier drängen, sondern sich einen Knaben, diesen da!», und er stieß Konrad aus Toms Arm auf den Boden, «zum Weibe trimmt, obwohl sich die Schwester, das süße blonde Weibsgeschöpf von des Knaben Fleisch und Blut, sehr viel natürlicher in diese Rolle fügt, denn sie ist im Besitz von Sachen und Sächelchen», und er zeigte, indem er Ruth beiseite schob und Gudrun bei ihren Sächelchen packte, wie er es meinte, «die ihrem Bruder abgehn, die man ihm künstlich aufpappen müßte, wollte auch er unserem Auge etwas Saftiges bieten, das dann aber nichts als Plüsch und Plunder wäre. Warum», wandte er sich jetzt direkt an Tom, «spielst du mit in diesem schlechten Roman, in dem die Kerle, nicht die Weiber, die Knaben, nicht die Mädchen, das Sagen haben? Bist du nicht Manns genug, dieses Geschöpf», und er stieß Gudrun in Toms Arme, «zu deiner nächtlichen Queen zu pfeffern, an der wir alle unser Wohlgefallen haben?»

«Bravo!» rief einer.

«Pfui!» kam es von Oskar Rosellen, der, in eine weiße Tunika gehüllt, beim Eingang zur Schwitzhölle lehnte und sich auf Zehen und Fersen wiegte. «Der Knabe ins Töpfchen, das Mädchen ins Bettchen, husch!», und er wedelte Gudrun weg.» – «Was ist das für eine Mutter», wandte er sich an Lies, «die ihr zartes Kind einer solchen Hydra», und er zeigte auf das Volk ringsum, «in den Rachen schmeißt. Der Knabe ist diesem Ansturm besser gewachsen als das scheue Kind. Krönt *ihn*!»

«Ja!» schrien die einen, «Nein!» die andern, und Tom packte beide Kinder beim Kopf, umschlang sie mit seinen Armen und proklamierte KonradundGudruninheins zur Doppel-Queen des Abends, und alles klatschte, nur Lies wimmerte zart.

«Wer bist denn du?» fragte Connie Konrad, nahm ihm ein Glas mit Sekt aus der Hand und trank es leer.

«Der Sohn des Hauses», sagte Konrad, «und der Lover von Rudolf, meinem schönen Cousin, dem da!», und er zeigte auf ihn.

«Finger weg», sagte Connie und umschulterte Konrad, «der Typ ist ein Wolf.»

«Ich liebe ihn aber», sagte Konrad und küßte Connie auf den Mund.

«Und er? Liebt er dich auch?»

«Ja und nein. Er hat eine Braut, die da, und Gott und die Welt sind für die Braut, nicht für den Freund.»

«Und dein schöner Cousin?»

«Ist für Gott und die Welt.»

«Gott und die Welt», rief Connie und kippte ein Glas, «Gott

und die Welt sind ein Hirngespinst! Nur du, und was *du* bist und willst, das zählt!»

«Ich will Rudolf», sagte Konrad, riß sich von Connie los und tauchte im Schwitzloch unter.

Im Schwitzloch war es nicht dunkel, nicht hell. Konrad hatte das Tuch beiseite gelegt, saß mit hochgestellten Beinen auf einem der Lattenroste und hatte den blonden, im diffusen Licht aprikosenfarbenen Kopf auf die linke Schulter, also nah an den Mund von Oskar Rosellen gelegt, der sich, ein mächtiger Klumpen Fleisch, neben ihm niedergelassen hatte und leise auf ihn einredete. Kataster sah sich das an, dann stieß er sich von der Wand ab zu den beiden hin und setzte sich auf die andere Seite von Konrad.

Von seinen beiden Verehrern umlagert, dachte Rudolf, als er Minuten später, nackt bis aufs Badetuch jetzt auch er, das Schwitzloch betrat. Er zerrte sich das Tuch von den Hüften und stand, aprikosenfarben wie alles, den lockigen Kopf wie von schwarzen Schlangen umrollt, die linke Hand in die Hüfte gestützt, wie ein junger Gott in Glanz und Pracht. In Wahrheit stand er als ein Verschmachtender weitab von dem, den er liebte.

Doch Konrad bewunderte, was als Häuflein Elend dort stand und sich schließlich niederkauerte, als das Schönste auf Erden. «Von außen aprikosenfarben und prächtig», sagte Kataster in Konrads Ohr, «seid ihr innen, beide, ein einziger Schlamassel, und so was nennt sich Liebesroman», und er küßte Konrad auf den Mund.

«Er küßt ihn», sagte Rudolf zu Gudrun, deren Kopf plötzlich in seinem Schoß lag.

«Dann küß du mich», sagte der Kopf im Schoß.

«Ich will dich aber nicht küssen», sagte Rudolf, «obwohl ich dich küssen will.»

«Küß mich», sagte der Kopf, «mein Mund ist wie seiner.»

«Ja», sagte Rudolf und küßte Gudrun, und ja, dachte Konrad und schmeckte den Kuß auf seinen Lippen, und Oskar Rosellen hatte nicht aufgehört, in sein Ohr zu flüstern, und alles, sogar Kataster und der fette Alte, war aprikosenfarben durchglüht, also prächtig.

Da schob Konrad mit beiden Armen beide Männer beiseite, rutschte vom Lattenrost und stand schlank und schmal mit beweglichen Schultern und flügelnden Armen wie einer, der jede Sekunde abhebt und wegzieht. Und auch Rudolf, der Gudruns Kopf fallen ließ, zeigte sich, indem er an der gegenüberliegenden Wand Millimeter um Millimeter emporwuchs, in seiner ganzen Pracht. Und plötzlich waren Haus und Schwitzloch, Kataster und Rosellen, auch das aprikosenfarbene Licht wie weggeblasen: Nur noch die beiden Leiber, der Männerleib und der Knabenleib, nackt beide, loderten aufeinander zu und waren sich endlich nicht mehr nur aprikosenfarbener Glanz, sondern Fleisch und Knochen, Haut und Haar. Und Rudolf spürte das Blut des Jungen wie Feuer in seinen eigenen Adern, und endlich streckte er den Arm aus und tastete sich an ihn heran. Da stand Anna im Loch.

Sie sah, trotz der aprikosenfarbenen Dämmerung, mit *einem* Blick alles und nichts, vor allem sah sie Gudrun dicht bei Rudolf. Sie ging aber, gehüllt in ihr weißes Tuch, zuerst zu ihrem Vater und küßte ihn auf den Mund, dann nahm sie Konrad bei der Hand und führte ihn zu ihrem Verlobten. Dem nahm sie den Mädchenkopf von der Schulter, stellte das nackte Kind sich zur Seite, schob Konrad neben Rudolf und lehnte den Kopf des Jungen an Rudolfs Brust. «Wir beiden Mädels», sagte sie lachend, «haben miteinander zu flüstern», und sie führte das leibarme Kind ins Eck, lagerte sich mit ihm auf die Latten, und beide lachten. Das Aprikosenfarbene verklärte alles, sogar den fetten Oskar Rosellen. Der war an Kataster herangerutscht und bewegte die Lippen, wie vorhin an Konrads Ohr, nun am Ohr seines alten Spießgesellen. Rudolf und Konrad hatten einander umschultert und rührten sich nicht. Da plötzlich, nackt und erregt, stand Pieter im Schwitzloch, färbte mit einem Druck auf den richtigen Knopf das Aprikosenfarbene weiß und brach dem schwülen Spuk das Genick. Alles rieb sich die Augen und verzog sich, Rudolf mit Konrad, Oskar Rosellen mit Kataster, Anna mit Gudrun, aus dem Loch in den gekachelten Gang. Nur Pieter wußte, warum er sich Zeit ließ. Er sah Gudrun stillstehn und umkehren, dann lehnte sie sich, in ihr Tuch gehüllt, gegen die Wand und verschlang ihn mit Blicken. «Ach du großer Gott», sagte sie, und Pieter packte den großen Gott und legte ihn ihr in die Hand. Da quietschte das leibarme Kind, schob sich zurück in den Gang und sagte zu ihrer Tante: «Dein Pieter, o Mann!» – «Ach, das Männchen», lachte Ruth und umarmte das Kind, dann zeigte sie ihm den Kerl.

«Der da» sagte sie, «könnte es sein. Kennst du den?»

«Welchen?» fragte Gudrun und biß sich kreuz und quer in die Fingerspitzen.

«Den da an der Theke, den im blauen Bademantel.»

«Den kenn ich nicht, wer soll das sein?»

«Pieter hat», sagte Ruth, «einen Kerl, von dem wir nichts weiter wissen, als daß dein Bruder ihn auf meine Fährte gesetzt hat, Pieter hat ihn, weil er uns Tag und Nacht mit Telefonaten in Atem hält, Pieter hat ihn, von dem wir nur die Stimme kennen, Pieter hat ihn zum heutigen Saunaspektakel, Pieter hat ihn ...»

«Sag», sagte Gudrun, «nicht dauernd: Pieter hat ihn, Pieter hat ihn! – Was hat Pieter ihn? Sag's!»

«Herbestellt hat er ihn», sagte Ruth, «mit deinem Bruder zusammennähen werden wir ihn», sagte sie, denn sie war, wie alle, schon ein wenig beschickert, «bei den Schwänzen zusammennähen, denn die Schwänze», flüsterte sie Gudrun ins Ohr und schubste sie zum Kerl hin und drängte sich selbst an den Kerl heran, «die Schwänze sind schuld an allem.»

«Die Schwänze», sagte sie laut zum Kerl, «die Schwänze, wie Sie selbst zugeben werden, sind an allem schuld. Zum Beispiel meine Nichte Gudrun. Nachdem sie, danach befragt, ob lang oder kurz, sich für kurz entschieden hatte, weil die kurzen ihr, anders als mir, sympathischer sind, nachdem sie sich also zum Reiten einen Stummelschwanz ausgesucht und es sich darauf bequem gemacht, sich sozusagen auf ihm eingeritten hatte, hatte sie, wie gesagt, das Problem mit den Fliegen.»

«Fliegen?» fragte der Kerl und nestelte an seinem Bademantel.

«Während die Langschwänzigen die Fliegen, sogar während des Reitens, wegwedeln, sogar während der kompliziertesten Volten mit ihren langen und prachtvollen Schwänzen die Fliegen durch die Luft schleudern, hatte meine Nichte Gudrun, diese hier», und sie schob Gudrun dem Kerl unter den Bademantel und zog sie im gleichen Augenblick wieder darunter hervor, «mit dem Kurzschwänzigen ihre liebe Not. Denn der konnte, um die Fliegen zu verscheuchen, nichts als zucken.»

«Zucken?» fragte der Kerl und zuckte.

«Zucken», sagte Ruth, «die Fliegen, mit meiner reitenden Nichte auf seinem prachtvollen Leib, wegzucken, reiten und zucken, mein Herr, statt reiten und wedeln. Das Wedeln mit dem langen Schwanz und das Zucken mit dem knappen Fell, was, nach Ihrer Erfahrung, ist während des Reitens besser zu bewerkstelligen, das Wedeln oder das Zucken?»

«Das Zucken», sagte der Kerl, «weil, wenn Ihre reizende Nichte», und er zerrte Gudrun unter seinen Bademantel, und Ruth zerrte sie wieder hervor, «wenn Ihre reizende Nichte auf mir, beispielsweise, ritte, wäre mein Fell», und er schlug seinen Bademantel auseinander und ließ sie nicht nur sein Fell sehen, «wäre mein Fell, weil sonst mit nichts anderem beschäftigt, zum Zucken wie geschaffen, während mein Schwanz ...»

«*Ihr* Schwanz, mein Herr?» rief Ruth und zog Gudrun in ihre Arme. «Konrad! Pieter!» rief sie, und die beiden Männer stürzten herbei, «dieser Kerl da besudelt Gudrun, das Kind! *Wir* reden vom Reiten auf Pferden und *er* vom Reiten auf seinem Ich-bring-es-nicht-über-die-Lippen!»

Und während Konrad den Kerl von SATURN erst verleugnete, dann stotternd begrüßte, und Pieter ihn packte und vor Ruths Augen mit gezielten Hieben durchprügelte, und Connie, der sich bisher beiseite gehalten und mit niemandem, außer mit Konrad, ein Wort gewechselt, nur gesoffen hatte, plötzlich mitprügelte und in abgehackten Worten etwas schrie, das niemand verstand, waren Lotte und Tom auf Raubzug. In Küche,

Keller und Diele ging es hoch her, die oberen Stockwerke lagen wie ausgestorben. «Nein», hatte Tom geknurrt, als Lotte ihn bei der Hand gepackt und die Treppe hoch in den ersten Stock gezerrt hatte, «gute Freunde beklauen – ohne mich.»

«Wir stöbern», sagte Lotte jetzt, «wir stöbern und ficken und saufen uns eins, Lies hat's erlaubt.»

«Du fragst Lies, ob wir ficken dürfen?»

«In jedem Bett, das ihr findet», zitierte Lotte deren Worte. «Zaster verkramt man wo?» unterbrach sie sich und zerrte Tom hinter sich her, «unter der Wäsche? hinter Büchern? in Kochtöpfen?»

«Ihr katastert auch hier?» fragte Kataster, der plötzlich neben ihnen stand. «Den Schlüssel zu *meiner* Wohnung», und er packte Tom beim Genick, «hast du dir von Konrad ergaunert, hier braucht ihr keinen, hier öffnet man euch Tür und Tor, stopft euch mit Delikatessen, bedient euch mit Saunen und Swimmingpools, und ihr, um an die Fettnäpfe ranzukommen, müßt nur die Treppe hoch in die Fettnäpfe rein und sie leerkatastern, nein, hier lambertit ihr – na los! Ich sack für euch ein!»

«Was einsacken», rief Lotte, «und in welche Säcke?»

«Das Haus ausweiden», rief Kataster und nahm einen Schluck aus der Flasche, «die Eingeweide in Form von Banknoten und Brillantkolliers und Gauguins und van Goghs in die Säcke stopfen, und ab durch die Hintertür!»

«Hier gibt es keine Gauguins und van Goghs», sagte Gudrun, die um die Ecke bog, ihr Badetuch fallen ließ und sich in ihrer kargen Pracht zeigte, «hier gibt's Loriots und Walt Disneys. Na los! Ich weiß, wo sie's horten. Reisetaschen sind dort im Schrank!», und nackt, wie sie war, sprang sie ins Schlafzimmer ihrer Eltern, wühlte zwei Taschen aus dem Fach und fing an, sie zu stopfen. «Der Schmuck von Lies», keuchte sie, «schlecht, aber echt. Der Scheiß von meinem Vater: Manschettenknöpfe Krawattennadeln Siegelringe: geschmacklos, aber Zaster wie Alabaster. Bargeld: nicht viel aber wenig. Drei Lappen für Lotte, drei für Sarajevo. Sarajevo!» schrie sie, warf sich in das Gelumpe, das sie aus den Fächern gezerrt hatte, und wickelte sich da hinein, «Sarajevo soll leben! Ich stopfe euch die Säcke mit Pinke, wenn ihr mir versprecht, auch für Sarajevo», und sie sprang auf Tom zu und trommelte mit den Fäusten gegen seine Brust und riß ihm das Handtuch von den Hüften und packte mitten in ihn hinein, «wenn ihr mir schwört», rief sie unter Tränen, «für Sarajevo die Hälfte von all dem Schrott hier zu spenden!», und Tom hielt das zappelnde Kind mit beiden Armen von sich weg.

«Beschissen hast du mich», rief Connie, der mit Rudolf die Treppe hochgestürmt kam, Tom bei den Schultern packte und ihm Gudrun aus den Armen zerrte, «eine Saunaparty, eine ganz ordinäre Schwitz- und Schwiemelklamotte zieht ihr hier ab», und er stieß seinen bandagierten Arm Tom ins Gesicht, «und mir erzählt er», wandte er sich an alle, «daß ich hier, heute nacht, intelligente Leute treffe, die sich für meinen Stirner, den hier!», und er schwenkte ein Buch über seinem Kopf, «interessieren!»

«Nie», rief Tom, hob Gudrun vom Boden auf und schwenkte sie in einer Kreiselbewegung um sich herum, und Gudrun schrie nach jeder Drehung SARAJEVO durchs Haus, «nie hab ich so was versprochen! Hier interessiert sich keiner für keinen! Wir, hier, alle, laufen leer!» rief er, ließ Gudrun fallen, packte Rudolf bei den Schultern und riß ihn zu Boden. «Leer und kahl und fahl und banal, und um die schlappe Sauce ein bißchen zu pfeffern, hab ich deinen Mörder, seinen Beinahe-Mörder», wandte er sich an alle, «hierhergelockt!»

«Mörder?» fragte Kataster Connie. «Wie heißen Sie, Junge?»

«Connie», sagte Tom, warf sich das Tuch um die Hüften, zerrte Rudolf vom Boden und lehnte ihn gegen Connie. «Gestern oder vorgestern hat Rudolf, weil Connie ihn mit einem gezückten Messer bedroht hat, das Messer in der Mörderfaust nach innen geknickt und es dem Mörder in den eigenen Arm, in den eigenen schwitzenden stinkenden Kadaver gerammt – prost!», und er griff sich ein Glas vom Boden und trank es in einem Zug leer.

«Und warum tun Sie so was?» fragte Kataster Connie.

«Warum warum!» bellte der, setzte eine Flasche an die Lippen und nahm einen gewaltigen Schluck. «Sieh ihn dir an, den Fatzke! Satt. Leer. Zufrieden.» Und er gab Rudolf einen Stoß vor die Brust. «Allen glatten satten Typen ein Messer in den Wanst. Dir sieht man den Spießer doch an! Die schnieke Fresse. Das fette Grinsen. Dir tut doch nichts weh, du Kuscher!», und er ging erneut auf Rudolf los. «Der Kleine unten, dein kleiner Cousin», flüsterte er an Rudolfs Ohr, «er hat mir sein Leid, Leid!» schrie er und nahm einen großen Schluck, «geklagt, du Feigling!»

«Halt die Schnauze, sonst stopf ich sie dir», flüsterte Rudolf und stieß Connie zu Boden.

«Und Lili», rief Connie, «die Augen, die Ohren hat sie mir geöffnet für deine krummen Touren! Den Jungen belügen und die Braut betrügen!»

«Bei allem», schrie Rudolf, «was mir heilig ist», und er stieß Connie erneut zu Boden und stürzte, besoffen, über ihn her, «ich mach dich kalt!»

«Heilig!» rief Connie, rappelte sich auf und schwenkte sein Buch vor Rudolfs Gesicht. «Der hier, mein Herr, ein leider ganz und gar in die Ecke gestellter und gar nicht groß genug zu denkender Denker, Philosoph seines Zeichens, was sagt Stirner gegen solche Speichellecker und Anbeter von allem scheiß Heiligen – scheiß Ehe, scheiß Braut, scheiß Gesellschaft – auf dieser Welt? *Vor dem Heiligen verliert man alles Machtgefühl und allen Mut! Man verhält sich gegen dasselbe ohnmächtig und demütig! Und doch ist kein Ding durch sich heilig, sondern erst durch MEINE Heiligsprechung, durch MEIN Urteil, durch MEINE Kniebeugen, kurz, durch MEIN Gewissen!* Und dir», rief er und packte Rudolf beim Badetuch und stieß ihn die ketchuprote Treppe hinunter, «dir ist alles heilig, was dem Pöbel heilig ist! Du sitzt fett drin im Schlaraffenland aller Spießer und Duckmäuser», und er schleuderte Rudolf, der sich hochgerappelt und hochgeschleppt hatte, ein zweites Mal die Treppe hinunter und Konrad, der plötzlich aufgetaucht war, vor die Füße, «du gehst über Leichen, über den Jungen da!, um stromlinienförmig mitzuschwimmen im Strom aller Ja-Sager und Ja-Denker und Ja-Täter!», und er gab Kataster, der ihn, damit er nicht die Treppe hinunterstürzte, beim Arm gepackt hatte, einen Stoß vor die Brust.

«Mann du», sagte Konrad und packte Connie bei der Schulter, «ich hab dir schon unten gesagt, Rudolf ist nicht der Wolf, zu dem du ihn machst.»

«Wolf!» rief Connie, packte Konrads Arm und riß ihn hoch. «Konrad das Kind und Connie der Held, der das Kind dem Wolf aus dem Rachen zerrt», und er legte dem Jungen schützend die Hand aufs Herz.

Rudolf und Konrad standen Auge in Auge, und Rudolf schwitzte und stank. «Na los», sagte Anna, die hinzugetreten war, ihn bei den Schultern gepackt und gegen Cosima gedrängt hatte, «frag Konrad: Das Haus ist geschenkt, die Bewerber stehen Schlange, sag ihm», wandte sie sich an den Jungen, «wie groß und stabil gebaut, wie klug durchdacht und kindgerecht der Kasten ist.»

«Kindgerecht», sagte Konrad zu Rudolf, «eine ganze Horde dies und das, Hunde Katzen Kinder Ratten, für jedes ein Eckchen und Fleckchen, seid fruchtbar und mehret euch», und er nahm Cosima den Vertrag, mit dem sie sich Luft zufächelte, aus der Hand und reichte ihn Rudolf. Der schlug ihn beiseite, so daß die Bögen Konrad aus den Fingern rutschten und zu Boden flatterten, drehte sich um und ging durchs Terrassenzimmer auf die Terrasse in den Garten. Cosima lachte. Anna kniete nieder und sammelte, ebenfalls lachend, die Bögen ein. Konrad drückte ihr einen Kuß in den Nacken und lief Rudolf hinterher.

«Meine liebe Anna», rief Franz Lamberti, eilte zu ihr hin, kniete sich neben sie, nahm ihr die Bögen ab und knüllte sie Cosima in die Faust, «ich hab dir», rief er, «mein Versprechen von wegen der Bäder und Saunen in deinem Haus justament alle Skizzen und Pläne oben in meinem Zimmer zum Anschauen auf der Stelle!», und er zerrte sie aus der Hocke gegen die Treppe.

Lies sah ihren Sohn hinter Rudolf herlaufen und ihren Mann Anna die Treppe hoch in den ersten Stock drängen. Das Haus dröhnte und schepperte. Ihr schien es, als schluckte es sie. Dann sah sie nahe bei der Bar jemanden sich auf dem Teppich winden, beklatscht von Leuten, die einen Kreis gebildet hatten. Sie trat näher heran und erkannte in der pompös blondierten Frau, die da lag und in den Teppich biß und Fetzen aus ihm herausriß, Toms Mutter. Lies wollte schreien, doch ein Pfropf saß ihr im Hals. Die Leute um die Reißende herum grölten und trampelten schräg. Alles war schräg: die Körper, die Stimmen, die Geräusche; alles, auch sie selbst, schien zu stürzen, und jeden Moment glaubte sie auf dem Boden aufzuschlagen und zu zerplatzen. Die Fetzen im Mund von Lili schlenkerten um ihr Gesicht. Lies raffte sich auf und zog sich am ketchuproten Geländer die Stufen empor in den ersten Stock. Oben stolperte sie an Wänden entlang gegen Türen in ein Zimmer gegen einen Schalter. Das Zimmer flammte auf, und sie sah in dem einen Bett ihre Schwester Ruth mit einem fremden Kerl, in dem anderen Franz mit Anna, alle vier nackt oder halbnackt. Im Strahl des Deckenlichts aus dem Lüster auf die Betten flogen sie hoch, und Lies hieb mit dem rechten Arm durch die Luft und schrie, schrie das Haus aus seiner Schräglage wieder zurück ins Lot.

Franz, sein Badetuch gegen den Leib gedrückt, stürzte auf die Schreiende zu. Anna richtete sich das Haar. Sie war weder nackt noch halbnackt, sondern brav in ihren Bademantel gehüllt. Ruth zischte, im Arm des Typs von SATURN, gegen ihre Schwester wie eine Gans, die einen Feind in die Flucht zischt. Der Typ von SARURN rief: «Raffmeier!» Er sei Korbinian Raffmeier, man habe ihn mit falschen Versprechungen in dieses Haus gelockt, erst verprügelt, und jetzt prelle man ihn um den versprochenen Fick. Und er packte nach Ruth und schnappte mit dem Maul nach ihr. Lies schrie noch immer. Franz hielt sie im Arm und überschrie ihr Schreien mit der Frage nach Gudrun: Das Kind sei wie vom Erdboden verschluckt, ob sie, anstatt hier rumzuschreien, nicht besser nach ihrer Tochter und diesem Pieter fahnden wolle, der das Kind schon den ganzen Abend mit Blicken verschlinge, und Lies biß ihren Schrei ab und rannte aus dem Zimmer.

In Liesens Schreibkabinett, dem Schlafzimmer schräg gegenüber, standen Pieter und Gudrun nahe beim Fenster Auge in Auge. Das Licht von der Straße füllte das Zimmer mit zuckenden Schatten und färbte die Gesichter wachsweiß.

«Was also was?» fragte Pieter, streckte den Arm aus und ließ seine Hand vor Gudruns Brust kreisen.

«Tu es nicht», sagte Gudrun, ließ den Bademantel von der Schulter rutschen und stand nackt und weiß wie erfroren.

«Ich tu ja nichts», sagte Pieter, streifte sein Badetuch von den Hüften und gab Gudruns Augen Futter.

«Ja», sagte sie, hob die Arme zum Kopf und spreizte die Beine, «nein.»

«Ja oder nein?» fragte Pieter, nahm sie bei den Hüften und fingerte sie ab.

«Ja», sagte Gudrun in den Schrei ihrer drüben im Schlafzimmer schreienden Mutter hinein. Sie wand sich aus Pieters Händen, lehnte sich gegen das Fenster und drehte sich in den Store. Der Schrei von drüben riß ab, und die Tür flog auf. Da schrie das Mädchen aus ihrer Tüllwolke, doch nicht um Hilfe. Sie stieß ihre Mutter vor die Brust und ließ sich doch, schluchzend, in ihre Arme fallen. Ruth, die ins Zimmer drängte, schlug über Pieter eine Art Kreuz und zerrte ihn ins Treppenhaus. Die andern folgten ihr hinab in die Küche, wo es hoch herging.

«Wenn ich», hörten sie Oskar Rosellen zu Connie sagen, «wenn ich die Eingeborenen alle, Mädchen und Jungen, aber Jungen lieber als Mädchen, wenn ich sie alle mit Geld, kleinen Münzen, wenn sich die Mädchen oben auf der Bühne und die Jungen unten im Parkett, wenn sie sich alle an mich herandrängen und ich sie alle, Mädchen und Jungen, aber Jungen öfter als Mädchen, mit kleinen Münzen überschütte, wenn ich ganze Händevoll aus meinen Taschen in die Luft den Mädchen und Jungen über die Köpfe in die Blusen- und Hemdenausschnitte kippe, und wenn ich dann mit beiden Händen, diesen meinen beiden Händen», rief er und packte Anna bei den Brüsten, und Anna schlug ihm ins Gesicht, und alle grölten, «wenn ich mit diesen meinen Händen in die Blusen- und Hemdenausschnitte hineinlange und die Münzen, ganze Kilo Münzen, tief aus dem Fleisch, dem Buben- und Mädchenfleisch, doch Bubenfleisch lieber, herausgrabe, und wenn ich dann die Nationalhymne, die Thaihymne, in die Gesichter der Thaimädchen und Thaijungen hineinsinge, dann, dann erst», und er packte Connie um die Hüfte und walzte mit ihm durch die Küche, «dann erst bin ich so richtig in Fahrt und habe, schneller, als ihr gucken könnt, oben im Zimmer meinen Thaibubenfick!»

«Vater!» rief Anna und legte das Gesicht in die Hände.

«*Mein Verkehr mit der Welt*», rief Connie, schwenkte den Stirner, trank aus der Flasche und ließ sich von Oskar Rosellen die Gurgel belutschen, «*mein Verkehr mit der Welt, worauf geht er hinaus? Genießen will ich sie, darum muß sie mein Eigentum sein, und darum will ich sie gewinnen. Ich will nicht die Freiheit, nicht die Gleichheit der Menschen! Ich will nur meine Macht über sie, will sie zu meinem Eigentum, das heißt genießbar machen! Und gelingt mir das nicht, nun, die Gewalt über Leben und Tod, ich nenne auch sie die – meinige!*»

«Pfui», sagte Kataster, der schwankend in der Tür stand.

«Was pfui!» rief Connie und torkelte auf ihn zu. «Ich bin ich! Was *ich* denke und fühle und will, nur das zählt. Nur *ich* bin mir wichtig. Nur *mein* Wille geschehe, im Himmel wie auf Erden! Daß ich ich bin, daß ich bin, wie ich sein will, nur darauf kommt es an!»

«Und bist du du?» fragte Kataster, packte Connie um die Schultern und schlug ihm den Stirner aus der Hand. «Bist du nicht auch, wie wir alle, ein elender kleiner Wicht mit deinem angelesenen Scheiß, der dir erst so richtig klarmacht, was für ein Wurm du bist?»

«Wurm!» schrie Connie und trank aus der Flasche. «Du bist ein kluges Kerlchen. Das ist ja *mein* Elend. Und *dein* Elend. Und unser *aller* Elend. Ich bin nicht ich, sondern ein Wurm. Der Wurm dieser Trude, meiner Mutter, und der Wurm ihres Kerls, und der Wurm ihres SEVEN UP, und der Wurm ihres linken Welterlösungswahns! Die Mächte der Finsternis!» rief er und trank aus der Flasche. «Und weil das so ist, gehört mir, und dir, und euch allen, eine Kugel vor den Kopf!», und er setzte die Flasche an seine Stirn, machte plop und stürzte zu Boden.

«Bravo!» riefen alle, und Franz, an Pieter und Gudrun vorbei, die wieder aneinander zerrten, torkelte auf Anna zu, hieb ihr die Tasse, die Lies soeben mit Kaffee gefüllt hatte, aus der Hand, riß ihr den Bademantel von den Schultern und fiel mit dem Gesicht in ihre Brüste.

«Kommen Sie», sagte Kataster zu Oskar Rosellen und ließ Connie liegen, «ich zeige Ihnen, oben im zweiten Stock, das Zimmer des jungen Konrad.»

«Konrad», sagte Oskar zu Lies und torkelte hinter Kataster her, «was kostet, meine Dame, unter uns höheren Pastorentöchtern, Ihr knackiger Sohn?», und Lies klappte die Kinnlade runter.

«Wo hat Konrad», rief Tom, der ihnen auf der ketchuproten Treppe entgegentaumelte, «wo hat er die tausend Mark, die wir mit Striptease, mit nacktem beknacktem Striptease bei dem da», wandte er sich an Oskar Rosellen und zeigte auf Kataster, «verdient haben, wem hat Konrad die tausend Mark, von denen fünfhundert mir gehören, in den Rachen gestopft? Ich hab mein Fell, mein schwarzes, wie eine Nutte, vor dir», und er hob Kataster vom Boden und setzte ihn sanft wieder ab, «gestreichelt, so!», und er führte es Oskar Rosellen vor, «meine schwarze Haut, die hier», und er riß sich das Tuch von den Hüften, packte nach Lotte und schob sich in sie hinein, «verkauft, und die fünfhundert Piepen, die ich mir damit verdient habe, reißt sich das Bengelchen unter den Nagel und verjuxt sie mit Rudolf!», und er packte Lotte beim Arsch und fickte sie.

«Komm», schnalzte Oskar Rosellen, hängte sich an Toms Rücken und winkte Kataster, «kommt hoch ins Konrads Zimmer, wir zahlen, alles, jeder, jeden Preis, wenn ihr's, du und Lotte, bei Licht, vor unseren Augen, *in* unseren Augen, miteinander treibt!», und alle vier, keckernd, stolperten die Treppe hoch.

«Mit mir», sagte Lili unten in der Küche, «hat es die folgende

Bewandtnis.» Sie saß, in ihrem Grünseidenen, zwischen Ruth und Lies und trank Rotkäppchen-Sekt.

«Bewandtnis?» fragte Lies.

«Bewandtnis», sagte Lili, «was hat sie gegen BEWANDTNIS?» wandte sie sich an Ruth.

«Was hast du», fragte Ruth ihre Schwester, «gegen BEWANDTNIS? Laß sie doch ihre Bewandtnisse hier, vor uns, ausbreiten, in unsere Ohren und Köpfe hinein.»

«Bravo», sagte Lili, nahm einen Schluck und küßte Ruth. «Was treiben die beiden Köter da mit dem Kind?», und sie zeigte auf Pieter und Raffmeier, die mit Gudrun beim Küchentisch saßen und in sie hineinlaberten. «Ein solches Kind in den Klauen solcher Köter!»

«Ich hab sie im Auge», sagte Lies, «ich zeräuge sie, wenn sie das Kind entkinden. Was also hat es für eine Bewandtnis mit dir?», und sie trank an ihrem Rotkäppchen-Sekt.

«Ich bin», sagte Lili, «eine Frau», und sie nahm einen Schluck und strich sich die Brust. «Eine Frau und eine Mutter. Und als Frau und Mutter habe ich das Recht, mein Leben zu leben. Und niemand hat sich an meinem Leben das Maul zu verbrennen. Denn mein Leben ist ein Frauen- und Mutterleben. Und Mütter, auch von Bastarden, haben, wie die Süßmuth und der Kohl immer wieder betonen, das Recht auf Respekt und Anerkennung, weil sie dem deutschen Staat nicht nur einen Bastard, sondern ein echtes deutsches Kind geschenkt haben, und echte deutsche Kinder sind heutzutage endlich wieder echte deutsche Kinder im Gegensatz zu all den Kanackenkindern, die heute in Deutschland an jeder Ecke aus den Kanackenweibern herausrutschen in die deutsche Armseligkeit hinein. Aber eine deutsche Frau wie ich, und scheißt sie dem Kohl auch einen Niggerbastard in den Pott, hat das Recht auf Ehre und Anerkennung und auf den goldenen Mütterverdienstorden, wie er bei den Nazis gang und gäbe war und wie er, obwohl ich die Nazis hasse – Gott ist mein Zeuge, ich hasse sie! –, wie er die Nazis leider in ein besseres Licht rückt – der goldene Mütterverdienstorden –, als diesen Schweinen von Rechts wegen zusteht», und sie rutschte von ihrem Hocker, warf sich auf den Boden und biß kreuz und quer auf den Kacheln herum.

«*Von dem Augenblick an, wo er das Licht der Welt erblickt*», rief Connie auf Lili hinab und schwenkte den Stirner, «*sucht der Mensch aus ihrem Wirrwarr, in welchem auch er mit allem Anderen bunt durcheinander herumgewürfelt wird, sich herauszufinden und sich zu gewinnen!*», und er blätterte den Stirner auf, kniete sich neben Lili auf den Boden und zeigte ihr die Stelle, die er soeben zitiert hatte.

Konrad war Rudolf hinterhergelaufen, doch der war wie vom Erdboden verschluckt. Kein Geräusch von Schritten, kein heller Fleck im Dunkeln, der Rudolfs Hemd hätte sein können. Beide, dachte er, sind wir wieder in Hemd und Hose – Scheiße.

Der Mond hatte einen Hof. Sterne fehlten. Wolken am Himmel, Nebel in Konrads Kopf.

Er legte den Kopf in den Nacken und wollte Sterne, wollte, wenn es Sterne gab, abzählen an ihnen, wie an den Blütenblättern einer Margerite, ob Rudolf ihn liebte, nicht liebte, liebte. Und wenn Sterne fehlten, war alles von vornherein verloren. Und Sterne fehlten tatsächlich.

Dann fiel ihm die Bank ein. Die Bank, wo sie sich vergangenen Samstag zum ersten Mal gesehen gesprochen berührt hatten. Die Bank neben dem Fliederbusch. Und er hielt auf sie zu.

Die Bank war besetzt. Die Bank hatte einen Höcker, und der Höcker war Rudolf. Konrad mußte HÖCKER denken. Unablässig, solange er auf die Bank zuhielt, war das häßliche Wort HÖCKER in seinem Kopf. Dann stand er vor der Bank, vor Rudolf, vor dem Höcker. «Wie ein Höcker», sagte er, «hockst du auf der Bank.»

«Höcker hocken nicht», sagte Rudolf, «Höcker schwanken auf Kamelrücken, auf Dromedarrücken, auf Lamarücken, falls Lamas Höcker haben.»

«Lamas speien», sagte Konrad, «im Zorn, weil sie als Lasttiere in den Anden, hirschgroß, weil ihr Fleisch von den Eingeborenen getrocknet und gefressen, weil ihre Haut zu Leder und aus ihrer Wolle Teppiche, gegerbt und geknüpft, weil sie gezüchtet und mißbraucht werden, speien sie. Lamas haben keinen Höcker.»

«Aber ich liebe dich», sagte Rudolf.

«Denn in den Kordilleren», sagte Konrad, «die von Alaska bis zum Kap Hoorn reichen und die im Süden Anden heißen und wo die Lamas auf den holprigen Pfaden hoch über den Schlünden und Abgründen, ich liebe dich auch.»

«Dann ist ja alles gut», sagte Rudolf und legte den Arm um Konrads Schulter.

«Es sind also doch Sterne am Himmel», sagte Konrad, «nur daß die Wolken sie verdecken.»

«Sterne sind immer am Himmel», sagte Rudolf, «ewig.»

«Ewig?» fragte Konrad.

«Ewig», sagte Rudolf und küßte ihn.

Oben, vor der Tür zu Konrads Zimmer, saßen welche. Pieter und Raffmeier und Connie und Gudrun taten sich was an. Connie, die Nadel in Gudruns Arm, drückte ihr eins. Gudrun hatte den Kopf in den Nacken gelegt und schaute ihrem Bruder in die Augen. Der stieg über sie hinweg und stieß die Tür auf. Tom und Lotte nackt auf dem Bett, Oskar Rosellen auf allen vieren über ihnen, Kataster am Fenster mit Blick auf Konrad, der Rudolf die Tür freigab.

«Alle», sagte Konrad, «ihr alle, bitte, das Zimmer ist meins, Rudolf und ich, wir brauchen es jetzt.»

«Na also», sagte Kataster zu Rudolf, nachdem er Konrads Arm genommen und gleich wieder fallen gelassen hatte, «na denn», sagte er noch, dann ging er. Auch Tom und Lotte und Oskar Rosellen machten sich weg. Oskar sagte noch: «Anna», zu Rudolf, doch der ballte die Faust.

Dann waren die zwei allein.

FREITAG

14

Rudolf hatte die Faust geballt.

Als die Tür hinter Oskar Rosellen zuschlug, stand er noch immer mit angespannten Muskeln und vorgestrecktem Kopf wie einer, der jeden Moment von irgendwoher einen Schlag erwartet. Konrad, dem er den Rücken zuwandte, ging zu ihm hin. Als er ihm die Hand auf die Schulter legte, fuhr Rudolf herum. Im gleichen Moment gab es von draußen einen Schlag gegen die Tür. Konrad riß sie auf und stemmte sich gegen den Menschenknäuel, der ins Zimmer rollte. «Haut ab!» schrie er und trat nach allem, was ihm entgegenfiel. Dann warf er sich aufs Knie und rammte Kopf und Schulter gegen Köpfe und Schultern. Zuletzt stemmte er die Tür zu und drehte am Schlüssel. Rudolf hatte sich nicht gerührt. Von draußen Geschrei und Tritte gegen das Holz, dann Stille, dann Stimmen und Schritte, die sich entfernten. «Ich muß pissen», sagte Rudolf.

«Jetzt?» fragte Konrad.

«Jetzt sofort», sagte Rudolf und drehte am Schlüssel.

«Das fängt ja toll an.»

«Ich kann's nicht durch die Rippen schwitzen.»

«Sprach Romeo zu Julia», sagte Konrad und grinste.

Als Rudolf zurückkam, saß der Junge auf dem Bett. «Warum sitzt du da? Im Bett!» fragte Rudolf und setzte sich auf den Teppich.

«Warum mußt du immer pissen, wenn's ernst wird?» fragte Konrad.

«Es wird ernst?» wollte Rudolf wissen.

«Komm her», sagte Konrad und streckte sich auf dem Bett aus.

«Wohin?» fragte Rudolf und ließ sich auf den Teppich fallen. Da lagen sie, der eine hier, der andere da, und wieder schien alles Essig.

«Eigentlich», sagte Konrad in das Wummern der Musik hinein, «eigentlich, so liest man es überall, und auch im Kino geht das so ...»

«Was?» fragte Rudolf. «Wer geht schon noch ins Kino.»

«Dann eben im Fernsehen», sagte Konrad, «weil da nämlich immer, im Buch wie im Kino, der Mann die Frau, oder, andersrum, der Ältere den Jüngeren, anmacht.»

«Das war früher so», sagte Rudolf, «heute machen zwölfjährige Mädchen, in der Bahn zum Beispiel, erwachsene Männer an. Hab ich selbst erlebt.»

«Dich?» fragte Konrad.

«Was, mich?»

«*Dich* machen in der U-Bahn zwölfjährige Mädchen an?»

«Mich doch nicht. Und Mädchen schon gar nicht.»

«Jungen?» fragte Konrad.

«Jungen erst recht nicht. Jungen tauchen immer in Gruppen auf und machen Mädchen an, die wiederum erwachsene Männer anmachen, aber nicht mich.»

«Und warum nicht dich?»

«Weil ich mich wegsetze, anderswohin.»

«Weglegst», sagte Konrad.

«Wieso legen?» fragte Rudolf.

«Zum Beispiel auf den Teppich», sagte Konrad, ließ sich vom Bett auf den Teppich fallen und rührte sich nicht.

«Du liegst auch auf dem Teppich», sagte Rudolf nach einer Weile.

«Bei dir», sagte Konrad und rollte näher an Rudolf heran.

Er war näher an Rudolf herangerollt und lag jetzt Seite an Seite mit ihm. Obwohl sie sich nicht berührten, nicht einmal Arm gegen Arm oder Schulter gegen Schulter drückten, spürte

Konrad den Aufruhr. Der Aufruhr war in Rudolfs Körper. Konrad wußte noch nicht, daß es eine Art Zittern war. Er spürte nur, wie neben ihm etwas aus der Kontrolle geriet. Er horchte auf mögliche Atemgeräusche, doch Rudolf schien nicht zu atmen, und wenn, dann nach innen. Überhaupt schien alles sich innen, im Verborgenen, abzuspielen, und plötzlich hatte Konrad die Vorstellung einer gewaltigen Explosion, die sich jede Sekunde neben ihm ereignen konnte. Doch noch schien alles auf den Funken zu warten, der sie auslösen könnte, und als Konrad jetzt die Hand hob und auf Rudolf legte, wußte er, daß diese Handbewegung der Funke war, auf den Rudolf spannte. Denn das Schütteln, das er neben sich gespürt hatte, riß den Mann vom Teppich, riß ihn gegen Konrad, der jetzt auf Händen und Zehenspitzen über Rudolf stand und sich nicht, wie es ihn drängte, fallen ließ, sondern in einer komplizierten Drehung den schüttelnden Leib auffing, fest in die Arme nahm und streichelte. Rudolf flog jetzt an allen Gliedern, und Konrad wiegte ihn. Das Wiegen löste Rotz und Schleim, Tränen und Speichel in ihm. So schleimte er wiegend auf ihn hinab.

«Du heulst», sagte Rudolf, und Konrad wiegte ihn stärker.

«Ja», sagte er, «laß mich heulen», und Rudolf ließ ihn. Als die Wiegebewegung nachließ, spannte er seinerseits die Muskeln und schaukelte vor und zurück. So brachte er Konrad wieder in Schwung und wiegte, obwohl wie ein Kind in seine Arme geschmiegt, jetzt ihn. Dann hörten sie Schritte im Flur, dann Annas Stimme, die nach Rudolf rief, dann ihr Klopfen gegen die Tür. Wie zwei Ertappte fuhren sie auseinander und gaben keinen Laut. «Rudolf!» rief es erneut, dann ging die Tür auf, und Licht vom Korridor, auch Musik und johlende Stimmen aus dem Parterre, ergossen sich ins Zimmer. «Seid ihr hier?» fragte Anna, dann drückte sie auf den Schalter, und die Männer auf dem Teppich, der eine vorm Schreibtisch, der andere beim Bett, drehten die Köpfe. «Im Dunkeln», sagte Anna, «auf dem Boden – was treibt ihr da?»

«Treiben», sagte Rudolf, «wir treiben es nicht, wir wälzen Probleme.»

«Probleme?» fragte Anna und trat ins Zimmer. Sie war wieder im Kleid und adrett.

«Konrad und die Schule», sagte Rudolf. «Er geht da nicht hin, und Franz dreht durch, und alles geht drunter und drüber. Wir bringen das auf die Reihe.»

«Okay», sagte Anna und hockte sich neben Konrad, «bringen wir's auf die Reihe. Du schwänzt die Schule?»

«Ja», sagte Konrad und setzte sich auf. «Rudolf schläft heute bei mir.»

«Wer sagt das?» fragte Rudolf.

«Nicht nur die Schule», sagte Konrad zu Anna, «auch dieses Köln, meine Freunde sind alle in Hamburg, Köln ist ein Kaff, ich will wieder zurück, und dann die Sache mit den Mädchen.»

«Na, wie denn», sagte Anna und fuhr ihm durchs Haar, «du bist in ein Mädchen verknallt?»

«Ich bin in kein Mädchen verknallt», sagte Konrad, «das ist ja der springende Punkt.»

«Aber ja ist er in ein Mädchen verknallt», sagte Rudolf, «er kommt in das Alter.»

«Ich bin», sagte Konrad zu Anna, «in kein Mädchen verknallt, Mädchen sind mir egal.»

«Oho», sagte Anna, «das hat's selten, daß Jungs in deinem Alter nicht in Mädchen, sondern in Frauen verknallt sind. Das also ist der springende Punkt.»

«Ich bin nicht in Mädchen, und ich bin nicht in Frauen verknallt, und auch nicht in Hunde oder Katzen oder Schildkröten.»

«Aha», sagte Anna zu Rudolf und zwinkerte ihm zu, «in irgend etwas mußt du doch aber verknallt sein. Also in was, mein Kleiner», und sie strich ihm durchs Haar.

«In Rudolf», sagte Konrad.

«Na hör mal!» rief Rudolf und sprang auf.

«Na, wie schön», sagte Anna und streichelte noch immer Konrads Kopf. «Was regst du dich auf?» wandte sie sich an Rudolf. «Mit vierzehn war ich in meine Mathematiklehrerin *und* in unseren Briefträger verknallt, das ist normal», sagte sie, stand jetzt über Konrad und strich ihr Kleid glatt. «Ihr könnt das alles morgen klären, *jetzt* will ich heim.»

«Dann *geh* doch heim», sagte Konrad.

«Ja», sagte Rudolf, «ich kann dich fahren, ich fahr dich heim.»

«Rudolf schläft heute bei mir», sagte Konrad und stand auf. «Du hast es mir versprochen.»

«Versprochen? Ich?» fragte Rudolf.

«Du hast ihm versprochen, heute, hier, in diesem Zimmer, mit ihm zu schlafen?» wandte Anna sich an Rudolf.

«*Bei* ihm», sagte Rudolf, «nicht *mit* ihm, ja.»

«Und ich», fragte sie, «wie komm ich heim?»

«Mein Vater», sagte Konrad, «mein Vater bringt dich gerne, ich sag's ihm.»

«Untersteh dich!» sagte Anna. «Rudolf, du fährst mich?»

«Ich kann nicht», sagte der und war weiß im Gesicht, «versprochen ist versprochen, er steckt, Himmel noch mal, bis zum Hals in der Scheiße.»

«Na fein», sagte Anna, «viel Erfolg», und sie ging zur Tür.

«Anna!» rief Rudolf und umarmte sie, «ich fahr dich, ich lieb dich doch auch.»

«Auch?» fragte Anna, stieß ihn gegen Gudrun, die ins Zimmer torkelte, und ging weg.

«Dieser Pieter, das Schwein», lallte Gudrun, dann sah sie Konrad an Rudolf zerren. «O pardon», sagte sie und ging rückwärts zurück zur Tür, «o Verzeihung, meine Herren», und indem sie leise die Tür hinter sich schloß, «ihr kotzt mich an, meine Süßen.»

Da sprang Konrad zur Tür und sperrte sie ab.

«Die beiden», rief Gudrun auf der Treppe und schleuderte ihre Latschen von den Füßen, «Cousin mit Cousin! Kerl mit Kerl! Im Angesicht von Papa und Mama! Good fuck unterm Maienmond!», und alle klatschten.

«Schluck's runter», sagte Kataster und packte sie hart am Arm.

«Ich schlucke», rief Gudrun und stieß Kataster vor die Brust, und der taumelte gegen das Treppengeländer, «ich schlucke alles! Daß ich dreizehn bin und noch Jungfrau! Daß ich einen Bruder hab, der mir die Kerle ausspannt! Daß mir Leo Kataster, der da, das Maul verbietet!», und sie packte nach ihm, und Kataster packte ihren Kopf und preßte seinen Mund auf ihren, und sie rutschten die Treppe hinunter in die johlende Menge, und als sie in seinem Mund zu schreien anfing, biß er sie in die Lippen, bis sie quietschte.

«Pfoten weg», sagte Pieter, zerrte sie von Katasters Mund und küßte sie. «Blut», sagte er, wischte sich die Lippen, ließ von ihr ab und packte Kataster beim Arm, «er hat sie blutig gebissen», und er gab ihm einen Stoß vor die Brust.

«Du und ich», sagte Ruth und stellte sich Pieter in den Weg, «wir fahren jetzt heim, und du», schrie sie Gudrun an, «du hilfst deiner Mutter die Töpfe sauberlecken!» Und sie packte Pieter bei den Haaren und zerrte ihn, dem sein Handtuch wegplatzte und der lachend und nackt hinter ihr her schlitterte, unter dem Klatschen aller – sogar Lies klatschte – aus dem Haus in den Wagen.

«Mein Mann, dein Neffe», sagte Anna zu Franz, «mein Mann ist mit deinem Sohn, deinem Augapfel, beschäftigt, und deshalb muß ich *dich*, lieber Franz, lieber *Onkel* Franz, bitten, mich und meinen Vater heim ins Reich, heim zu Mama Christinchen, heim ins Katholische zu kutschieren», und sie ließ Franz los, packte sich ihren Vater und sprang mit ihm durch die Diele durch die Küche durchs Haus.

«Mein Kind, er liebt dich!» rief Lies ihr nach und nahm einen großen Schluck, «und deshalb erlaube ich ihm nicht, dich zu kutschieren, es sei denn, der Herr Oberstaatsanwalt, mein lieber Schwippschwager, oder was immer er mir sein mag, schmeißt seinen schönen soliden Leib zwischen dich und dich», und sie packte Anna und Franz und stieß ihre Köpfe gegeneinander, «denn Lies, eure dumme Gans», wandte sie sich an Lili und prostete ihr zu, «ist nur halb so dumm und blind, wie ihr sie gerne hättet.»

«Zu Befehl», sagte Oskar Rosellen, küßte Lies die Hand,

winkte Tom und Lotte herbei und packte Tom ins Gemächt, «zu Befehl, liebe Schwippschwägerin, ich schmeiße mich zwischen Anna und Franz, wie der Teufel sich zwischen mich und die Erzengel schmeißen wird, wenn sie mich, dereinst, ins Paradies zerren und Satan mich aus ihren Engelspfoten in seine Satanstatzen reißt!»

«Dann», sagte Lies zu Lili, «ist ja alles in Butter», und sie breitete die Arme aus, streckte ein Bein weg und kippte Franz in die offenen Arme, «du fährst die Rosellens, die Annas und die Oskars und gibst deiner Lies vorher einen fetten Schmatz.»

«Zu Befehl», sagte Franz, packte nach Anna, küßte Lies, trieb Oskar und Anna vor sich her aus dem Haus in den Vorgarten und machte, hinter dem Rücken von Lies, Lili den Hengst.

«Ein feiner Kunde wär mir der», sagte Lili zu Lies.

«Kunde?» fragte Lies und prostete ihr zu. «Zu welchem Behufe und Berufe, meine Liebe?»

«Sie erinnern, liebe Lies, Ihren Gatten daran, daß wir, er und ich, heute den Termin bei der GAG haben?» sagte Kataster, schon im Abgehen, zur Frau des Hauses.

«Und wer fickt meinen Sohn zur Nacht?» fragte Lies und nahm einen großen Schluck.

«Raffmeier», rief Connie, «ich werde dir, ich werde euch allen», und er zerrte ihn und Tom und Lotte an seine Brust, «beweisen, mit diesem Buch hier», und er schleuderte den Stirner in die Luft und fing ihn wieder auf, «daß die Welt, niedergemacht mit euren linken Parolen, in den Graben geritten von euren linken Gäulen, auf den grünen Zweig kommt nur mit mir und diesem meinem Propheten!»

«Sie sind noch frei heute nacht?» flüsterte Raffmeier Lili zu.

«Fick dich ins Knie», flüsterte Lili zurück und rülpste ihm ins Gesicht.

Franz, mit mindestens drei Promille im Blut, hatte Anna und Oskar heimkutschiert. «Ich geleite», sagte er zu Oskar Rosellen und lehnte ihn in seinem Haus gegen das Treppengeländer, «ich geleite Ihre Tochter ins Gartenhäuschen, von dem sie mir so viel geschwärmt und in dem heute zu übernachten sie sich in ihr eisenhartes Köpfchen gesetzt hat.»

«Oskar», rief Mama Christinchen von oben, «ihr seid, beide, mit Gottes Hilfe, heil und gesund?»

«Heil!» rief Oskar Rosellen und taumelte Mama Christinchen in die Arme. «Heil sei dem Tag, heil sei der Stunde!»

«Wer ein solches Weib errungen, stimm in unsern Jubel ein!» sang Franz, auch aus FIDELIO, und schob Anna durch die Hintertür in den Garten.

15

Konrad war zur Tür gesprungen und hatte sie hinter Gudrun abgeschlossen. Jetzt stand er, gegen die Tür gelehnt, und schaute über Rudolf hinweg das von Tom und Lotte zerwühlte Bett an.

«Oskar Rosellen hat über ihnen gekniet», sagte er. «Wer ist Oskar Rosellen?»

«Annas Vater», sagte Rudolf, «das weißt du doch.»

«*Und* dein Schwiegervater in spe», sagte Konrad, «*und* Mama Christinchens Mann, *und* pensionierter Oberstaatsanwalt, *und* Thailandreisender. Und du? Was alles bist *du*?»

«Wieso ich?» fragte Rudolf. «Komm her.»

«Annas Verlobter, *und* Tante Ruths Sohn, *und* mein schöner Cousin, *und* ein ewiger Student, wie man hört, *und* Ligeti-Fan. Und wer oder was wirklich?»

«Hör auf», sagte Rudolf, stemmte sich hoch und ging auf Konrad zu, «sei still.»

«Und wer oder was bist du wirklich?» fragte Konrad, spannte die Arme aus und stand vor der Tür wie ein großer, magerer, geflügelter Cherub.

Rudolf blieb stehen. Zwei Schritte, und sie hätten einander

berührt. Er blieb stehen und schaute ihn an. «Ich bin», sagte er und lachte, und nach einer Pause: «Dein.»

«Mein?» fragte Konrad und lachte auch. «Du bist mein?»

«Dein», sagte Rudolf und lachte noch immer, «ich bin tatsächlich, in der Mitte des Romans, endlich dein.»

«Na, wie schön», sagte Konrad, ließ ihn stehen, ging zum Bett und setzte sich im Schneidersitz in die zerwühlten Laken. «Wieso in der Mitte des Romans?»

«Na, haben wir keinen Roman miteinander? Sind wir nicht endlich mittendrin?»

Konrad schwieg.

«Du meinst», sagte er dann, «das hier, in diesem Moment, in diesem Zimmer, ist der Höhepunkt des Romans?»

«Etwa nicht?» fragte Rudolf und ging zu ihm hin.

«Der Höhepunkt des Romans wäre», sagte Konrad, «wenn wir nicht unentwegt redeten, alles *zer*redeten, alles immerzu vor uns her schöben, wenn wir endlich, jetzt, hier, zur Sache kämen», und er lachte.

«Zur Sache?» fragte Rudolf und lachte auch. «Du meinst, ich müßte mich zu dir auf die Bettkante setzen, dich in den Arm nehmen und zur Sache kommen, wie das in Romanen so üblich ist?»

«Ja», sagte Konrad, «wie das in Romanen so üblich ist.»

Rudolf saß auf der Bettkante und schaute Konrads Kopf an. Der Kopf war ein Jungenkopf. Ein Jungenkopf ist anders als ein Mädchenkopf. Und erst recht als ein Frauenkopf. Ein Jungenkopf ist, wenn ein Mann ihn anschaut, eine Art Ebenbild. Rudolf schaute sein Ebenbild an. Zwar war der Jungenkopf, den er anschaute, ein blonder Kopf im Gegensatz zu seinem schwarzen. Und doch war er dem seinen ähnlicher als beispielsweise Annas Kopf. Rudolfs Kopf war ein Männerkopf und Konrads Kopf ein Jungenkopf. Ein Jungenkopf ist einem Männerkopf ähnlicher als ein Mädchen- oder Frauenkopf. Rudolf hatte schon immer gewußt, daß das Gleichartige, wenn es um Köpfe ging, ihn mehr anzog als das Andersartige. Frauenköpfe sind weich. Schon das üppige Haar macht Frauenköpfe weicher als Männer- oder Jungenköpfe. Und selbst kurzhaarige Frauenköpfe sind weicher als kurzhaarige Jungenköpfe. Und sogar weicher als langhaarige. Ein Jungenkopf ist etwas, das man in die Hand nehmen kann. Einen Frauen- oder Mädchenkopf kann man nicht in die Hand nehmen. Um den Hinterkopf eines Jungen legt man die Hand, und man hat den Kopf im Griff. Einen Frauenkopf hat man nie im Griff. Ein Jungenkopf liegt in der Hand wie eine Kokosnuß. Kühl und fest und kompakt. Jungenköpfe sind so herrlich kompakt. Man möchte sie in den Mund nehmen und sie mit der Zunge betasten und dann runterschlucken. Dann lägen sie im Magen wie etwas Glattes und Kühles. Konrads Kopf war ein Jungenkopf wie geträumt. So strahlend hell und glatt und kühl. Ein Jungenkopf wie Konrad seiner macht Lust auf Küssen. Konrads Lippen sind fest und glatt und jung. Alles an Konrads Kopf, und besonders die Lippen, ist jung. Junge kommt von jung. Ein Junge ist immer jung. Ob ein Mädchen immer jung ist, weiß Rudolf plötzlich nicht mehr. Auf keinen Fall ist ein Mädchenkopf so jung wie ein Jungenkopf. Küssen ist oft etwas Dumpfes und Schweres. Wenn ein Männermund wie der von Rudolf einen Jungenmund wie den von Konrad küßt, ist alles Dumpfe und Schwere weg. Wie er sich in diesen Jungenmund hineinküssen würde. Anders als in jeden Mädchen- oder Frauenmund. Ein Jungenmund ist eine herbe Frucht im Gegensatz zu einem Mädchenmund, der eine süße Frucht ist. Der ganze Kopf von Konrad ist ein aromatischer Kopf. Ein herb-aromatischer Kopf. Auch der eigene Kopf ist ein herb-aromatischer Kopf. Schon immer hat Rudolf sich beim Küssen von Annas süßlichem Frauenkopf nach einem herb-aromatischen Jungenkopf, nach einem herben Mund in einem herben Jungenkopf, gesehnt. Herb ist sehr viel schmackhafter als süß. Klickesüß. Annas Mund ist die meiste Zeit nicht nur süß, sondern klickesüß. Das Herbe und das Herbe passen zueinander, nicht das Herbe und das Süße. Ein Jungenkopf, besonders, wenn er blond ist wie Konrads Kopf, paßt zu einem Männerkopf, besonders, wenn er schwarz ist wie Rudolfs Kopf.

Auch Köpfe haben ein Geschlecht, obwohl man es ihnen auf den ersten Blick nicht ansieht. Aber ja sieht man es ihnen schon auf den ersten Blick an, weiß Rudolf plötzlich. Ein ekelhaft süßer Frauenkopf und ein angenehm herber Jungenkopf, das *sind* Unterschiede auf den ersten Blick. Beim Küssen eines Frauenmunds hockt das Frauengeschlecht schon in der Mundhöhle, das weiche süße, und beim Küssen von einem Jungenmund hockt das Jungengeschlecht auch schon im Mund, das harte derbe. Schon als Kind, wenn er seinen Mund, um zu küssen, auf etwas gedrückt hat, hat er ihn lieber auf etwas Hartes statt auf etwas Weiches gedrückt. Auf eine Polsterkante lieber als auf ein Kissen. Und Konrads Mund, denkt Rudolf, ist eher eine Polsterkante als ein Kissen. Wie verrückt, denkt Rudolf beim Anschauen von Konrads Kopf an der Wand unter dem LIGETI, wie verrückt, was ich hier alles denke.

Seitdem er das alles hatte angefangen zu denken, waren kaum mehr als zehn Sekunden vergangen. Er denkt nämlich alles kreuz und quer und in- und übereinander.

Jetzt streckte er die Hand aus und berührte Konrads Brust, und dann löste er den obersten Knopf von Konrads Hemd.

Seine Hand lag leicht und locker auf Konrads Brust nahe beim Hals. Eine Jungenbrust ist anders als eine Frauenbrust. Eine Jungenbrust ist knochig. Doch KNOCHIG ist nicht das richtige Wort. Sagt jemand knochig, denkt jeder: häßlich. Eine Jungenbrust ist aber nicht häßlich. Häßlich ist überhaupt das falsche Wort für alles, was mit Brust zusammenhängt. Weder eine Mädchenbrust noch eine Jungenbrust ist je häßlich. Eine Brust ist weich oder fest, fleischig oder durchmuskelt. Konrads Brust ist durchmuskelt, zart durchmuskelt. Annas Brust ist nicht durchmuskelt. Annas Brust ist fleischig, wobei fleischig auch wieder das falsche Wort ist. Kein Mann, der Frauenbrüste liebt, würde von einer Frauenbrust je sagen, sie sei fleischig. Aber zart durchmuskelt ist nur eine Jungenbrust. Rudolf rutschte mit der Hand ein wenig vom Halsansatz weg, näher zur Brustmitte hin. Er traute sich nicht, die Brust in die Hand zu nehmen. Auch eine Jungenbrust kann man in die Hand nehmen. Sie füllt die Hand nicht aus, das nicht, aber sie schmiegt sich in sie hinein wie ein Iltis. Rudolf wußte nicht, wie ein Iltis sich anfühlt, nicht einmal genau, wie er aussieht. Doch das Wort ILTIS in Zusammenhang mit Konrads Brust war genau das, was ihm passend schien. Nie wäre er auf den Gedanken gekommen, zu einer *Frauen*brust Iltis zu sagen. Zu Konrads Jungenbrust sagte er Iltis. Ununterbrochen im Rhythmus seiner Herzschläge. Wenn sich der Iltis – oder waren es zwei? – doch endlich in seine Hand hineinschmiegte. Wenn er selbst sich doch endlich getraute, die Hand so zu plazieren, daß der Iltis links und der Iltis rechts glatt und kühl in sie hineinrutschen könnte. Oder brauchte er *beide* Hände dazu? Eine Jungenbrust ist nicht weniger griffig als eine Frauenbrust. Natürlich braucht man *zwei* Hände, um sie zu erkunden. Auch die Brust eines Jungen ist zwiefach, ist Berg und Tal, ist mit zarten Kuppen und einem Duft nicht nach Milch, das nicht, aber nach Wein. Ihm fiel ein anderer Duft nicht ein, den er hätte denken können. Er hatte noch nie eine Jungenbrust gerochen, doch seitdem seine Hand auf Konrads Brust lag, wußte er, daß man auch eine Jungenbrust schlürfen konnte, wie man Frauenbrüste schlürfen kann. Schon immer in Schwimmbädern hatte er plötzlich von Annas Brust weg zu Jungenbrüsten hingeschaut. Immer war dann in seinem Kopf ein Sog wie in eine kühle Marmorschale hinein gewesen, und plötzlich mußte er WASSER denken, nicht Wein. Vielleicht, mußte er denken, riecht eine Jungenbrust, wie Gebirgsbäche riechen, doch er hatte in seinem Leben noch kaum einen Gebirgsbach gerochen. Er mußte sich nur vorbeugen und sein Gesicht gegen Konrads Brust lehnen, dann wußte er, wie sie riecht. Er mußte seine Hand nur ein wenig nach links oder rechts verschieben, dann wußte er, ob ILTIS tatsächlich das richtige Wort ist. Die Rippen unter seinen Fingern taten ihm wohl. Nie tun Rippen wohler, als wenn eine Männerhand auf Jungenrippen liegt, Rippen sind etwas zum Nagen und Knorpeln, wußte er. Rippchen abnagen ist etwas Tolles. Doch noch toller sind die nicht abzunagenden Rippen in einer Jungenbrust. Sogar die Haut ist gerippt. Nicht gerippt ist sie, aber von den Rippen gemodelt. Eine magere Jungenbrust anschauen ist wie ins Paradies schauen. Mager ist auch so ein häßliches Wort. In Verbindung mit einer Jungenbrust aber ist mager das köstlichste Wort der Welt. Aber noch köstlicher als eine Jungenbrust anschauen ist eine Jungenbrust anfassen. Die Brust unter seiner Hand bebte. Sie wogte nicht. Wogende Brüste waren ihm bis zum Überdruß bekannt. Die Brust unter seiner Hand graupelte. Sie wurde körnig und gleich wieder glatt, je nach dem Druck seiner Hand. Machte er die Hand leicht, war die Haut glatt, machte er sie schwer, graupelte sie. Sie fror vor Wonne. Sie fror vor Ekstase. Eine Männerhand auf einer Jungenbrust ist Ekstase, denkt er. Wie verrückt, denkt Rudolf bei der Berührung mit Konrads Brust, wie verrückt, was ich hier alles denke.

Und wieder waren nicht mehr als ein paar Sekunden vergangen, seitdem er seine Hand nach Konrads Brust ausgestreckt hatte.

Jetzt lehnte er seinen Kopf gegen sie. Doch der Junge war viel zu weit weg, und so rutschte sein Kopf ab und landete in Konrads Schoß.

Da lag er und war außer sich. Nicht nur der Kopf. Alles an ihm war außen und draußen, weit weg von dem, was er vorher gewesen war. Er lag im Schoß eines Jungen. Ich liege, mußte er denken, nicht im Schoß von Anna, sondern im Schoß von Konrad, den ich erst seit ein paar Tagen kenne. Und doch liege ich, seitdem ich denke und fühle und träume und mich sehne, also seit Jahren, im Schoß eines Jungen, also in Konrads Schoß. Er schloß die Augen und riß sie wieder auf. Ein Auge war in einer Falte von Konrads Hose, das andere lag frei und sah auch nichts als eine andere Falte und ein Stückchen Bettbezug und ein Eckchen Zimmerdecke. Das eine Auge war blind, das andere mit nichts als einem Fetzchen Stoff und einem Eckchen Zimmerdecke beschäftigt. Und doch war ihm, als schaue er die Herrlichkeit an. Dann wurde er sich seines rechten Ohrs und seines rechten Auges und seiner rechten Wangenpartie und der Schädelknochen rechts an seinem Kopf bewußt. Mit all dem berührte er die Wände der Wiege, in der er lag. Dann wurde es rot und weiß und wieder rot in seinem Kopf, und als er wieder bei Sinnen war, spürte er Konrads Hand auf seinem Gesicht. Sie verschloß sein linkes Auge und sein linkes Ohr und seine linke Wange und sein linkes Nasenloch, und jetzt war er völlig eingehüllt von dem, den er liebte, oben die Hand und unten die Wiege der Schenkel und im Ohr plötzlich die Schwebe vom Ligeti und in der Nase das Seifenaroma von Konrads Hand. Ein bißchen war es zum Ersticken. Doch so ersticke ich gern, dachte er, fülle die Lungen mit allem, was aus Konrad heraus in mich hineinströmt, und atme es nie mehr weg. Vergehen, dachte er und grinste, ertrinken / versinken / unbewußt / höchste Lust, sang er und grinste noch immer, ich kann, dachte er, wieder denken und singen und atmen und grinsen, und er verschaffte seinem linken Nasenloch ein wenig mehr Luft, indem er den Kopf ein Stückchen drehte, und dann durchströmte es ihn heiß, weil er sich endlich atmen und leben fühlte, leben, dachte er, ich lebe, und will leben in diesem Schoß, in diesem Geruch, mit nichts anderem im Auge als diesen beiden Falten seiner Hose und dem Eckchen Tünche an seiner Zimmerdecke, und er riß den Mund auf und züngelte. Da zuckte die Hand hoch und wieder herab, dann lag sie, von seiner Zunge umspielt, und war eine Höhle über seinem Gesicht, die er mit seinem Atem und seinem Speichel und seinem Stöhnen füllte.

Und wieder waren nur Sekunden vergangen, seitdem er in Konrads Schoß lag.

Jetzt veränderte Konrad seine Lage. Rudolf spürte den eigenen Kopf von Konrads Händen gepackt und beiseite gedrückt, dann spürte er Konrads Lippen auf *seinen* Lippen.

Jungenlippen sind anders als Frauenlippen. Jungenlippen packen fester zu. Frauenlippen wollen gepackt und bezwungen sein. Jungenlippen sind zupackend wie Männerlippen. Jungenlippen brechen Männerlippen wie Männerlippen Jungenlippen und kosten den Sieg mit Zähnen und Zunge. Nie schrammen Frauenzähne gegen Männerzähne, nie kämpft eine Frauenzunge gegen eine Männerzunge. Immer müssen Jungenzähne erst geknackt, muß eine Jungenzunge erst erobert sein. Frauenmünder sind weich, Jungenmünder erst hart, dann weich. Unsinn, dachte Rudolf. Auch Frauenmünder wollen erobert sein. Auch Annas Mund hat Zähne und eine Zunge wie eine steil durch ihren Kopf ragende Schlange. Aber Jungenzungen sind steifer, Jungenküsse derber. Konrads Mund ist wie der Eingang in eine Kuhle mit Nesseln und Veilchen. Annas Mund ist *nur* Veilchen. Nichts, denkt Rudolf, weder bei Anna noch bei Konrad, ist wie Nesseln oder Veilchen oder sonst ein Gewächs. Alles an diesen Lippen und dieser Zunge und dieser Mundhöhle ist jung, jungig, nichts als jung und jungig, immer nur jung und jungig und jungig und jung wie ein Rasenmäher in meinem Kopf. Wieso Rasenmäher, dachte Rudolf und verlor den Verstand und schnappte ihn sich im Sturzflug und legte ihn sich ums Gehirn wie eine Pelerine. Immer mußte er PELERINE denken, immer war Konrads Zunge in seine Pelerine verdreht, und nichts Sinnloseres, dachte er, gibt es als dieses Wort Pelerine. Plötzlich der harte Schoß an seinem harten Schoß. Alles an Anna ist offen und innen. Alles an Konrad ist zu und außen. Außen sein Mund mit der mahlenden malmenden Zunge, außen sein Schoß mit dem ragenden Jungen. Zweimal ein Junge, dachte Rudolf, einmal als Leib und einmal als ragender Junge am Jungenleib. Ich schnappe durch, und er schnappte nach Luft. Nie beim Küssen mit Anna schnappe ich. Aber alles an Konrad bringt mich zum Schnappen. Wie er mir in den Händen steht! Wie der Junge zwischen den Schenkeln vom Jungen emporschießt! Nichts an Anna schießt empor. Alles an Konrad wächst und wächst und schießt dann ins Kraut. Nicht ins Kraut. Das schießt nicht ins Kraut, aber mir in die Faust. Unten die Faust mit dem ruckweise stoßenden Jungen in der Faust, und oben der mahlende malmende Mund mit der ruckenden Zunge so steif wie der Junge unten in meiner Faust. Alles an ihm ist jung und jungig, jungig heißt jung aus dem Jungen heraus in den Mann hinein. Wie das klotzt in der jungigen Zunge und klotzt im Jungen in meiner Faust. Wie seine Faust meinen Mann, nicht Jungen, wie seine jungige Faust meinen Mann erstickt. Erstickt und erdrosselt. Wie seine Faust meinen Mann liebevoll würgt. Wie seine Jungenfaust den Mann am Mann krachend verspeist, dachte Rudolf und packte den Jungenkopf und zungte ihn. Ich zunge den Jungenkopf, ich zunge ihn steil vom Gaumen nackt ins Gehirn. Ins nackte Jungenhirn die Zunge vom Mann. Herrgott, laß mich Mann sein in alle Ewigkeit amen in diesem Mund. Anna die Schlumpe. Anna die suppige Schlumpe. Aber der Junge. Der Zungenkeil bis in meine Gurgel. Bis in den Schlund durch die Brust ins Herz. Herzjunge Herzzunge. Der ganze Leib eine Zunge. Ein steifes Zungenglied. Der ganze Jungenleib wie ein Rasenmäher durch meine Pelerine. Worte weg! Keine Worte mehr. Keine Küsse mehr von Worten verhunzt. Lippen wie Marzipanbrote. Marzipanbrote, wie ekelhaft falsch. Worte im Hirnmatsch erstickt.

Und Rudolf nahm ihn und wurde genommen. Mit den Lippen oben, der Faust unten. Noch war alles mit Kleidern. Noch ist alles, stöhnte Rudolf, mit Kleidern und Klunkern, und er ließ von Konrad ab. Ja, sagte der, das unnütze Kleid, und auch er gab Rudolf frei.

Dann sitzen sie, Kopf an Kopf, Auge in Auge, und beider Augen sind nackt.

Nackt, denken beide, und haben einander verloren, nackt, und sie fassen sich wieder an.

«Du», sagt Rudolf und legt eine Hand auf Konrads Schulter, «du», antwortet der und packt die Hand und führt sie an sein Gesicht und faltet sie auf und legt seinen Mund in sie hinein und öffnet die Lippen und fährt mit der Zunge in den weichen und warmen Schlund. Die Hand ist ein Schlund tief in Rudolf hinein, und Konrad erkundet ihn mit der Zungenspitze, und die Zunge, plötzlich, zuckt in Rudolfs Fingern, die sie gepackt halten und drehen und mit Nägeln in sie hineinstechen, und Konrad schrammt mit den Zähnen über die Nägel und genießt den Schmerz, den sie ihm machen, und er reißt den Mund auf bis in die Nackenwirbel hinein und schlingt die Finger ins Mundloch, und er fühlt sich innen im Weichen und Warmen von Rudolf bedrängt, Rudolf ist in ihm, tief innen drin im

Mundloch in der Kehle im Hals in der Brust in der Herzkammer, und Konrad muß HERZKAMMER denken und will Rudolfs Finger an seinem Herzen festknüpfen, doch die Finger wandern weiter, tiefer hinein in Konrads wolkigen Leib, und dann sind die Finger innen in seinem Becken, an den Innenwänden seines Beckens wandern sie entlang und streicheln von innen seinen Arsch und läuten von innen her seine Glocken und durchwandern innen den Brustturm bis hoch zur Kuppel, und er fühlt sich von Rudolfs Fingern innen erobert und bezwungen, und er will die Finger haben, haben für immer, sie in sich festhalten und verdauen und sie wie Klöppel in sich schlagen fühlen, gegen die Beckenwände, gegen die Turmmauern, im Kuppelrund.

Und Rudolf schwelgt innen. Innen in Konrads Mundhöhle. Mit den Fingern seiner rechten Hand innen in Konrads Zungen- und Zahnloch. Ich bin innen, denkt er. Innen in einem Jungen, innen in *meinem* Jungen. Noch nie war ich innen in Jungen. Endlich ist der Speichel, der meine Finger umfließt, Speichel vom Jungen, sind die Bisse, die meine Hand empfängt, von Jungenzähnen. Und er spielt mit dem Zapfen hinten in Konrads Kehle und fühlt seine Finger tiefer ins Knorplige hineingeschluckt, und er schließt die Augen und läßt sich fallen tief hinein und hinunter, und unten ist alles vom Herztakt bewegt, und er packt das Herz mit fester Hand und fühlt es in seiner Handhöhle schlagen, und als er die Augen öffnet oben im Licht, im Lampenlicht, und das bleiche weiche Gesicht von Konrad zukken sieht, und wie es die Finger seiner rechten Hand in sich hineinschlürft, da wird ihm klar, daß bislang nichts anderes geschehen ist in den paar Sekunden seit Gudruns Flucht, als daß er die Finger seiner rechten Hand in Konrads Mundhöhle hat wandern lassen, und alles andere ist Traum und Trug. Jetzt aber wacht er auf und sieht auch Konrad die Augen aufschlagen und ihn anlächeln. Und jetzt erst tasten und tappen sie aufeinander zu.

Sie tasten und tappen. Noch nie ist Rudolf einem Jungenleib in die Schlingen, nie zuvor einem solchen Zauber ins Netz gegangen. Knapp und kühl ist alles, was er ertastet. Nichts schwillt und quillt über. Kühl der Kopf, mager der Hals, flink der Adamsapfel unter dem streichelnden Daumen. Knochig die Schulter, wie sie ruckt und zuckt in der knetenden Hand. Wie alles sich kneten und knoten läßt, ohne die Form zu verlieren. Nichts verkommt hier zu Wülsten. Alles ist knapp und keusch. Keusch, muß er denken. Keusch, obwohl alles an mir aufragt, obwohl es aus jeder meiner Poren herausschwitzt. Keusch der weiße magere Leib und ich am weißen mageren Leib als Nager und Fresser und Lutscher. Und er keucht an Konrads Hals, und alles, muß er denken, ist platt, was ich denke, platt und verkehrt, denn was ich denke, ist nicht das, was ich sehe und fühle und rieche. Ich sehe und fühle und rieche das schiere lodernde Fleisch an den Knochen. Über dem Knochengerüst das schiere lodernde knäbische Fleisch. Wie ich ihm mit einem einzigen Riß und Biß die Haut von den Knochen reißen und mich in die Haut hineinschlingen könnte. Wie sein Rumpf mir in den Händen steht. Wie seine Rippen mir gegen die Innenhand trillern. Auch seine Wirbelsäule trillert. Alles an Jungen, an den nackten Oberleibern von Jungen, trillert. Kein Fett, kein Fetzchen überflüssige Haut macht das Trillern der Rippen und Wirbel kaputt. Alles musiziert in den Leibern, Rippe an Rippe und Wirbel an Wirbel.

Und er sieht die weiße Brust mit den bräunlichen Warzen. Warzen, denkt er und schluckt. Muttermale Muttermilch Mutterkuchen, muß er denken, und es graust ihn. Ich will, denkt er, sein Muttermal nicht sehen. Und es würgt ihn beim Denken von Mutter und Mal und Milch und Kuchen und allem, was sich bisher mütterlich und fraulich an ihn gedrängt hat. Und er schlürft diese Brust, diese Brustknospen, ja, Knospen, muß er denken, er schlürft die knospige Jungenbrust mit Augen und Ohren und Nase und Mund. Und die Zunge schmeckt das Salz auf der Haut. Das salziggesalzene Jungenfleisch. Das süße Salzgerippe, Rippe um Rippe, Wirbel um Wirbel, Pore um Pore von süßem Salz überzuckert. Und er weidet sie ab, diese glatte glänzende gleißende Brust mit den Salzkristallen und den trillernden Rippen und Wirbeln unter der zärtlichen Haut, die ihn wie Tulpenhaut kühl und keusch umhüllt.

Und plötzlich ist ihm das Wort KEUSCH ein Witz. Ich denke, denkt er, KEUSCH, und klammere mich an das Wort KEUSCH, und will es, denkt er, als einen Schutzwall gegen den Sturm und die Flut. Ich denke, denkt er, KEUSCH, und war noch nie so geil. Ich will das Wort KEUSCH als Rettungsanker in Anna hinein gegen die Sturmflut Konrad. Ich klammere mich an Anna und sage WASSER im Feuer. Konrad aber brennt. Und ich brenne auch. Ich muß den Kopf, die Gedanken im Kopf, das Denken im Feuer, ich muß es niedermachen. Ich brenne und will brennen. Ich verliere mich und will verloren sein. Ich muß hüben loslassen und drüben zupacken. Ich muß von Anna weg zu Konrad hin. Ich bin drüben, denkt er. Ich will nicht mehr denken, denkt er. Ich will sein und haben. In ihm sein und *ihn* haben.

Und Konrad fühlt ihn kommen. Er kommt, denkt er, endlich kommt er. Und er hört auf zu denken und läßt sich fallen. Endlich, spürt er, fängt er mich auf, wenn ich falle. Und ich falle, fühlt er, ich falle endlich in ihn hinab.

16

Sie halten sich in den Armen. Sie lehnen Brust an Brust. Rudolf betastet die Jungenbrust mit beiden Händen. Unten die Brust und oben die Lippen. Durchmuskelt beide. Vom Jungen beides. Ja, flüstert Konrad und packt mit beiden Händen Rudolfs Hände und drückt sie gegen seine Brust. Iltis, flüstert Rudolf in Konrads Mund. Der Mund des Jungen ist ein Muskelmund. Alles ist Muskel an diesem Jungen. Iltis, flüstert Rudolf und gräbt sich mit heißen Händen in den Iltis hinein und packt mit heißen Lippen die Muskeln oben im Jungengesicht und würgt sie.

Er würgt die durchmuskelten Lippen mit seinen durchmuskelten Lippen, würgt sie zärtlich, würgt den innen fließenden Speichel nach außen und badet die Lippen darin. Der Speichel ist herb. Alles innen im Jungen ist herb. Alles innen in dir, flüstert Rudolf, alles von innen nach außen, laß es mich saufen. Und Rudolf säuft aus Konrad und Konrad aus Rudolf. Alles ist naß in ihnen, es fließt wie aus Brunnen. Noch nie war so viel Saft in Mündern und Kehlen. Sie schlürfen einer den andern, würgen die Zungen und pressen sie aus. Fressen einer des anderen Zunge, einer des anderen Zapfen hinten im Hals, zerknorpeln einer des anderen Zähne, verdrehen die Augen im Kopf und hören die Augmuskeln krachen. Und unten die Hände graben und graben. In Muskelfleisch. In zartem und schwerem. Konrads Hände betasten zum ersten Mal eine Männerbrust, Rudolfs zum ersten Mal die Brust eines Jungen. Konrad krallt sich fest. Was er packt, ist zum Krallen. Erst stocken die Hände und trauen sich nicht. Dann krallen sie sich im Muskelfleisch fest. Kosten den Pelz mit den Innenflächen der Hände. Pelzig ist alles und hart durchmuskelt. Konrad hechelt oben im Mund von Rudolf. Dann stülpt er die Lippen über den Mund und kaut oben und krallt unten und reißt am Pelz und hört Rudolf stöhnen. Ja, flüstert Konrad, schrei in meinen Mund, stöhn mich kaputt. Und dann stöhnt er selber. Denn Rudolfs Hände haben die Jungenbrust im Griff. Endlich fest im Griff. Iltis, flüstert Rudolf und speichelt oben und schmirgelt unten. Er schmirgelt die Jungenbrust mit seinen rauheren Händen. Er reibt sie saftig, sie saftet von Schweiß, von gedachtem Blut, von Tränen. Und dann entdeckt er mit Fingerspitzen die Spitzen. Die Brustspitzen. Die gespitzten Brüste vom Jungen. Und seine Fingerspitzen spitzen die Jungenbrust spitzer. Zwirbeln die Spitzen zwischen den Fingerspitzen, und der Junge steht spitz in seinen Fingerspitzen und schreit. Und Rudolf würgt die Spitzen zwischen Daumen und Zeigefinger. Er dreht sie nicht, er würgt sie zärtlich. Zärtliches Würgen ist immer am Rand von Schmerz und Tod. Zärtlich gewürgte Spitzen sind immer nah beim Blut. Hinter Konrads flatternden Lidern wallt es rot. Und er *will* das Rote und *will* den Schmerz nah beim Blut, und er steigt in Rudolfs zwirbelnden Fingerspitzen auf Zehen, mit der zärtlich gewürgten Brust auf Zehen, mit seinem ganzen gespitzten Leib auf die Zehenspitzen, und Rudolf hält den zukkenden Jungenleib mit Fingerspitzen wie eine Libelle am Bein, und er hofft, daß sie nicht reißt, die Brust, das Libellenbein aus dem Leib der Libelle, die Jungenspitzen aus der Jungenbrust, das gezwirbelte Fleisch aus den zwirbelnden Fingerspitzen. Und Konrad tanzt in Rudolfs Fingern. Er hängt mit den Spitzen an Rudolfs Fingerspitzen und steigt auf die Zehen und fällt aufs Knie und steigt und fällt. Und Rudolf sieht ihn steigen und fallen. Sieht ihn mit dem von der Hose umspannten Leib wie am Schnürchen wachsen und sinken, sich dehnen und sinken, hochfliegen und sinken. Und immer sinkt er in Rudolfs Schoß, immer fühlt Rudolf den sehnigen Leib in seinem Schoß sich winden und steigen und fallen. Und die im Kopf nach oben gedrehten Augen, die in die Höhlen hineingeschraubten Augäpfel mit den von der Stirn verschluckten Pupillen und dem geäderten Weiß der inneren Kugel schwellen im Steigen und schrumpfen im Fallen, schwellen und schrumpfen im Zwirbeltakt seiner Finger, und immer sieht er im Steigen den Jungen am Jungen, sieht er den Jungen am Jungen sich bäumen, sieht er den Jungen an dem von der Hose umspannten Leib vom Jungen zum Mann zum Riesen wachsen. Und auch Rudolf ist riesig. Noch nie fühlte er den Riesen an sich so gewaltig, nie sich so riesig verknorpeln. Alles in ihm spannt auf den Riesen am Jungen. Und dann hält er den Jungenleib oben in Schach. Läßt ihn steigen und oben auf Zehenspitzen wippen und weidet sich. Nie zuvor hat Rudolf mit Augen einen Leib so abgeweidet wie Konrads. Noch nie war ihm ein Leib so zur Augenweide erblüht. Denn der Jungenleib blüht noch in der Erstarrung, blüht noch in der ihm aufgezwungenen Pose, blüht noch im gemeißelten Spagat. Und Rudolf hängt mit emporgerissenen Armen, mit in die Brustspitzen hineingespitzten Fingern am Jungen und äugt. Er wird zum Auge am Jungen. Nichts als Auge will er sein an diesem Leib. Nie groß genug kann das Auge wuchern, um all das zu beäugen, was anders ist als bei Anna. Anders als das andere Geschlecht. Die anderen Brüste und anderen Schenkel, das andere Loch, die anderen Schreie aus einem anderen Innen. Hier ist alles wie er. Hier ist alles er selbst. Wenn er sich vor dem Spiegel geliebt und gepackt und an sich gezerrt hatte, war, wenn er die Hand ausstreckte, die Kälte vom Glas, die Kälte vom Nichts, war, was er im Spiegel sah, ein vereistes Phantom ohne Fleisch und Blut gewesen. Konrad aber *ist* Fleisch und Blut. Konrad ist der mit den schmalen Schultern, der rippigen Brust, den sehnigen Armen, den nach innen gedrehten Augen, den zitternden Schenkeln und dem Jungen zwischen den Schenkeln, den er im Spiegel geliebt und im Spiegel verfehlt hat und den er jetzt mit Fingerspitzen im gespitzten pulsierenden Fleisch sich gefügig macht, sich einverleibt, sich nicht mehr nur erträumt, sondern in Fleisch und Blut genießt. Und dann läßt er ihn los. Läßt die gespitzte Brust aus den Fingerspitzen und sieht den Jungen auf sich niedergleiten, fühlt ihn in sich hineinflocken, spürt das Weiße und Rosarote wie einen Blütenbaum in sich hineinwehen und hält dann den Leib in den Armen, der weder Blüte noch Flocke ist, sondern Fleisch, heißes Fleisch auf *seinem* heißen Fleisch, brennende Haut auf *seiner* brennenden Haut, Junge auf Mann. Hält den Jungen im Arm, endlich den ewig verleugneten, ewig aus dem Kopf verdrängten, ewig in Träumen geliebten und im Wachen verstoßenen Jungen im Arm. Und Konrad schaut in das enge Gesicht. In das von Angst und Zweifel, von Lüge und Verstellung engverzwängte Gesicht. Und lacht. Lacht die Angst, die Verkrampfung, den Zweifel weg. Sieht das Gesicht endlich aufbrechen und lächeln. Erst lächeln, dann lachen. Sieht die Maske schmelzen und hinter der Maske das wahre Gesicht. Streift die lachenden Lippen und spürt sie weich werden. Packt mit seinem lachenden weichen Mund den schmelzenden weichen und streichelt ihn mit der Zunge. Spürt die längst nicht mehr engverpreßten Lippen aufplatzen und die Zunge an seiner Zunge züngeln. Nimmt die Zunge zwischen die Zähne und schlingt sie ins Mundloch. Schlingt, was er nie zuvor geschlungen, schlingt zum ersten Mal eine Zunge aus ihrer Höhle in seine. Schlürft die Zunge in *einem* Zug aus Weichem und Warmem in Weiches und Warmes und spürt sie flattern und taumeln. Spürt die anfangs noch halb gelähmte Zunge wie einen Schmetterling in seinem Mundloch taumeln und torkeln und weiß, das ist noch kein Kuß, aber so kündigt ein Kuß sich an. Und er will küssen. Will geküßt werden. Will die mit seiner Zunge beleckten Lippen von Gudrun und Tom, will die von seinen Zähnen zerbissenen von Kataster, will das ganze Lippengezappel aus seinem Kopf herausschwemmen und den ersten Kuß seines Lebens hier von Rudolf, hier von seinem Geliebten, in dieser Sekunde von dem, den er will wie keinen anderen, will den ersten Kuß aus diesem Leib und Kopf und von diesen Lippen trinken als der Verdurstende, der er seit Jahren und Jahren ist. Und dann *nimmt* Rudolf ihn. Nimmt ihn mit seinem Mund. Nimmt ihn *in* seinen Mund und macht mit ihm, was er will. Macht mit ihm, was noch keiner mit ihm gemacht hat. Wächst in ihn hinein, führt die Zunge an seinen Innenwänden entlang, polstert ihn innen mit ihr aus und leckt ihm Herz und Gehirn. Und Konrad schlingt beide Arme um den Nacken seines Geliebten und drängt sich tiefer in seinen Mund. Endlich ist er innen in ihm. Endlich schmeckt er sein Fleisch, nagt er an seinem Herzen, schlürft er seine Eingeweide, atmet er seinen Dunst. Zähne und Zunge und Lippen und Gaumen und Speichel und Blut und Schreie und Stöhnen, alles mal oben, mal unten, mal salzig, mal süß. Zähne wie Klippen, Zunge und Lippen und Gaumen wie Tang, Speichel und Blut wie Ebbe und Flut, und alles in Wellen und Wirbeln und Brechern, nirgends ein Halt, nirgends die rettende Küste, bodenlostief dieser Sog im Gehirn, dieses Wühlen im Mark, dieser Riß durch die Wirbelsäule, dieses Prickeln in Zehennägeln und Haarspitzen. Und sie weiden sich aus. Schlingen einer den andern in sich hinein, schlürfen einer des andern Gedanken und Träume, Worte und Schreie, Schwüre und Gebete, einer des andern Kraft aus Herz und Gehirn. Dann wollen sie nicht mehr nur tasten und schmecken, sie wollen einander sehen. Sie knien in

Konrads Bett, einer hier, einer da, lassen die Arme hängen und streicheln sich mit Blicken. Ja, sagt Rudolf, ich will dich. Ich dich auch, sagt Konrad. Nicht nur mit Augen und Händen, sagt Rudolf, nicht nur von außen, nicht nur oben den Kopf und die Brust. Dann nimm mich, sagt Konrad. Nehmen, sagt Rudolf und nimmt ihn. Packt ihn beim Gürtel und löst die Schnalle. Packt ihn beim Bund, reißt ihn auf, und Konrad wimmert. Packt hin, und Konrad schreit. Schreit und packt zu und reißt auch Rudolf aus den Kleidern. Knien auf Konrads Bett und schauen sich an. Beide sind starr von oben den Augen bis tief in den Schoß. Starren sich in eine Starre, die weh tut. Stoßen die Augen einer in den Schoß des andern, stoßen einander ihr Herrlichstes ins Herz. Doch nicht nur das Herz will haben und haben. Ihr Kopf, ihre Augen, ihre Hände, ihr Mund wollen haben und haben. Sie fallen mit Schultern und Brust und Kopf einer dem andern zu Füßen. Auch ihre Füße wollen haben und haben, auch ihre Waden und Knie und Schenkel. Ihr Mund, ihre Zunge, ihre Zähne wollen haben und haben, jeder will alles vom andern haben und haben, und dann haben sie sich auf der Zunge, und in Rudolf steht alles still. Wie eine Uhr, die plötzlich aufhört zu ticken, steht Rudolf still. Es steht ihm im Schlund, und sein Atem, sein Herz, sein Hirn stehen still. Haben, denkt es als erstes in ihm, als es wieder denkt. Dann schmeckt er ihn auf der Zunge und wälzt ihn von da nach da. Wälzt ihn vom Mund in den Schlund zurück in den Mund zurück in den Schlund. Da ist der Junge in seinem Kopf. Der Junge am Jungen, das Fleisch am Jungen, der Knochen am Jungen in seinem Kopf. Da steckt ihm der Junge als Speer im Kopf, als Speer in der Brust und im Bauch. Und er reißt ihn aus seinen Tiefen hoch ins Gehirn, aus seinen Höhen hinab ins Gedärm. Doch er will ihn nicht länger mal hier, mal da. Er will ihn auf seiner Zunge, an seinem Gaumen, in seinen Wangentaschen haben und haben. Will ihn im Kopf. Will ihn in seinem Kopf erkunden, in seinem Kopf überwinden. Und er würgt ihn mit Zunge und Gaumen, fühlt sich von ihm gewürgt tief im Schlund, würgt ihn zurück in den Mund und umspielt den

Kopf mit der Zunge, den runden Kopf mit der Zungenkuppe, den oben zart gekerbten Kopf tief in die Kerbe hinein mit der Zungenspitze, schmeckt das Gewürz seiner Milch, schmeckt den Jungen nackt, hat ihn pur auf der Zunge, genießt ihn tropfenweise mit seinen Zungenblüten, hat ihn endlich im Blut. Tief im Schlund fühlt er ihn tanzen und trillern, fühlt sich gefüllt und spürt die Fülle geschmeidig sich biegen, legt sie sich innen ins Ohr und behorcht sie, gräbt sie sich tief ins Auge und bestaunt sie, schlürft sie mit Nase und Stirn höher und tiefer ins Innerste, und jede Zelle und Faser merkt auf. Dann läßt er sie treiben. Läßt sie ticken und trillern, taumeln und tanzen durch Mark und Bein und will sie zerknöcheln mit Zähnen, zerschmelzen mit Zunge und Gaumen und fühlt seine eigene Fülle in Konrads Mund schmelzen. Denn auch Konrad hat Rudolf in seinem Kopf zu Gast. Der Kopf, der seit Tagen nichts anderes hat denken können als ihn, nichts anderes hat schmecken und schlucken wollen als ihn, jetzt endlich hat er ihn schräg von unten nach oben wie im Gehirn, und die Augen gehen ihm über. Er kann und will den Zauber nicht brechen, er kann sich nicht rühren mit Zunge und Gaumen und Zähnen, er kann ihn nur leise beatmen und umspeicheln, kann nur sein Blühen und Wachsen bestaunen und still sein. Denn still ist alles in ihm, still fließt sein Blut klopft sein Herz geht sein Atem, still geht sein Denken immer im Kreis um die Fülle in ihm. Konrads Kopf mit Rudolf in seinen Augen- und Ohren- und Nasenhöhlen, mit Rudolf als Prunkgewächs in den Stirn- und Hirnregionen, sein Kopf wird schwer und prall und heiß. Das will platzen in ihm. Das will ihm die Augen aus den Höhlen sprengen, das Innenohr aus den Ohrgehäusen, die Schleimhäute aus den Nasenlöchern, das Hirn aus der Schädeldecke, doch nichts von all dem geschieht. Das schwillt und quillt, das macht seine Ohren prall mit Ohr, seine Nase prall mit Nase, seine Hirnhöhle prall mit Hirn. Alles ist doppelt und dreifach gefüllt und gestopft, das Auge scheint aus dem Schädel zu wuchern, die Zunge den Mund wie mit Kälberzungen zu mästen, gelbes Fett das Ohr bis zum Überfließen zu schmälzen. Doch nichts fließt über. Alles wird immer nur voller und praller und lauter, denn jetzt ist ein wachsender Ton im Kopf, ein Ton auf der Kippe, ein Ton an der Grenze zum Schrei. Dann ist Rudolf im Kopf nichts als Rudolf im Kopf. Alles Pralle und Schlaffe und Laute und Leise ist Rudolf im Kopf. Die Welt im Kopf ist Rudolf und Rudolfs Fülle die Welt. Und dann platzt sie doch. Sie schleudert ihr heißes Innen nach außen, durch die ruckende Gurgel ins Weiche und Warme. Und auch Konrad in Rudolf bäumt sich und flutet sich leer. Fließt als Feuerball durch Kehle und Schlund, und dann nukkeln und schmatzen sie einer den andern leer bis zur Neige, liegen sie eng beieinander, Kopf an Kopf und Brust an Brust und Bauch an Bauch und Schenkel auf Schenkel und spüren einer des anderen Leib zum ersten Mal ganz, Konrad dreht sein Gesicht ins Haar von Rudolf, atmet den Mann, atmet, was aus dem Männerkopf wächst, schlingt das schwarze Gewächs mit Lippen und Zähnen und Zunge in sich hinein, kaut sich in einen Rausch, schluckt sich die Kehle strähnig und würgt. Würgt an Rudolf. Will ihn hinunterwürgen mit Haut und Haar. Und Rudolf erkundet die Schultern des Jungen, den Rücken bis tief hinab in die Schlucht. Oben die ruckenden Schultern und unten die Schlucht mit der Höhle tief in die Schlucht hinein. Oben das Flügeln der Schulterblätter und unten der Schlund. Immer, sagt Rudolf, und Konrad lächelt, immer du, immer bei dir, immer die Brust, und Konrad gibt ihm die Brust, immer, sagt Rudolf und schlürft, immer die kleinen, und er leckt die kleinen, immer die Knospen, immer die kleinen Knicker, und er packt die Knicker mit Zähnen, und Konrad biegt sich in seinem Mund. Und dann wachsen sie wieder einer in der Hand des andern, und das Gewächs schmiegt sich in ihre Faust, und sie fäusteln es groß, sie lassen es oben aus ihrer Faust herauswachsen und staunen es an, und das Auge will Mund sein und der Mund Schlund und der Schlund Abgrund. Und sie pressen sich Leib an Leib, oben die Brust und unten das ragende Fleisch, und sie packen mit beiden Händen einer ins Fleisch des andern und steigen auf Fersen und Hinterkopf und zeigen sich ihre Pracht. Und sie sprengt die Faust und tanzt zwischen ihren Schenkeln, tanzt am Stamm ihrer Leiber, biegt sich aus ihrer Schenkelhöhle und will sich verströmen. Stehen auf Fersen und Hinterkopf einer im Auge des andern, gespannte Sehnen beide, fressen per Auge den Prunk ihrer Lenden, dann reißt es sie aus der heiklen Balance in den Schüttelfrost, springt aus dem schüttelnden Leib die gestaute Flut, umflockt Rudolf mit Konrad und Konrad mit Rudolf.

«Laß es mich küssen», sagt Rudolf mit geschlossenen Augen.

«Was küssen?» fragt Konrad.

«Onkel Till hat mir am ersten Tag davon erzählt.»

«Was erzählt?» fragt Konrad.

«Das Zeichen», sagt Rudolf, «das Muttermal, und wo es dir wächst.»

«Da», sagt Konrad und legt Rudolfs Hand in seine Leiste.

«Wo», fragt Rudolf, «ich sehe nichts.»

«Blindfisch», sagt Konrad und nimmt einen Finger und zeigt ihm die Stelle.

«Er sieht nichts», sagt Rudolf, «zeig's ihm näher.»

«Näher geht nicht», sagt Konrad und drückt den Finger in sich hinein, «er liegt mittendrauf.»

«Da ist nichts», sagt Rudolf, öffnet die Augen und küßt Konrad, «er sieht nichts als Haut.» Da kniet Konrad sich über Rudolf, verschränkt die Hände im Nacken und läßt ihn schauen. Und Rudolf schaut: die Bauchhöhle, den Bauchnabel, die Oberschenkel, den weißen knienden Leib nah bei seinem Gesicht, die Haut ohne Makel. «Wo?» fragt er und rührt sich nicht. Und Konrad lacht, beugt sich vor, hebt die Hand und läßt sie in der Luft stehen. «Wo?» fragt Rudolf.

«Da, das Blaue», sagt Konrad, legt die Hand in seine Leiste, nimmt sie schnell wieder weg und beugt sich tiefer nach vorn. «Es ist weg», sagt er.

«Weg?» fragt Rudolf. «Seit wann?»

«Seit jetzt», sagt Konrad, «seit eben.»

«So was gibt's nicht», sagt Rudolf und zieht ihn auf seine Brust.

«Nein», sagt Konrad, «ja», und in Rudolfs Mund, der ihn küßt: «das blaue Wunder.»

17

Als sie, Seite an Seite, das Eßzimmer betraten, saßen alle schon am Frühstückstisch. Franz, Lies und Gudrun sowieso. Aber auch Anna. Sogar Kataster.

«Na endlich!» rief Lies und reichte Anna den Korb mit den Croissants. «Ich hoffe, ihr seid weniger ramponiert als wir. WeinWeibundGesang – ein Horror», und sie schüttete Anna, die den Kopf gedreht hatte und die beiden Eintretenden musterte, gleich mehrere Croissants auf den Teller.

«Halt!» kam es aus der Ecke mit den Liegesesseln. «Seht euch das an!» rief Lili, die sich aufgesetzt, den Arm gegen Rudolf und Konrad ausgestreckt und sie bei der Tür zum Stehen gebracht hatte. «Seht sie euch an, die beiden!»

Alle schauten zur Tür. Die mit ihrem Frühstück beschäftigt gewesen waren, hatten die Hände sinken lassen. Die Sonne, die den Raum wie mit gelbem Samt auspolsterte, tat das Ihre, das Dastehn der beiden zu einer Art Wunder zu verklären. Rudolf hatte, als Lili sie mit ihrem «Halt!» bei der Tür festgebannt hatte, noch den rechten Arm gehoben, die Hand dann aber über Konrads Schulter in der Luft angehalten. So standen sie dicht beisammen, die Köpfe, schwarz und blond, von Sonnenstaub umflogen, die Gesichter einander zugekehrt, um die Münder ein Lächeln starr wie gemalt. Auf Rudolfs Hand war alle Aufmerksamkeit konzentriert: Denn packte sie zu, waren sie, wie sie da standen, *ein* Leib; verharrte sie in der Luft, blieb alles in der Schwebe. Und sie *packte* zu.

Sie sank auf Konrads Schulter, und Anna stieß Luft aus der Nase. Lili klatschte. Noch immer sagte keiner ein Wort. Die beiden, nach wie vor durch Rudolfs Hand und Arm miteinander verbunden, traten rasch an den Tisch und nahmen nebeneinander Platz. Lili, jetzt dicht bei Rudolf, beugte sich über ihn. «Die Liebe», flüsterte sie, «der Tod», und Rudolf stieß sie zurück.

«Kaffee oder Tee?» fragte Lies, und die beiden schauten sich an.

«Tee», sagte Konrad, «Kaffee», Rudolf.

«Dann auch ich Kaffee», sagte Konrad.

«Nanu», staunte Lies und bediente sie.

«Du bist schön, mein Sohn», sagte Franz und köpfte ein Ei. «Es kommt selten vor, und wenn, dann immer wie aus heiterem Himmel, daß ich mit meinen Kindern am Frühstückstisch sitze und eines von ihnen strahlt, von innen heraus, nicht nur der Kopf, auch der Leib. Allein schon, wie du auf deinem Stuhl sitzt, mein Sohn: wie auf Wolken.»

«Die Liebe», sagte Konrad und nahm den ersten Schluck.

«Nur sehr junge Menschen», sagte Franz zu Kataster, «die es noch nirgendwo zwackt, die vor allem eine gute Verdauung haben, nur sehr gesunde Menschen haben diese Gloriole um Kopf und Schultern – die Liebe?» fragte er seinen Sohn.

«Die Liebe», sagte der und drehte den Kopf nach Rudolf. «Was sonst?»

«Die Liebe», sagte Franz und bekleckerte sich mit Eigelb. «Mein Sohn wirft dies und das durcheinander. Ein glatter Morgenschiß ist mehr wert als alles. Die Liebe hat noch nie einen Menschen am Frühstückstisch so zum Strahlen gebracht wie ein gesunder Morgenschiß meinen Sohn heute hier. Er ging dir doch glatt von der Leber?» wollte er von Konrad wissen.

«Er ging mir glatt von der Leber», sagte Konrad zu seiner Mutter. «Frag Rudolf.»

«Er wird dich nicht über die Schüssel gehalten haben», sagte Lies und reichte Gudrun das Milchkännchen. Die nahm es, goß die Milch über den Korb mit den restlichen Croissants und reichte es ihrer Mutter zurück.

«Nanu», sagte Lies, «wie in Filmen, Chaplin und so.»

«Er hätte mich», sagte Konrad, «wenn ich gewollt hätte, tatsächlich über die Schüssel gehalten. Das ist doch das Mindeste», wandte er sich an Kataster, «was man tut, wenn man high ist, sozusagen.»

«High?» fragte Anna.

«Was hier geredet wird, gefällt mir nicht», sagte Lies und drehte sich nach Lili um, die nah beim Fenster stand und mit den Armen fuchtelte. «Was tust du da?» rief sie ihr zu.

«Sonne schaufeln», sagte Lili, «kümmert euch nicht um mich!»

«Du warst high?» fragte Anna ihren Verlobten. «Wie das?»

«Onkel Franz hat dich nach Hause gefahren?» fragte Rudolf zurück.

«Und er hat gleich die ganze Nacht im Hause Rosellen verbracht», sagte Lies, «bei den Oskars und Annas und Mama Christinchens.»

«Du hast bei Anna genächtigt?» fragte Konrad seinen Vater.

«Was *ist* das für ein Haus», wandte Lies sich an Anna, «wo schläft man da seine Räusche aus?»

«Die Fremdenzimmer», sagte Anna, «die Dienstbotenkammern, das Haus Rosellen, weil Gäste immer willkommen sind, ist eine Art Fremdenpension, sogar im Keller neben der Gefriertruhe gibt es ein Bett für den Notfall.»

«Und im Gartenhäuschen, sozusagen», sagte Konrad zu seinem Vater.

«Ich muß doch bitten», rief der und schlug auf den Tisch. «Wenn schon Konversation nach einer Saunaparty wie gestern, dann bitte nur zwischen Leuten, die nicht noch einen in der Krone haben.»

«Mein Muttermal ist weg», sagte Konrad plötzlich. «Er kann es bezeugen», und er wandte den Kopf nach Rudolf und lächelte.

«Wo sitzt dein Muttermal?» fragte Anna.

«Hier!» sagte Konrad, sprang auf und packte an seinen Hosenschlitz.

«Die Geschichte des Muttermals ...», fing Lies an zu erzählen.

«Es sitzt dir beim Schwanz?» fragte Anna, und an Rudolf gewandt: «Du kannst bezeugen, daß es weg ist? Du hast seinen Schwanz inspiziert?»

«Die Geschichte des Muttermals», setzte Lies erneut an, «Unfug», unterbrach sie sich, «natürlich ist es nicht weg. Die Geschichte des Muttermals ist die Geschichte nicht nur eines körperlichen, auch und vor allem eines psychischen Defekts, der...»

«Du redest», rief Onkel Franz, «sie redet», wandte er sich an Kataster, «meine Frau redet», sagte er zu Anna, «so hat eure Mutter», wandte er sich an Konrad und Gudrun, «seit Jahr und Tag nicht mehr geredet. Die dumme Pute», rief er Lili zu, «wie wir sie liebevoll nennen, dreht plötzlich auf und wird am Muttermal ihres Sohnes zu einer Rednerin von Graden», und er nahm die Hand von Lies und küßte sie.

«Die Geschichte des Muttermals», fuhr Lies unbeirrt fort, «ist die Geschichte einer latent in ihm angelegten Hysterie. Kaum war er alt genug, es an sich zu entdecken, schrie er. Schrie ganze Tage und Nächte das Muttermal leider nicht in Fetzen. Die Ärmchen mußten wir ihm, weil er nicht aufhören konnte, daran zu kratzen, zeitweise am Gitterbett festbinden. Schrie ganze Wochen und Monate, bis wir auf die Idee kamen, den Fleck mit einem fleischfarbenen Pflaster abzudecken, schrie das Haus und die Nachbarschaft und manchmal sogar, wenn das Ding ihm zwischendurch plötzlich einfiel, die Besucher einer Konditorei, in der wir gerade saßen, in die Flucht. Das Muttermal, obwohl keiner es sehen konnte, obwohl es an einer Stelle sitzt...»

«Saß», sagte Konrad und lächelte Rudolf an.

«Obwohl es an einer Stelle zu sitzen gekommen war, die nie ein Mensch zu Gesicht bekommen würde, es sei denn, er läßt die Hose runter...»

«Er hat die Hose runtergelassen?» fragte Franz und verschluckte sich.

«Du hast», gab Anna Franzens Frage an Konrad weiter, «die Hose runtergelassen?»

«Ich habe», sagte Konrad zu Rudolf, «was habe ich mit der Hose? Sag es den Leuten.»

«Er hat», sagte Rudolf und war weiß im Gesicht, «er hat die Hose, weil man nicht mit Hosen, Über- und Unterhosen, ins Bett steigt, tatsächlich runtergelassen, sozusagen.»

«Das Muttermal», setzte Lies erneut an, «obwohl es im äußersten Fall nur eine Frau, *seine* Frau, überhaupt nur Frauen, und zwar in Situationen, da ihnen eh alles egal beziehungsweise alles recht ist, zu Gesicht bekommen, dieses bläulich schimmernde Mal ...»

«Wieso nur Frauen?» fragte Kataster. «Wieso werden bläulich schimmernde Male nur von Frauen, nicht auch von Männern wahrgenommen?»

«Bravo», sagte Konrad und hob seine Tasse gegen Kataster.

«Weil nur Frauen das Recht haben», rief Lies, «nicht Männer, und schon gar nicht Männer wie Sie, mein Herr, auf das Muttermal meines Sohnes ein Auge zu werfen!»

«Und jetzt ist es weg», sagte Konrad in die plötzliche Stille hinein. «Weswegen ich mich ein Leben lang geschämt habe, plötzlich», wandte er sich an Rudolf und küßte ihn auf den Mund, «ist es weg, plötzlich bin ich rein. Die Liebe hat es weggehext.»

«Und wer», fragte Anna in die plötzliche Stille hinein, «wer *ist* die Hexenmeisterin, die gewaltige?»

«Hexen*meister*», sagte Konrad.

«Hiermit», rief Lies, zog am Tischtuch und brachte das Frühstücksgeschirr zum Scheppern, «hebe ich die Tafel auf und rufe die Herrschaften zu ihren morgendlichen Pflichten!», und sie beugte sich über den Tisch und sammelte Teller ein.

«Wer also», rief Anna, packte Lies beim Arm und zerrte sie zurück auf ihren Stuhl, «wer *ist* der Hexenmeister?»

«*Ich* bin es nicht», sagte Kataster mit einer Verbeugung zu Lies, die ihn anstarrte.

«Hab ich's dir nicht von Anfang an gesagt», rief Franz und küßte Lies die Hand, «Leo Kataster, ein Gentleman!»

«Demnach ist der ein Gentleman, der Konrad *nicht* fickt»,

sagte Gudrun, ganz ohne Stimmaufwand, über den Tisch hinweg.

«Mein Sohn *wird* nicht gefickt», sagte Franz und erhob sich von seinem Stuhl, «mein Sohn *fickt*. Leo», wandte er sich an Kataster, «es wird Zeit.»

«Mein Vater», sagte Konrad auch einfach so über den Tisch hinweg, «war schon immer, wenn es ihm in den Kram paßte, schwer von Begriff.»

«Und was begreife ich nicht, mein Sohn?» fragte Franz, packte Konrad beim Kragen und musterte ihn mit blutunterlaufenen Augen.

«Daß ich schwul bin», sagte Konrad, «schwul!», und sein Vater schlug ihm ins Gesicht.

Lies jaulte und legte die Hand vor den Mund. Kataster war aufgesprungen, blieb aber an seinem Platz. Lili hatte Rudolf beim Arm gepackt und gegen Konrad gedrängt, doch Rudolf hatte sie abgeschüttelt und sich weggedreht.

«Mit anderen Worten», sagte Anna zu ihm, hakte ihn unter und führte ihn zu Konrad, «das war eine Art Hochzeitsnacht, die ihr miteinander hattet?», und sie lachte.

«Lach nicht», sagte Konrad.

«Du wirst hier keine falschen Gerüchte in die Welt setzen!» rief Franz und gab Konrad einen Stoß.

«Und du wirst mir kein zweites Mal ins Gesicht schlagen», rief Konrad, und Tränen schossen ihm aus den Augen.

«Wenn du hier Behauptungen aufstellst!» rief Franz. «Wenn du dich und deinen Cousin zu Schwulen machst! Rudolf und schwul! Ein Witz!»

«Du mußt Rudolf nicht unter deine Fittiche nehmen», sagte Anna, «er kann für sich selber sprechen. Du hast – mit Konrad – geschlafen – zur Nacht?» sang sie in seine Richtung.

«Anna!» rief Franz.

«Hast du, oder hast du nicht?» fragte sie und küßte Rudolf auf den Mund. «Ich habe», und Rudolf war weiß im Gesicht, «ich habe – mit Konrad – geschlafen – zur Nacht», sagte er im gleichen Rhythmus wie Anna.

«Bravo!» rief Gudrun, sprang auf, lief zu ihm hin und küßte erst ihn, dann ihren Bruder. «Ein Mann, ein Wort!»

«Ich bin eine Nutte», sagte Lili schlicht.

«Rudolf und Konrad», rief Gudrun, «ein schönes Paar!»

«Ich bin eine Nutte», wiederholte Lili schlicht und bescheiden.

«Noch nie», rief Lies, «ist ein solches Schlangennest so brutal auf einen Tisch gekippt worden!»

«Ich bin», sagte Lili zum dritten Mal, diesmal mit Betonung auf dem letzten Wort, «eine Nutte.»

«Werd erst mal nüchtern!» schrie Lies sie an. «Noch nie haben Kinder – und auch du bist als Kind meiner Schwester ein Kind», informierte sie Rudolf, «ihre Eltern derart in die Bredouille gebracht!»

«Eine Nutte», sagte Lili zu Franz.

«Angenehm», sagte der mit einer Verbeugung. «Die Nutte. Die Schwulen. Die Ehetrottel.»

«Brecher», sagte Gudrun.

«Wieso Brecher?» wollte Franz wissen.

«Nicht Ehe*trottel*, Ehe*brecher*», sagte Gudrun zu Anna und ihrem Vater.

«Trottel! Brecher!» rief Franz. «Dazu ein Sohn, der mit Männern geht: Bräutigammen! Bräutigämmern! Ja, ergibt denn das einen Sinn: Konrad links, Anna rechts, und Rudolf in der Mitte? Ehebrüche unter Halbschwulen! Weil es mein Sohn doch auch noch mit seiner Schwester treibt, und Rudolf mit meiner Anna, und beide aus Frust oder Lust auch noch einer mit dem andern: Erklär uns das, lieber Leo, als Mann, als Schwuler, als schwuler Mann sozusagen!»

«Ein Mensch», begann Kataster, an Lili gewandt und lächelnd, «eine Frau beispielsweise, die aus heiterem Himmel dies und das von sich behauptet und möglicherweise mit der Behauptung ins Schwarze trifft, und warum ins Schwarze?, weil sie nicht nur *einen* Mann, sondern alle will, wie Rudolf nicht nur Frauen, sondern auch Männer, denn Männer wie Frauen sind *ein* Fleisch aus *einem* Leib, und weil das alles, ob Schwester mit

Bruder oder Cousin mit Cousin oder Braut mit Ehemann zwar mit Tabus belegt ist, aber Gott sei Dank nur per Kopf, nicht per Leib, denn der Leib weiß, was er will, trotz des Kopfes, und weil eine Frau, wenn sie *alle* Männer will, als Hure verleumdet wird, und ein Ehemann als Ehebrecher, und ein Bräutigam als Schwuler, weil alles im Geruch des Teuflischen steht, und weil sich Körper und Geist darum nicht scheren und tun, was sie wollen und müssen, und weil eine Hure den Mut hat, sich Hure zu nennen, und ein Ehemann den Mut hat, Ehebrecher zu sein, und ein vierzehnjähriger Junge den Mut hat, ein Mann zu sein mit Männern, und ein dreizehnjähriges Mädchen mit Brüsten und Schenkeln ihrem Cousin nachsteigt, und wenn der Cousin nicht die Cousine, sondern den Cousin will, sich einem Stenz, der den Mut hat, Stenz zu sein, an die Brust wirft, weil das alles so ist und sein muß, denn der Leib will den Leib, mal den, mal den, mal Männer mal Frauen mal Knaben mal Mädchen, und weil, was dagegen rebelliert, nur in unseren Köpfen rebelliert, nicht in unseren Leibern, denn unsere Leiber sind mit Leidenschaft Hure und Schwuler und Ehebrecher und Knaben- und Mädchenficker, weil das alles so ist, wie es ist, liebe Lili, und weil keiner das besser weiß als Sie mit Ihrem Schwarzen als Sohn oder Nichtsohn, denn keiner weiß, ob ihr beide Mutter und Sohn oder Ficker und Gefickte oder beides seid, deshalb, mein lieber Franz Lamberti», wandte er sich an diesen und legte ihm Lili in den Arm, «deshalb heil allen Männern mit Männern, und Männern mit Frauen, und Frauen mit Frauen, und Knaben mit Mädchen und Müttern und Männern, und Alten mit Jungen, und Gott mit der Welt, und der Welt mit Gott, und wer noch nie die Blicke von Nonnen auf den nackten Leib ihres himmlischen Bräutigams erlebt und gedeutet hat, und wer noch immer glaubt, das Schwarze ist schwarz und das Weiße weiß, und sieht und hört nicht die tausend Töne und Zwischentöne von Schwarz nach Weiß und von Weiß nach Schwarz, bei dem ist, liebe Lies», und er nahm die Hand der Hausherrin, küßte sie und legte sie dann in die Butterschale, «bei dem ist Hopfen und Malz verloren.»

«Aber doch nicht *mein* Sohn!» rief Franz als Antwort auf Katasters verworrenes und verwirrendes Plädoyer.

«Eine Nutte?» fragte Lies in Richtung Lili und unterdrückte den Drang, sich zu bekreuzigen. Dann standen Ruth und Pieter im Raum.

«Gratuliert mir!» rief Ruth. «Sekt, lieber Schwager, Champagner! Halt mich fest, Lies! Ich bebe – und schwebe – und hebe ab!», und sie drehte sich durchs Zimmer.

«Um Gottes Willen!» rief Lies, wollte auf sie zu, kam aber nicht vom Fleck.

«Pieter und ich», rief Ruth, flog zu ihm hin und zerrte ihn von Gudruns Seite in ihre Arme, «wir haben uns verlobt!»

«Mutter!» rief Rudolf.

«Nein!» schrie Lies, warf sich Anna an den Hals und lachte.

«Bravo!» rief Lili, küßte Kataster, setzte sich auf seinen Schoß und gab ihm die Brust, die er ratlos betrachete.

«Vorher aber, liebe Tante», sagte Gudrun zu Ruth, nahm ihr Pieter aus dem Arm und legte sich selbst in ihn hinein, «vorher, wie abgemacht, küßt er die Jungfrau», und sie knickste, «wach!»

«Wach», rief Ruth und umarmte Gudrun und Pieter, «aber ja, mein Kind! Wach und wild und wund und weh!»

Da schlug Rudolf auf sie ein. Nicht direkt auf seine Mutter, aber auf die Dreiergruppe, die sie mit Pieter und Gudrun bildete. Zuletzt riß er Pieter aus den Armen der beiden Frauen und schlug ihm mit der Faust ins Gesicht. Pieter stand mit hängenden Armen. Blut schoß ihm aus der Nase.

«Dein Sohn!» sagte er zu Ruth, hob den Arm und zeigte mit Fingern auf ihn.

«Raus», flüsterte Rudolf in kalter Wut, «verpiß dich», und keiner wußte, wen er meinte.

«Wer hier», sagte Franz, «in meinem Haus, mit meinem Sohn, fickt, und dann noch die Stirn hat, meine Schwägerin, seine eigene Mutter, aus diesem Haus, das er zum Bordell, Knabenbordell, gemacht hat, hinauszuschmeißen, der gehört selbst, zusammen mit seinem Stricher, aus dieser Tür der Polizei, Sittenpolizei, in den Rachen gestopft!», und er stand, Rudolf die Tür weisend, wie die Karikatur eines Racheengels mitten im Zimmer und fiel Kataster, der ihn beim Kragen gepackt hatte, rücklings in die Arme.

«Rudolf», sagte Konrad und zerrte an ihm. Dann drehte er sich um und ging aus dem Haus.

«Konrad! Wohin?» rief Rudolf und lief hinter ihm her.

18

«Den Schlüssel zu Katasters Wohnung», sagte Konrad zu Tom, der in einem Korbsessel beim Fenster saß und Nüsse knackte, «du hast ihn mir damals geklaut, aus der Tasche, beim Saufen. Wir brauchen ihn jetzt.»

«Wir brauchen ihn nicht», sagte Rudolf.

«Wozu brauchen?» wollte Tom wissen und schüttete die Nußschalen von seinem Schoß auf den Boden.

«Wir wohnen da», sagte Konrad.

«Wir wohnen da nicht», sagte Rudolf, «ich will da nicht wohnen.»

«Du willst», sagte Konrad, «wir sind obdachlos. Entweder Katasters Wohnung, oder ein Hotel, oder der Grüngürtel. Daheim sind wir rausgeflogen.»

«Und Anna?» fragte Tom. «Und Ruth?»

«Rausgeflogen», sagte Konrad. «Hier sind deine fünfhundert Mark, vom Striptease damals.»

«Den Schlüssel hat Lotte», sagte Tom, nahm das Geld und knüllte es in die Hosentasche.

«Und wo *ist* Lotte?» wollte Konrad wissen.

«Hier», sagte sie, stand in der Tür und schloß den Reißverschluß an ihren Jeans.

«Lotte», rief Konrad, warf sich aufs Knie und umfaßte ihre Beine, «nie hab ich den Lästerzungen geglaubt. Jetzt zeig uns dein wahres Herz!»

«Mein Herz», sagte Lotte, kniete sich bei ihm hin, nahm ihn in den Arm und streichelte seinen Kopf, «für dich reiß ich's mir aus der Brust. Wo brennt's?»

«Rudolf und ich, wir sind uns einig! Beiß mich, damit ich nicht in den Himmel stürze! Wir bauen uns in Katasters Wohnung unser Nest!»

«Na endlich», sagte Lotte mit Blick auf Rudolf, der an seinen Haaren riß, «na hoffentlich», und sie wiegte Konrad in ihrem Schoß. Dann gab sie ihm, nach endlosen Küssen, den Schlüssel.

«Wir hätten», sagte Rudolf, als sie wieder im Wagen saßen, «wir hätten auf ihr Angebot eingehen sollen. Wir in Lottes Wohnung, Lotte und Tom in Katasters. Ich will da nicht hin.»

«Und der Ligeti?» fragte Konrad.

«Ich will nicht in eine Wohnung, wo er dich gehabt hat.»

«Er hat mich in seiner Wohnung nicht gehabt. Wie kommen wir an den Ligeti?»

«Sondern wo? Wo hat er dich gehabt?»

«In einem Hotel auf der Friesenstraße. Ich will den Ligeti.»

«Der liegt auf dem Hesse. Was war das für ein Hotel?»

«Absteige», sagte Konrad, «Stundenhotel. Mein Vater und Anna. Auf dem Hermann Hesse?»

«Die Kassette», sagte Rudolf und zerrte Konrads Kopf an seine Brust, «auf dem Hesse im Bücherregal, der Ligeti auf dem STEPPENWOLF», und er küßte Konrad im dicksten Straßenverkehr.

«Los!» rief Konrad und riß am Lenkrad. «Ich hol sie da raus, die Schwebe, die Welt!», und sie fuhren zu Ruth, um sich die Kassette zu beschaffen.

In Katasters Wohnung war alles still, weiß und kalt wie in einem Kühlhaus. «Und was jetzt?» fragte Rudolf.

Er stand am Fenster, im Licht dieses strahlenden Maientages, und scharrte mit dem Fuß übers Parkett. Konrad sagte nichts. Er hatte sich in einen der Ledersessel gesetzt und schaute Rudolfs Rücken an. Am Rücken, so hatte er einmal in einer Zeitschrift gelesen, an der Krümmung des Nackens, der Linie der Schultern, am Rucken der Schulterblätter erkennt man die Stimmungs- und Seelenlage eines Menschen. Rudolfs Rücken war krumm, die Schulterblätter nach vorn gezogen, der Nacken unter der Haarpracht geknickt. Alles zeigte nach unten wie in ein Loch.

«Hören wir den Ligeti», sagte Konrad und streckte die Hand nach dem Glastisch aus, auf dem die Kassette lag. Dann, nachdem er sie eingelegt und auf den Startknopf gedrückt hatte, saß er wieder in seinem Sessel und schaute Rudolf an. Der hatte den Kopf nach vorn fallen lassen und rührte sich nicht. Er saß da wie leergeblutet. Das Gesicht, so viel Konrad davon sehen konnte, war weiß. Weiß die Ohren, weiß die Nasenspitze, weiß das Kinn, weiß alles, was sonst wie unter einer dunklen Glasur, dem auf der Haut sichtbar wachsenden Bart, verborgen gewesen war. Noch vorhin am Kaffeetisch, noch vor wenigen Minuten im Auto war es in diesem Gesicht wüst und zärtlich, erbärmlich und erbarmungsvoll zugegangen, jetzt war alles, auch die hängenden leergebluteten Hände waren abweisend, abstoßend, fremd.

Die Geräusche, die, aus den Boxen dröhnend, den kalten weißen Raum füllten, den Raum um ihn herum und den Raum seiner Gehörgänge, seiner Hirnschale, seiner Augenhöhlen, auch sie waren fremd. Er hatte den Ligeti schon tausendmal gehört. Nicht wirklich gehört, nicht als das von Ligeti komponierte Klavierkonzert mit der Schwebe drin, aber als ein von Rudolf geliebtes Stück Harmonie, auch Schönheit, sogar Tod. Er hatte auf seinem Bett gelegen und buchstäblich die Engel singen hören, hatte sich wiegen lassen hoch in die Höhe und tief in die Tiefe, in den Atem hinauf und ins Ersticken hinab, und hatte danach nur schwer zurückfinden können in die Lambertischen Niederungen mit Lies, Franz, Gudrun und sich selbst. Er hatte das Klavierkonzert gehört, Ton für Ton, Note für

Note, nicht mit seinem Leib, aber mit seiner Seele. Jetzt aber, hier, an diesem späten Freitagvormittag in Katasters Wohnung, wo er es zum ersten Mal räumlich, körperlich, per Ohr und Verstand hörte, jetzt hörte er nichts als Krach, nichts als ein schrilles, leeres, häßliches Geräusch. Hätte Rudolf den Kopf gehoben und ihn angeschaut, er wäre mit dieser Musik geflogen. So aber drückte er auf die Taste und würgte sie ab.

Dann saßen sie wieder stumm, der eine am Boden beim Fenster, der andere in dem mit weißem Leder bezogenen Sessel, Rudolf noch immer mit gesenktem Kopf, Konrad mit blinzelnd auf ihn gerichteten Augen, beide nach Worten grabend, doch beide leer.

«Ich bin», sagte Rudolf, «mit Anna und den Frauen. Mit allen möglichen Frauen, die du noch gar nicht kennst. Mein Weg ist mit Frauen gepflastert. Ich bin mit Frauen und Mädchen groß geworden. Ich wurde ...»

«Du wurdest», unterbrach ihn Konrad, «an der Mutterbrust, im Mutterdunst, beim Mutterherd.»

«Was?» fragte Rudolf.

«Dann wurdest du an der Annabrust, im Annadunst, beim Annaherd.»

«Na hör mal», sagte Rudolf.

«Dann», sagte Konrad, «hast du erst deine Mutter, dann Anna, dann alle anderen Mädchen und Frauen gefickt.»

«Ich hab nie meine Mutter gefickt.»

«Dann hast du eines Tages kapiert, daß du nie Frauen und Mädchen, sondern immer nur Männer und Jungen hast ficken wollen.»

«Jungen», sagte Rudolf, «und Mädchen, beides.»

«Dann hast du dir die Hucke vollgesoffen und Anna mit meinem Vater ins Bett geschickt, und dann hast du dir meine Brustwarzen zwischen die Finger geklemmt und mich wie ein Knäbchen am Fädchen über dir tanzen lassen, brutal, Macho auch hier, und wäre ich nicht abgefahren darauf, ich hätte einen Schrei getan und dir ins Gesicht getreten und dich zum Teufel gejagt. Ich fahre aber leider auf alles ab, was von dir kommt.»

«Wieso Anna mit deinem Vater?» fragte Rudolf, rollte sich auf die Knie und kroch auf Konrad zu.

«Bleib mir vom Leib!» schrie der, sprang auf und lief zu der am weitesten entfernten Wand und blieb mit ausgespannten Armen stehen. «Du bist ein Krüppel, ein Wrack, ein Zärtlichkeitenkiller, ein sadistisches Monster!»

«Dann bring du es mir bei», sagte Rudolf unten am Boden.

«Was beibringen?»

«Lieb sein. Zärtlich sein. Zu dir.»

«Das muß *ich* dir beibringen? Wie man sich da hineinfallen läßt? Ins Glück?»

«Glück!» rief Rudolf, stand auf, trat neben Konrad und spannte gleichfalls die Arme aus, so daß sie jetzt wie zwei große verschiedenfarbene Cherubim die Wand beflügelten. «Glück ist Ruhe, ist Frieden, ist das Gefühl, am Ziel zu sein. Ich bin nirgendwo am Ziel. Hab ich dies, will ich das. Bin ich hier, will ich nach dort. Hab ich Anna, will ich dich. Hab ich dich, will ich Anna. Ich jage und bin gejagt. Nicht nur von Frau zu Frau, von Mann zu Mann, sondern im Zickzack, hin und her, von der Frau weg zum Mann hin zur Frau zurück. Und das alles nicht nur per Kopf, auch per Leib, doch mehr per Kopf als per Leib, denn immer ist der Kopf in Bewegung, in Aufregung, nie steht er still, immer will er das andere, das Entgegengesetzte.»

«Also jetzt und hier will er Anna?» fragte Konrad.

«Anna nicht. Anna nie. Anna ist meine Kinderliebe», sagte Rudolf und ließ die Arme sinken.

«Und was soll daraus werden?» fragte Konrad und ließ ebenfalls die Arme sinken.

«Wir heiraten.»

«Du heiratest Anna, die du als Kind mal geliebt hast?»

«Wahrscheinlich. Ja.»

«Und heiratest mich nicht, den du jetzt und hier liebst?»

«Die Annawelt», sagte Rudolf, «überall, wohin du schaust, ist Annawelt, AnnaundRudolfWelt, nirgendwo deine und meine außer hier in mir drin, außer in den paar Nischen, die man uns läßt. Draußen auf der Straße, Anna und ich Hand in Hand, nie du und ich Hand in Hand, das würde ich nie tun. Ich bin kein Kämpfer, ich bin nun mal kein Held!» rief er und stampfte auf. «Ich liebe dich, aber ich habe Angst. Und ich kenne mich. Ich bin, was hast du gesagt?, ein feiges Monster!»

«Und wenn wir», sagte Konrad und trat vor ihn hin, «wenn wir das Monster killen?»

«Killen?» fragte Rudolf, und seine Lippen zitterten.

«Wenn wir es aushungern, für tot erklären?»

«Und wie soll das gehen?» fragte Rudolf.

«So», sagte Konrad und küßte ihn.

«Ah ja», sagte Rudolf und ließ sich fallen und zog Konrad mit sich nach unten.

Unten ist es weiß und weich. Das Weiße und Weiche ist plötzlich auch warm. Was bis vor wenigen Augenblicken noch wie ein Schneefeld gewesen war, jetzt ist es wie mit Daunen. Auch Rudolfs Hände sind wie Daunen. Konrad hat sie in die seinen genommen und aufgeklappt. Die Fäuste sind zu Fingern geworden und die Finger zu Fühlern. Die Fühler hat er auf seinen Leib gesetzt. Da bleiben sie sitzen und rühren sich nicht. Er hat sein Hemd aufgeknöpft und führt sie über seine Brust. Er muß sie packen und an ihnen rütteln und sie hierhin und dorthin schieben. Von selbst tun sie nichts. Nur zur Kralle, zur Faust wollen sie sich immer wieder verkrampfen. Doch dann holt er sie sanft ins Weiche und Warme zurück. Rudolf liegt wie gelähmt. Er scheint mit dem ganzen Körper zu horchen. Die Angst, nicht zu begreifen, was Konrad mit ihm tut und von ihm will, sitzt ihm wie ein Geschwür im Kopf. Das Angstgeschwür. Immer mehr nackte Haut wächst ihm entgegen, immer größere Flächen haben seine Finger zu befingern. Dann reichen die Finger nicht mehr aus. Die ganze Hand muß zum Tasten und Streicheln hierhin und dorthin, bergauf und bergab. Tasten und Streicheln ist näher am Jungen als Kneifen und Beißen. Endlich ist er ihm nah. Nicht nur das Zimmer um ihn herum ist weich und weiß, auch der Junge, wie er die gelöste Hand über seinen Leib führt. Auch die Lippen sind Haut, auch die Zunge ist ein weiches Haut- und Blutgewächs, das nicht gebissen, das liebkost werden will. Immer wenn Rudolf Zähne zeigt, gibt Konrad den Zähnen mit seiner Zunge einen sanften Schlag. Dann lassen sie los und geben den Weg frei ins Weiche und Warme. Rudolf hat keine Schnalle, keinen Knopf gelöst, und doch sind beide endlich nackt. Keine Hand geschickter als die von Konrad. Er hat sich und ihn ins Weiche und Weiße hineingeschlört wie in ein Nest. Er schmiegt sich in den Halbmond von Rudolfs Leib. Da liegt er still und gelöst und läßt sich von ihm behorchen. Endlich horcht Rudolf mit dem ganzen Leib. Er schmiegt sich an den in ihn hineingeschmiegten Jungen und ist ganz Ohr. Da klopft das Herz und strömt das Blut und schlagen die Pulse und schwirren die Gedanken und flutet der Atem.

Draußen auf der Straße war das Licht gelb wie Butter. Sie ließen sich hineinfallen wie in einen Schlaraffenschlund. Süßes und Warmes füllte sie bis unter die Schädeldecke. Der Himmel war schwarz vor Bläue.

«Da drüben!» Konrad hob den Arm und zeigte ihm das Eßlokal mit den Tischen und Stühlen vor der Fensterfront und dem wehenden Sonnendach.

«Hunger!» rief Rudolf und trampelte auf der Stelle. «Kalb und Schwein, Kaviar und Sekt, dann ich dich, du mich», und indem er sich in die Luft schleuderte, setzte er zum Endspurt an.

Doch Konrad packte ihn beim Kragen und hielt ihn zurück. Lachend ließ Rudolf sich gängeln, und als Konrad den Arm streckte und ihm die Hand reichte, nahm er sie und führte sie zum Mund. Zuletzt überquerten sie die Straße, langsam, Schulter an Schulter. Bremsen quietschten, und Fahrer fluchten. Sie aber, Hand in Hand, hoben ab.

Zur gleichen Zeit, vor dem Haus der Lambertis, schob Lili Anna in ein Taxi.

«Wo lang soll's gehn?» fragte der Fahrer und betrachtete die beiden Frauen im Spiegel.

«Zu mir», sagte Lili und nannte Straße und Hausnummer.

«Ich will aber nicht zu dir», rief Anna und lachte. «Halten Sie an, und lassen Sie mich raus, ich kenne die Dame überhaupt nicht.» – «Ich bin», erklärte Lili dem Fahrer, «ich bin die Mutter von einem, der seine Braut, Lotte, die bei der Tante dieser jungen Dame, Lies, anläßlich einer Hauseinweihung Ende vergangener Woche als Serviermädchen gejobbt hat, bei eben dieser Tante spät in der Nacht abgeholt und bei dieser Gelegenheit Anna, die hier, kennengelernt hat, die wiederum die Braut eines Neffen besagter Lies, des Studenten Rudolf, ist, der mit seiner Mutter, einer gewissen Ruth und Schwester der Lies, ebenfalls mitgefeiert und bei dieser Gelegenheit seinen jungen Cousin, einen gewissen Konrad, kennengelernt hat, der wiederum zusammen mit seiner Schwester Gudrun, einer dreizehnjährigen Lolita, aller Welt den Kopf verdreht und bei seinem Cousin Rudolf, dem Bräutigam unserer Anna hier, einen regelrechten Kollaps ausgelöst hat, und zwar auf einer Saunaparty, die Franz, der Ehemann besagter Lies und Vater des Konrad und der Gudrun, zu Ehren meines Sohnes, Tom, veranstaltet hat, um aller Welt den sagenhaften Körperbau von Schwarzen, also von meinem Sohn Tom, vorzuführen, der wiederum mich, Lili, seine Mutter, zu ebendieser Saunaparty hat mitbringen müssen, weil Rudolf, der Verlobte dieser jungen Dame hier, nachdem er Connie, einen gewissen Barmann und Stirner-Fan, in Anwesenheit meines Sohnes Tom niedergestochen hat, bei mir Unterschlupf hat suchen müssen, bei welcher Gelegenheit wir, er und ich, uns näher kennengelernt haben, was wiederum mir, der Mutter des Tom, die Einladung zu besagter Saunaparty beschert hat, von der wir, Anna und ich, sozusagen nackt und schweißnaß soeben aufgebrochen sind, um, mein Herr, in aller Ruhe gewisse Probleme, die über Nacht ins Kraut geschossen sind, auf ihr Zwergenmaß zurückzustutzen.»

«Aha», sagte der Fahrer, «und wo ist die dreizehnjährige Lolita, um die sich alles dreht, jetzt?»

«Ich will aber», rief Anna lachend, «mit dieser Dame mein Kraut nicht stutzen.»

«Das SEVEN UP!» rief Lili. «Halten Sie an! Wir nehmen bei Connie einen Drink!»

Nur mit Mühe gelang es ihr, Anna aus dem Wagen zu boxen. Nachdem sie den Fahrer reichlich entlohnt und auf seine Frage, ob er warten, also ums Karree pendeln und den Eingang zum SEVEN UP im Auge behalten solle, erst «Ja, ja», dann «Nein, nein» und zuletzt «Ganz, wie Sie wollen» geantwortet hatte, packte sie Anna beim Arm und führte sie gegen die angelehnte Tür direkt ins Lokal. Leer war es dort und hell. Schreie von überallher. Eine Frau mit Putzlumpen stürmte aus einer Seitentür gegen den Tresen und mit einem hastig vollgeschöpften Wasserglas durch die gleiche Tür wieder zurück. «Tot!» schrie sie im Rennen und Stolpern.

«Lili!» schrie eine andere Frau, die aus der Tiefe des Lokals auftauchte, einen Hocker packte und am Boden zerschlug.

«Wer ist tot?» schrie Lili.

«Notarzt!» rief die Frau und stürmte durch die Seitentür hinaus.

«Hilfe!» rief Lili, packte Annas Hand und zerrte sie durchs Lokal über den Flur in einen mit schreienden Menschen überfüllten Raum auf der anderen Seite des Flurs. «Connie!» rief sie, fiel aufs Knie und riß an dem Leichnam. Vorne das Loch im Kopf und hinten die klaffende Wunde mit Blut und Gehirnmatsch, der auch von der Wand troff.

«Heilige Jungfrau», flüsterte Anna, bekreuzigte sich und sackte zu Boden, wurde von Lili emporgerissen und durch die Tür in den Flur zurück ins Lokal und gegen die Straßentür geschleift.

«Lili!» rief jetzt ein Mann, der seitlich bei der Theke gestanden hatte, sich plötzlich auf die beiden Frauen warf und sie mit Tritten und Schlägen traktierte. «Hierbleiben! Helfen!» schrie er, riß Lili in seine Arme und küßte sie kreuz und quer auf Hals und Brust.

«Leichenschänder», flüsterte Anna und stand einfach so da. Dann griff sie sich einen gläsernen Aschenbecher von der Theke, riß den Arm hoch und schwankte, in Rächerpose, doch steif wie aus Plastik, ruckhaft vor und zurück.

«Wirf ihm ein Laken übers Gesicht!» schrie Lili, stieß den

Mann zu Boden, packte Annas Arm, schlug ihr den Aschenbecher aus der Hand und trat sie durch die Tür auf die Straße. Hupend und mit kreischenden Bremsen hielt ein Taxi beim Rinnstein. Blutig und keuchend warfen sich beide Frauen durch die Tür in den Fond, aufheulend rüttelte der Wagen auf der Stelle, sprang hoch und schoß um die Ecke.

«Ruth!» rief Anna, warf sich ihr in die Arme und scheuchte den Fahrer beiseite, der, ohne dazu aufgefordert gewesen zu sein, bis zur Haustür mitgerannt war und sich nun auf die Lippen biß, als die Tür hinter den beiden Frauen zuschlug und er, ohne über das Wie und Wo der anfangs erwähnten Lolita näheres erfahren zu haben, ausgesperrt dastand.

«Wer sind denn Sie?» fragte Gudrun, die die Tür noch einmal aufgeklinkt und den Kopf durch den Spalt gesteckt hatte.

«Ich suche», sagte der Fahrer, «ein gewisses Lolita genanntes Kind, ein Mädchen in deinem Alter, das hier verfügbar sein soll.»

«Anna! Lili!» rief Gudrun, riß an ihrem T-Shirt und zeigte dem Fahrer den Ansatz ihrer Brust. «Der Herr da», wandte sie sich an Lili, die den Kopf knapp über dem ihren ebenfalls durch den Türspalt geschoben hatte, «dieser Herr will mich pur: das Mimöschen im Höschen von mir halbgarem Röschen.»

«Ah ja», stöhnte der Fahrer und rammte den Fuß zwischen Tür und Pfosten.

«Schwanz», sagte Gudrun und hielt die Hand auf.

«Auch pur?» fragte der Fahrer und nestelte am Schlitz.

«Erst zeigen, dann geigen», flüsterte Gudrun, winkte den Schlitz näher heran und nahm den Schwanz in die Hand. «Gewogen und als zu leicht befunden», sagte sie nach einigem Gezerre, drückte dann die Tür ins Schloß, schaute Lili tief in die Augen und lachte nicht. Draußen schrie und tobte der Kerl.

«Der Connie», rief Anna, «dieser kaputte Junge mit seinem Stirner-Tick! Sein Gehirn, sein Stirner-Schlamassel, alles hinten aus dem zerschossenen Kopf und als Hirnrotz an der Wand!»

«Konrad?» rief Ruth und schüttelte sie, «Konrad hat sich was angetan? Unser Konrad?»

«Nicht Konrad, Connie!» rief Anna. «Der knallt sich ab, und Lili läßt sich von Kerlen belecken, und Weiber zerschlagen Schemel am Boden wie auf ihrem Kopf!»

«Ich bin da die Chefin, mir gehört der Laden», mischte Lili sich ein, «der Connie war mir alleweil treu, bis er sich treulos, heute, revolvermäßig, ins Maul schießt und auslöscht. Und das alles wegen was? Wegen seiner Mutter und dem Kerl seiner Mutter! Die haben ihn, weil er in seinen Koksräuschen nichts als die Weltentwürfe dieses Winkelphilosophen, so seine Mutter, rezitiert hat, Tag und Nacht verhöhnt und veräppelt.»

«Ich werde», sagte Lili und zerrte Ruth von Gudrun weg, «bei den Trauerfeierlichkeiten aus dem Stirner lesen und beweisen, daß Connies Mutter und ihr Kerl dem Stirner und dem Fan des Stirner, Connie, ein Leben lang Unrecht taten, indem sie den Philosophen zum Winkelphilosophen und den Fan des Philosophen zum Anbeter eines Winkelphilosophen herabgelogen haben!»

«Wäre Konrad doch Connie», sagte Anna und schlug sich auf den Mund. «Es klingelt.»

«Sie mag meinen Bruder nicht», sagte Gudrun zu Pieter. «Mach endlich auf!», und Pieter rannte zur Tür.

«Ich mag deinen Bruder sehr», sagte Anna, «doch er schnappt mir Rudolf weg.»

«Mir auch», sagte Gudrun, packte Anna bei den Händen und brachte sie, kreiselnd, in Schwung. «*Alle* schnappen nach Rudolf.»

«Du auch?» fragte Anna und tat, als sei sie außer Puste.

«Ich», rief Gudrun, «und Konrad, und du, und wer noch?» fragte sie in die Runde, ließ Anna los, und die stürzte, noch immer in Schwung, Franz in die Arme, der mit Kataster mitten im Raum stand.

«Wir schauen», fing Franz auf seine ausufernde Art zu reden

an, küßte Anna die Hand und schob sie dann Kataster in den Arm, «wir schauen, auf dem Weg zur GAG, kurz bei dir, liebe Ruth, herein, um dich wissen zu lassen, daß wir, Lies und ich, auf gar keinen Fall damit einverstanden sind, daß du Gudrun, der da!, und möglicherweise Konrad, zusammen mit seinem Lover, Annas Bräutigam, in diesem deinem Haus Unterschlupf gewährst, also Skandalen Vorschub leistest, die wir uns ungeschehen wünschen und die wir mit allen Mitteln, die uns zur Verfügung stehen, ungeschehen machen werden! Du», wandte er sich an Gudrun, schob Pieter beiseite und packte seine Tochter beim Handgelenk, «du fährst, unverzüglich, mit einem Taxi, das ich dir bezahle, nach Hause, begibst dich auf dein Zimmer und wartest, bis ich, nach meinen Verhandlungen bei der GAG, Zeit finden werde, dir klipp und klar auseinanderzusetzen, was ich mir in Zukunft von dir werde bieten lassen und was auf gar keinen Fall auch nur eine Stunde länger. Die Schule! Das Elternhaus! Der Respekt vor Vater und Mutter! Das Hohelied der Geschwisterliebe! Alles, mein Herr», wandte er sich an Pieter, der Gudrun erneut umschlungen hielt, «alles wird von solchen wie Ihnen in den Schmutz getreten und damit nicht nur meine Tochter, ein Kind, ein vorpubertäres Seelchen, sondern auch Anna, die Verlobte des Rudolf, die Braut der Familie, geschändet!»

«Zieh Leine, Papi», sagte Pieter.

«Mein Herr, Sie werden, als der Blutsauger an meiner Schwägerin Ruth und der Erbschleicher auf Kosten Rudolfs, nicht länger Ihre schmutzigen Geschäfte zu betreiben und Ihren Unflat auf die Häuser Lamberti und Ridder zu kippen Gelegenheit haben! Denn ich werde Sie, wie ein Insekt, mit allen mir zur Verfügung stehenden Mitteln zerquetschen und somit meine Schwägerin und dieses Kind hier, in dem nicht länger herumzuwühlen ich Sie dringend auffordere», und er zerrte Gudrun aus Pieters Armen, «aus den Klauen eines abgehalfterten Strichlümmels reißen und der Normalität und bürgerlichen Wohlanständigkeit zurückgeben!» Da versetzte Pieter ihm einen Kinnhaken, und Franz ging zu Boden.

«Bravo!» rief Gudrun, kniete bei ihrem Vater hin und küßte ihn auf den Mund.

«Du wirst mich, lieber Schwager», rief Ruth, kniete sich ebenfalls auf den Boden und setzte der Klamotte mit ähnlich gedrechselten Worten, wie Franz sie zum besten gegeben hatte, den Hut auf, «du wirst mich nicht ungestraft der Liederlichkeit anklagen, und das alles in Anbetracht der Tatsache, daß Pieter und ich den Bund der Ehe, die von Gott und der Welt gewollte leibliche, geistige und seelische Verbindung, eingehen werden, und zwar an dem Tage, da das Aufgebot, der Papierkram, das Gerichtskauderwelsch, in das er leider noch verstrickt ist, sich klären und lichten werden!»

«Pfui!» rief Franz, drückte Ruth und Gudrun beiseite, stand auf seinen zwei Beinen und hieb mit geballter Faust Richtung Pieter durch die Luft.

«Du wirst dich», sagte der, packte Franz beim Kragen und stieß ihn Richtung Tür, «schleunigst verpissen, du Sack.»

«Wir müssen», verbeugte Kataster sich vor Ruth, «allemal hinaus in den Badewannen- und Kloschüsselkrieg», und er nahm Franz aus Pieters Händen in die seinen und rüttelte an der Tür.

«Moment!» rief Anna, stemmte sich gegen die Tür und lenkte endlich die Aufmerksamkeit aller auf sich. «Meine Damen und Herren», begann sie, «jeder von euch brennt lichterloh! Jeder kocht sein eigenes Süppchen auf seinem eigenen Herd, und jede eurer Suppen ist, gemessen an der, die *ich* zu kochen, zu fressen und zu verdauen habe, ein Wassersüppchen, eine Magermilchplörre! Mir raubt man den Mann. Mir zerschlägt man das Haus. Mich bringt man um die Früchte jahrelangen, jahrzehntelangen Kampfes um Heim, Herd und Familie. Und wer ist das, der mir in die Suppe spuckt? Ein Bengel, ein Bengelchen, dein Sohn und dein Bruder», wandte sie sich an Franz und Gudrun, «ein schwules minderjähriges Nichts ...»

«Na, na!» rief Franz.

«... ein vorpubertäres Unding, das in der Jugendpsychiatrie schleunigst von einem Unmenschlein zu einem Menschen zu kneten und, wenn es anders nicht geht, zu treten ist.»

«Nun mal langsam, meine Dame», mischte Kataster sich ein, «es klingelt.»

«Sie!» fuhr Anna ihn an, besann sich eines anderen, knickste und reichte ihm die Hand. «Sie besitzen meine ganze Sympathie. Ich bin ja nicht so. Ich habe keinen Haß auf Leute Ihres Schlages. Aber ein Knabe! Ein seiner Sinne kaum schon Mächtiger als Verführer meines Kerls! Dein Kind», wandte sie sich an Franz, «dem du nicht oft genug den Arsch verbleut hast!»

«Zucht und Ordnung!» rief Gudrun, lief zur Tür und kehrte mit Tom und Lotte zurück.

«Doch all dem zum Trotz», wandte Anna sich an Tom, «ich poche auf mein Recht, als Frau, als Braut, als Mutter zukünftiger Ridders und Rosellens. Ich werde den Kampf, den man mir aufzwingt, kämpfen!»

«Bravo!» rief Franz.

«Welchen Kampf gegen wen?» fragte Tom und küßte sie auf den Mund.

«Für morgen», sagte Anna und nahm Toms Arm, «von langer Hand sind wir für morgen, alle, Rudolf und ich, Ruth und Pieter, Cosima Beckmann und nun auch ihr, für morgen mittag um drei sind wir alle, auf Rudolfs Betreiben, in Leverkusen, auf Schloß Morsbroich, zur Besichtigung einer Ausstellung, verabredet, und du», und sie legte beide Arme um Toms Hals und küßte ihn auf den Mund, «du und Lotte, ihr werdet Rudolf an diesen schon vor Wochen von ihm festgemachten Termin erinnern und ...»

«Was ist das für eine Ausstellung?» fragte Tom.

«... und dafür sorgen, daß er, zusammen mit Konrad, wie wir alle, punkt drei, dort erscheint und uns die von ihm über alles geschätzten Bilder erklärt. Ihr werdet», wandte sie sich an Lotte, «Rudolf von mir ausrichten, daß ich ihm den Ring, diesen hier, wenn er will, wenn Konrad darauf besteht, vor die Füße lege, nicht schmeiße, in aller Freundschaft vor die Füße lege und Verzicht leiste auf den Bräutigam, auf Cosimas Haus, auf Kind und Kegel, falls er sich für Konrad, nicht für Anna, für den Mann, nicht für die Frau, entscheidet!»

«Pfui», rief Franz.

«Ich werde Lies und Gudrun und Mama Christinchen, auch deine Mutter», wandte sie sich an Tom, «ich werde Gott und die Welt, auch dich», hieb sie auf Lotte ein, die ihre Arme packte und mit Anna rang, «ich werde halb Köln und ganz Leverkusen aus dem Schlaf zerren und – Zimmer», sagte sie zu Tom und lag, mit Schluckauf, in Lottes Armen wie ein bockendes Kind.

«Was, Zimmer?» fragte Tom.

«Bernd Zimmer heißt der Maler, der auf Schloß Morsbroich ausstellt und den Rudolf fanatisch, blindwütig, wie in der Musik seinen Ligeti, liebt.»

«Zimmer?» fragte Lotte, packte Anna am Kopf und schaute ihr ins Gesicht.

«Bernd Zimmer», sagte Anna, «morgen Schloß Morsbroich, punkt drei!»

Rudolf und Konrad hatten Hand in Hand die Straße überquert und es sich dann drüben, beim Italiener, schmecken lassen. Doch Rudolf war anfangs nicht bei der Sache gewesen. Tausendmal schon hatte er Männer Hand in Hand durch die Stadt bummeln sehen, immer hatte er hin- und schnell wieder weg- und gleich wieder hingeschaut, immer hatte er den Mut dieser Leute bewundert und war sich selbst Gott weiß wie mutig vorgekommen, wenn er nicht, wie er das bei vielen anderen beobachtet hatte, weggedrehten Gesichts an denen vorbeilief, sondern, nach Überwindung des ersten Schocks, doch wieder hingeschaut hatte, manchmal sogar stehengeblieben war und ihnen nachgeschaut hatte.

«Jetzt», sagte er zu Konrad, «hab ich es selbst getan.»

«Was?» fragte Konrad und packte, gerade als der Kellner die Karaffe mit Wein auf den Tisch stellte, nach Rudolfs Hand. Rudolf überließ sie ihm, und der Kellner verzog keine Miene.

«Ich weiß», sagte Rudolf, «daß man es heutzutage tut und doch nicht tut. Daß selbst die, die es tun, unentwegt, indem sie es tun, denken: Wir tun es. Kein normales Pärchen, wenn es Hand in Hand durch die Straßen geht, denkt: Wir gehn Hand in Hand durch die Straßen. Wir aber, du und ich, und all die andern, die ich gesehen habe, wir denken bei jedem Schritt, den wir Hand in Hand miteinander tun: Wir tun es, und erst, wenn eines Tages Leute wie du und ich über die Straße gehn, ohne denken zu müssen: Wir tun es, erst dann ist es selbstverständlich, und der Krampf ist weg, und wir leben in Frieden.»

«Kein Mensch», sagte Konrad, führte Rudolfs Hand zum Mund und küßte sie, «kein Mensch, soviel ich weiß, lebt in Frieden, oder», wandte er sich an den Kellner, der einen Korb mit Weißbrotscheiben auf den Tisch stellte, «leben Sie in Frieden, nur weil Sie zufällig nicht schwul sind und statt einer Männerhand eine Frauenhand küssen?»

«Frauenhände Männerhände», sagte der Kellner in korrektem Deutsch, «haben Sie gestern den Film gesehn, nach dieser wahren Begebenheit?»

«Was war das für eine Begebenheit?» fragte Konrad, ließ Rudolfs Hand fallen, griff nach der des Kellners, bog die Finger auseinander und steckte die seinen in die Zwischenräume.

«Frauenhände Männerhände», sagte der Kellner und ließ Konrad machen. «Als in den letzten Kriegstagen irgendwo in Deutschland, in einem Dorf, drei Waggons mit KZ-Häftlingen auf einem Bahngleis abgestellt worden waren und wo, als die SS-Leute sich aus dem Staub gemacht hatten, die Dorfbewohner nicht die Waggontüren aufgeschweißt, sondern die drei Waggons aus dem Dorf hinausgerollt und die KZ-Häftlinge irgendwo in einem nahegelegenen Wald, von dem aus man ihr Schreien und Stöhnen nicht mehr hören konnte, haben verrekken lassen.»

«Nein», sagte Konrad, «wir sehen seit acht Tagen keine Filme mehr, wir sind selbst in einem Film. Aber mit Sicherheit war der Film, von dem Sie sprechen, ein wichtigerer Film, als unser Film einer ist», wandte er sich an Rudolf, dessen Gesicht aber leer war, denn er hatte Konrad und zuvor dem Kellner nicht zugehört.

«Frauenhände Männerhände», sagte der noch einmal und ordnete die Teller auf dem Tisch, «als ob es darauf ankommt.

Mit solchen Händen», und er zeigte, was das für kaputte und geschwollene Hände gewesen waren, «haben die KZler aus den Viehwaggons herausgebettelt. Über solche Hände lohnt es sich nachzudenken. Aber Frauenhände Männerhände ...», und er lief zurück ins Lokal.

Lies hörte den Schlüssel im Schloß und rief aus der Küche den Namen ihres Mannes.

«Nein», rief Konrad zurück, «*wir* sind's, Rudolf und ich! Wir versuchen es noch mal mit euch.»

Mit einem unterdrückten Schrei lief sie aus der Küche in den Flur und vor Rudolf, der ihr die Arme entgegenstreckte, wieder zurück in die Küche. «Mein Mann», stammelte sie, «und auch ich, wir bitten dich, die Gerüchte, alle, auf der Stelle, unverzüglich, zu dementieren, jedes einzelne!»

Rudolf stand mit hängenden Armen.

«Wir sind, Mama, im Sohneszimmer und schauen dem Blitz zu, der jetzt, bei diesem Stand der Sonne, reinhaut!»

«Reinhaut!» rief Lies und stürmte auf ihren Sohn zu, der Rudolf beim Arm packte und ihn, indem er ihn die Treppe hoch in sein Zimmer zerrte, vor seiner Mutter in Sicherheit brachte.

Im Sohneszimmer war es hell und stickig. Rudolf blieb bei der Tür stehen und schaute Konrad zu, wie er das Fenster aufstieß, zum Bett lief, die Decke zurückschlug, das Kopfkissen aufschüttelte, den Namenszug an der Wand über dem Bett anschaute, dann zur Tür sprang, am Schlüssel drehte, zuletzt wieder zum Fenster lief, es zuschlug und schließlich, als er nicht mehr weiterzuwissen schien, sich nach Rudolf umdrehte und ihn ansah.

«Was ist das für ein Blitz, der hier, in deinem Zimmer, reinhauen soll?» fragte er.

«Leg dich», sagte Konrad und bewegte sich langsam auf ihn zu, «leg dich aufs Bett und schau es dir an.»

«Was?» fragte Rudolf, ließ sich von Konrad bei der Hand nehmen, zum Bett führen, darauf niederdrücken und gegen die Wand rollen. «Blitze kann man nicht anschauen, Regen kann man anschauen, die Sonne kann man anschauen, Regen und Sonne dauern, was dauert, kann man anschauen, Blitze sind blitzschnell vorbei.»

«Vorbei», sagte Konrad. «Seit Tagen wünsch ich mir, jemand, den ich lieb hab, wär da und geht, zusammen mit mir, in Flammen auf. Da! Die Sonne! Jetzt, bei der Astgabel, knallt sie durch!»

Doch nichts tat sich. Rudolf schaute zum Fenster. Die Scheibe war blind von Regenflecken; blind von der gleißenden Helle, die in Schwärze umschlug, je angestrengter er starrte. Doch der Blitz blieb weg. Rudolf ahnte, worauf Konrad spannte. Auf das Platzen von Kopf und Zimmer und Garten und Welt und das Hineinplatzen ins Licht, in eine neue Dimension.

Alles bleibt weg, dachte auch Konrad: Die Schwebe bleibt weg, der Sturz ins Schlohweiße, und daß wir im Licht schwimmen.

Dann aber geschah es doch. Minuten später als sonst traf der erwartete Strahl die Scherbe oder den Fetzen Stanniolpapier, und die tausend Splitter, in die er zersprang, spritzten durchs Zimmer. Konrad packte nach Rudolf. Jetzt, dachte er und hielt die Luft an, jetzt haut es rein.

Doch nichts geschah. Das Flirren von Licht auf Decke und Wänden war da, der Schnitt ins Auge tat weh, doch die Pupille hielt stand, die Pulse pochten, doch barsten nicht, der Leib blieb für sich.

Sie lagen reglos, berührten sich kaum. «Immer hatte ich mir gedacht, mit einem wie dir geht's hoch und weg», sagte Konrad.

«Weg wohin?»

«Raus aus dem scheiß Leib. Aus der scheiß Welt. Wenn ich allein hier lag, hab ich's manchmal geschafft: per Kopf, per Phantasie.»

«Per Kopf schaff ich's auch», sagte Rudolf, «in meiner Phantasie bin ich mit dir Gott weiß wo.»

«Ein Fetzchen Bonbonpapier», sagte Konrad, «der Splitter von einem Gurkenglas: Wenn die Sonne draufknallte, hat so eine Scherbe mich glatt in die Luft gerissen. Und immer war einer wie du mit dabei.»

«Jetzt bin ich da», sagte Rudolf, «und nichts passiert.»

«Ja», sagte Konrad, «Quatsch, alles passiert, was wir wollen», und er wälzte sich auf ihn. Dann liebten sie sich. Und für Augenblicke war es tatsächlich, als knallten sie durch.

Dann klopfte es gegen die Tür.

«Konrad», hörten sie Franzens Stimme, «ich dulde es nicht, daß man in meinem Haus Türen versperrt und Unzucht im Angesicht deiner Mutter getrieben wird!», und er hämmerte gegen das Holz.

«Unzucht!» rief Lies und wimmerte hinter der Tür.

«Ihr habt», rief Kataster, «mein Haus, meine Wohnung! Also verschwindet und treibt es bei mir. Oder *feiert* mit uns! Dein Vater hat das Millionending in der Tasche!»

«Haut ab! Laßt uns in Ruh!» rief Konrad und stand mit geballten Fäusten nah beim Bett.

Da flog die Tür aus dem Schloß, und Franz, Hals über Kopf, stürzte ins Zimmer und kugelte sich am Boden. Auch Rudolf war aus dem Bett gestolpert, und so standen sie, Arm in Arm, und rührten sich nicht.

«Nackt!» rief Franz und zeigte mit ausgestrecktem Arm auf Lies. «Zwei nackte Kerle deiner Mutter im eigenen Haus mitten ins Gesicht!», und er stemmte sich vom Boden hoch und ging mit geballten Fäusten auf die Nackten los.

«Hilfe!» rief Lies und warf sich Kataster an die Brust.

«Deine Frau hat», rief der, «mehr als einen nackten Mann in ihrem Leben gesehn, hoffe ich. Also mach hier keinen Negeraufstand!», und er packte Franz bei der Schulter.

Der aber riß sich los. Es waren nur zehn Sekunden, die er mit blutunterlaufenen Augen vor den beiden stand, doch in diesen zehn Sekunden kapierte Konrad, daß Franz von jetzt an sein Feind war, und er senkte den Kopf.

Auch Rudolf stand wie ertappt. Er hatte den rechten Arm um Konrads Schulter gelegt und bedeckte mit der linken Hand seinen Schwanz. Seine Arme zitterten. Sie zitterten so stark, daß es war, als schlenkere er sie willkürlich hin und her, und auch seine Beine standen nicht fest, sondern zuckten und machten den ganzen Mann, sogar Konrad in seinem Arm, zucken.

Dann warf Franz sich gegen sie, trieb sie zur Tür und riß sie zu Boden. Da lagen sie im engen Flur, und das wiedereinsetzende Wimmern von Lies, das stoßweise Atmen von Franz und das plötzliche Schweigen von Kataster grundierten eine Szene, gemalt wie von Bacon, wo Köpfe und aufgerissene Münder und Stücke von Gebissen und Fragmente von aus den Kugelgelenken geschraubten Armen und Beinen den Flur zum Schlachtfeld verdrehten.

«Das Mal!» rief plötzlich Franz und packte Konrad beim Kopf und zerrte ihn aus dem dunklen Flur ins helle Zimmer und packte ihn bei den Beinen und hielt die Beine beim Boden und warf sich mit dem Gesicht in seinen Schoß und biß in seine Leiste und stemmte sich hoch und alle sahen das Mal, muschelförmig, kein bißchen geschrumpft, prallvoll mit schwarzem Blut.

Auf der Straße liefen sie erschöpft nebeneinander her.

«Es ist also doch noch da», sagte Rudolf.

«Es ist *wieder* da», sagte Konrad, «und du weißt, warum.»

«Warum?»

«Weil ich mich geschämt habe, daß ich bin, wie ich bin. Sogar deiner hab ich mich geschämt. Der Krampf, nicht schwul sein zu wollen, hat mich wieder gepackt. Der Makel in meiner Leiste ist doch nichts als das Symbol meiner scheiß Heterosucht. Auch die plötzliche Angst, vor diesen Spießern von dir abgelehnt, nicht mehr geliebt zu werden, hat es wieder schwarz und giftig gemacht.»

«Ich lieb dich aber», sagte Rudolf. «Da! Das SEVEN UP, Connies Kneipe! Nehmen wir einen Drink», und er schob Konrad durch die halboffene Tür ins Lokal.

Drinnen war es dunkel und kühl. Die Theke war mit umgekippten Gläsern und zertrümmerten Flaschen überhäuft, der Gestank nach Schnaps und Kotze wurde, je weiter sie vordrangen, immer ekliger.

«Hier hab ich mich», rief Rudolf, «über die Theke auf Connie geworfen, und *er* ist mit dem Messer gegen mich an, und *ich* hab seinen Arm mit der herumgerissenen Klinge geschlitzt, und dann sind wir, Tom und ich, mit einem Hechtsprung aus dem SEVEN UP in Lilis Versteck!», und er packte Konrad bei der Schulter und drehte ihn gegen die WURLITZER und drückte ihm ein Fünfmarkstück in die Hand und ließ ihn die Box anwerfen, und als der erste Gitarrenakkord aufklang, stand er schon hinter der Theke und mixte zwei Drinks, und dann tanzten sie am Tresen entlang um Hocker herum gegen die pendelnde Tür zum Flur und über den Flur durch die gegenüberliegende halb offenstehende Tür ins Totenloch.

Konrad schrie, und Rudolf taumelte.

Connie, bis zum Hals mit einem Laken bedeckt, den blutigen Kopf auf einem grellgelben blutigen Polster, das Gesicht kein Menschengesicht, sondern das einer grob behauenen Steinmetzerei aus blutigverschmiertem Tuff, Connie lag da und schrie. Die Box nebenan jaulte noch immer. Connie überschrie sie. «Ah!» machte Rudolf und hielt sich die Ohren zu. Dann stieß er Konrad über den Flur zurück ins Lokal, doch auch dort hörte er Connie schreien. Da holte er Luft und überschrie den gedachten Schrei mit seinem eigenen. Dann standen sie beim Tresen und tranken.

«Wer war Connie», fragte Rudolf, «und wer ist Stirner? Du stolperst in ein Lokal und in einen Menschen, und der Mensch zückt ein Messer, und du schlitzt ihm den Arm, und auf einer Saunaparty hörst du ihn STIRNER sagen, und Stirner ist dir ein böhmisches Dorf, und am nächsten Tag findest du ihn mit zermatschtem Schädel in seinem Blut, und er schreit, schreit ...!», und Rudolf schrie auch und kippte sein Glas.

«Menschen», sagte Konrad, «Rätsel.»

Dann kam der Mann zur Tür herein und lachte. Die Frau, die ihm auf den Fuß folgte, lachte nicht.

«Sie sind die Eltern oder was man so Eltern nennt?» fragte

Rudolf. «Wie ist das passiert? Mord? Selbstmord? Warum ist keine Polizei hier?»

Der Mann lachte noch immer.

«Was man so Eltern nennt», sagte die Frau. «Warum sagen Sie: Was man so Eltern nennt? Ich bin die Mutter, und nicht, was man so Mutter nennt. Warum sagen Sie das?», und sie rutschte auf einen Hocker.

«Wir wissen nichts von ihm», sagte Rudolf, «außer was wir von Lili wissen. Jedes zweite Wort von ihm war Stirner. Wer ist das aber, verdammt noch mal? Sie müssen doch wissen, wer Stirner ist!», und er füllte zwei Gläschen und reichte sie ihnen.

Der Mann lachte schon wieder.

«Ich», sagte die Frau und schlug Rudolf die Gläschen aus der Hand, «ich und sein Stirner, und diese Kneipe, und Lili als Chefin, und Typen wie Sie, das alles hat ihn umgebracht!», und der Mann packte sie hart beim Arm. «Sein Sparren und unser Sparren», sagte die Frau. «Er rechts, wir links. Sein Stirner redet vom Sparren. Alle, laut Stirner, haben einen Sparren. Connies Sparren war dieser Stirner. Aber was kümmert mich Stirner, ich will nicht wissen, wer das ist. Ich will, verdammt noch mal, daß Sie abhauen und uns in Ruhe lassen!», und der Mann nahm sie in den Arm und schüttelte sie, und Konrad zerrte Rudolf erst vom Hocker und dann hinter sich her aus dem Alptraum auf die schon abenddunkle Straße.

In Katasters Wohnung brannte Licht.

«Kataster», flüsterte Konrad, «sei nett zu ihm.»

«Nett!» rief Rudolf, hob den Jungen vom Boden und stürmte, indem er ihn auf beiden Armen vor sich hertrug, das weiße Zimmer.

«Hallo», sagte Tom und wandte sich vom Safe ab den beiden zu. Lotte drehte erst gar nicht den Kopf. Rudolf ließ Konrad fallen.

«Scheißding», sagte Lotte und schraubte, «der Matisse als Zubrot, okay. Aber an die Hauptsache, das da drin», und sie schlug gegen die Stahltür, «an die Sahne auf der Butter, da kommen wir nicht ran!», und sie warf sich auf die Couch, ließ die Beine baumeln und biß ins Polster.

«Ihr räubert?» fragte Konrad. «Wie kommt ihr hier rein?»

«Bravo!» rief Rudolf und ging auf den Matisse zu, der an der Wand lehnte.

«Lotte hat Nachschlüssel machen lassen – ein Spaß», sagte Tom und warf sich neben Lotte auf die Couch. «Wir sind hier, um euch was auszurichten, von Anna.»

«Ihr raubt ihn aus?» fragte Konrad, nahm Rudolf den Matisse aus der Hand, ging zum Safe und hängte ihn an seinen Platz.

«Ein Matisse an der Wand, hinter dem Matisse ein Safe, vor dem Matisse eine Ledercouch, weiß, auf der Couch das diebische Paar, neben dem diebischen Paar der brave Junge als Rächer und Retter, seitlich vom braven Jungen sein schöner Cousin als sein Lover, und das alles in einem Penthaus neben den Türmen des Kölner Doms – noch mehr Kitsch und Crime», sagte Lotte und zündete sich eine Zigarette an, «gibt es nur noch bei RTL.»

«Den Matisse verschnüren wir in einer Steppdecke», sagte Rudolf, «alles andere, was ihr noch findet, schlagen wir in Laken, und Konrad und ich helfen euch runterschleppen, aus dem Haus, in eure Karre.»

«Lotte», sagte Tom und stand schon bei der Tür, «wir hauen ab.»

«Nicht ohne den Matisse», sagte sie und nahm ihn von der Wand.

«Der Matisse bleibt hier», sagte Konrad und drehte das Bild Lotte aus der Hand.

«Scheißer!» schrie die und nahm es ihm wieder ab. «Du gehst mir schon lange auf den Keks!»

«Kataster», schrie jetzt auch Konrad und gab Lotte einen Stoß vor die Brust, «Kataster bringt dich in den Knast! Und ich sag vor Gericht gegen dich aus!»

«Wer glaubt schon einem Stricher», lachte Lotte.

«Scherzkeks», sagte Tom und schob sie in den Korridor.

«Übrigens, Anna läßt grüßen. Morgen um drei auf Schloß Morsbroich.

«Morsbroich!» rief Rudolf und schlug sich gegen die Stirn.

«Morsbroich?» fragte Konrad, als die Tür hinter den beiden ins Schloß fiel.

«Bernd Zimmer», sagte Rudolf, und langsam gingen sie aufeinander zu.

SAMSTAG

19

Noch in der Nacht hatte Rudolf von Bernd Zimmer erzählt.

Er sei ihm in einer Kölner Galerie begegnet. Nicht ihm persönlich, aber seinen Bildern. Er habe von der Straße aus durch die Fensterscheiben in die Ausstellungsräume hineingeschaut und sei von einem Gelb, wie man es sonst nirgendwo finde, in die Galerie hineingelockt worden. Gleich sei er vor einem dieser Himmelbilder stehengeblieben und habe sich kaum noch von der Stelle rühren können. AUGUST.OZON habe es geheißen, was er aber erst später aus dem Katalog erfahren habe, denn er sei an diesem Vormittag nicht an die Wände heran, um die Titel der Bilder zu studieren, sondern habe sich, wenn er sich überhaupt von einer Leinwand habe losreißen können, immer nur schrittweise und immer im gehörigen Abstand von den Bildern an ihnen entlangbewegt, in einem Abstand, der es ihm möglich gemacht habe, die Malwerke mit *einem* Blick zu erfassen. Nicht einzelne Details hätten ihn bei seiner ersten Begegnung mit Zimmer interessiert, sondern der Sog, der von den Riesenformaten ausgehe. AUGUST.OZON sei ein Landschaftsbild ohne Landschaft. Die Landschaft sei, wenn überhaupt, lediglich am unteren Rand des Bildes als schmaler Gebirgs- oder Meeresstrich zu ahnen. Das hochformatige Bild fülle ein gelbgrüner Himmel, in dem es auch einiges Schwarz und Weiß gebe. Das Überwältigende an ihm aber sei der gelbe Wirbel, der sich von rechts oben zur Mitte der Leinwand hin stürze und ihn schon auf der Straße schwindlig gemacht habe.

Nun aber, bis auf vier Schritte dem Sog frontal gegenüber, habe er, um nicht in das Bild hineingesaugt zu werden, die Augen geschlossen halten müssen, denn sein Gelb habe ihn schon bei geschlossenen Augen fast umgehauen. Das Gelb des Bernd Zimmer sei ein kolossales. So heiß wie kalt, so brutal wie zärtlich, erdrossele *und* befreie es den Kopf, der es in sich hineinlasse. Indem man in diesem Gelb buchstäblich versinke, werde man von ihm gleichzeitig in eine neue Dimension, ein befreiteres Atmen, ein tieferes Schauen hineingerissen. Bernd Zimmer, so Rudolf mit Konrad im Arm, sei der Maler des Dazwischen und Darüber. Seine Himmel- und Wetterbilder beschrieben nicht die bekannten Himmel und die am eigenen Leib erfahrenen Wetter, sondern Himmel über oder jenseits der uns vertrauten und Wetter, die wir unter der Kopfhaut, nicht am ganzen Körper spüren, weil es Wetter einer noch fremden Welt seien. Bernd Zimmer lenke den Blick auf noch nie Gesehenes. NATTERNLANDSCHAFT seien mehrere seiner Bilder genannt. Was sich da ringele, sei aber nicht die Viper im Sand, sondern die Viper in unserem Kopf.

Als sie auf Schloß Morsbroich ankamen, war es erst kurz nach eins, also knapp zwei Stunden *vor* dem verabredeten Termin. Erst saßen sie auf der Bank neben dem Postkartenlädchen und schauten die Schloßfassade an. Das Becken vom Springbrunnen war ohne Wasser, die reiherartigen Metallskulpturen mit Dreck überkrustet. Die Sonne stach. Seit acht Tagen stand sie ohne zu wanken an einem hellblauen, nur zeitweise dunstigen Himmel.

«Man möchte sie», sagte Rudolf, «stürzen und zischend im Meer verlöschen sehen.»

«Warum?» fragte Konrad.

«Weil dann alles, der ganze Spuk, ein Ende hätte.»

«Welcher Spuk?»

«Der mit Anna. Welcher sonst?»

«Anna ist für dich kein Spuk. Ein Spuk ist da und gleich wieder weg. Mit Anna lebst du seit Jahren.»

«Dann bist also du der Spuk?» fragte Rudolf und küßte den Jungen.

«Auftauchen, wegtauchen», sagte Konrad, «wir kennen uns seit genau einer Woche.»

«Du tauchst nach einer Woche wieder weg?»

«Wenn du mich beim Schopf packst und über Wasser hältst, kann ich nicht wegtauchen.»

«Sprürst du nicht, wie ich dich über Wasser halte?»

«Ich spür's», sagte Konrad, nahm Rudolfs Hand, legte sie auf seinen Kopf, spürte sie in sein Haar packen und daran zerren. «Ja», sagte er, «fester, es muß weh tun, ich will an dir hängen wie der Fisch an der Angel.»

«Der Fisch an der Angel stirbt», sagte Rudolf und zerrte fester, «Fischen zerreißt man das Maul und schmeißt sie aufs Trockne. Da verzappeln sie.»

«Ich bin kein Fisch», sagte Konrad.

«Du bist auch kein Spuk», sagte Rudolf und legte Konrads Kopf in seinen Schoß, «alle Vergleiche hinken.»

«Dann laß uns aufhören damit. Sag, daß du mich liebst.»

«Ich liebe dich.»

«Warum sind wir dann hier?»

«Wir sind hier mit Leuten verabredet.»

«Warum sind wir mit Leuten verabredet, wenn du mich liebst?»

«Um den Leuten zu sagen, *daß* ich dich liebe.»

«Was geht das die Leute an? Ich will den Leuten nicht sagen, daß ich dich liebe. Laß uns gehn.»

«Wohin gehn?»

«Egal, wohin. Nur weg von hier.»

«Ich kann nicht einfach weg, ohne mit Anna zu reden.»

«Red mit ihr, aber nicht hier. Red mit ihr unter vier Augen.»

«Sie will *hier* mit mir reden.»

«Willst du auch hier mit ihr reden?»

«Ich will überhaupt nicht mit ihr reden.»

«Du willst, daß der Spuk ein Ende hat.»

«Genau das will ich.»

«Anna ist aber kein Spuk.»
«Wir reden im Kreis.»
«Laß uns gehn. Pack mich beim Schopf und zieh mich hier raus.»
«Wohin gehn?»
«Egal, wohin. Wir haben Geld. Wir können untertauchen, oder einfach Ferien machen, zum Beispiel in den bayerischen Alpen, wir mieten ein Haus und rühren uns einen Sommer lang nicht vom Fleck, keiner kommt uns auf die Schliche, alles ist ganz einfach, wir müssen nur wollen.»
«Ich will ja, aber ich kann nicht.»
«Warum kannst du nicht?»
«Ich kann Anna, meine Mutter – ich kann nicht vor allem die Augen zumachen.»
«Sieh *mich* an. Reiß die Augen auf und sieh *mich* an.»
«Ich seh dich ja.»
«Was siehst du?»
«Dich. Einen Jungen von gerade einmal vierzehn. Ich komm in Teufels Küche.»
«Du bist mit Anna in Teufels Küche.»
«Dein Vater bringt mich in den Knast.»
«Du bist mit Anna im Knast.»
«Ich will aber in keinen Knast mit Gittern und verschlossenen Türen und Blechnäpfen als Eßtellern.»
«In welchen Knast willst du?»
«In einen, in dem ich mit dir zusammen und allein bin.»
«Das Zusammensein mit mir wird also auch zum Knast?»
«Alles wird mit der Zeit zum Knast.»
«Welchen Knast willst du, den mit Anna oder den mit mir?»
«Ich will überhaupt keinen Knast. Natürlich den mit dir», rief Rudolf, umarmte ihn und drängte ihn gegen die Treppe zum Schloßmuseum.

«Himmelbilder», sagte Rudolf und hockte sich neben Konrad, «TAG.NACHT. Ich kenne sie aus dem Katalog», und er spreizte die Beine, und Konrad rutschte zwischen sie.

Es waren zwei, vor denen sie hockten. Das Tag-Bild gelb, das Nacht-Bild blau. Im Tag-Bild schon ein Hauch Nacht, im Nacht-Bild noch ein Hauch Tag.

Sie hockten dicht beieinander und trieben ins Gelbe und Blaue hinein.

Konrad lehnte mit dem Rücken an Rudolfs Brust. Die Brust war sein Nachen. Der Nachen dümpelte im Tag und glitt hinüber in die Nacht, und dann kreiste er im Gelben und Blauen gleichzeitig, die Grenzen verwischten, Hitze und Kälte prickelten über seine Haut, und Rudolf schlang die Arme um Konrads Brust und spürte den Herzschlag des Jungen mit seinem Herzschlag in eins, und die Welt war gelb und blau, und das Gelb war der Leib und das Blau der Kopf, und plötzlich schmolz der Leib in den Kopf und der Kopf in den Leib, und sie tauchten schwerelos im Gelben und Blauen.

Dann waren die Bilder keine Bilder mehr und Bernd Zimmer nicht länger der Maler von all dem Gelben und Blauen und am unteren Rand das eingesprengte Grün der Bäume kein Grün mehr und die Bäume keine Bäume. Sie hockten auch nicht mehr am Boden einer im Arm des andern, sie waren nicht Leib und nicht Kopf und nicht Augen im Kopf, sie waren Leib ohne Leib und Kopf ohne Kopf, und Auge war alles an ihnen, ohne Auge zu sein. Und das Gelb war kein Gelb mehr und das Blau kein Blau, und Bäume waren nicht im Boden verwurzelt und Wolken nicht in den Himmel gehängt, und Wolken waren Wurzeln und Wurzeln Wolken, und ihre Leiber waren nicht länger Leiber. Auch schwebten und glitten sie nicht mehr, obwohl sie sich körperlos schweben und gleiten fühlten.

Und was ihnen die Schwebe in die Ohren hineinwiegte, war nicht der Kassettenrekorder, und die Stöpsel waren keine Stöpsel in ihren Ohren, und daß die Schwebe weder kam noch ging, weder hörbar war noch unhörbar, war eine Sache des Hörens und Nichthörens, denn gehört wurde alles und nichts, und in diesem Alles und Nichts war die Schwebe.

Und obwohl er nichts hörte, hörte Konrad, mit dem Rücken an Rudolfs Brust, zum ersten Mal die Schwebe im Ligeti, ohne etwas Bestimmtes zu hören. Der Takt schien gespalten, zwei Klangschichten schienen übereinandergelagert in einer vertrackten Polymetrie, das zeitliche Geschehen, statisch und in sich selbst ruhend, schien plötzlich mit Rhythmus geladen und abzuheben und mit Konrad dahinzuschweben, ohne ihn aus Rudolfs Armen zu lösen, und was er von Musik wußte, war ausgelöscht in seinem Kopf, und nur der Ligeti und die Schwebe im Ligeti waren im Kopf, ohne aber der Ligeti und die Schwebe im Ligeti zu sein, alles war Rudolf als Nachen und Wiege, alles war Musik als Schwebe, doch nichts, weder der Klang des Klaviers noch Rudolf in seinem Rücken noch das Gelb und Blau des Bernd Zimmer in seinen Augen noch die Augen im Blau und Gelb des Bernd Zimmer waren das Licht und die Luft, worin er mit Rudolf schwebte, ohne zu schweben, alles war nur Gefühl und gleichzeitig ohne Gefühl, weil etwas fühlen bedeutet, etwas anderes nicht zu fühlen, er fühlte aber alles, also nichts, er war mit Rudolf in der Schwebe vereint und gleichzeitig endlos mit ihm in ihr verstreut, Rudolf hielt ihn und wiegte ihn und schwebte mit ihm im Ligeti und stieß ihn gleichzeitig in andere Arme und Schweben und Klänge, ohne daß andere Arme und Schweben und Klänge ihn wiegten, sondern immer nur Rudolf im Ligeti, die alles waren und nichts.

Dann gingen sie Schulter an Schulter durch die Ausstellungsräume, vom MORGENROT zum MARE MOSSO, vom SCIROCCO zur GELBEN WELLE.

«Ich möchte», sagte Konrad und hielt Rudolf vor einem BUCHT genannten Bild zurück, «ich möchte immer, hier, mit dir, in dieser Lagune, in dieser Bläue, schwimmen. Immer so», und er nahm Rudolfs Hand und drückte sie gegen seinen Schoß, «von dir gepackt und gestreichelt werden, und keiner soll uns die Farben, die Töne, die Wärme, das Licht wieder nehmen.»

Und er drängte Rudolf unter ein Gelb von solcher Pracht, daß es zwitscherte; das Gelb über ihnen verströmte sich in Vogellauten, in Insektengetön, in Sonnengesang; das Parkett, auf dem sie lagen, zwitscherte ebenso gelb wie das Feld über ihnen;

ein pflaumenblauer Riß als Feldweg zog sich quer durch das Gelb; ein Getreidemeer, von Sonne satt, explodierte in einen gelbglosenden Himmel, der über ihnen loderte wie Trompetengeschrei, das in gelben Kaskaden niederstürzt auf alles, was sich unten wälzt.

«Was tun die Onkels?» fragte eine Mädchenstimme, und sie fuhren hoch und standen, als der Vater des Kindes um die Ecke bog, vor STRAHLUNG.FELDER und knöpften sich zu.

«Die Onkels gucken das gelbe Bild an», sagte der Vater, nahm das Kind auf die Schulter und verschwand mit ihm durch die Tür zum Treppenhaus.

Als sie aus dem Kassenraum auf die Freitreppe traten, kreischte Mama Christinchen, und alle drehten den Kopf. Rudolf hob den Arm und winkte, und Anna, die auf ihren hohen Absätzen strauchelte und bei Franz Halt suchte, winkte mit großer Geste zurück. «Wir kommen!» rief sie.

«Noch nicht», rief Rudolf, «außer, du legst es darauf an, daß Konrad türmt!»

«Warum sollte er türmen?» rief Anna.

«Ich türme nicht», rief Konrad, «ich wollte, zusammen mit Rudolf, in die bayerischen Alpen, doch er kneift!»

«Und warum in die bayerischen Alpen?» fragte Anna lachend zurück.

«Nur so», rief Konrad, «die bayerischen Alpen sind groß und wild und bis hoch in den Himmel; nie hättest du uns gefunden!»

«Jetzt *habe* ich euch!» sagte Anna, lief die Freitreppe hoch und hängte sich bei Rudolf ein.

Da riß Konrad eine Eisenstange aus dem Treppengeländer, ließ sie auf Anna niedersausen und spaltete ihr den Kopf. Anna lachte, hob sich auf die Zehen und küßte ihn.

«Jetzt werde ich dir schwuler Sau zeigen, wo's langgeht», flüsterte sie ihm ins Ohr, dann trat sie Kataster, der eben auf sie zulief, zwischen die Beine, daß er aufschrie, hängte sich auch bei ihm ein und betrat mit beiden Männern, Rudolf links, Kataster rechts, den Kassenraum.

«Zwei Schwule sind heute mit von der Partie, also Vorsicht», sagte sie zu den drei Aufsichtsdamen und schüttelte ihnen, die sie von früheren Besuchen kannte, die Hand.

«*Drei* Schwule», sagte Konrad und zeigte auf Kataster, sich selbst und Rudolf.

«Ich doch nicht», sagte Rudolf zur Billettdame, «elf Neuzugänge, ich zahle für alle.»

«Dann werden wir Sie leider», sagte eine der Damen aus ihrem Sessel heraus, «auf Ihrem Gang durchs Haus begleiten müssen, denn Schwulen ist nicht zu trauen», und sie schmiß ihr Stück Torte, an dem sie gerade aß, Kataster gegen das Schienbein. Der bückte sich, schaufelte den Matsch in seine Hände und schmierte ihn ihr ins Gesicht. Sie hakte sich lachend bei ihm ein. «Schwule», sagte sie, «hier in den Toiletten, wir mußten alles von oben bis unten kacheln, weil vorher die erbärmlichsten Sauereien an die Wände geschmiert wurden», und beide Aufsichtsdamen kicherten.

«Und Sie glauben im Ernst, Schwule beschmieren auch den Bernd Zimmer?» fragte Kataster.

«Schwule», sagte die Dame und stieß, einem Wink von Anna gehorchend, nach Konrad, so daß er die Treppe hinunterstürzte und mit gebrochenem Genick und blutend unten beim Eingang liegenblieb, «Schwule stehen mir nach wie vor für Lüge, Schmutz, Aids und jede nur denkbare Schweinerei», und sie küßte Konrad, der sich lachend gegen sie beugte, auf den Mund.

«Ich höre hier nichts anderes als SCHWUL und SCHWULE», beschwerte sich Mama Christinchen bei ihrem Mann, «nicht nur sind, die unseren Heiland ermordet, Horden von Juden damals dem großen Massaker entkommen, auch unter den Schwulen hat die zu Unrecht so genannte blonde Bestie nicht annähernd flächendeckend gewütet. Jeden einzelnen von denen hättest du, als du noch im Amt warst», und sie küßte Oskar auf die von roten Äderchen häßlich entstellten Wangen, «mit Feuer und Schwert ausrotten müssen, um solchen wie dem da», und sie trat Kataster ins Geschlecht, «das Handwerk zu legen, nämlich unschuldige Kinder wie unseren Konrad mit ihrem Gift zu vergiften», und sie hob sich auf die Zehen und küßte Kataster auf die Stirn.

«Willst du ihr», sagte Oskar Rosellen, bog den Kopf seiner Frau zurück und präsentierte Kataster den Greisinnenhals, «die Gurgel durchbeißen oder sie lieber mit der Kette an ihrem Kruzifix, der hier», und er ließ sie vor Kataster baumeln, «erdrosseln?»

«Schmeißen wir sie», mischte Konrad sich ein und packte, zusammen mit Gudrun, Mama Christinchen beim Genick und stieß sie durch die Tür gegen TAG.NACHT und seitlich davon in eine Ecke, «schmeißen wir sie auf den Müll, wo sie hingehört wie alle alten frommen Vetteln.»

«Bravo!» rief Oskar Rosellen und kniff Konrad, der ihn in den Bauch trat und ihn dann Anna in den Arm legte, die ihn fallen ließ und auf ihre Mutter schmiß.

«Wir, Rudolf und ich», rief Anna und stemmte sich gegen die auf TAG.NACHT Zudrängenden, «haben euch heute auf dieses Schloß in diese phantastische Ausstellung gebeten, um euch in einem würdigen Rahmen unsere endlich von einem häuslichen Dach überwölbte baldige Vermählung bekanntzugeben, einem Dach, das die liebe Cosima über unseren Köpfen errichtet hat und das ich mit diesem Vertrag, unter den nur noch Rudolf seine Unterschrift setzen muß, heute und hier für den Grundstein unseres Glücks erkläre, das ihr uns alle, wie ich hoffe», und sie reichte über alle Köpfe hinweg Rudolf das Papier, «von Herzen gönnt.»

Da schnappte Konrad die Blätter und zerriß sie in der Luft.

«Bravo!» riefen Kataster, Gudrun, Lili, Pieter, Tom und Lotte wie aus einem Mund und klatschten Beifall.

«Du kleines Stück Dreck», sagte Anna und biß Konrad ins Ohr, daß es blutete.

«Fotze», sagte der und legte sich Rudolf in den Arm, der ihn fallen ließ.

«Ich kann dich», sagte Anna, hob ihn auf und legte ihn erneut Rudolf in den Arm, der ihn erneut fallen ließ, «ich kann dich mit einem einzigen Fingerschnipp, so!», und sie führte den Fingerschnipp vor, und die meisten, sogar Mama Christinchen aus ihrer Ecke, klatschten, «abschaffen.»

«Dann schnipp», sagte Konrad und legte sich wieder Rudolf in den Arm, der ihn diesmal bei sich behielt und küßte.

«Mein Fingerschnipp», sagte Anna, «macht aus Rudolf einen Schwulen oder nicht, bringt ihn ein Leben lang unter Dach und Fach mit mir und den Meinen, oder ein Leben lang unter Dach und Fach mit dir und den Deinen – welchen Fingerschnipp willst du?» wandte sie sich an ihren Verlobten.

«Ich will», sagte der und ließ Konrad fallen, «weder den noch den, weder dich noch ihn – ich will beides.»

«Beides», lachte Anna, hängte sich bei Cosima Beckmann ein und trat gegen TAG.NACHT, erst in das Gelb, dann in das Blau, und die Aufsichtsdamen klatschten. «Er will», rief sie, «aus meinem Bett in Konrads, aus meinem nach Lavendel duftenden in Konrads stinkendes, das keine Frauenhand je gelüftet hat. Meine Bettlaken wehen stolz auf geputzten Drähten, und die Nachbarschaft zählt an den Fingern ab, wie oft im Monat sie besamt und beblutet, also in Liebe ersäuft wurden, und wir sind um so stolzer, je höher die Zahl unserer gezählten Orgasmen ist. Fickt er aber mit dir», wandte sie sich an Konrad, ließ Cosimas Arm fallen und hakte sich bei dem Jungen ein, «fickt er auf harten, von deinem und seinem Samen verkrusteten Laken, denn solche wie du hängen der Nachbarschaft nicht täglich die Schandlappen ihrer Lust vor die Nase.»

«Bravo!» rief Mama Christinchen aus ihrer Ecke, und Oskar Rosellen stopfte ihr das Maul.

«Solche wie du kochen in Kübeln auf Küchenherden die schmierigen Klunkern voll Kacke und Kotze und trocknen sie heimlich in miefigen Badezimmern, alles heimlich, der Fick heimlich, die Bettwäsche heimlich, die Küsse heimlich, die in die Mäuler gespritzten Kinderchen heimlich in die Kloschüssel gekotzt, aber wir, Rudolf und ich», und sie sprang mit Konrad in ihren Verlobten hinein, und die drei züngelten sich die Zungen aus dem Hals und wälzten sie in ihrem Speichel, «wir ficken Jahr für Jahr erst ein Bübchen, dann ein Mädchen als die stolze Bilanz unserer Liebe in die blitzgelbe blitzblaue Welt», und sie packte Konrad und hieb mit ihm in TAG.NACHT hinein, und Konrad blutete aus dem Kopf, und die Aufsichtsdamen fetzten die Leinwände von der Wand, und Konrad und Rudolf packten Anna und drehten sie in die Fetzen und setzten sich auf das unter den Fetzen von TAG.NACHT zerblutete Gesicht, Rudolf auf die linke, Konrad auf die rechte Seite, und furzten in das Gesicht hinein, und alle trampelten und tobten auf der Erstickten herum, sogar Mama Christinchen, und Anna, mit dem schneidendsten Lächeln der Welt, küßte erst Rudolf, dann Konrad auf den Mund und führte sie von TAG.NACHT weg zu STRAHLUNG.FELDER in das zwitschernde Gelb, in den pflaumenblauen Riß als Feldweg.

«Ein dummdreistes Bild», sagte Franz, und Lies gab Anna einen Tritt ins Geschlecht und hängte sich bei ihrem Mann ein.

«Es zwitschert vor Liebe», sagte Konrad und küßte Rudolf auf den Mund.

«Du wirst», wandte Franz sich an Rudolf, «meinen Sohn, ein Kind, nicht in dem Glauben bestärken, daß dieses dummdreiste Bild einen Wert hat.»

«Wir hatten unter diesem Bild und mit Ligetis Schwebe im Ohr», rief Konrad, «den besten Fick unserer jungen Liebe!»

«Ein Vieh von einem Bild!» rief Anna und schnitt es mit einem Schlachtermesser in Fetzen.

«Sag ihnen», flüsterte Konrad Rudolf ins Ohr, «daß es auf ewig von unserer Liebe erzählt.»

«Auf ewig?» fragte Anna ihren Verlobten. «Du bist auf ewig in dieses Bild verdreht?»

«Ich hasse das Bild», sagte Rudolf, «ich hab es schon in der Kölner Galerie gesehen und zwitschern gehört, ich bin ihm wie bislang noch keinem in die Falle, doch es ist mir fremd und stumm, kein Bild hat mich je so abgestoßen, ein Gelb und ein Pflaumenblau schrill durcheinandergerührt, und die Langeweile, das totale Mißlingen schreit ihm aus den Eingeweiden, wo es uns, Konrad und mich, mitten im Bauch der Liebe liebestoll ineinander verdreht, doch Anna auslöscht. Ich will aber beide, Konrad *und* Anna, Pieter *und* Gudrun, Tom *und* Lili, ich bin in STRAHLUNG.FELDER Konrad ins Netz gegangen, reißt ihn von der Wand, den Zimmerschen Meisterpfusch!», und er hängte sich in die Leinwand und brach mit ihr zu Boden, und Konrad schwang das Beil und beilte ihn in Scheiben und Stücke, und alle klatschten Beifall und trampelten Wut, und Rudolf und Konrad fickten sich in den nächsten Saal vor VIPER.SAND.

«Alles das hat», sagte Franz, «wenn man genauer hinschaut, etwas von Kloschüssel und Bidet. Warum heißt diese schlechte Nachahmung von KLOSCHÜSSEL.BIDET nicht schlicht und einfach KLOSCHÜSSEL.BIDET, sondern VIPER.SAND? Wie sich mein Sohn seines mit Kloschüsseln und Bidets handelnden Vaters schämt, schämt sich dieser Stümper von Maler, seine immer nur Kloschüsseln und Bidets abschildernden Bilder KLOSCHÜSSEL.BIDET zu nennen. Hier und heute, in dieser mit hochtrabenden Titeln operierenden Ausstellung, erkläre ich meinen Sohn Konrad und meine Tochter Gudrun zu den Erben und Nutznießern meines Kloschüssel- und Bidetimperiums und verbiete ihnen ein für alle Male den Verkehr mit Leuten wie Rudolf, Pieter und Kataster, für die mein Haus für alle Zeiten verschlossen ist.»

«Nachdem du mich ausgelutscht und leergemolken hast», sagte Kataster.

«Wie es ein Schwuler und Kinderficker nicht anders verdient.»

Da griffen Konrad, Gudrun und Kataster zum Beil und schlugen Franz tot. Der küßte Anna galant die Hand und schob sie Rudolf unter die Achsel.

«Endlich», rief Anna, umarmte Rudolf und erstickte ihn unter ihren Titten, «endlich wird die seit dem Auftauchen von Konrad fällige Aussprache zwischen Verlobtem und Verlobter blutiger Ernst!»

«Auch ich», rief Konrad, «will von deinen Titten gewürgt und erstickt sein, um Rudolf zu zeigen, wie Weiberfleisch schwitzt und stinkt und ein Ekel ist.»

Da prügelte Lotte ihn in VIPER.SAND, und die Viper schleuderte sich über ihn her und biß ihn, und die Aufsichtsdamen schrien nach den Wachmännern mit ihren Hunden, und die Hunde warfen sich auf die Viper und zerfetzten sie in der Luft, und alle klatschten Beifall, und Konrad, mit Tom als Schutzschild, baute sich vor Anna auf und taxierte sie.

«Kämpfen wir», rief er, «um Rudolf, mit Worten und Taten, und der Sieger packt ihn bei seinen Locken und schleift ihn heim!»

«Da gibt es nicht viel zu kämpfen», sagte Anna, «da gibt es nur die Frage: Wen von uns beiden will er, dich oder mich. Und wie», wandte sie sich an Rudolf, «lautet die Antwort?»

«Ich verstehe die Frage nicht», sagte Rudolf, erwürgte die Hunde und stopfte sie mit dem Fleisch von Anna, und Anna lag da und spreizte die Schenkel.

«Sie fragt», sagte Cosima Beckmann, kniete bei Anna hin, walkte ihr Fleisch, schälte ihr Innerstes nach außen und bot es Rudolf auf einem Tablett, «sie fragt, ob du Früchte wie diese, saftig und süß, um die seit Anbeginn Kriege geführt und Länder verwüstet und Völker ausgerottet wurden, ob du sie verschmähst eines Auswuchses wegen», und sie riß Konrad zu Boden, kastrierte ihn und bot auch den Auswuchs Rudolf auf einem Tablett, «der dir ein Ekel und ein Greuel zu sein hat.»

«Mir», sagte Lili, fingerte den Auswuchs vom Tablett und steckte ihn sich in den Mund, «mir war er von Anfang an Milch und Honig.»

Da ließen Cosima, Lies und die Kassendame die Hunde los, und die Hunde fielen über Lili her, zerknorpelten ihr Innerstes und schlangen es röchelnd in sich hinein. Dann standen alle um die beiden Tabletts mit dem Innersten von Anna und dem Äußersten von Konrad, stupsten es mit Fingern und umtrillerten es mit ihren Zungen. Da packte Konrad Anna, riß ihr die Kleider vom Leib und sich die seinen, drückte ihr Innerstes in sie hinein, hakte sein Äußerstes an sich fest, türmte sich mit ihr vor Rudolf auf und sagte kein Wort. Keiner sagte ein Wort. Sogar die Hunde hielten die Schnauze und schmatzten an der Viper, die an den Hunden schmatzte, und die Wachmänner machten den Aufsichtsdamen schöne Augen und lockten sie in die Ecke neben VIPER.SAND und bestiegen sie stolz wie Kapitäne ihre Fregatten, und Cosima Beckmann zeigte auf die Strampelnden und sagte lächelnd: «Mann und Weib», und Mama Christinchen rief: «Gottgewollt!», und Rudolf drehte den Kopf, sah sich das an und schlug die Hände vors Gesicht.

«Nach wem also sehnst du dich?» fragte Gudrun und hakte sich bei Rudolf ein.

«Nach deinem Bruder», sagte Rudolf und küßte sie.

«Küß mich nicht!» rief sie und spuckte ihm ins Gesicht. «Küß dich nicht querbeet durch die ganze Mischpoke. Küß dich an den heran, nach dem du dich sehnst. Sehn dich nicht länger, pack zu und beiß rein, wie Kataster reingebissen hat in Konrad, und mein Vater in Anna, und Raffmeier in Ruth, und wie Pieter reinbeißen wird in mich, und wie alle möglichen Kerle reingebissen haben und reinbeißen werden in Lili, und wie Tom reinbeißt in Lotte», und alle, auf Gudruns Wink, bissen in alle hinein, sogar Konrad in Anna, nur Rudolf stand vor STRAHLUNG.MANDELBAUM, biß in seinen Handrücken und konnte sich nicht entscheiden. Er wühlte mit den Augen mal in Anna, mal in Konrad, doch immer öfter blieben sie an Konrad kleben, und immer öfter rissen mal Cosima Beckmann, mal Lies, mal Mama Christinchen und sogar Ruth Rudolfs Augen von Konrad ab und drückten sie in Anna hinein, bis Leo Kataster sie nahm und auf seinem Handteller wog und sie mit weit ausgestrecktem Arm sich selbst überließ und sie kriechen ließ, wohin sie kriechen wollten. Da krochen sie langsam auf Konrad zu und in Konrad hinein und wühlten sich tief in den Kopf in die Brust ins Geschlecht des Jungen und saßen da überall drin und rekelten sich und sogen sich voll mit allem, was Konrad in seiner Pracht und Herrlichkeit war, und dann glotzten sie fettgemästet aus Konrad raus zu Anna rüber, und alle sahen, die

Schlacht ist für sie verloren, nie wieder wird sie die prall mit Konrad gemästeten Augen in ihren Hautfalten schmatzen hören, wenn nicht ein Wunder geschieht, und ein Wunder geschah nicht, denn Rudolf und Konrad hoben und schoben sich aus VIPER.SAND gegen die Tür ins Parterre auf die Freitreppe, und am Fuß der Treppe lungerte der Fotograf mit seinen Helfern und Helfershelfern, und Anna beugte sich über die Brüstung und dankte ihm für sein pünktliches Erscheinen und verhieß ihm Arbeit und Brot.

«Ich habe», rief sie, stach Konrad nieder, biß ihm den Schwanz ab und spuckte ihn Rudolf ins Gesicht, «ich habe einen Meisterfotografen, und einen ganzen Schwarm Neben- und Unterfotografen, und einen gewaltigen Schwanz von Helfern und Helfershelfern, also ein ganzes Werbe- und Hochzeitsatelier hier auf Schloß Morsbroich versammelt, um den Tag der Freuden und die Stunde der Entscheidung für immer und ewig auf Fotos und Fotocollagen und Fotomontagen festzuhalten», und sie überließ dem Meisterfotografen, einer mageren Hippe in zerlöcherten Jeans und einem über dem Brustbein geknoteten Hemd, ihre Hand, und er küßte sich von ihrem Handgelenk hoch bis zu ihrer Schulter, und Franz riß eine Eisenstange aus dem Treppengeländer und zertrümmerte ihm den Schädel. Dann stürmten die Aufsichtsdamen herbei und schmückten Rudolf und Konrad mit Fetzen aus TAG.NACHT und VIPER.SAND, und die Hippe suchte Anna und Rudolf im Sucher, aber Kataster stieß Anna weg und zerrte Konrad herbei und legte ihn Rudolf in den Arm und der Hippe ins Auge, und die Hippe schoß das erste Foto und ließ es aus seiner Kamera wachsen und reichte es von Hand zu Hand, und alle beklatschten den Meisterschuß mit Rudolf und Anna, obwohl doch *Konrad* in Rudolfs Arm gelegen hatte, und Kataster und Pieter spalteten das Foto und suchten in seinem Innern nach Rudolf und Konrad, doch so tief sie es durchwühlten, immer nur fanden sie Rudolf und Anna, nirgendwo Rudolf und Konrad, und sie gaben der Hippe eins über den Schädel und bogen sie in Rudolf und Konrad hinein und stellten die Neben- und Unterfotografen und die Helfer und Helfershelfer im Kreis um Rudolf und Konrad auf, und als Kataster den Arm mit der Startpistole hochriß und den Schuß abfeuerte, biß die Hippe mit ihrem Meisterapparat und bissen die Neben- und Unterfotografen und die Helfer und Helfershelfer mit ihren Schrottapparaten in Rudolf und Konrad hinein, und die Fotos wuchsen aus den Meister- und Schrottapparaten heraus, und wieder waren nicht Rudolf und Konrad, sondern Rudolf und Anna auf den Fotos zu sehen, und die meisten klatschten der Hippe und den Neben- und Unterfotografen und den Helfern und Helfershelfern Beifall, denn die Fotos mit Rudolf und Anna waren für sie die echten, und die mit Rudolf und Konrad waren für sie die falschen, und sogar Rudolf klatschte im allgemeinen Klatschrausch dem Meisterfotografen und seinen Gesellen zu und packte nach Anna, obwohl er sich nach Konrad sehnte, und erst Kataster schlug Anna endgültig tot und schnitt sie in schmale Streifen, und Anna rollte den roten Teppich für Kataster aus, geleitete ihn auf die Rednertribüne und brach ihm das Kreuz, bevor sie zu seiner Rede Beifall trampelte.

«Sogar die Fotoapparate», rief Kataster, «sind auf Männer und Frauen getrimmt! Sogar *sie* blenden Männer und Männer aus und fressen Männer und Frauen in sich hinein.»

«Bravo!» rief Cosima Beckmann.

«Bravo!» rief sogar Rudolf, und Lili gab ihm eins auf das vorlaute Maul.

«Sogar die Aufsichtsdamen und die Billettdame», rief Kataster, «sogar die Schäferhunde und die Wärter der Schäferhunde, möglicherweise sogar Bernd Zimmer und die Gemälde des Bernd Zimmer, alle und alles ist auf Rudolf und Anna, auf Braut und Bräutigam, nichts auf Rudolf und Konrad, auf Cousin und Cousin, gespitzt!»

«Bravo!» rief Mama Christinchen, und Rudolf küßte ihr die Hand.

«Sogar Rudolf», rief Kataster, «küßt Mama Christinchen die Hand. Sogar Leuten, die uns mit Begeisterung brennen sehen würden, küssen wir, küsse sogar ich, die verschrumpelte

Kralle», und er ballerte ein Stahlgewitter in Mama Christinchen hinein, und sie verzuckelte zu Füßen von Oskar Rosellen. «Die Welt», rief er, «ist für Rudolf, Anna und Konsorten gemacht. Legen wir uns ins Zeug, sie auch für Rudolf und Konrad bewohnbar zu machen!», und er erklärte den Kampf für eröffnet.

«Nein», rief Konrad, als er Achim endlich an der Strippe hatte, «kein Kampf, kein offenes Wort, keine Träne. Sogar Anna, die das alles organisiert hat, war stumm wie ein Fisch. Ja», rief er, «ich bin noch auf Schloß Morsbroich, im Café, von dort rufe ich an. Alle sind sie in ihre Autos und weg. Auch Rudolf, zusammen mit Anna, ist weg. Plötzlich steigt sie zu ihm in den Wagen, und Rudolf winkt, und ich renne auf ihn zu, doch der Wagen springt an und biegt weg. Nein», rief er, «unterbrich mich nicht, hör einfach nur zu, lauter geht nicht, das Café ist voll besetzt. Du schmeißt dich auf der Stelle in einen Zug und bist in ein paar Stunden hier. Ich brauche dich. Alle sind wir, auf Annas Wunsch, in den Bernd Zimmer. Ein toller Mann. Ganz in Gelb und Blau und Ocker. Alle stehen wir vor den Riesenformaten und warten, daß Anna sich rührt. Doch Anna rührt sich nicht. Alle denken, endlich packt sie aus. Sie hat uns in den Zimmer bestellt, und im Zimmer, denken alle, bricht sie Rudolf und mir das Genick. In Wahrheit aber stürmt sie die Freitreppe hoch und wirft sich uns an den Hals. Nicht nur Rudolf, sogar mir. Da muß ich in meinem Kopf einen Film anleiern. Ich reiße ein Eisen aus dem Treppengeländer und zertrümmere ihr den Schädel. Je verlogener mir *das* erscheint, was um mich herum passiert, um so ausschweifender ist der Film in meinem Kopf. Alle scheinen alle zu mögen. Sogar Ruth küßt Gudrun, obwohl sie ihr Pieter wegschnappt und sie in die Arme von diesem Raffmeier treibt. Sogar Anna küßt mich, und ich küsse Anna. Und während der Film in meinem Kopf weiterläuft und ich alle drei Minuten ein Blutbad anrichte, Anna zerhacke und Mama Christinchen von Schäferhunden zerreißen lasse und die Zimmerschen Gemälde von den Wänden fetze, macht jeder jedem

Komplimente, läßt jeder jedem den Vortritt, werden die Zimmerschen Gemälde, die niemanden interessieren, per Lüge und Heuchelei in den Malerhimmel der Moderne gehievt, und sogar ich lächle, lächle Menschenfleisch und beiße, statt Gurgeln durch, in die leere Luft und küsse sogar Anna die Hände. Ja», nahm er Achim das Wort aus dem Mund, «natürlich gibt es auch hier wieder Fallen. Man nimmt Rudolf beiseite. Man drängt ihn von mir weg zu Anna hin. Kataster, Gudrun und Lili klemmen ihn mir unter die Achsel, doch Anna, Cosima Beckmann und Mama Christinchen tanzen, tatsächlich tanzen sie eine Art Ringelreihn mit ihm durch die Säle, tuscheln hier, flüstern da, wischen mit ihm an mir vorbei und gönnen mir einen Blick in seine Augen, doch plötzlich sind auch Ruth und Franz und Lies, sogar Pieter und Raffmeier als eine Art Bollwerk zwischen mir und ihm, und er läßt sich von mir weg in die Gegenrichtung und zuletzt ohne mich, aber mit Anna, in seinen Wagen drängen und fährt los, läßt mich im Schloßhof zurück, fährt mit Anna, eskortiert von den Wagen seiner Freunde und Feinde, sogar von Katasters Wagen, Gott weiß wohin, wahrscheinlich ins Gartenhäuschen zum Wiedervereinigungsfick, zu den Hochzeitsvorbereitungen auf meine Kappe, denn ich», schrie er Achim ins Ohr, «bin hin, ich weiß daß ich hin bin!»

«Ich komme!» rief Achim, «ich nehme den nächsten Zug und stell dich wieder auf die Füße!»

«Ja», flüsterte Konrad, «ich bin auf dem Bahnhof. Ich warte auf dich.»

SAMSTAG. SONNTAG. MONTAG. DIENSTAG.

20

Ich warte auf dich, hatte Konrad in die Telefonmuschel geflüstert, dann war er, erst zu Fuß, dann per Bahn, Richtung Innenstadt und dort, in den menschenleeren Straßen und Gassen, ziellos hin und her. Vier Telefonnummern hatte er im Kopf: die eigene, die von Kataster, die von Rosellens und die von Ruth, also Rudolf. Alle vier, aus verschiedenen Telefonzellen, wählte er an, und jedesmal legte er, weil eine Stimme sich meldete, die er nicht hören wollte, stumm wieder auf.

Er hatte Hunger und Durst, doch er konnte weder essen noch trinken. Der Magen, sobald er in eine Pizza biß oder an einer Cola trank, drehte sich ihm, und plötzlich, als er über einem Abfallkorb würgte und doch nichts hochbrachte, dachte er: SEVEN UP, schaute umher, fand sich in der Nähe des Lokals und rannte hin.

Die Eingangstür war zugesperrt. Er rüttelte und klopfte, doch niemand rührte sich. Nebenan die Tür zum Hausflur stand einen Spaltbreit offen. Er betrat ihn, fand auch die Tür zur Totenkammer nur angelehnt und schaute hinein. Connie war weg. Der Tisch, auf dem er gelegen hatte, war gegen die Wand gerückt, das Bettlaken wie ein Tafeltuch darübergebreitet und mit Blumen bestreut. Er wollte nicht, doch er mußte an den Tisch heran und auf ihn hinauf. Als er ausgestreckt dalag, faltete er die Hände über der Brust und konzentrierte sich auf seinen Unterkiefer, der gegen den Oberkiefer schlug, so daß seine Zähne ein Geräusch machten wie Hagel auf einer Fensterscheibe.

«Eine schöne Leich», sagte Lili und schwenkte den Arm mit der Flasche. Sie stand, bekleidet nur mit Büstenhalter und Slip, in der Tür zum Flur und hielt sich an der Klinke fest. Konrad schaute ihr zu, als sie auf hohen Absätzen gegen ihn schwankte und sich gegen den Tisch lehnte. Er sah sie die Flasche zum Mund führen, sie kippen, sah die Flüssigkeit gegen die zusammengepreßten Lippen schwappen und vom Kinn auf ihre Brust rinnen. Dann, wie gestoßen, ließ sie sich in einen der zerborstenen Sessel fallen, legte den Kopf auf die Rückenlehne, pfiff durch die Nase und schien den Rotz bis ins Gehirn zu schniefen. Konrad, ohne den Kopf zu bewegen, hatte die Augen in ihre Richtung gedreht und sah sie da hängen: fleischig und fett, die Brüste aus dem Halter gerutscht, die Schenkel ein gekerbter Klumpatsch.

«Da liegt Connies Pistole», sagte sie plötzlich, «und da sein Buch.»

«Hat er sich mit der Pistole oder dem Buch in den Kopf geschossen», fragte Konrad. «Und wo ist Rudolf?»

«Der *Stirner* ist ihm im Kopf explodiert, nicht die Patrone. Dein Rudolf ist mit Anna im Gartenhaus.»

«Wer sagt das?»

«Wir sind seinem Wagen bis zu den Rosellens hinterher. Dann, mit Mendelssohns Hochzeitsmarsch, haben wir die beiden ins Gartenhäuschen bugsiert. Zuletzt hat Rudolf nach uns getreten – so!», und Lili machte es vor.

«Hat er dir aus dem Buch vorgelesen?» fragte Konrad.

«Rudolf hat mir nie aus einem Buch vorgelesen.»

«Connie!» schrie Konrad. «Nicht Rudolf. Connie!»

«Tag und Nacht», sagte Lili, «wo er ging und stand.»

«Und was, um Gottes Willen, steht in dem verdammten Buch?» fragte Konrad. Er lag noch immer mit über der Brust gefalteten Händen, und der Hirnmatsch seitlich an der Wand schillerte rot.

Dann, nackt bis auf ein knappes Leibchen, sah er Connies Vater auf allen vieren durch die Tür kriechen und Richtung Lili schnüffeln. Als er den Kopf zwischen ihre Schenkel schob und sich schmatzend über sie hermachte, rollte Konrad sich vom Tisch, stand über ihr und schaute ihr ins Gesicht. Mit weit aufgerissenen Augen starrte sie zu ihm hoch. «Fahr hin», sagte sie. «Schlag die Tür ein. Pack ihn dir. Schleif ihn da raus. Bring ihn in Sicherheit. Noch sitzt alles für dich drin. Brauchst du Geld?»

Statt ihre Frage zu beantworten, beugte er sich zu ihr runter und preßte seinen Mund auf ihren. Dann rannte er los.

Auf dem Bahnhof studierte er die Fahrpläne. Frühestens gegen Morgen konnte Achim hier eintreffen, wenn überhaupt. Möglich, seine Eltern ließen ihn nicht weg. Möglich, er setzte sich in einen Zug, ohne sie zu fragen. Möglich aber auch, er hatte versucht, ihn telefonisch zu erreichen, um abzusagen.

«Gudrun, hat Achim sich gemeldet?» fragte er in die Telefonmuschel.

«Von wo rufst du an?»

«Vom Hauptbahnhof.»

«Ich bin in einer halben Stunde bei dir», hörte er Gudruns hastiges Flüstern, dann riß die Verbindung ab.

«Ich bin», rief sie ihm schon von weitem entgegen, «von Pieter weg, aus dem Ridderhaus raus, zurück zu Franz und Lies!»

«Hat Rudolf angerufen? Oder Kataster? Oder Tom? Es muß doch irgendwen geben, der sich um mich sorgt!» rief Konrad.

«Ich bin», sagte Gudrun, «weil Pieter und Ruth mich rücksichtslos ausbeuten, weil sie mich nicht nur mit Worten, auch mit Fäusten, sogar mit Fußtritten ...»

«Gudrun», rief Konrad, packte und schüttelte sie und nahm sie dann in den Arm, «was ist los?»

«Los», sagte Gudrun und schaute ihm ins Gesicht, «die Hunde sind los, sie bellen nicht mehr nur, sie jagen mich, endlich jagen sie mich, schon früher haben sie mich gejagt, doch endlich hat einer von denen mich beim Genick: Pieter!, und Ruth will, daß er mich knackt.»

«Was knackt?»

«Das Häutchen vom Bräutchen!» rief sie und küßte ihn auf den Mund.

«Und meine Schwester drückt sich?»

Sie drücke sich nicht. Sie wolle ja, daß Pieter sie endlich knacke, nachdem alle, sogar ihr eigener Bruder, sie abgeschmettert hätten, wenn nur ein bißchen Liebe, oder Zärtlichkeit, oder nur Behutsamkeit mit im Spiel wäre. Aber beide, Pieter und Ruth, sähen in ihr nichts als ein Mittel zum Zweck, der eine, um sein Lüstchen zu kühlen, die andere, um Pieter bei der Stange zu halten, denn der sei Ruth um so sicherer, je lockerer sie die Leine lasse und je mehr Weiber sie ihm ins Bett lege. Denn Ruth, als alte oder ältere Frau, könne sich diesen Schwanz nur solange warmhalten, solange sie ihm Futter gebe, Schwanzfutter, und sie, Gudrun, fühle sich, so scharf sie auf den Typ auch sei, ganz schön verschaukelt, habe sie doch immer davon geträumt, bei ihrer Entjungferung in eine Art rosaroten Himmel gefickt zu werden, und nun stelle sich heraus, daß der ganze Beischlafzirkus nichts als ein maschinenmäßig betriebenes Spektakel sei, in dem sie verhackstückt werde und dann einen Tritt in den Arsch bekomme, denn Pieter hänge an Ruth und Ruth an Pieter, der eine des Geldes und die andere nicht dieser Heirat wegen, die ihr versprochen sei, die Heirat sei nur die Folie für etwas, das dahinterstecke, und dahinter stecke der Mann, die nackte Lust am Mann, und da wieder nur die Lust auf den Mann am Mann, das Männchen am Mann, das sie, Gudrun, denn doch langsam zum Kotzen finde – und sie warf sich Konrad an den Hals und heulte an seinem Hals, und Konrad fuhr mechanisch mit der Hand über ihr Haar und ihren Rücken und leckte in ihrem Ohr und fragte sie, ob sie wolle, daß sie sich ein Zimmer nähmen und miteinander kuschelten, wie sie daheim miteinander gekuschelt hätten, und Gudrun wischte sich die Tränen vom Gesicht und suchte und fand mit ihrem Mund den Mund von Konrad, und dann gingen sie langsam Richtung Eigelstein und mieteten in einem Stundenhotel ein Zimmer, und im Zimmer kuschelten sie miteinander, und noch ein bißchen mehr als das.

Gegen Morgen, ohne vorher zu klingeln und ohne, nachdem er aufgesperrt hatte, an den Zimmertüren zu klopfen, drang Konrad in Katasters Wohnung ein und fand Leo wach in seinem Bett.

«Schlafen», sagte Konrad und winkte ihm von der Tür aus zu, «ich hau mich nebenan auf die Couch.»

«Hau dich hier ins Bett», sagte Kataster, rückte zur Seite und schlug die Bettdecke zurück, «ich rühr dich nicht an.»

«Rühr mich an», sagte Konrad und trat näher ans Bett heran. Dann kniete er sich neben Kataster auf die Matratze und schaute ihm ins Gesicht.

«Warum auf den Knien?»

«Ich kann mich auch hocken. Oder hinstellen. Oder die Beine spreizen.»

«Und wozu das alles?»

«Oder Spagat. Würde Spagat dich anmachen?»

«Warum willst du mich anmachen?»

«Ich muß es doch fertigbringen, irgendwen anzumachen und mich selbst von irgendwem anmachen zu lassen. Lili hab ich im Regen stehenlassen. Von Rudolf bin *ich* im Regen stehengelassen worden. Gudrun und ich haben uns *gegenseitig* im Regen stehenlassen. Aber irgendwen muß es doch geben, der mich nicht im Regen stehenläßt und ich *ihn* nicht.»

«Und dieser irgendwer soll *ich* sein?» fragte Kataster.

«Hast du die Schnauze schon voll von mir?»

«Im Gegenteil», sagte Leo und rückte noch ein Stück weiter von Konrad ab.

«Achim ist nicht gekommen, zumindest hab ich ihn nicht gesehen. Mein Vater schmeißt mich aus dem Haus, und meine Mutter rührt keinen Finger. Tom und Lotte haben deinen Matisse mitgehen lassen. Gudrun wird ihr Häutchen nicht los. Lili hängt an der Flasche. Connie jagt sich eine Kugel durch den Kopf. Tante Ruth, solange Pieter hinter Gudrun her ist, tröstet sich mit Raffmeier. Mein Vater fickt Anna und schiebt sie dann Rudolf unter. Rudolf kippt aus meinen Armen in Annas. Cosima Beckmann wedelt mit dem Kaufvertrag, und das Haus ist eine Nazivilla. Die Schwebe ist da und gleich wieder weg, und jetzt knie ich hier und will, daß du es mir besorgst.»

«So spielt das Leben», sagte Kataster und grinste. «Jeder will seinen eigenen Roman als Lore-Roman, und dann ziehst du Bilanz, und er ist das genaue Gegenteil, und keiner will ihn lesen.»

«Scheiße», sagte Konrad und ging zur Tür, «der Matisse ist echt?»

«Möglich», sagte Kataster.

«Hol ihn der Geier», sagte Konrad, dann legte er sich nebenan schlafen.

Stunden später hörte Kataster, wie er mit seiner Mutter telefonierte. «Achim ist da!» kam er kurz darauf ins Zimmer gestürzt, «danke fürs Bett!», und er küßte ihm kreuz und quer durchs Gesicht. Dann lief er aus dem Zimmer, und Leo hörte die Wohnungstür ins Schloß fallen.

Am späten Vormittag klingelte Konrad am Haus der Rosellens. «Wir haben noch nicht gefrühstückt», sagte er zu Anna, als sie die Tür öffnete und gleich wieder zuschlug. «Das hier ist mein Freund Achim!» rief er und klopfte gegen das Holz.

«Frühstückt woanders», sagte Anna, indem sie die Tür wieder aufriß und Konrads Fuß beiseite stieß, den er in den Türspalt geschoben hatte.

«*Ich* frühstücke mit euch», sagte Rudolf, der hinter Anna aufgetaucht war. Er trat aus dem Haus, und Konrad machte ihn mit Achim bekannt. «Ich lad euch ein zu Galottis. Kommst du mit?» wandte er sich an seine Braut. Die aber warf die Tür ins Schloß, und die drei hampelten auf der Stelle.

«Lili meint, ich soll dich hier rausholen», sagte Konrad und setzte sich auf die Treppe.

«Lili!» rief Rudolf. «Wir fahren zu Lili und frühstücken bei *ihr*!», und er rannte zu seinem Wagen, entriegelte ihn und winkte den beiden.

«Ich komme mit zu Galottis», sagte Anna, stand in Konrads Rücken und gab ihm einen Stoß.

«Wir fahren zu Lili!» rief der, sprang auf, rannte zum Wagen und warf sich hinein und schaute Anna und Achim beim Einsteigen zu.

In der Küche saßen alle um Lili herum: Tom mit Lotte, Connies Mutter mit Connies Stiefvater, Rudolf mit Anna, Konrad mit Achim, Kataster nah beim Fenster. Daß die beiden Jungen noch nicht gefrühstückt hatten, ließ Lili kalt. Hier sei keine Frühstücksbar, hier gehe es um die Begräbnismodalitäten.

«Sag nicht Modalitäten», bat Rudolf.

Hier gehe es um die Frage, ob am offenen Grab einer aus dem Familien- oder Bekanntenkreis aus Connies Stirner rezitieren, ob Stirner überhaupt erwähnt und wenn erwähnt, ob er wieder nur in Rätselworten erwähnt werden soll, oder ob endlich mal jemand sich hinsetze und den Stirner lese, um dann am offenen Grab zu sagen, was Connie an ihm fasziniert habe und ob diese Faszination ein Wahn oder tatsächlich am Platze gewesen sei, ob Connie sich also zu Recht, weil niemand ihm in den Stirner hinein habe folgen wollen, eine Kugel in den Kopf geschossen habe, oder ob seine Selbstauslöschung ...

«Sag nicht Selbstauslöschung», stöhnte Rudolf.

... eine Extravaganz, also die Tat eines Irren oder zumindest eines Depressiven gewesen sei, der dann zwar zu betrauern, doch ohne Selbstzerfleischung zu betrauern sei, da Irren und Depressiven sowieso nicht geholfen werden könne.

«Die Toten», rief Konrad, «laßt ruhen!»

Connie, sagte Trude, seine Mutter, sei nicht irre *oder* depressiv, er sei irre *und* depressiv gewesen, und sein Stirner, das egomanische Monster, sei eine schallende Ohrfeige ins Gesicht nicht nur seiner Mutter, sondern eine schallende Ohrfeige vor allem ins Gesicht einer Weltanschauung, der kommunistischen nämlich, für die Connie zu gewinnen sie und ihr Mann sich die Seele aus dem Leib geredet hätten mit dem Ergebnis, daß das Hirn, in dem ihre Botschaft nicht habe Fuß fassen können, jetzt als blutiger Hirnmatsch an der Wand klebe – und sie legte den Kopf auf die Schulter ihres Mannes, der sie streichelte und gleichzeitig Lili zuzwinkerte.

«Ihr habt alle», mischte Kataster sich ein, «neben einem Menschen hergelebt, der euch alle, immer, mit seinem Stirner, dem hier», und er schwenkte ein gelbes Reclam-Heft, «in den Ohren gelegen hat, der sich möglicherweise, weil er keinen von euch für den Stirner, also für sich selbst, hat interessieren können, eine Kugel in den Kopf geschossen hat, und jetzt, wo er tot ist, guckt noch immer keiner von euch in den Stirner, also endlich mal in Connie hinein, der euch im Tod so fremd bleibt, wie er euch im Leben fremd gewesen ist.»

«Und was steht im Stirner?» fragte Lili.

«Ich weiß es nicht», sagte Kataster, «ich hab ihn mir vorhin erst gekauft. Und Sie», wandte er sich an Connies Mutter, «haben Sie ihn sich auch gekauft?»

«Ich bin ich! Ich bin der Größte! Nur auf mich kommt es an! Alle können verrecken, wenn nur ich mich verwirkliche! Pfui!» rief Trude.

«Sind Sie sicher, daß das so im Stirner steht?»

«Das interessiert mich nicht!» rief Trude und weinte an der Schulter ihres Mannes, der ihr die Tränen vom Gesicht wischte.

«Ich hole uns», sagte Konrad zu Lili, «wenn du erlaubst, etwas zum Beißen», und er klinkte die Tür der Speisekammer auf, verschwand darin, kam mit Brot und Butter zurück, winkte Achim, ihm zu helfen, doch nicht Achim, sondern Rudolf sprang auf und folgte ihm ins Kabuff. Achim streckte sich, schlenderte zur Speisekammer, drückte die Tür zu, drehte am Schlüssel, zog ihn ab, steckte ihn in die Hosentasche und lief, von Annas Protestrufen verfolgt, aus der Küche aus der Wohnung auf die Straße.

Rudolf und Konrad, im schmalen Kabuff dicht beisammen, hörten Anna schreien. Sie schrie aber nicht lange. Nach kurzer Zeit war das unterbrochene Gespräch wieder im Fluß.

Die Uhr zeigte Viertel vor zwölf. Der Wasserhahn in der Küche tropfte, und sogar Rudolf und Konrad, wenn die Stimmen nebenan für kurze Zeit aussetzten, hörten ihn tropfen. Auch die in der Küche hörten aus der Speisekammer Geräusche von

Stimmen und Schritten. Die Kammer war schmal und voll mit Schränken, Regalen, Eimern und Putzmitteln. Das kleine Fenster hoch über der Kühltruhe stand offen, gab aber nur wenig Licht und Luft.

Achim, die Hand in der Hosentasche um den Schlüssel gekrampft, lief vor dem Haus auf und ab. Der Himmel war von einem blassen Blau mit weißen flockigen Wolken. Die Wolken standen still. Kein Lüftchen schien sich zu regen. Die Straße war ohne Bäume und Büsche. Achim dachte Grün in sie hinein, doch das Grün wurde immer wieder zu Blau, also ließ er es bleiben. Der Schlüssel zur Speisekammer in seiner Tasche war plump mit einem gezackten Bart und einem verzogenen Loch. Er schob abwechselnd die Finger der rechten Hand in das Loch. Der Daumen, als er ihn wieder herauszog, klemmte und knackte.

Die Küchenwände waren mit gelbem Lakrusta beklebt. In den Vertiefungen saß fettiger Staub. Die Staubschicht, wenn Anna die Wand über der Speisekammertür anschaute, verknorpelte auf ihrer Netzhaut. Die Tür war rot mit weißen Beschlägen. Hinter der Tür war es still. Anna hörte die Stille winseln. Eine Mücke sirrte kreuz und quer über den Tisch von Kopf zu Kopf. Hände fuchtelten. Die Stille hinter der Tür war ein Loch.

Im Korridor knarrten die Dielen. Anna hob den Kopf und sah Achim in der Tür stehen. Da sprang sie auf, packte ihn bei den Schultern und schüttelte ihn. «Den Schlüssel», rief sie, «gib mir den Schlüssel! Was treiben die beiden da drin!?»

«Wenn sie da drin doch was treiben würden!» rief Achim und klopfte gegen die Speisekammertür. «Seid ihr euch einig? Habt ihr euch lieb?»

«Aufmachen!» schrie Anna und trat und spuckte nach Achim.

Da ging er zur Tür, stieß den Schlüssel ins Schloß und drehte ihn um. Konrad, der am Boden kauerte, fiel ihm gegen das Schienbein. Da kniete Achim hin und nahm seinen Freund in die Arme. Anna stolperte über ihn weg auf Rudolf zu.

«Komm», sagte der, «wir gehen.»

«Hat sich da drin nichts getan?» fragte Achim und schüttelte Konrad. Der schaute dem Brautpaar hinterher, dann sprang er auf, doch Achim hielt ihn zurück.

«Das Begräbnis ist morgen um elf auf Melaten», rief Lili, als die Korridortür hinter Rudolf und Anna ins Schloß fiel. «Wer von euch kommt?»

«Ich komme», sagte Konrad mit geschlossenen Augen, «Achim kommt auch. Meine Eltern kommen auch. Alle kommen. Meine Tante Ruth und meine Schwester Gudrun kommen auch. Auch Leo Kataster kommt – oder kommst du nicht?» fragte er Kataster. «Oskar Rosellen kommt auch ...»

«Hör auf!» rief Trude.

«... seine Frau, Mama Christinchen, und seine Tochter, Anna, und deren Bräutigam, Rudolf, kommen auch ...»

«Aufhören!» rief Trude und hielt sich die Ohren zu.

«... alle kommen. Sogar Raffmeier kommt. Pieter kommt auch. Tom und Lotte», sagte er zu Tom und Lotte, indem er sich von Achim losmachte, «kommen auch, Tränenacker Tal der Tränen Tränenmeer!», rief er und lachte, und Trude sprang auf und schlug nach ihm, und keiner kam ihm zur Hilfe, sogar Achim und Lili zogen sich von ihm zurück, und er packte Trude bei den Händen und führte sie zurück zu ihrem Stuhl. «Selig sind die Toten», sagte er und lachte, «denn es geschieht ihnen kein Leid mehr auf Erden. Selig sind die unter der Erde sind, denn sie sehnen sich nicht länger nach Liebe in einer lieblosen Welt. Selig sind die Vergessenen, denn sie sind in keinem Kopf und keinem Herzen und haben alle vergessen, in deren Kopf und Herzen sie einmal waren. Selig sind die nie geboren wurden, denn sie kennen nicht das Leid und die Schmerzen, die unser Teil sind, bis wir in die Grube fahren. Amen.»

Dann stand er lachend und winkend bei der Küchentür und warf Kußhände in alle Richtungen, und Achim umschulterte ihn und führte ihn aus Lilis Wohnung durchs Treppenhaus in das ewige Blau dieses ewigen elenden Mai.

In das leerstehende Haus von Cosima kamen sie durch die zum Garten hin gelegene Verandatür. Konrad hatte die Scheibe eingeschlagen, und Achim war mit der Hand durchs Loch gegen den Knauf und hatte an ihm gedreht. Erst klemmte die Tür, dann sprang sie ihm fast ins Gesicht. Schließlich waren sie die Treppen rauf und runter und in den Räumen hin und her gerannt. Zuletzt hatten sie den Benzinkanister, der noch draußen auf der Veranda stand, im Keller verstaut und es sich im Parterre auf dem Teppich bequem gemacht.

«Ein Glück», sagte Konrad, «daß es hier noch Teppiche und Gardinen gibt. Ohne hätte das alles keinen Sinn.»

«Alles hier ist aus Holz», sagte Achim, «die Fußböden Holz, die Treppen und Wände Holz, und alles trocken wie Zunder.»

«Ehe Holz aber Feuer fängt», sagte Konrad und fing an, sich auszuziehen, «vergeht eine halbe Ewigkeit.»

«Nicht», sagte Achim und schaute Konrad zu, wie er seine Klamotten beiseite schleuderte und sich dann nackt auf den Teppich warf, «nicht, wenn es so gemacht wird, wie wir es machen. Wir müssen sehen, daß die Gardinen nicht gleich zu Anfang weglodern.»

«Warum?»

«Weil man dann augenblicklich hier reinstürmt und löscht, ehe der Brand sich ins Haus frißt.»

«Ja», sagte Konrad, «er soll Cosima Beckmann gleich mitfressen.»

«Nur Cosima Beckmann?» fragte Achim. «Ist dir zu heiß?»

«Mir ist nicht heiß. Im Gegenteil. Du schneidest es mir jetzt weg.»

«Was weg?»

«Ich will es nicht mehr sehen», sagte Konrad und zog ein Rasiermesser unter seinem Leib hervor. «Wir zünden im Keller ein Feuer an, damit sterilisieren wir die Klinge, dann schneidest du es weg.»

«Ich schneide dir nichts weg.»

«Dann schneide ich es mir selbst weg.»

«Mit einer glühenden Klinge ins nackte Fleisch», sagte

Achim, «und dann das Muttermal rausschneiden, und alles mit eigener Hand ohne Narkose und Verbandszeug – viel Spaß.»

«Es war weg, als wir miteinander geschlafen haben. Ich will nicht mein Leben lang denken müssen, es ist wieder da, weil er mich hat sitzenlassen. Es soll mich nicht mein Leben lang daran erinnern, daß ich von meinem ersten und einzigen Lover sitzengelassen worden bin.»

«Er ist dein einziger Lover?»

«Ja», sagte Konrad.

«Und wenn ich dich so, wie du da liegst, packe und ficke?»

«Die halbe Welt kann mich ficken, ich ficke die Welt nicht. Komm mit», sagte er, stand auf, riß einen lose hängenden Fetzen Teppich vom Boden und lief in den Flur die Kellertreppe hinab. Achim faltete die Hände hinter dem Kopf und horchte ihm nicht nach. Nach kurzer Zeit wehte ein Brandgeruch hoch. Er verschloß die Nase mit zwei Fingern und atmete durch den Mund. Dann stand Konrad über ihm, das Messer baumelte zwischen seinen Fingern, aus seiner linken Seite tröpfelte Blut.

«Ich schaff' es nicht», sagte er, und sein Gesicht war naß, «es tut zu weh.»

«Reiß einen Fetzen von deinem Unterhemd ab», sagte Achim und richtete sich auf, «oder preß es einfach auf die Wunde.»

«Unten kokelt es», sagte Konrad und drückte sein Hemd gegen die Leiste.

«Zu früh!» rief Achim, sprang auf und rannte aus dem Zimmer. «Wir übernachten hier. Morgen, vor dem Begräbnis, fakkeln wir die Bude ab!»

Die Leichenhalle war noch zugesperrt, der Priester, den Trude mit dem ausdrücklichen Hinweis auf ihre und ihres Mannes Abscheu vor allem Religiösen und Kirchlichen dennoch zugelassen hatte, schien den Termin verschlafen zu haben. «Vielleicht ist er schon drin und segnet ihn in aller Heimlichkeit ein, unbehelligt von den bösen Ausdünstungen, mit denen wir Ungläubigen die Luft verpesten», sagte Trude zu Lili.

Lili gab keine Antwort. Sie hakte sich bei Kataster unter und rückte ihn an Trude heran. «Wer war nun dieser Stirner?» fragte sie ihn, und Connies Stiefvater, der Trude beim Arm hielt, zischte.

«Sie meinen doch wohl: Wer war *Connie*?» sagte Kataster zu niemandem direkt.

«Wißt ihr jetzt mehr über ihn?» fragte Lili.

«Kaum», sagte Kataster und ließ sich von Lili beiseite führen. «Er war ein Stirner-Fan. Und Stirner predigt den Menschen.»

«Menschen sind wir alle.»

«Den freien. Niemandem untertan. Dem Staat nicht. Dem Mitmenschen nicht. ‹Mein Recht ist, was *mir* recht ist. So weit meine Macht geht, so weit reicht mein Recht.›»

«Und Connie? Was hat das mit Connie zu tun?»

«Ich hab Connie nicht gekannt», sagte Kataster zu Rudolf, der mit Anna herangetreten war. «Und Sie?»

«Hat Konrad die Nacht bei Ihnen verbracht?» fragte Rudolf.

«‹Der Staat ist mein Feind›», sagte Kataster. «‹Ich verlache die Forderung, ein Mensch nach irgend jemandes Sinn zu sein. Ich lehne mich gegen den Menschen auf.›»

«Wer sagt das?» fragte Rudolf.

«Stirner. Der Kommentator des Stirner, Mackay. Vielleicht auch Connie. Sie müßten ihn besser kennen als ich. Sie haben ihn immerhin niedergestochen.»

«Und Konrad?» fragte Rudolf. «Irgendwo muß er schließlich geschlafen haben.»

«Bei Ihnen hätte er geschlafen haben sollen», sagte Kataster und verbeugte sich, statt vor Rudolf, vor Anna.

«Ich kenne ihn jetzt seit genau zehn Tagen», sagte Konrad beim Friedhofstor. «Wenn das Haus der Beckmann nicht so weit weg läge, würden wir jetzt die Feuerwehr rasen hören.»

«Ich denke, das Haus gehört Rudolf und Anna», sagte Achim.

«Der Vertrag ist noch nicht unterschrieben.»

«Dann haben wir also nicht Rudolfs Haus in Brand gesteckt, sondern das einer wildfremden Frau?»

«Sie wären auf jeden Fall da reingezogen.»

«Und nicht Rudolf und Anna haben den Schaden, sondern diese Cosima?»

«Da! Der Leichenzug!» sagte Konrad. «Hut ab, Brust raus!»

Der Leichenzug war kurz. Konrad und Achim hatten sich in eine Hecke gedrückt und ließen ihn an sich vorbei. Alle schauten zu ihnen hin. Anfangs hielt Konrad den Kopf gesenkt, dann, als Sarg und Priester vorüber waren, schaute er in das rote Gesicht von Trude, dann sah er seinen Vater neben Kataster, dann Lies am Arm ihrer Schwester Ruth. Rudolf ging mit Anna. Anna lächelte ihm zu. Rudolfs Kopf war in einem Wirbel von schwarzen Locken.

«Er hat sie sich gefärbt und mit der Brennschere aufgeludert», sagte Achim.

«Nein», widersprach Konrad, «er *ist* so schön, wie er ist.»

Gudrun hatte sich bei Pieter und Oskar Rosellen eingehängt, sie winkte Konrad mit den Augen, doch der schüttelte den Kopf. Mama Christinchen ging als eine der letzten, alle zehn Schritte bekreuzigte sie sich. Lotte und Tom machten den Schluß. Cosima und Raffmeier fehlten.

«Der Matisse», sagte Konrad zu Tom, als er sich mit Achim dem Zug anschloß, «ist ein Bluff.»

«Wir haben ihn schätzen lassen», flüsterte Lotte. «Ein Millionending.»

«Er liegt draußen im Wagen», sagte Tom, «Kataster bekommt ihn zurück.»

«Eine Fälschung», flüsterte Konrad.

«Das behauptet er, um uns Sand in die Augen zu streuen», flüsterte Lotte.

«Niemand», sagte Konrad zu Achim, «niemand!», rief er, und ein paar Leute drehten die Köpfe, «niemand hat über einem Wandsafe, voll mit Millionen, einen echten Matisse hängen. Heutzutage», wandte er sich an Lotte, «gibt es auf der ganzen Welt keinen Matisse, der ungesichert in einem x-beliebigen nicht bewachten Penthaus über einem Safe hängt. Der Millionen-Matisse über einem Millionen-Safe – lachhaft!»

«Schrei nicht», sagte Lotte. «Wir verscheuern ihn.»

«Wer von denen da ist Kataster?» fragte Achim, als der Wagen mit dem Sarg um eine Ecke bog und die Trauernden ihm folgten.

«Der da neben meinem Vater.»

«Moment», flüsterte Achim, drängte sich durch die Reihen und ging jetzt neben Kataster. «Ist der Matisse echt?» fragte er ihn.

«Aber ja», sagte der und musterte Achim, «wollen Sie ihn kaufen?»

«Schenken Sie ihn mir», flüsterte Achim.

«Verdienen Sie ihn sich.»

«Und wie?»

«Indem Sie lieb sind zu dem, der ihn besitzt», sagte Kataster und hakte sich bei Achim unter.

«Nein», sagte der zu Lotte, als er seinen alten Platz wieder eingenommen hatte, «der Matisse ist gerade mal die Farbe wert, mit der er kopiert ist. Du kannst ihn behalten.»

«Scheiße», sagte Lotte zu Tom, «weg mit Schaden.»

«Ich denke, ihr habt ihn schätzen lassen», sagte Konrad so laut wie möglich.

«Gebenedeit unter den Weibern», flüsterte Mama Christinchen und bekreuzigte sich.

«Hirngespinste», sagte Tom. «Wer soll den schätzen auf die Schnelle?»

«Du stiehlst nicht nur», sagte Konrad zu Lotte, «du lügst auch noch.»

«Mit Vergnügen», sagte Lotte und küßte ihn auf die Wange.

Das Gräberfeld, auf dem die Grube für Connie ausgehoben war, war kahl und leer. Die wenigen Holzkreuze, die die frischen Gräber markierten, steckten schief im Lehm oder waren umgekippt. Die Sonne schien von einem wolkenlosen Himmel.

Der Priester, ein junger Mensch mit wasserhellen Augen und einem militärisch kurzen Haarschnitt, stand dicht beim Sarg und raffte die Kutte, wie um sich nicht zu beschmutzen.

«Selbstmörder», flüsterte Achim. «Am liebsten würde er drauf spucken.»

«Ich möchte», sagte Lili zu Kataster, als die Zeremonie beim Grab voll im Gange war, «ich möchte, ehe der Sarg in die Grube fährt, ein paar Sätze aus dem Stirner lesen», und sie schwenkte ein gelbes Reclam-Heft.

«Sie haben es sich besorgt?» fragte Kataster.

«Aber was? *Was* soll ich lesen?»

«Es ist doch sinnlos für Sie, aus einem Buch zu lesen, das Sie nicht kennen», sagte Kataster.

«Sinnlos ist alles.»

«Und dann womöglich eine Stelle, mit der Connie nicht einverstanden gewesen wäre.»

«Hauptsache, an seinem Grab wird etwas gelesen, das ihm im Leben wichtig war», sagte Lili. «Was das ist, soll uns nicht jucken.»

«Vielleicht», mischte Konrad sich ein, «hat der Stirner mit Connies Kopfschuß überhaupt nichts zu tun.»

«Warum sonst soll er sich in den Kopf geschossen haben?» fragte Lili.

«Aber, das ist doch absurd», sagte Konrad zu Rudolf. «Noch nie ist an einem Grab eine absurdere Unterhaltung geführt worden als heute hier. Wir kennen Connie überhaupt nicht.»

«Mir geht nichts über mich», flüsterte Rudolf und zog ein gelbes Heft aus der Tasche.

«Wer sagt das?» flüsterte Konrad.

«Stirner. Ich weiß die paar Sätze, die Connies Evangelium waren, auswendig.»

«Amen», sagte der Priester und schwenkte sein Ding durch die Luft.

«Alle», flüsterte Kataster, «verdrehen und mißverstehen den Stirner, wenn sie einzelne seiner Sätze aus dem Kontext reißen. Ihr solltet den Stirner alle mal lesen.»

«Wen interessiert das schon», sagte Konrad zu Anna, «ich hab andere Sorgen.»

«Moment!» rief Lili, als sie sah, wie die Grabgehilfen den Sarg packten und Anstalten machten, die Bretter wegzuziehen. «Auf Wunsch des Verstorbenen lese ich an seinem Grab aus seinem Lieblingsbuch seine Lieblingssätze. – Was? Auf welcher Seite?» wandte sie sich an Kataster und blätterte in ihrem Stirner.

«Irgendwo hier!» sagte der und tippte mit seinem Finger irgendwohin. «Ab da!»

«Fort denn mit jeder Sache, die nicht ganz und gar *meine* Sache ist!» las Lili laut und mit fröhlicher Stimme, indem sie sich zum Sarg durchdrängte und sogar den rechten Fuß auf ihn stellte. «Ihr meint, meine Sache müßte wenigstens die *gute Sache* sein? Was gut! Was böse! Ich bin ja selber meine Sache, und ich bin weder gut noch böse. Beides hat für mich keinen Sinn.»

«Amen», sagte der Priester und versuchte, Lili, indem er sein Ding gegen sie schwenkte, beiseite zu scheuchen.

«Das Göttliche ist Gottes Sache», las sie, ohne zu wanken, mit heller Stimme, «das Menschliche Sache ‹des Menschen›. Meine Sache ist weder das Göttliche noch das Menschliche, ist nicht das Wahre, Gute, Rechte, Freie und so weiter, sondern allein das *Meinige*, und sie ist keine allgemeine, sondern ist *einzig*, wie *ich* einzig bin. Mir geht nichts über mich!»

«Pfui», sagte der Priester und schwenkte sein Ding gegen Lili. Dann, indem die Grabgehilfen die Bretter wegzogen und an den Stricken zerrten, sank der Sarg in die Tiefe.

«Und weil er...», flüsterte Kataster Lili ins Ohr. «Na los!»

«Und weil er!» rief Lili, während der Sarg am Boden der Grube aufschlug.

«... zu schwach und allein war, um den Stirner zu leben...», sagte Kataster ihr vor.

«Zu schwach und allein war, um den Stirner zu leben!» rief Lili.

«Kch!» machte der Priester und schwenkte sein Ding, als zelebriere er eine Teufelsaustreibung.

«... hat er sich, kaputt wie er war, eine Kugel ...» flüsterte Kataster.

«In den Kopf knallen müssen!» rief Lili und lachte und weinte in eins. Da nahm Kataster sie bei der Schulter und führte sie beiseite.

Langsam bewegte der Zug der Leidtragenden sich am offenen Grab vorbei. Sträuße mit Maiglöckchen segelten in die Grube. Kataster stand seitlich bei dem mit einem grünmaschigen Netz verhängten Bagger und schaute Konrad und Achim entgegen, die, untergehakt, auf ihn zustolperten.

«Häschen in der Grube», sang Konrad, «liegt jetzt da und schläft.»

«Dein Vater», sagte Kataster, «hat dich aus *seiner* Grube rausgeschmissen. *Meine* steht dir nach wie vor offen. Du hast den Schlüssel.»

«Häschen will nicht in Grube sitzen, wo Jäger ihm den Bauch aufschlitzen», reimte Konrad und lachte so laut, daß der Priester herüberschaute.

«Ich hab ihm angeboten, so lange bei mir unterzukriechen, bis du ihn wieder an deine Brust nimmst oder er ein preiswertes Zimmer gefunden hat», sagte Kataster zu Franz.

«Ich hau aber ab», sagte Konrad ins Gesicht seines Vaters.

«Solange ich die väterliche Gewalt, und das Recht, und das Gesetz auf meiner Seite habe ...», flüsterte Franz. «Wo hast du dich diese Nacht rumgetrieben?»

«Vater in der Grube, armer, armer Bube», sang Konrad, und Franz drohte ihm mit der Faust.

«Wie sie sich am offenen Grab, im Angesicht Gottes und des lieben Toten, ablecken!» stöhnte Lies und zeigte auf Pieter und Gudrun, die ihnen jetzt zuwinkten. Plötzlich riß Gudrun sich von Pieter los, rannte auf Konrad zu und umarmte ihn.

«Ekelhaft», flüsterte sie, «Blut und Schmerzen. Schweiß und Tränen. Ficken ist der letzte Scheiß.»

«Dann hau doch ab», flüsterte Konrad ihr ins Ohr.

«Wohin?» flüsterte sie. «Wohin denn?» schrie sie ihren Vater an. «Wohin mit mir in Gottes verfluchtem Namen!?»

«Du sollst nicht den Namen Gottes, deines Herrn, anrufen im Zorn», sagte der Priester, der vorbeiging.

«Wo aber, Vater», flüsterte Gudrun und hängte sich bei ihm ein, «soll ich mein Haupt, dieses hier», und sie packte sich an den Kopf, «hinbetten?»

Was der Priester ihr zur Antwort gab, war nicht mehr zu hören. Doch Gudrun schien wenig davon zu halten, denn nach ein paar Schritten ließ sie ihn stehen und lief zu Pieter zurück, der sie beim Arm packte und abführte.

Lies schluchzte und warf sich Ruth an den Hals, die ihr die Nase putzte und die Augen auswischte. «Ein Strohfeuer», tröstete sie ihre Schwester, «spätestens übermorgen liefere ich das Kind bei dir wieder ab.»

«Wenn dein Stenz sie bis dahin nicht auf den Strich schickt», weinte Lies und küßte ihrer Schwester die Hände. «Und du», wandte sie sich an Franz, «als Vater, als Beschützer, als Hüter deiner dreizehnjährigen Tochter, rührst keinen Finger! Ein Rabenvater!» rief sie Rudolf und Anna entgegen und weinte an Annas Hals, die sie beiseite führte und an ihr zupfte.

Rudolf stand dicht neben Konrad und schaute Anna und Lies zu, die sich unterhakten und langsam zum Grab gingen. Konrad nahm ihn bei den Schultern und drehte ihn um. Jetzt standen sie Auge in Auge, und Rudolf senkte den Kopf.

Plötzlich schlang Konrad die Arme um seinen Hals und küßte ihn auf den Mund.

Augenblicke später trat Oskar Rosellen an die beiden heran, löste Konrad von Rudolf, umarmte den Jungen und schob seinen Schwiegersohn gegen Anna. Das alles geschah in Sekunden. Die meisten, die Zeuge waren, dachten an den Toten in der Grube und daß *er* diesen Aufruhr bewirkt hatte. Doch Connie schien längst vergessen, sogar seine Mutter lachte mit Lili und verteilte an die Grabgehilfen Geldscheine, die sie aus Lilis Börse zog.

Jetzt nahm Achim Konrad bei der Hand und führte ihn von Oskar Rosellen weg auf den Trampelpfad, auf dem eine winkende und rufende Frau ihnen entgegenhastete.

«Man sagt, es gibt noch ein Essen irgendwo hier in der Nähe. Machen wir mit?»

«Wir hauen ab.»

«Und wohin?»

«Egal. Nur weg. Zu dir. Nach Hamburg», sagte Konrad, und zu Lili, die in Hörweite stand: «Wenn jemand nach mir fragt, zum Beispiel der da», und er zeigte auf Rudolf, der sich mit der herangehasteten Frau wie in einem Ringkampf drehte, «ich bin weg, aber gleich wieder da», und indem er Lili bei der Schulter packte, «ein paar Nächte Schlaf, dann weiter gegen Anna und den Rest der Welt!», und als jetzt Rudolf auf ihn zulief, packte er Achim beim Arm und zerrte ihn über Grabsteine hinweg auf die andere Seite des Gräberfeldes.

«Das Haus brennt!» rief Rudolf durch die zum Trichter geformten Hände.

«Ich auch! Für dich!» lachte Konrad.

«Lichterloh!» rief Rudolf und schien sich lachend in die Luft zu werfen.

«Fingerabdrücke!» rief Cosima Beckmann. «Fußspuren! Man kriegt euch bei den Hammelbeinen!»

Da machte Konrad ihr den Hengst, zerrte Achim hinter ein Grabmal, stieß ihn zu Boden und hockte sich neben ihn hin.

«Da steht er und sucht mich», sagte er, indem er um den Stein spähte.

«Der lohnt den Atem nicht, den du für ihn verschwendest.»

«Aber ich liebe ihn!» rief Konrad und küßte Achim auf den Mund.

Dann sahen sie Anna querbeet auf Rudolf und Cosima zulaufen. Doch Rudolf wandte sich von ihr weg, beschattete seine Augen mit der linken Hand und suchte, indem er sich langsam drehte, das Gräberfeld ab.

Da spitzte Konrad die Lippen und pfiff. Und Rudolf, indem er nach Anna die Hand ausstreckte, nickte und pfiff zurück.

INHALT